盛夏光年

Shengxia Guangnian

江苏凤凰文艺出版社
JIANGSU PHOENIX LITERATURE AND
ART PUBLISHING

JIXIA

寂夏
九州策划
SUMMER

>>> S H E N G   X I A

THE MEANING OF MY LIFE IS TO MEET YOU

++++
++++
++++

顾瑾年
九州总裁
JIN

'NG XIA
G NIAN

CONTENTS

目录

我一直以为，我所做的每一件事，
就是以最小的成本博取最大的利益。
这是我人生中最重要的一次投资，赌上
我运气的一生，我要给你幸福。

时桉桉

我们。

我们是终有一天会与此和解的普通人。

我们站在人生的尽头，手里据着要交付于神州的答案 —— 我这一生的意义，在于与你相遇。

时妖妖

Chapter 01
重新开始

相亲对象：我觉得女性对于社会的价值就在于相夫教子。

相亲对象：说到底，回归家庭才是她们的最终归宿。所以工作什么的，差不多就行。

寂夏刚开完会拿出手机，这两条消息就出现在她的手机屏幕上，发件人是她这一次的相亲对象。

寂夏往上翻了翻历史聊天记录，通过介绍人牵线，他们其实才刚加了微信没多久。

挨着这两条消息的是她对男方提出见一面后的回复：抱歉，这两天加班，比较忙。方便的话，我们约下周？

她反复把聊天记录看了两遍，谨慎地问：不好意思。请问您在哪里高就？

相亲对象：恒盛银行。

男方的消息倒是回复得很快，他可能是觉得表达的信息内容不够全面，又在后面补充道：这家公司有港股背景，待遇好又清闲，晋升空间也不错。

寂夏：不知道有没有人推荐您跳槽去人口统计局。

寂夏叼着半块面包，在手机屏幕上敲字：以您对女性价值观的高见，不去促进一下国家生育率，未免有些屈才。

这次对面的回复速度倒是慢了下来，对话框上的"对方正在输入"停留了很久，才缓缓地发来一个问号。

寂夏抱着电脑回到办公位置上，看着那个标点符号眨了下眼睛，本着礼尚往来的原则，也回了一个问号。

　　她没等到男方的回复，却等来前台小姐姐的一句："寂夏，你有位客人。"

　　寂夏应了一声"马上"，出于礼貌又在聊天窗口里给对方发了一条消息：我这边来了客人，要是没及时回复，先说声抱歉。

　　她的这条消息并没能成功发送。

　　消息框旁边醒目的红色感叹号，提示着她已经被对方拉黑了。

　　手速还挺快。

　　寂夏在心里评价了一句，熟练地点进了另外一个对话框：妈，这次的相亲也失败了。

　　她母亲于晴的消息回得很快：可你们还没见面呢？？？

　　隔着屏幕，寂夏也能从句尾的那三个问号里感受到她的震惊：或许是我们在职业规划上没能达成共识。

　　于晴：现在的孩子，想法可真难懂。

　　于晴感到有些惋惜，但她很快便重新振作了起来：不过你也别灰心！正巧有个朋友刚才又给我介绍了一个，看条件啊，比这个不知道好了多少倍。

　　寂夏也感到震惊了，她边往公司门口走边在屏幕上飞快地打字：你不是说之前那个是今年最后一个了吗？

　　于晴：这次真的是最后一次了，我保证！

　　于晴信誓旦旦地把她至少说过三次的话又重复了一遍，还颇有戏剧性地补充细节：我还特意上山给你求了个签，解签的老道长说你这次一定能成。

　　虽然素未谋面，还是感谢这位道长对她每次相亲结果的美好祝愿。

　　寂夏试探地问了一句：我最近比较忙，要不……算了？

　　于晴：算什么算？找对象这是天大的事，你不着急，我还着急呢。而且这一次人家的条件真的非常好，你就去吃个饭，你吃亏吗？再说了，你都这么大岁数了，再不找个伴，再过两年你就是明日黄花！

　　二十六岁，被称为"明日黄花"的寂夏看着屏幕上的消息叹了口气，她还没来得及说什么，于晴的电话便打了过来。

　　寂夏被吓了一跳，她手忙脚乱地按了静音键，眼见就要走到公司门口，门外的客人也很重要，她只能按掉电话再一次妥协。

寂夏：我见就是了。

为了节约时间，她想了想又补充了一句：不用给我对方的微信，直接告诉我见面的时间、地点。

来的客人是《浮生》这本小说的原创者。

寂夏就职于一家名叫汇川的影视公司，公司主营电视剧制作。她作为一名策划，日常工作内容就是审阅、挑选故事，以优质、完整的策划案拿下创作者的合作意向。

《浮生》是公司正在进行策划，并有意进一步跟进的重点项目。

寂夏走到前台，门口待客的沙发区已经坐着一位外表干练的女性，她上前问道："是周斐老师吗？"

得到肯定的答复后，寂夏引着她朝预定好的会议室走过去："您久等了。我是这个项目的策划，寂夏。"

周斐是一位新锐小说家，常年混迹于网文界，一开始只是一个不怎么勤勉的"小透明"，三天两头断更。后来赶上 IP 热，她的古代仙侠小说《如故》被买下，最初只是定了某个不知名的女演员出演女主角。

没想到，当红影帝闻商连不知道从什么渠道拿到了剧本，居然主动联系制片方要求出演，这可把制片人高兴坏了，当下就把《如故》规划成重点项目。

有了闻商连的加持，《如故》一跃成为"爆款"。不仅让周斐成了炙手可热的编剧，连着那位不知名的女演员也一炮而红，名正言顺地成了当红演员。

在接触《浮生》前，寂夏一直感到很好奇，能被那位红透半边天的闻影帝看中的剧本，究竟能好到什么程度。直到她从头到尾将《浮生》读了一遍，她之前的想法已然变了个样。

周斐，毋庸置疑是个会写故事的好作者。寂夏将沉甸甸的剧本合上的时候，心里这样想。

"向总晚些才能到。"寂夏引着这位业内大佬走进会议室，跟她说了下情况，"不如我先和老师说说我的想法？"

周斐回答得很客气："自然。"她说完便从包里拿出纸笔，在这个电子产品普遍化的年代，她似乎还是更习惯这种传统的记录方式。

寂夏整理了一下思路，将几个改编方向简单地说了说。见周斐听得很专注，寂夏想了想，忽然问："周斐老师，您在刻画男女主角分手这段情节的时候，是遇到什么问题了吗？"

周斐从速记中抬起头来，眼里多了一份其他情绪。

影视策划是一个常规岗位，她在每一个影视项目中都会接触到，有的时候是一两个，有的时候是七八个。

诚恳地谈，大部分的策划都仅仅是读者，以自己的喜好来评断作品的价值，他们喜欢的，就要求扩充篇幅，不喜欢的，就要求删减这个情节。多数情况下，周斐只能庆幸自己是一个还算有话语权的编剧。

毕竟资本倾轧艺术市场，留给创作者的空间却越来越少。

可眼前的这位姑娘……

"确实，这里下笔的时候我很犹豫。"周斐沉默了一会儿，朝寂夏点点头，"女主角的情感转折总是让我觉得很突兀，我修改了几次，依然觉得不够通顺。"

"问题在于女主角的人设。"寂夏用笔在剧本的纸稿的某一处画了个圈，"前文铺垫她是一个轻度女权主义者，她要求分手的逻辑却显得有些不合理了。"

一句话忽然让周斐茅塞顿开。她兴致勃勃地在本子上记下几个灵感点，突然想到自己一直在制片人那里收到的反馈，忍不住问："冒昧地问一下，剧本之前的改编思路是……"

她的这句话还没说完，会议室的大门便被人推开了。一个留着短发的中年女子风风火火地从门外走了进来。

寂夏起身叫了声："向总。"

来人是寂夏的直系领导，也是《浮生》的制片人，向婉。

"不好意思，路上实在有些堵车。"向婉朝周斐抱歉地道，似乎是漫不经心地问了寂夏一句："和老师谈得怎么样？"

还未等寂夏说点什么，倒是周斐先开了口："您的策划对剧本颇有些心得，我们聊得很愉快。"

向婉闻言一笑，她不笑的时候总让人觉得严肃，笑起来的时候却意外地给人一种甜美感，加上她本人的皮肤白，更让人觉得亲切。

"寂夏一直很能干。"她称赞了句。

在对话的间隙里，向婉发了条消息给寂夏：把你的改编方案发我一份。

寂夏愣了一下，默不作声地将那份写好的文件发送到了向婉的微信上。

叮的一声。

向婉一边点开文件飞快地扫了几眼，一边向周斐打听道："听说有家投资公司也在接触《浮生》的版权？"

"是有这么回事。"周斐也没有隐瞒的意思，坦然地答道，"在接触的公司是 K&J。"

听到公司名字的寂夏一时没能掩住自己脸上的惊讶之色。她对金融投资圈其实不太了解，但 K&J 这个名字她确实有过耳闻。

这家公司的规模倒是不大，成立的时间也短，满打满算不过四年。公司核心成员据说是从国外回来的小型创业团队，人不多，扁平化管理。作为一家新起步的投资公司，没两年就在业界打响了名头，创下了年收益过亿的营收。

这还不是它最传奇的地方。

说到底，投资所涉及的交易方普遍集中在公司高层，而 K&J 之所以能让只研究内容的策划岗位的员工津津乐道，是因为这家公司文创领域的投资人所投资的几个影视项目，无一例外地全爆红了。偏巧接连几个项目还都是不怎么被看好的小成本片子。

影视剧破圈一向仰仗玄学。这位操盘手凭这番操作吸引了不少关注，这下知名不知名，靠谱不靠谱的本子，都想往 K&J 送，仿佛得到了他的青睐，就是通向大红大紫的捷径。

可惜这位幕后操盘手比较低调，寂夏从同行那里得来的有效身份信息，总结起来不过三个字：性别男。

不然的话，她倒是也想见识一下这位"影视剧的捷径"是个什么样子的人。

《浮生》得到了 K&J 的关注，身价必然水涨船高。

寂夏想到的这一层，向婉明显也想到了，她快速调整了一下坐姿。

"那老师您……"向婉的话说到一半忽然顿了一下，像是想到什么般抬头对寂夏道："寂夏，你们聊了这么久，是不是该给老师倒杯水。"

寂夏微微一愣。这不是第一次，向婉有意无意地防备她和编剧的接触。

周斐比寂夏先开口道："不用这么麻烦。"

"这怎么行。"向婉朝周斐笑了笑，"汇川要是这么待客，说出去不免叫业内笑话。"

寂夏在两句话的空当中合上了电脑，问："周斐老师，您喝什么？咖啡？茶水？"

周斐若有所思地看了她一眼："咖啡，谢谢！"

寂夏点点头，走出会议室，心里却并非表面上一般平静。像是一把浓烟升到了嗓子眼，胸腔里的柴火烧得噼里啪啦地作响。她身后传来向婉和周斐交谈的声音，对话里的意见听着很熟悉，和她写在文件里的内容如出一辙。

兜里的手机忽然贴着皮肤振动了一下。

寂夏边按下咖啡机的煮沸键，边看于晴发来的两条消息。

于晴：时间约好了。

于晴：下周日六点，隐庐私膳，记得别迟到。

也不知道对方是有心还是无意，这家餐厅离她租住的地方很近。

寂夏坐几站公交就到了，甚至还早了半个小时。

餐厅在市中心，因为附近有几处未拆的古迹，所以并不吵闹，颇是一处闹中取静的好地方。

寂夏下了车，不太熟练地踩着高跟鞋走到餐厅门口。迎客的礼仪小姐面带微笑地迎了上来："客人，您贵姓？"

寂夏迟疑了一下，报了自己的名字。

礼仪小姐如早有准备一般为她推开门，道："寂夏寂小姐，是吧？位置已经为您预留好了，您里边请。"

阻隔闹市的大门内，竟然还别有洞天。

寂夏被她领着，穿过栽种着竹林的前院走到内厅，路边放着干冰，雾气缭绕，这才对于晴说的那一句"地方好像蛮高档的"有所体会。

餐厅这个时间的上座率不高，充满新中式元素的空间显得有些空荡，顺着落地窗外的暮色，还能看清庭院池塘里的一尾鱼影。

寂夏一落座就默默地拿出手机，迫不及待地点进了美食软件，很快便被界面上"人均1499"的字样刺痛了双眼。

这个价格虽然贵了点，放在平时却也没到担负不起的地步。但前两天，她才刚刚缴过三个月的房租，信用卡和工资卡双双"战损"。

寂夏看着自己工资卡上的三位数，不免开始后悔自己没有提前查清楚餐厅的信息。就在她犹豫着要不要找人支援的时候，手机屏幕突然亮了起来，映入眼帘的"闺密"两个字点亮了寂夏心中的星星之火。

她刚一接起电话，慕阮阮的声音便传了过来："闻商连这个道貌岸然的东西，早晚有一天我要当着记者的面揭穿他的真面目！"

隔着手机，寂夏也能感受到她的闺密此刻的愤怒，但她丝毫不慌，甚至还将音量调小了一些，这才回道："阮阮，这话我听了没有十次也有八次了。"她叹了口气，"你和那位闻影帝相爱相杀了这么多年，还没有个结果吗？"

"谁跟他相爱相杀。"慕阮阮义愤填膺地说，"就因为他，我今天和超帅男模的约会全泡汤了。他居然还当众把我以前的糗事给说了出来"

此时此刻，电话里这个不知死活地骂着当红影帝的人，就是凭《如故》成为炙手可热的人气演员慕阮阮，也是寂夏自小学起就很要好的闺密。

自《如故》播出并爆火后，慕阮阮和闻商连的交集不可避免地多了起来，几乎每一次都会让她大动肝火。寂夏自然也成了一线倾听者。

每当这时，寂夏都在想，或许自己该转行去当个娱记，守着闻商连的花边新闻，肯定不愁没钱赚。

"先不说这个，"她打断了慕阮阮想要吐槽的欲望，"我有急事需要跟你借点钱，我月底发了工资就还你。"

"哦，你要多少？我这就转给你。"慕阮阮一口答应下来，又问她，"你遇到什么困难了？"

"别提了。"寂夏郁闷地道，"我妈又给我安排了一个相亲对象，他选的地方消费有点高。"

"又？"慕阮阮对她的遭遇深表同情，"这都几次了？之前见的那些人后来怎么样了？我记得阿姨说有个学历特别高的。"

"是有这个人。"寂夏提到这事就觉得头疼，"见了面才知道他攻读的是物理系的博士，我一个文科生，一开始就跟他说了我的物理学知识储备较少。后来你猜怎么着？"

慕阮阮兴致勃勃地问："怎么着？"

寂夏几乎是在用生命叹气了："他给我科普了三个小时的相对论。"

紧跟在她叹气声后的，是慕阮阮毫无形象的哈哈大笑。

寂夏咬牙切齿地道："慕阮阮，你的同理心呢？"

"抱歉抱歉。"慕阮阮说话时还带着忍笑的颤音，电话那边传来几声敲屏幕的声音，寂夏的手机很快便收到了一条转账的消息，然后她听见慕阮阮继续道，"说不定这次的会不一样。你看他订这么高标准的餐厅，条件应该不错？"

"越是这样才越让人忐忑吧。"寂夏愁眉苦脸地敲了敲桌上放置的烛台，玻璃罩里的火光被她敲得微微摇晃，"条件好还需要出来相亲的，大多是有难处吧。比如，长相有缺陷，身体……有隐疾？"

"那你注意一下。"慕阮阮又好奇地问了句，"不然你把他的名字告诉我？我人脉广，说不定能帮你打听打听。"

寂夏仔细回忆了一下那条她没听全的语音消息，此刻支离破碎的声音划过她的脑海："好像是叫顾……"

"顾瑾年。"

沉稳低沉的声音从身边传来，在幽静的环境下显得尤为清晰，连带着那三个字，与寂夏模糊记忆里的名字不期而遇。

但显然不是什么好兆头。

寂夏循着声音侧目，迎面撞上一双狭长的眼睛，压在如刀刻般的剑眉下，轮廓利落，目光幽深，给人的感觉冷冽、锐利。

或许是刚从工作场所赶来的原因，他一身浅灰色西装，内里搭了件立领的白色衬衫，与挺拔的身高相得益彰。他伸手拉开寂夏对面的椅子的时候，她似乎能感受到从四面八方聚拢而来的视线。

他挡着半壁烛光，不知道在这里站了多久。看见寂夏一脸茫然地望过来，他意味不明地笑了一声："你好，我是顾瑾年。你的相亲对象。"

饶是寂夏不在意相亲的结果，这样的开场也让人进退维谷。

男人在她对面坐了下来，姿态从容，不急不缓，烛火映着他似笑非笑的眼睛。

不知道是因为他过于出众的外貌，还是平时惯常发号施令的缘故，寂夏总觉得他身上带着旁人鲜有的侵略性和压迫感。

这种感觉在他落座后变得更加明显。

寂夏还在走神，慕阮阮极具穿透力的声音却从电话那头传了过来："你们见上面了？如何？长得丑，还是……隐疾？"

男人闻言低头好整以暇地把袖口翻了两折，似乎在等待她的评价。

寂夏啪的一声合上了手机。

慕阮阮的声音一断，她立即摆出一副"刚才发生过什么吗"的表情，镇定自若地道："顾先生，你好，我是寂夏。"

她仿佛失忆一般的绝佳演技，引得顾瑾年笑了一声。

"初次见面。"他倒也没多计较，只配合着她的"表演"一颔首，动作自然地将菜单递了过来，"你点，我随意。"

极有风度的样子，哪怕是在听到她并不礼貌的评论后。

寂夏也没推诿，她翻开菜单，想了想问："顾先生有什么忌口？"

顾瑾年似乎没想到她会有此一问，他的目光在寂夏身上停留了一会儿，才道："不要葱，多谢！"

寂夏在心中划掉几道葱烧菜，她将菜单翻过几页，顾瑾年这三个字在脑海中绕过一圈，让她徒然升起一丝熟悉感。

寂夏默念了几遍他的名字，隐约抓住了一些模糊的印象，她问道："不好意思，您大学是不是……"

顾瑾年随手将西服外套搭在椅背上，闻言点了点头，肯定了她没说出口的猜测："奉阳大学。"

果然如此。寂夏心想，顾瑾年这个人，她之前是听过的。

寂夏的老家就在奉阳，她高中的学校和这所国内排名前十的院校只隔了一道矮墙。两校内都栽满了老洋槐，但凡是个爬树技术好点的同学，翻过墙头就是奉阳大学的操场。

虽然校规上对翻墙是明令禁止的，但白纸黑字怎么抵得过怀春少女们的心猿意马。

尤其是，当邻校有一个讨论度极高的风云人物的时候。

以省状元的名次被录取，学习好、长相好、家世好，完美符合青春期女孩对偶像剧男主角的所有幻想。现在回奉阳看看，顾瑾年这个名字应该还挂在奉阳大学的光荣榜上。

在这种"翻墙文化"无比盛行的高中时代，顾瑾年无疑算得上百家"墙头"。

与他有关的话题，在她的高中传得沸沸扬扬。多少姑娘千方百计在夜色中翻过墙头，就为了远远地看上他一眼。

顺着模糊的记忆，寂夏甚至还能想起第一次听到这个名字是在高一某次升旗仪式上。被教导主任抓个正着的女同学被迫上台念检讨，她站在鲜红的五星国旗下，一开口就是："那一天，我听说他正在操场打篮球，我借口拉肚子，怀着视死如归的心情翘掉晚自习。不顾月黑风高爬树翻墙，终于在操场的照明灯下一睹他的风采。在这个百无聊赖的高中生涯，感谢顾瑾年学长在我的青春期启蒙阶段，上了宝贵而充满意义的一课……"

这份突如其来的检讨书，承包了寂夏对顾瑾年的全部印象。被这个名字激活的记忆里，除了"启蒙教育"，还有教导主任气急败坏的斥责和满操场飞扬的笑声。

没想到她第一次将人和名字对上号，居然是在相亲的餐桌上。

带着某些突如其来的荒谬感，寂夏下意识地问了句："顾先生是做什么的？"

"投资。"顾瑾年回答，言简意赅地道，"和几个朋友一起，自负盈亏，随便做做。"

寂夏看了一眼他手腕上明显价值不菲的腕表，觉得他这一句"随便做做"过谦的水分极高。她在心里长长地"啊"了一声，心想：一个人的辉煌，或许在他年少时，就可以初窥端倪。

两个人吃的份量本就不多，寂夏选好一荤两素，私心作祟，又多点了道甜品。眼见下单的服务生临走前，红着脸偷偷打量了顾瑾年好几眼，寂夏心中的古怪感更盛，她忍不住问："顾先生……怎么会考虑来相亲？"

为中国婚恋市场做贡献？

"这需要有什么特殊原因？"顾瑾年似乎没想到会被问这样的问题，他倒像是挺认真地思索了两秒钟，"和你差不多。"

和她差不多？那不就是……

寂夏听到答案，心里那点疑惑总算找到了落脚点。她松了口气，有些如释重负地道："顾先生的难处我了解的。"

大家都是传统婚恋观的牺牲品，幸运的是，她这次终于不用听人讲解高中经典物理题，也不用事无巨细地汇报自己存款、工作、家庭的各方面条件了。

顾瑾年一挑眉梢，颇能抓住重点地重复了一遍她话里的字眼："难处？"

"现在相亲虽然很普及，但也不是所有人都出于自愿。"寂夏善解人意地点了点头，还特意强调道，"尤其是顾先生这样的人。"

顾瑾年看了看她那副"不必多说，我都明白"的表情，略微思索，便明白过来问题出在了哪个环节，但他没急着解释，倒是反问了一句："那寂小姐觉得我是什么样的人？"

不知道是不是她想得太多，寂夏总觉得顾瑾年有此一问，是在记恨她之前和慕阮阮说的话，她立刻亡羊补牢地道："长相出众，年轻有为，也很有风度。"寂夏犹豫了一下，自觉地补上后半句，"身体看起来也非常健康！"

"所以，不考虑认识途径，"或许是她的夸奖取悦了顾瑾年，他笑了一声，"就客观层面，我还算符合寂小姐的择偶标准吧？"

寂夏被这个问题问了个措手不及。但她很快在顾瑾年似笑非笑的目光里，脑补出了他的心路历程——虽然相亲不是自愿，但你必须承认我的优秀。

她收回刚才说的"很有风度"。

但寂夏也没有第一次见面就下人颜面的习惯，她客套地说了一句："顾先生当然算得上……远超预期。"

顾瑾年仿佛完全没有听出她的勉强："我的荣幸。"

寂夏忍不住道："这种夸奖，顾先生应该听了不少。"

顾瑾年眼底的笑意更盛："这种好事自然多多益善。"

寂夏少见地在言语交锋上败下阵来，她干脆转移话题："介绍人应该也说了我的情况。我是在……"

"我知道你。"

意料之外的，顾瑾年打断了她。他的声音低沉，轻声说话的时候尤为吸引人。

他迎着寂夏错愕的目光，仿佛是熟识她多年的老友一般，慢条斯理地又说了一遍："我知道你。"

寂夏一时拿不准，这突如其来的四个字是什么意思。她望着顾瑾年，想从对方的神色里找到些线索。可她察言观色的功夫着实不到家，除了被顾瑾年的笑容晃得走神外，一无所获。

顾瑾年也没有过多的解释，却是话锋一转，带着几分诱导的意味："你就没有什么其他想问的？"

你知道我什么？

就在寂夏几乎将心里的疑问脱口而出的时候，坐席的响铃突然被人敲了一下，有服务生端着餐盘走过来："您好。您的福禄满坛好了。"

菜肴的香气扑面而来，寂夏神色一松，几乎是立刻就把刚才的问题抛之脑后，她朝顾瑾年笑道："不如我们先解决吃饭问题？"

顾瑾年选餐厅的品味也是一流。

端上来的几样菜品口感正宗，选材养生，除了寂夏即将遭殃的荷包，实在让人挑不出任何缺点。直至盘干碗净，顾瑾年看着她意犹未尽的神色，稍稍挑眉："吃好了？"

寂夏恋恋不舍地舔了舔吃甜品的勺子："好了。"

顾瑾年闻言停住动作，寂夏这才注意到顾瑾年虽然停筷许久，但始终没放下餐具。

原来是在等她吃完。

待他们走到前台，寂夏指了指之前坐着的位置："那一桌，麻烦结账。"

"您好，小姐。"前台的小姐姐笑容亲切，"B37已经结过账了。"

结过了？什么时候结的？他们中途谁也没离席啊？

寂夏望向身边的顾瑾年，见他一副顺理成章的表情，她只得叹了口气，拿出手机道："顾先生，这顿饭我们 AA 吧。"

"寂小姐。"顾瑾年笑了一声，"我可以把这理解成一种加微信的方式吗？"

酸痛的感觉又从后槽牙处传了过来，寂夏忍了忍道："顾先生直接给我收款码就行。"

顾瑾年"嗯"了一声，却半点拿手机的意思也没有："其实请客这点小事，寂小姐不用放在心上。"

他把话说到这个份儿上，寂夏再客气，倒显得过分在意。

她妥协地把手机扔回包里："那就谢……"

她一句话还没说完，就听顾瑾年慢条斯理地在后面添了一句："改天请回来就好了。"

请回来？

寂夏沉默地想：这么贵的餐标，恐怕您之后是很难再联系到我了。

"那是一定。"寂夏这么想着，表面上却和和气气的，她亦步亦趋地跟着顾瑾年往外走，"托您的福，这顿晚饭我吃得很愉快。那我们下次有机会再聊。"

顾瑾年听完她这一套官腔满满的结束语，也不急着回答，倒是借着胳膊长的优势，提前帮她推开餐厅的门，等她出了门才道："地址。"他朝寂夏示意了一下停车场的某个方向，"我送你回去。"

寂夏坚定地摇了摇头："不用。我坐公交就好，这儿离站台也不远。"

"太晚了。"顾瑾年看了一眼寂夏摆明了想要拒绝的神色，顿了顿，像是想通了什么，忽然若有所思地道，"欲擒故纵倒也是一种高效的社交方式。"

直到寂夏怀着忍辱负重的心情上了车，她也没想明白，怎么能有人用这种糟糕的说话方式最终达成他想要的结果。

明明她自己也并不是个容易妥协的人。

顾瑾年的车是常见的牌子，寂夏对车了解不多，所以不太清楚型号，只是觉得这辆车的内置照常规似乎宽敞了一些，坐起来更加舒适。她系好安全带，跟顾瑾年报了地址，又道："麻烦了。"

"我的记性不差。"顾瑾年单手打了下方向盘，"客气的话，寂小姐之前已经说过了。"

"不好意思。"饶是寂夏再好的脾气，此刻也难免有些按捺不住，"不严谨一点，我怕再让顾先生产生什么异想天开的误解。"

顾瑾年没再开口，只是笑了一声，听上去心情很好的样子。

听到顾瑾年的笑声，寂夏觉得更生气了。她干脆偏过头去看窗外的夜景，打定主意做一路的哑巴。被冷落的顾瑾年倒也无所谓，伸手打开了车载音响。

刚好放的是她喜欢的歌。

错开了京市的晚高峰，顾瑾年很快将车驶到了目的地，他望了一眼孤零零地伫立在路边的塔楼，问："你住这里？"

"嗯。这里的房租便宜，离公司也近。"寂夏解释了一句，她解开安全带道，"那我走了，您路上慢点。"

顾瑾年也道："回见。"

寂夏打开车门走进单元楼。没过多久，漆黑的楼道里便传来"啊啊啊"叫响声控灯的声音，还带着抑扬顿挫的声调。

在车里听得一清二楚的顾瑾年忍不住笑了。

原来声控灯还能带来这种乐趣。

幽暗的车厢内，被扣在支架上的手机亮起微弱的光。顾瑾年伸手滑开屏幕，看到微信上多了条消息：Jin。关于《浮生》的投资决策恐怕有变动，你有时间回来看一下。

消息后附着一份非正式的文件。顾瑾年将里面的内容浏览了一遍，倒没急着回复，他从兜里摸出烟盒，抽出一根烟在烟盒上敲了敲，这才下车点了。

晚风带了些寒意，路口的便利店的窗上起了雾，有一对年轻的情侣正在玻璃上写下彼此的名字。香烟里的尼古丁让顾瑾年的头脑清醒了不少，他整理了一下待办事项，不由得伸手揉了揉眉心。

塔楼上有一户灯光亮了起来。

和别家稍显不同的是，这一户的灯光是暖黄色，窗棂处还挂了一排五颜六色的小灯泡。

顾瑾年抬头朝那扇窗看了一眼，刚才还乱着的心绪，不知怎的竟一扫而空。他眉头一展，将指间还剩半截的烟掐了，心想：在那一句"为什么来相亲"的节点，他或许该坦白来着。

顾瑾年二十岁之前的人生都可谓顺风顺水。

他在富裕的中产家庭长大，父亲经营一家合资公司，母亲是家庭主妇，知书达理，性格温柔。承袭了父母的优良基因，顾瑾年自小学习成绩也是稳居第一，再加上长相不错，他一路走来，沿途尽是赞美和掌声。

荣光的人生开场，造就了顾瑾年一身的傲骨，却不想故事的转折不在山穷水尽处，往往令人猝不及防。

他大三的那一年，一场意外的车祸夺走了他父亲的生命。作为事故的责任方，不仅要支付巨额的赔偿，连父亲的公司也很快被转入合伙人的旗下。勉强支撑着这个破碎家庭的，只有父亲生前留下的积蓄。

可生活的剧本总是喜欢在所有美好风光悉数退场之际，雪上加霜。

顾母的弟弟，他的小舅舅毕庆周是个不折不扣的赌徒。他父亲还在世的时候，就算他舅舅输得砸锅卖铁，家里也能帮着兜底。在父亲出事后不久，毕庆周不知道从哪里听到的风声，到家里来，想从他父亲的遗产里抽一份油水来。

眼下他们家本就自顾不暇，哪里还补贴得了别人家。他的母亲红着眼睛将亲弟弟请出了家门，可毕庆周丝毫不记着之前被救济的恩情，反而嫌他们一毛不拔，隔三岔五地到顾瑾年的学校里撒泼打滚。最严重的一次，在他还上着课的时候把他叫了出来，当着班上同学的面指摘他六亲不认。

顾瑾年迎着劈头盖脸的谩骂声，他站在教室的门口，也没说什么，只向楼梯间探头探脑的同学中借了手机，一通电话直接打到了派出所。

因为是带有血缘关系的民事纠纷，警方也不好处理，最多只能对毕庆周提出口头警告。但顾瑾年强硬的态度，倒是让毕庆周老实了一阵。可是丈夫的突然离世和亲弟弟的落井下石，接二连三的打击，终究还是让顾母病倒了。

那段时间，可谓是顾瑾年人生的至暗时刻。

母亲病重需要住院，每天都是大量的开销。想着让母亲得到更好的照顾，顾瑾年还请了昂贵的护工。为了补贴家用，顾瑾年自作主张，低价卖掉了他们家的几套房产。

签好房产转让协议书的那一天，顾瑾年到医院缴住院费的时候，发现自己的钱包不知道什么时候不见了。

有足足五分钟的时间，顾瑾年的大脑是空白一片的。直到收款的护士不耐烦地催了他一下，他才回过神来道了声歉。回到母亲病房前的时候，他迟迟不敢推门，怕藏不住脸上的表情，让母亲担心。

可他实在是太累了。

唯一庆幸的是，他没有把钱全部取出来。几天之内，金钱这个东西忽然就变成他生活里的重担。可这些钱原本对于他，可能不过仅仅是一份生日礼物。

顾瑾年又沿着银行到医院的路，来来回回地走了两遍。他本就在母亲的病房里耽搁了好一会儿，再加上钱包里的数额比较大，他明知道希望渺茫，却没法控制自己心中那点期望。

等他第二次经过银行外第一个十字路口的时候，忽然看到路边的橡树下有一个米灰色的圆团子动了动。

顾瑾年犹疑着走近了两步，这才看清树下蹲着一个活生生的人。那人刚站起来，一个略显青涩的面孔从树后面钻出来，望着他找寻的神色，试探着朝他招了招手。

"这位……学长，"她声音里带点水乡的味道，在茫茫冬日里，很容易让人联想到江南的春景，"你是丢了什么东西吗？"

女孩的声音很轻，却瞬间抬起顾瑾年心中摇摇欲坠的希望。他压着心头涌现的一点激动，尽量平稳着声音道："嗯，丢了一个钱包。"

女孩戴着一顶红色的毛线帽，帽檐下的一双眼睛格外清澈，眼神干净又温柔，她问得很认真："那你的钱包里有什么呢？"

顾瑾年被那双眼睛注视着，忽然想起了小时候老师讲过的，金斧子与银斧子的故事。他回答："两万块现金，还有一张银行卡。"

女孩闻言，慢吞吞地从怀里摸索出他的钱包，当着他的面打开，开始一张张数钱包里的钱。

她数得很慢，顾瑾年一声不响地站在一旁，望着她冻得通红的鼻尖。奉阳的冬天很冷，从她不太灵活的动作来看，应该是在这里蹲了很久。

女孩好不容易数到最后一张，却迟疑了一下，她并没有第一时间把钱包还给顾瑾年，反而警惕地退后两步，盯着他道："并不是两万。"

顾瑾年在冷风中勾了勾嘴角，两侧僵硬的咬肌让他意识到自己似乎很久没有笑过了，他不由自主地放轻了声音道："你数错了。"

女孩眨了两下眼睛，看他一眼，又看了怀里的钱包一眼，带了种"那怎么可能"的表情，然后把钱包里的钱拿出来又数了一遍。

她数一下，就跟着点一下头，连着头上的红帽子一下一下地从顾瑾年的眼前划过。顾瑾年垂眸，看到她挂在书包上的名牌上，写着"高二一班，寂夏"几个字。

他沉默地在心里念了一遍她的名字，像有滚烫的风穿过漫漫雪夜，披星戴月，抵至荒野。安静、潦草，不由分说。

她数到最后一张，似乎停顿了两秒钟，然后原封不动地把钱塞回了钱包，闷声闷气地承认道："抱歉啊，是我数错了。"女孩将钱包递还给他，认真地嘱咐道，"别再弄丢了。重要的东西，丢了就很难找回来了。"

顾瑾年道了声谢，总觉得自己还应该说点什么，但一向擅长言谈的他，却莫名地在这个冬夜里欲言又止。而女孩听到道谢后就摆摆手，在须臾的沉默声中，一转身跑出去好远。

顾瑾年站在原地目送那道背影，直到那顶颜色醒目的红帽子渐渐淹没于黑暗，他心想：应该说声再见的。

原木和纯白色调装饰了这个不足二十平方米的小房间，屋里唯一的色彩就是挂在窗户上的彩色小灯。因为小区老旧，年久失修，寂夏很幸运地租下了一个独立单间，除了要忍受出其不意的停电外，这间房子无论从租金还是条件都还不错。

寂夏洗过澡后一头栽进柔软的被子里，窝在被子里的投影仪被她一脚踹到了开关键，未看完的黑白老电影重新开始播放起来。流畅的英文对白，不知怎么，让寂夏想起顾瑾年的车载音乐和他握在方向盘上那双干净修长的手。

似乎，上苍处处都对这个人偏爱良多。

她刚躺下没多一会儿，于晴就心急火燎地打电话来问她相亲的情况。寂夏忍着睡意，昏昏沉沉地回答了一句："应该是失败了。"

"怎么又失败了？"听到她的回答，于晴不免着急，"你王阿姨说人家男孩子的条件相当不错，各方面都拿得出手，怎么到你这儿就不合适了呢？你到底是不满意人家哪儿点？"

不满意哪儿点？

寂夏觉得这句话的主谓宾都应该换位置。

要说不满意，也是因为这位顾先生的条件过于优越。这张脸曾经骗了多少高中小姑娘为他爬墙，理论上现在想要接近他的女人应该只多不少。

怎么说呢？她觉得自己着实不具备那种群芳争艳的能力。

现在再冷静地想想，顾瑾年那些不太寻常的表现或许也是为了向她传达逢场作戏和身不由己的信号。作为同为老一辈婚恋观的受害者，寂夏自然清楚这种话是不能对家长说的。

"是这样的，妈。"寂夏在找借口这种事情已然非常娴熟，十分诚恳地说道，"我和这位顾先生三观不合。"

那之后的几天，于晴再也没给她发消息，应该是对她相亲的事彻底绝望了。

原本就是经介绍人辗转认识，再加上两人并没有互加微信，名为"顾瑾年"的这一页，似乎很快就在寂夏的生活中翻篇了。

会后确定了合作意向的周斐，工作效率也是没得说。

周五晚上就发来了修订后的大纲和几集新剧本，连着修改稿一起发来的还有向婉的信息：**尽快看一下剧本。下周一和编剧开会讨论。**

寂夏一边回复"好的"，一边看了一眼刚打印出来足有半指厚的剧本，心想：这个周末怕是又要加班了啊，原本还约了阮阮吃饭来着。

想到这儿，寂夏发消息给阮阮：**阮阮，这个周末我应该得加班了，对不起啊！**

慕阮阮直接打来电话，每个字都透着愤怒："寂夏，你有没有良心？上周末你有时间和男人出去相亲，跟我出去你就要加班？我连周末的美容都已经推了！"

"实在是生活所迫，大小姐。"寂夏解释道，"周五发的剧本，周一就要讨论，周末不加班根本看不完。"

"你的领导是故意的吧？"慕阮阮的尾音连着一声冷笑，"这会早不开晚不开，你周末辛辛苦苦地给她干两天活儿，她跟你提加班费的事了吗？"

寂夏犹豫了一下："那倒是没有，这个会议的时间可能也不是她定的……"

"一个制片人连确定会议时间的权利都没有？她的头衔怕不是摆设吧？"慕阮阮恨铁不成钢地问她，"这种领导，这种公司，你不辞职还留着过年吗？"

寂夏笑道："你别说，公司过年的加班餐倒是不错，还有饺子。"

慕阮阮气呼呼地嗤了两声，末了，她像是想起什么似的，忽然道："对了。裴越前一阵来京市了。"

寂夏沉默了两秒钟，才掀了掀眼皮道："他来不来和我有关系？"

裴越，她的前男友。

这个名字，堪称她失败的感情经历的代名词。让寂夏第一次深刻地理解了什么叫措手不及和无疾而终。

还要感谢她唯一的前男友代替语文老师教会了她这两个成语的使用语境。

慕阮阮像是早已料到她的反应："他问我要你的联系方式，我没给。"

寂夏奇怪地道："他那么多朋友，还不够排场迎接他？"

慕阮阮没忍住笑了："我知道，我就是知会你一声。"

挂了慕阮阮的电话，寂夏坐在飘窗上翻开了剧本。慕阮阮说的问题，她不是没有考虑过，尤其是最近她经手的项目收益率越来越高，向婉几次有意无意地防备着她和编剧的接触之后，离职的念头也越来越强烈。可她对向婉始终还是心怀感激的。

寂夏刚毕业的那段时间，和父母的关系闹得很僵。她拿着调剂后冷门专业的文凭，在京市海投简历却四处碰壁。几次面试失败之后，因为高昂的房租，她兜里的生活费早已所剩无几，却执拗地不想向父母开口。

不得不说，方便面除了不太健康之外，真是落魄生活的绝佳伴侣。

在那个时候，她凭借着自己相对流利的英语，应聘到了汇川的海外部。她满怀抱负地入职，却没想到海外部的领导只是看她年龄小、好拿捏，将报销、跑腿送文件、准备下午茶这种杂事一股脑地丢给她，还时不时地因为嫌弃她动作慢，阴阳怪气地嘲讽。

在无法安心入睡的夜晚，寂夏听着隔壁传来的麻将声，看着自己空荡荡的房间想：原来背井离乡是这种滋味啊！

她就是在这个时候遇到了向婉。

当时向婉急需一份对外宣传的剧本文案，却因为写文案的人临时出差，怎么也找不到人。她也不知道从哪里听说寂夏的文笔不错，死马当活马医地找到了她。寂夏熬夜看完剧本，第二天就交了差，向婉看过之后觉得不错，直接拿来用了。

那之后，她单独找到寂夏，问她："我觉得你的能力不错，你愿不愿意跟着我干？你要是愿意，我现在就找你的领导要人。"

那是寂夏战战兢兢地打了半年工以来，得到的第一句肯定。她至今还记得那天万里晴空，向婉的身后落了一地的阳光。她听见自己开口，声音仍然颤抖着，带着不足为外人道的心酸和突然升起的对未来的希望。

她说："我愿意。"她将这一句"我愿意"作为新的起点，死心塌地地跟着向婉工作至今，已经两年了。

寂夏翻了两页剧本，搁在桌面上的手机忽然振动了一下，一条消息出现在屏幕上：寂夏姐，我是齐妹。向婉姐让我管你要一下《浮生》的剧本。

剧本属于机要文件，出于谨慎，寂夏正想开口询问，可她刚在手机上打了两个字，就见对方甩了一张和向婉的聊天截图过来。

确实是向婉的意思。

寂夏见此也没再多问，将邮件里的剧本悉数转发了过去，这段小插曲很快在剧本里峰回路转的剧情中被她抛在脑后。直到周日晚上，寂夏刚看完这版稿子，边揉了揉酸胀的眼睛，边写了封工作邮件发给向婉。

她在邮件里对这一稿的剧本高度肯定，可还没等她爬下飘窗，向婉的电话就打了过来。

"这一次改动后，剧本和原著的差异变大了，不是很容易得罪原著的读者吗？"向婉一开口，便是责备的意思，"这些关键的地方，你作为策划评估，难道没有考虑吗？"

"我不认为和原著差异大是一种风险。"向婉说的这个问题她不是没有想到，寂夏整理了一下思路，说，"之前有很多成功的改编剧，剧本的改动都很大，可是原著的读者却没有群起而攻之。我们只要留住核心，讲好故事，也会被市场认可的。"

"职场戏的部分有很多地方不符合广告业务的实际情况，显得故事的专业度不够。"向婉的语气好了些，却对另外的问题提出了质疑，"这些问题你怎么没有提？"

"故事的剧情不一定要和实际情况高度一致，毕竟《浮生》也不是写实片。"向婉的态度让寂夏隐约觉得某些地方出了问题，她试图解释道，"有时候为了更好地营造戏剧冲突，虚构是必要……"

"这个项目的版权预算太高了，各方面的风险我们都要考虑。"寂夏还没说完，向婉便打断了她，"就算编剧有自己的想法，为了保险，还是需要迎合市场。"

寂夏听出向婉语气里的强硬，她清楚此时争论或许并不明智，却出于原则坚持道："向总，我还是觉得……"

"这个话题先到这儿吧。"向婉再一次打断了她，"决策层面的事，确实也不是你应该考虑的。"

向婉说完这句话，也没给寂夏反驳的机会，很快便挂断了电话。

寂夏若有所思地放下了手机。

时间宽裕的时候，向婉都难得将剧本从头看到尾。这一次的会议安排得这么匆忙，她必然也不会把剧本看完，那么这些意见是从哪里来的？

寂夏带着疑惑思索了一会儿，终究还是重新拿起手机：向总，您的意见我认真考虑过了。但不管考虑到周斐的能力，还是故事本身的价值，我依然保留原先的意见。

寂夏将消息看了两遍，终于还是按下了发送键。

在职场上执意反驳领导，似乎不是什么正确的决定。可违心逢迎她并不认同的观点，她更不愿意。对创作者的心血负责，是她工作上不变的底线。

周一下午，寂夏提前十分钟抱着电脑往会议室走，却见向婉先她一步坐在了会议室里。

向婉难得的早到，令寂夏有些诧异，她朝向婉点点头道："向总。"

"寂夏，你来得正好。"向婉看了眼手机上的时间，"之前发给平台的《风和》样片，对方现在想要一份完整的分集梗概，最晚后天就要交过去。"

寂夏闻言一愣："要我现在写？"

《风和》是寂夏之前负责的项目，项目反响不错，几个网播平台都有意向买进，目前在讨论最终价格，已经进入发行期的项目，按常理不属于她的工作范畴。

"对，发行部的消息。就在刚刚，九州向我们传达了采购意向。"向婉点点头，继续道，"公司的意思，九州这种大平台，资料一定不能马虎。这个项目从头到尾一直是你在跟，要说对剧情的熟悉度，没有比你更适合的人选了。"

寂夏虽然对临时改变工作安排的行为有些不满，却被向婉的理由说服了。倒不是因为对项目的熟悉程度，而是因为向婉话里提到的"九州"。

作为国内屈指可数的网播平台，九州以社交软件起家，积累了远超于其他平台的用户基数。其流量、热度，和几个一线卫视平分秋色，又因为背靠着大集团，采购影视剧给的价格极高，财大气粗，是名副其实的版权大户，一向是各影视公司争先结交的对象。

去年半数以上的热播剧都是在九州上线的。据她所知，有几部班底不错的电视剧为了上九州的暑期档，暗地里争得头破血流，最后成功上位的那个项目果然大爆了。

面对这种大合作方，公司谨慎的态度倒也无可厚非，何况到底是自己经手的项目，多出一份力她确实也更放心。想到这一层，寂夏当即道："我这就去做准备。"她应了一声，又问，"《浮生》的会议需要向后推迟吗？"

"不用。"向婉回答得很干脆，"《浮生》的事我另有安排，你专心准备《风和》的资料就好。"

寂夏点点头，她抱着手里的资料刚走出会议室，就见妆容精致的齐姝与她擦肩而过，像是没看到有她这么个人似的，直接走进屋里，跟向婉打了声招呼："向婉姐，您来得这么早，我没迟到吧？"

向婉的声音从寂夏身后传来，语气带着安慰："别紧张，这位编剧人不错，你有什么想法尽管说就是。"

寂夏愣了半晌。她的脑海中闪过不少隐晦的片段，齐姝不合常理来要剧本的时机，向婉对剧本的意见和对她的否定，还有她发过那条消息后，始终没收到的回复。

她早该清楚的。

职场很多"个人想法"都是多余的。

寂夏心不在焉地回到工位上，却下意识地点开了为开会准备的讨论资料。她压下心底不断升起的情绪，正想着无论如何，先把新任务完成，就见同岗位的李钥挪了挪椅子靠过来，问她："哎，寂夏，你不是去开会了吗？"

寂夏倒也没隐瞒："齐姝代替我去了。"

李钥闻言，立刻替她打抱不平："齐姝？这姑娘不是才入职不久吗？你跟了这么久的项目让她去？"

李钥的话倒是迎合了她此刻的心情，寂夏想了想，却道："或许向总有她自己的考量吧。"

"哪里有什么考量。"李钥颇不以为意地嗤笑一声，她看了寂夏一眼，突然神神秘秘地凑近了点，低声道，"我听说啊，那个齐姝是有关系进来的，压根儿就没参加面试。"

突如其来的八卦让寂夏心头一跳，可她没急着向下追问，反而朝李钥笑了笑道："但凡进来个新人，公司里就流言四起，这个怕不是也是谣传吧。"

"这个可是千真万确！"听到寂夏质疑消息的真实性，李钥简直比听到质疑自己还难受，她一股脑儿地就将前因后果交代了出来，"人事的实习生亲口跟我说的，那天你去跑业务都没看见。齐姝入职后换个部门打招呼，都是人事总监亲自带着的，这排场不是有后门还能是什么？"

寂夏脑海中闪过齐姝对向婉那熟稔的态度，她摸着电脑的鼠标，慢慢地划了划滚轮，似乎是漫不经心地"哦"了一声。

"哦？你就哦？"李钥怒其不争地敲了两下桌子，"她凑过去开会，这不是明摆着想截你的项目？谁不知道周斐老师改出来的本子肯定是重点项目啊！"

"她要是凭本事得到认可，"寂夏垂着眸，"我也心服口服。"

"那她要是凭关系呢？"李钥冷笑一声，"用这种见不得人的手段赢了你，你就甘心？"

寂夏盯着电脑屏幕，一时陷入了沉默。

见寂夏良久没有说话，李钥叹了口气，安慰似的拍了拍她的肩膀："你好好想想吧，别任劳任怨地干了半天，最后竹篮打水一场空。"

事实证明，李钥的这句话并非杞人忧天。

周四一大早，寂夏就将整理好的资料传给向婉。她站起身，问身边的李钥："我冲杯咖啡，你要吗？"

李钥摇了摇头，拒绝："算了，最近睡眠不太好。"

寂夏想了想："那我给你带杯牛奶吧。"

见李钥这次点了点头，寂夏拿起杯子往茶水间走，在离门口还有两步路的时候，她忽然听见熟悉的声音从屋里传了出来。

"向婉姐，周斐老师在会上特意问了寂夏姐为什么没有来，您看……"

寂夏的脚步一顿。

"别想太多，这个项目之后由你主导。"向婉的声音紧随其后，"我之后会和寂夏沟通交接的事情。"

"可是，"得到了项目的齐姝还有些迟疑，"换掉毫无过失的负责人，会不会对您的影响不太好？"

"谁说毫无过失。"齐姝为她着想的话语似乎让向婉颇为受用，她笑了笑，"九州那边的朋友跟我说，他们项目部门最近空降了一位负责人，不太好接触，说话也不留情面。《风和》的工作现在全在寂夏手里，要是对接的时候对方有什么不满意的地方。"向婉的话停顿了一下，她似乎给胶囊咖啡机装好了胶囊，再开口时，一半的话语和咖啡机运转的响动混合在一起，"你说她还能不能有时间花精力管《浮生》？"

齐姝跟在向婉的话音后笑了两声，她像是拿到了什么稳妥的保障，语气里都透着轻松："还是向婉姐想得周全。"

"你是高总的人，总不能委屈了你。至于寂夏……"向婉朝门口这边走了两步，她放低了声音，却话里有话，"再好的刀，用还是藏，那不都要看握刀的人吗。"

原来是向婉觉得寂夏没有之前好控制了。

没有能力和太有能力的下属，对于管理层来说都不是件好事。齐姝看起来十分乖巧，用来敲打寂夏，再合适不过，还能顺手卖公司高层一个人情。

向婉吃准了寂夏的性子软，翻不出什么风浪，却怎么也没想到，这个轻声细语，看起来安静温和的姑娘，第二天会一声不响地把辞职信递到她的办公桌上。

辞职理由那一行她写得非常简单：职业预期不再符合人生规划。

向婉捏着那份辞呈，平复了一下被这份文件带来的冲击感，习惯性地露出了一个笑容："你工作几年，应该清楚做决定不能凭冲动。"

"我很冷静，向总。"寂夏的声音很平静，"这是我深思熟虑后的决定。辞职原因和上述一致，还请您尽快批复。"

向婉脸上的笑容有些挂不住了，事态的发展完全脱离了她的掌控，这让向婉有种如鲠在喉的失控感，她不禁升起几分怒火来。

不过是一个刚毕业没多久的小姑娘，装什么宁折不弯。

她这样想着，可毕竟在职场摸爬滚打多年，深知人情世故，向婉固然恼怒，却还是理智地将寂夏的条件在心里权衡了一下。

平心而论，寂夏的能力不错。几次向她力推的项目最终反响都不错，对剧本的把控也很有大局观，在项目推进上稳扎稳打，鲜少出错。眼下她手里有不少积压的剧本，正是用人之际，这个时候找一个这么好用的人，并非易事。

"寂夏啊，你在我这里一直干得不错，我也是把你当作重点人才来培养的，你有什么不满意的地方和我直说就是。"向婉在心里敲定了结论，当机立断地拉下颜面，"你是不是还放不下前两天那事？是我没处理好，不然这样，以后项目的绩效再给你加五个点，算是你辛苦的奖金。"

这番话倒是让寂夏感到意外，之前她提涨薪的时候，向婉推三阻四，说公司现在的业绩不好，到了这种时候，向婉倒是大方了起来。

迟来的退让，反而坚定了她离开的决心。

"向总。不是薪资的事，也不是剧本会的问题。"寂夏朝向婉摇了摇头，轻声重复了一遍，"非常感谢您的认可，但我的决定不会变。"

向婉没想过寂夏会如此强硬，当下转变了态度。

"离职毕竟是员工和公司共同决议后才可以生效的事情，你要想清楚。"她伸手在辞呈上敲了敲，恩威并施地道，"我大可以让这件事的批复无限滞后，不如趁着能拿到甜头的时候改变主意。"

"不知道您有没有关注过近期的影视资讯。"面对向婉突然变了个脸色，寂夏倒也不怎么吃惊，她提起了一个毫不相关的话题，"播出的《青灯》连续两周都是卫视收视率第一。《地宫》刚刚开机，当红演员周笙已经确定出演，未来的收益必定可观，还有之前成了爆款的《极限目击》。"

寂夏一连串地报出几个名字，全是近期口碑不错的电视剧，她直视着向婉的眼睛："而这几个项目早期我们公司都经手过，我也都向您推荐过，可您却因为个人意愿否决了。"

向婉的脸色一沉，她盯着寂夏："你想说什么？"

"向总，您是前辈，我尊重您的考量。"寂夏望着向婉变得越来越差的脸色，笑着道，"但再密不透风的墙，也不是每次都防得住闲言碎语，您说是不是？"

从业这么多年，向婉早就能很好地隐藏自己的情绪。可她此刻几乎压不住脸上的怒色，她眯起眼睛，头一次认真地审视起自己的下属。

寂夏的眼睛是一双标准的杏核眼，幼鹿一般黑白分明，眼尾微微上扬，却不落俗媚。她不经常直视说话的人，此刻这双眼睛垂着，掩在细软的额发后，看起来显得十分安静。

居然看走眼了，向婉心想，这个姑娘远不像表面看上去这么软弱。

"瞧你说的，人各有志，也不是什么大事。"向婉心里闪电般地转过几个弯，须臾的工夫，她的神色又变得轻松起来，"以后虽然无缘共事了，但影视毕竟是个小圈子，说不定还有机会合作。"她边说边大方地在打印好的辞呈上签了字，"提前祝你前程似锦。"

不管什么时候，都能把话说得漂亮是向婉一贯的优点。但不知道是不是错觉，寂夏总觉得向婉在"前程似锦"这四个字上加重了语气。

她没有多想，向婉既然已经签字，之后只要做好交接的工作，她和向婉也就没什么瓜葛了。

寂夏接过那份签好了字的辞呈，推开办公室门的时候，她想了想，还是转过身："向总。我很喜欢现在做的工作，"她朝向婉鞠了个躬，"当时给我这个机会的人是您。无论如何，我都很感谢您。"

向婉微微一愣。

办公室的门在她的眼前关上，似乎将室内的温度抽走了一些。

向婉的指尖在桌上轻轻敲打了一会儿，几分钟后才长叹一口气，拿起桌上的座机轻轻拨通了一个号码。

寂夏原本以为人事会找理由拖她几天，至少要留她到月底。可也许是向婉提前打了招呼，人事那边不仅很快签了字，还告诉她可以按自己的意愿尽快离职。

既然已经决定了离职，在汇川耗太久，浪费的也是她自己的时间。寂夏这么想着，便一边处理手中的后续工作，一边开始海投简历。

《风和》被指定交接给了齐姝，她手里的剧本评估交接给了李钥，至于《浮生》，没有人再跟她提这个项目的后续安排。

寂夏想了想，还是给微信列表里联系过的以及正在联系的各位编剧发了条消息：*各位老师，因为个人原因离职。相关工作已经交接，不会影响合作进度。祝好。*

她刚把养了两年多的多肉送给了新入职的策划，桌上的手机屏就亮了起来。

寂夏打开微信，收到的第一条消息居然来自周斐。

周斐：*祝你越来越好。*

对方像是在纠结要不要说出口似的，另外发了一条消息：*说起来有点遗憾，我是因为你的意见，才考虑和汇川合作的。*

寂夏把两条消息反复读了好几遍，直到眼底涨满了涩意，这才回复道：*感谢您的认可。*

她一字一句敲得很慎重：*您跟故事里的人一样可爱，祝《浮生》早日面世，收视长虹！*

她和熟悉的同事们打好招呼，抱着自己的私人物品离开了办公区。

踏出办公楼的时候，寂夏忍不住回头望了一眼她待了四年的地方。

因为担心打卡迟到，总是要从公交站跑过来的一段马路；天桥上"顶风作案"的煎饼摊弥漫过来的味道还挺正宗；还有茶水间里的胶囊咖啡机，随时随地都让办公室里飘着醇苦的香气。

还有，她离开的这一天，晴空万里无云。

寂夏接到的第一个新面试，是业内知名度还不错的公司。之前因为一个古装项目，她还跟着向婉来谈过两次合作。

整个面试过程都很顺利，除了因为深夜刷剧差点错过的公交车。

寂夏踩着点儿赶到面试现场的时候，排在她前面的候选人已经被叫了进去，她平复了一下因为一路狂奔而失控的心跳，感觉自己一个人演完了整部"生死时速"。

没过多久，面试官便叫到了她的名字。

寂夏走进房间先做了自我介绍，之后便是常规流程。

"……请说一下你的工作成果。"

"从事剧本筛选工作的两年时间里，我审读过近百部剧本及剧本大纲。其中我推荐并跟进的四部电视剧已经播出，反响都很不错。"

"你觉得自己在工作中有什么缺点？"

"有一点强迫症倾向吧。在工作中容易较劲，之前看过一个法律题材的剧本，当时我对法律领域的知识了解不多。但为了保证剧本的真实性，我拖着学法律的朋友硬是看完了一整本《民法典》。"

凭着几年的工作经验，寂夏对专业问题几乎对答如流，就在她觉得这场面试十拿九稳的时候，坐在中间的面试官看了一眼手机，忽然抬头问了她一句："能请您如实回答一下您的离职原因吗？"

寂夏愣了一下，问话里被加重的"如实"两个字，让她似乎嗅到一丝不妙的气息，她迟疑了两秒钟，答道："主要是一些个人原因。我需要一个新环境，让我学到更多……"

"寂小姐。"面试官头一次打断了寂夏的回答，他皱了皱眉，带着点质询的语气道，"如果按照上述回答，您似乎是主动离职。"

寂夏不解地道："这有什么问题吗？"

"可据我了解，您似乎是和前领导产生分歧后，被'劝退'的。"面试官推了推鼻梁上的眼镜，高度数的镜片有一瞬间的反光，"你对此有什么想解释的吗？"

　　寂夏最终没能通过那场面试。

　　直到这时，她才忽然明白向婉的那句"影视毕竟是个小圈子"究竟是什么意思。

　　汇川是影视界的老牌公司，在业内有丰富的关系网。向婉作为汇川的资深制片人，自然有了汇川大半人脉。她甚至不用明说，只是模棱两可地在朋友圈说两句风凉话，就能让人联想出许多故事来。

　　相比于她苍白无力的几句解释，人们反而更愿意相信道听途说的八卦。

　　凭着向婉的影响力，那之后的几场面试，寂夏无一例外地都失败了，其中也包括一家她向往了很久的口碑影视公司。

　　坐在那公司的办公楼里，当她又一次被问到有关离职的问题时，寂夏终于按捺不住问道："相比于离职原因，个人能力不应该才是企业用人的第一标准吗？"

　　那个面试官的年纪不大，大概是同情她的经历，回答得也很实在。

　　"影视行业其实有一张巨型人脉网，不管你的能力如何，事情的真相如何，没有人愿意冒着得罪未来合作方的风险，去录用一个员工。"他边说边翻了翻寂夏的简历，摇了摇头，发出一声喟叹，"简历的含金量倒是很高，可惜了啊。"

　　直到寂夏有些麻木地走出面试地点，"可惜了啊"这四个字依然像消散不去的魔咒一样回荡在脑海中。

她顺着来时的路往家走，与结伴走进办公楼的人群擦肩而过，他们端着刚买的咖啡有说有笑，说着最近的工作进度、说着网站榜单上的热播剧、说今天的天气不错……

　　而她裸辞了大半个月，还没通过一个面试。

　　手机里短信列表里的第一条是下季度的房租缴费通知。

　　她背井离乡，来到这个城市的第一份工作，见过将醒未醒的朝阳，也坐过很多次凌晨三点钟的出租车。日常生活除了挤不进去的地铁车厢，还有全天待机的办公软件。比起电影和逛街，周末的时间大多留给了加班，她像生产线上停不下来的机器。

　　很累。

　　可她从来没有随便对待任何一份工作，如今却迎来这样一个结果。

　　寂夏逆着办公楼前喧闹又嘈杂的人流，向路尽头的天光展望，心想：论落井下石，向婉这一招赢得可真漂亮。

　　"这次的观影会很重要。"向婉边朝公司门口走，边对她身边的齐姝嘱咐了一句，"听说九州这次来的就是那位策划部的新负责人，他的评价会直接影响我们公司项目的评级，一定不能搞砸。"

　　见齐姝紧张地点了点头，向婉不放心地又问了一遍："之前交代你整理的故事线和亮点都准备好了？"

　　齐姝信誓旦旦地保证："万无一失的，向婉姐。"

　　听到答复后，向婉这才稍微松了口气，一丝压不住的情绪从心头冒了出来。她似乎很久没这么事无巨细地嘱咐过人怎么办事了。

　　这个突如其来的想法令向婉有点说不出的烦躁。好在她们很快走到了前台，会客沙发上坐了一高一矮两个男人，稍矮的那个男人戴着一副金边眼镜，看上去显得斯斯文文的，正兴致勃勃地说着些什么，而另一位坐在靠里面的位置，透过枝繁叶茂的盆景，隐约能看见男人线条利落的侧脸。

　　因为坐在外面，戴着金丝眼镜的男人先看到向婉他们走过来，他站起身跟向婉打了声招呼："每次见向总，都让人眼前一亮。"

　　向婉今天穿了一身咖啡色格纹的西服套装，显得又精致又干练，她客气道："小何总也还是那么会说话。"

　　搭话的这位是九州采购部的二把手何超。巧的是，因为采购部的老大也姓何，为了方便区分，所以熟人一般都管何超叫的是"小何总"。

　　一字之差，恰如一步之遥。

何超闻言笑了笑。

在他们简单寒暄的空当，另外一个男人也站起身。向婉心里清楚这位才是今天会谈的座上宾，她看了一眼何超，明知故问："这位是……"

何超推了推眼镜，措辞严谨地道："这位是九州新上任的策划部副总裁，顾总。"

离开了小叶榆树的阴影，向婉上前两步，借着亮光看清了男人的脸。

与他的身份相比，这似乎是张比想象中显得要年轻的脸。但不知道是因为那双狭长的眼睛，还是骨相上优越的立体感，男人的目光不轻不重地往向婉身上一落，却让她有了窒息般的压迫感。

他朝向婉点了下头，声音显得冷漠疏离："你好。顾瑾年。"

饶是在职场上见惯了风浪的向婉也有须臾的失神，但她很快调整好状态，笑着朝顾瑾年点头道："顾总，幸会。"

她指了指身边的齐姝："这位是《风和》的项目策划，齐姝。"

齐姝低着头打了声招呼，声音要比平时轻上两分："顾总好，小何总好。"

"《风和》这个项目，"四人正朝会客室的方向走，忽然听到顾瑾年冷不丁地开口道，"之前负责联络的策划不是另有其人？"

向婉微微一愣。

出于工作性质，策划岗日常会跟平台进行工作对接。可这种简单的资料撰写工作，流程上远不至于涉及副总裁这个层级。顾瑾年刚上任不久，居然能留意到人员变换，实在是令人感到匪夷所思。

"顾总真是洞察入微。"向婉回答得相对谨慎，"不巧的是，之前的那位策划在前不久因为个人原因离职了。"

顾瑾年将她话里的字眼重复了一遍："个人原因？"

"可能是嫌累，或者做着做着就不喜欢了吧？"向婉寥寥数语将自己形容成了受害者，她叹息了一声，"原本我还打算好好培养她来着，可惜了。"

何超似乎颇有几分共鸣："是啊！现在的年轻人想法都很多。"

顾瑾年闻言笑了一声，没再说什么，只顺着向婉的手势指引先一步踏入了会客室。

为了观影效果，会客室里熄着灯，投在幕布上的样片安静地播过两集。

《风和》是一部谍战剧。

留洋归国的少女孟云兰，表面上是在情报局附近的药铺工作，暗地里却是情报员，通过间接和特务打交道给组织输送情报。

一次机缘巧合，她救下了年轻、狠辣的少尉陆晖。这位少尉从军没几年，晋升速度却十分惊人。凭着杀伐果断的行事作风，几个潜伏得很深的成员都被他查了出来，其中也包括她的阿姐，作为抗议游行的组织者，被陆晖一枪毙于长街，去世时年方十七。

虽然组织上嘱咐她尽量和陆晖保持距离，但出于私仇，也为了获得更重要的情报，孟云兰冒险选择接近陆晖。不知道为什么，这位性格阴鸷孤僻，做事不择手段的少尉，并未对她有目的的接近表现出反感，反而三番五次，在孟云兰身份要暴露的时候施以援手。

孟云兰正值豆蔻，情动而不自知。就在这时，陆晖截获了一批高层组织人员名单，奉命肃清。上头闻讯授意孟云兰，无论如何都要阻止陆晖。

孟云兰以过生日的名义邀请陆晖来到家中，借故用酒灌醉陆晖。月色下，她看着闭目卧在长椅上的男人，伸手解下他腰间的配枪，枪口抵着陆晖的额头，孟云兰却迟迟没能扣下扳机。

也不知道这无意义的僵持持续了多久，半晌前还醉得不省人事的陆晖突然睁开了眼睛，他既没有面对枪口的慌乱，也没有发现孟云兰杀心的惊讶，只用那双极黑的瞳仁盯紧了她道："错过这次，你就没机会了。"

娇兰卧春晖，名为风和，晴空下处处玄机，暗藏肃杀之感。

当初这个剧本刚投进汇川的时候，只有一份不足万字的大纲。苦于经费不足的编剧老师没时间继续完成剧本，只得拿了份准备不充分的大纲四处投稿，被寂夏一眼看中。

当时公司的决策层因为剧本的完整度，对项目是否具有风险的分歧很大。但寂夏却极力跟向婉推荐了几次，出于对她的眼光的信任，向婉冒险赌了一次，没想到成片出来，果不其然成了几个平台争相抢夺的热门。

向婉打量了一下顾瑾年的神色，就这个故事和成片的质量，她有信心谈个高价。

北平城的旧街景绿瓦红墙，小胡同里抽烟卷儿的老大爷，和剪了短发的进步女学生的嬉笑从眼前一一晃过。

顾瑾年的食指有节奏地在身侧的扶手上敲了两下，而后他一侧目，忽然开口问："陆晖第二次救孟云兰，无论是在暗道里还是在情报局，至少有十分钟的镜头都和老片《风月场》存在雷同。"

投影仪上的画面依旧在播放，从向婉的角度望过去，能看见顾瑾年过分流畅的下颌线和明暗光影下鸦羽般的睫毛。他的语气温和，甚至带着点笑意。可他说的内容却令向婉须臾之间冒出了一身冷汗。

"向总对此没什么想说的吗？或者，可以请这位新上任的策划齐小姐为我解答一两句？"

从汇川的办公大楼走出来，何超忍不住多看了两眼身边从容不迫的男人。

他第一次见顾瑾年，差不多是在两周前。

彼时，策划部的上一任副总因为项目评估失误，高价买入的引进版综艺版权，却因为新政策惨遭停播，造成公司的巨大亏损而引咎离职。牵一发而动全身，随着前副总的离职，九州一部分高层注意到影视风向变化的苗头，提出重整策划部，配合市场调整内容战略。

但董事会里不乏几个墨守成规的保守派，在公司的时间长，党羽多，导致九州内部对革新的意见两极分化，具体方案开了几次会都没定下来。

顾瑾年就是在这种兵荒马乱的时候空降到九州的。

在全体高层出席的会议上，九州的副董事长在高层决策会上，亲自宣布了他出任策划部最高决策人，兼管策划评估部的消息。末了，董事长还拍了拍顾瑾年的肩膀，有几分打趣道："好好干，上头可不止我一个人看好你。"

后来顾瑾年说了些什么来着？

公司负责接送的车这会儿已经停在路边。

何超抢先两步替顾瑾年拉开车门，回头问他："第一次见面就给人下马威，顾总就不怕合作谈凉了？"

"汇川的这位向总可不是个冲动行事的人。"顾瑾年道了声谢，坐进了车里，一边回复着手机上收到的消息，一边道，"只不过她现在对这部剧过于自信了。刀不在一开始亮，被乙方吃准了意向，后续少不得要得寸进尺。"

何超自己也做采购很多年了，自然深谙此道。只是《风和》无论是故事和制作，都属于上流，他一直没能找到合理的突破口。

"现在的观众对抄袭这么抵触，恐怕这一点够向婉头疼上一阵子了。"想到那个一向精明的女人吃瘪的神色，何超忍不住笑了两声，"就这么两集样片也能被你看出毛病来，抄的还是《风月场》这种叫好不叫座的老片子。顾总哪来这么好的眼力？"

顾瑾年漫不经心地道："业余爱好。"

何超坐在顾瑾年的身边，感觉自己头一次从简简单单的四个字里听出了人与人之间的差距。他顿时失去了深入打探的想法，干脆转移话题道："有今天这么一出，《风和》的版权至少能往下低两成。"

"不。"出人意料的，顾瑾年一挑眉梢，道，"我并不打算做低《风和》的价格。"

"不做低？"何超皱了皱眉，有点猜不透顾瑾年这话的意思，"可向婉刚才明显有了让步的意思，唾手可得的两分利，你就跟我说不要了？"

"自然不会是免费让利。"顾瑾年笑了一声，虽然看不见他此刻的表情，但何超觉得那笑声里充满势在必得，"与之相对的，《浮生》的独播权要优先给我们。"

凭着多年的采购经验，何超几乎是瞬间就明白了他的言外之意："你要做影视剧打包？"

顾瑾年"嗯"了一声。

何超这才想明白顾瑾年的算盘打到了哪里。

影视剧打包是行业内一种常见现象，指的是一次从同一家影视公司购下多部影视剧的版权。

对于平台来说，打包购买的价格会明显优惠。对于影视公司来说，有了平台保底，也会大大减轻剧目积压的压力。总体来说，这种销售方式称得上互利双赢。

可是，《浮生》原本就是非常知名的大IP，周斐也是知名编剧，这个组合一出来，基本上就是"王炸"。可以预见，这部剧将来的市场反响必然不错，要让《浮生》进行打包组合，称得上天方夜谭。

谁买东西的时候，见过赠品比本单值钱的优惠？

但如今，《风和》刚被顾瑾年捉住了把柄，如果他们有意放出风声，这部剧的后续发行一定会受到影响。投鼠忌器的汇川保不齐会被他们提出的让利诱惑，更何况顾瑾年抛出的仅仅是一个独播优先权。

最有利的时机，加上恰到好处的条件，极大可能让汇川将《浮生》这条大鱼拱手奉上。

想通这步棋背后的深意，何超的额头上已经出了一层薄汗，他沉默半响，被暂时剥夺语言能力的大脑忽然恰到好处地回想起顾瑾年当初在决策会上的发言。

"早听说九州人才济济，很荣幸与各位共事。"他迎着所有人或质疑，或探寻的目光，神色极淡，语速缓慢，看起来比闲话家常时还要从容两分，"比起一两句毫无营养的介绍，我更希望各位记住我是基于能力、成绩和所作所为。相信在未来，我们会有很多彼此了解的时间。幸会，我是顾瑾年。"

"哥们可以啊。"那一字一句划过何超的脑海，他不由自主地赞叹了一句，"看你对向婉步步紧逼的样子，我还以为你只是要压低价格，没想到你谋算了这么多。"

"见笑了。"听何超这么说，顾瑾年倒像是想到了什么似的，忽然笑了一声，"唯独在这件事上，我承认我有私心。"

何超被顾瑾年说得一愣，然而他还没来得及问出口，就听顾瑾年紧接着道："有件事请教何总。"他看了一眼何超，一双狭长的眼睛似笑非笑，有种猎人般的狡猾，"九州招人，具体是个什么流程？"

"不如你来我的工作室吧。"

慕阮阮刚拍摄完商务广告回家，这会儿正在梳妆台前敷面膜，她看了一眼躺在床上刷手机的寂夏，一副土豪嘴脸地道："就帮我挑剧本，写写微博文案。弹性工作，薪资你随便提。"

面试失败的寂夏在慕阮阮家窝了两天，糟糕的心情倒是缓解了不少，就是工作依旧没有着落。

寂夏闻言抬头："富婆这是想包养我？"

"也不是不可以考虑。"慕阮阮往床上丢了一片面膜，凭借着多年的演技，硬是演出了少爷一掷千金的感觉，她撑着下巴微微一笑，"卖身吗？美人？"

"我不敢，"寂夏裹紧慕阮阮的小被子，"我怕闻影帝'提刀来杀'我。"

"好好的，你提那个丧门神做什么。"慕阮阮"啧"了一声，"来不来，一句话的事。"

"看剧本这种小事，你随时都可以找我啊。"寂夏拍了拍自己的胸膛，以我为自己代言的气势，道："专属定制，终身免费。"

慕阮阮沉默了一阵。

她和寂夏的故乡都在奉阳，与京市不同，奉阳这个城市并不大，从城北到城南大半个小时的路程。

寂夏的家就住在慕阮阮家楼下，所以她们总是被分在同一所学校，有的时候也是同一个班级。她们一起走过了很长时光。从小学、初中，到高中，从春游时牵着手过马路，到高中时偷偷藏起彼此的漫画书，还有寂夏的父母吵着要离婚的时候。

二十世纪九十年代的老小区，隔音总是不尽如人意。夫妻间为谁洗碗的事拌个嘴，一栋楼的人都听得见，何况是寂夏父母那种程度的争执。

偶尔吵得很厉害的时候，寂夏就会抱着枕头敲开她家的门。她和寂夏挤在一张床上，就算关了灯，那些怨怼和偏激的声音依然会在黑暗中传过来。从水泥铺就的地板里，从爬满绿藤的窗棂外……

"要是没有小夏，我早就跟你离婚了。"

"你以为只有你一个人是这样想的吗？"

早些时候，慕阮阮其实听不太懂这些话背后的含义，她很难想象它们对寂夏的意义。直到后来的某一天，寂夏躺在她的身边，很平静地问："阮阮，如果没有我的话，他们就可以过得幸福了吗？"

后来，慕阮阮时常想，就算寂夏的父母已经离婚，各自成家，可那些抹不掉的字句，依然种在寂夏的心上。她不擅长进入亲密关系，很难理所当然地接受别人的馈赠，尽力搜寻自己具有价值的证据，看起来像是为了向所有人证明：你看，没有任何人需要担负她的人生。

"随便你。反正我工作室的大门随时为你开着。"慕阮阮叹了口气，心里清楚寂夏拒绝背后的原因，不是一两句话就能改变寂夏的想法，只得换了个话题道，"这次怎么没见你吐槽那个相亲对象。"

一提到"相亲对象"这四个字，寂夏忽然放下手机："吐槽？"她一脸慎重地道，"我觉得我不配。"

"怎么？"慕阮阮见她这副样子，不由自主地跟着停下了手头的动作，"伯母物色人选的范畴已经延伸到军政界了？"

"她或许有这个想法，但实力不允许的。"寂夏被逗得哈哈大笑，她腾出手来撕开面膜的包装，"奉大的顾瑾年，你还记不记得？"

"那不是奉大的风云传说吗？"慕阮阮自然有印象，她看了一眼寂夏欲又止的神色，不可思议地反问道，"顾瑾年是你这次的相亲对象？"

寂夏重重地点了点头。

"国内相亲市场已经优质到这种地步了？"在娱乐圈见惯了大风大浪的慕阮阮，此刻几乎刹不住自己的八卦之心，"所以当年的奉大校草，真人如何？"

"百家墙头，真是名不虚传。"寂夏把面膜贴在脸上，叹了口气，"你不知道我吃饭的时候，每隔五分钟，就有不同的小姑娘过来帮忙添水、收盘子。我活了二十多年,从来都没有在餐厅享受过这种待遇。"

慕阮阮把长腿往床沿上一搭,饶有兴致地追问:"那之后呢?"

"那之后……"寂夏想到自己当初的推辞,仰面栽进枕头里道,"我跟我妈说,我们三观不合。"

"三观不合,我的天哪!"慕阮阮凭着优越的肺活量,笑了足足有半分钟,"你居然用这种理由拒绝了顾瑾年,你不怕介绍人说给他听?"

"放宽心,这位顾先生恐怕拒绝得比我还要敷衍。"寂夏半点儿都不慌,甚至还信心十足地道,"他这个条件,总不会想在我身上浪费时间的。"

"你倒也不用妄自菲薄到这种地步……"

慕阮阮望着寂夏充满信心的眼睛,忽然觉得自己有必要纠正一下,寂夏对自己外貌的认知误区。但她的话还没说完,就听见被寂夏丢在床上的手机,发出叮的一声响。

寂夏闭着眼睛在自己身边摸索了一下,抓起自己的手机解了锁屏。

一条来自招聘软件的信息:您好,看了您的简历,觉得您和我司正在招聘的岗位非常匹配,不知道您有意向来面试吗?

发件人是九州的招聘官。

寂夏点进弹出求职软件的消息框,第一眼就看见这条消息,她猛地从床上坐起身,难掩激动地在对话框里敲下:有的,请问具体时间是?

慕阮阮被她突然的动作吓了一跳,不由得问道:"怎么了?"

"阮阮。"寂夏抬起头,迎着慕阮阮疑惑的目光,踌躇满志地道,"我觉得我可能要崛起了。"

过于亢奋的后果是,直到慕阮阮抵挡不住困意回了房间,寂夏依旧在床上辗转反侧。大概是某种绝处逢生般的感受挥之不去,床头的小夜灯关了又开,她终于忍不住爬起来打开电脑,在自己沉寂许久的账号上更新了一条博文:总有些转机,暗示着来日可期。自不必说。明天,会是新的一天。

寂夏借着屏幕的微光将这条动态发了出去,总算感觉起伏的心情收敛了许多。她放下手机从床上爬下来,决定冲个热水澡就睡觉。

也就过了大半个小时,等寂夏洗完澡回来,却发现自己的账号被消息轰炸了。

铺天盖地而来的消息通知夺走了她手机仅存的电量,眼看着屏幕上斗大的夺命倒计时。寂夏一个飞扑拉过电源线,希望将她的手机拯救于水深火热之中。

怎么回事？

惊魂未定的寂夏打开了电脑，一条条阅读她刚发的博文下的留言。

读者：我刚才好像看见失语蝉大大更新了状态，没别的意思，就是发条消息看看是不是幻觉……

读者：呜呜呜，有生之年系列。失语蝉大大这是要回归了吗？

读者：我就想问，《我的演员不是闺密》系列还更新吗？

读者：附议楼上，通缉失踪人口，人人有责。

读者：我的每日笑料又有着落了？

…………

大二下学期，寂夏用"失语蝉"这个笔名在网上开了一个账号。她把这个账号当作自己的手帐，时不时在上面分享书评，吐槽一下或是记录生活状态。慢慢地，这个账号从无人问津，开始有了几个互相问候的小伙伴。

后来，寂夏以慕阮阮的经历为素材，开了一篇叫《我的演员不是闺密》的连载文。将慕阮阮的"英雄事迹"，加了些桥段编成了一个个短篇小故事，没想到一下子获得不少读者。

当时的网络文学远没有现在这么繁荣，所以连载的那段时间，失语蝉账号下的读者数每天以肉眼可见的速度飞速增长，很快成长为一个独立的、坐拥诸多读者的"大神号"。

寂夏甚至一度接到了不少采访邀约。但她都一一回绝了。

一方面是那些采访的问题让她觉得过分功利化；另一方面，寂夏也并不善于在人前表现自己，她喜欢和人群保持一定的距离感，过多的关注会令她感到不安。

可能是因为这篇文章被推广多了的原因，渐渐有人在留言中，顺藤摸瓜地猜测出了慕阮阮的身份。

当时慕阮阮正因为《如故》的热播而势头正盛，生怕无孔不入的狗仔把自己的连载文加工成慕阮阮的黑料，再加上那段时间寂夏刚到向婉手下，忙得昼夜颠倒，她迫于无奈只得把还在连载中的文章锁了，也没能再腾出时间再去构思新文。

"失语蝉"就这样沉寂了两年，像一只真正的蝉那样蛰伏在黑暗的地底，正挨过漫漫寒冬。

寂夏没想到过了两年，还会有这么多人在原地等她。

她曾以为的那些孤独的时刻，原来一直有人陪伴。

被人等待的滋味实在太过美好，寂夏像一个突然被塞了满怀宝物的穷孩子，输入框里的文字敲了又删，最后却只变成一句简短的应答：我回来啦。

这一次，她不会再轻易离开了。

寂夏心想：她要配得上这份等待，对得起这些喜欢。

她在评论区里慢慢地回复道：虽然很抱歉，但《我的演员不是闺密》那篇因为特殊原因不能再更新了。但我会尽快开一篇新文，希望大家还会喜欢。

她要把曾经放弃的东西重新捡回来，在通过九州的面试后。

人生何处不相逢。无论是什么时候，话都不能说得太早。这是寂夏走进九州公司的面试现场时，她内心的直接感受。

黑白两色极简款的长桌后一共坐着五个面试官。最中间主位上的男人一身似曾相识的西装加衬衫，修长的指间夹着一支商务钢笔。与上次不同的是，一双金边窄框眼睛压在他高挺的鼻梁上，镜片后的目光隐隐露着锋芒，透着说不出的斯文感和精英味。

顾瑾年。

这印象深刻的三个字划过寂夏的脑海，她不禁在心里悲凉地想：现在跑还来得及吗？

相比于两侧坐得端正的面试官，顾瑾年的坐姿明显随意了些，他的神色显得有几分慵懒，正低头翻阅着桌上的简历，似乎根本就没有注意到走进来的寂夏。

寂夏无比迟疑地在桌子对面的椅子上坐下来。右侧的中年男人身子往前倾了倾，正准备问问题。顾瑾年却算准了时间似的抬起头，视线落在她的身上，抢先一步开口问道："名字？"

坐在顾瑾年身边的面试官有些诧异地看了顾瑾年一眼，见寂夏并没有马上回答顾瑾年的问题，他友善地提醒道："这位是公司的副总顾瑾年，也兼任你这次应聘的部门的总监。"

他不仅是决定你去留的决策者，还会成为你入职后的直属领导。

寂夏努力挤出一个微笑，面对着自己的相亲对象，心不甘情不愿地自我介绍道："您好。我是策划岗位的应聘者，寂夏。"

见顾瑾年亲自提了问题，坐在两侧的面试官都默契地没再开口。

寂夏虽然摸不清为什么上次见面称自己在做投资的顾瑾年会堂而皇之地出现在九州的面试中。但基于之前几次面试失败的惨痛经历，加上这次九州招聘的岗位实在机会难得，她不得不硬着头皮迎难而上。

反正她应该也没什么地方得罪了顾瑾年，只不过换了个身份而已。

和她之前面试的模式不太一样，顾瑾年的提问风格雷厉风行又言简意赅，这意味着留给寂夏思考的时间很少。

"你的意向。"

"策划评估。"

"薪资要求。"

"相信公司会评估我的个人能力，给我一个恰当的待遇。"

"个人优势。"

"我的前东家汇川的项目种类多且项目数量大，这样的经历会让我更能应对高强度的工作。其次，我也具备足够的文字功底，可以从事文案、策划多方面的工作，综合能力比较强。另外针对女性在求职中常有的劣势。"寂夏的话停顿了一下，抬起头道，"我并不认同这种偏见。而且我个人的情感诉求比较少，也不会因为私人生活影响工作。"

面对顾瑾年的提问节奏，寂夏的反应速度很快，回答也足够清晰、缜密。其他的面试官虽然没说话，但都流露出满意的神色。倒是顾瑾年听到她说的最后一句话后若有所思地抬起头看了她一眼。

他没说话，寂夏却从那似笑非笑的神色里读出了他对这句话的评价。

大言不惭。

寂夏在自己的相亲对象面前坐直了身子，努力用目光传递出自己坚定的决心。

好在顾瑾年并没有让沉默持续太久："你对九州有多少了解？"

"国内首屈一指的视频播放平台，有社交软件作为用户基础，受众年龄跨度广，拥有远超同行的点击量和使用率。"凡是问及面试公司的这种问题，寂夏一向不吝惜夸奖之词，"五年前，九州凭借翻拍剧《仲夏的星空》一跃成为视频平台流量榜首。这也奠定了九州以翻拍剧、版权剧为主的经营模式。所以，挑选优质剧目，把控质量对于九州至关重要，这也是我目前能够胜任的工作。"

当然，不管怎么夸奖，回答的重心最后都要回到自己身上。

"那你觉得，"那支黑色的钢笔在他的手中转了一圈，顾瑾年抬了下眉，似乎是漫不经心地问，"九州目前有什么缺陷？"

寂夏不由得心头一跳。这实在是一道送命题。

作为员工评价公司本就是忌讳，何况她不是什么行业大佬，就算能捡一些似是而非的话来说，难免也会让人觉得专业度不够。但如果不说，又显得畏手畏脚，肯定会被扣印象分。

寂夏的心思转了一圈，再抬头时，却笑了一下："贵司的门槛似乎有些高。"

坐在边上，年纪最小的面试官江潮听了她的回答，没忍住笑了一声。

这个回答实在巧妙。

在答案无论往哪方面叙述都不太安全的情况下，她以半开玩笑的方式，既直面了问题，没有退缩露怯，又不失风趣。在诸多模板式的回答里很容易脱颖而出，而且她夸九州的门槛高，那不是在变相地夸自己被九州选中，足够优秀吗。

一举数得。

他一边这样想着，一边在寂夏的综合评估表上写下了一个 A。

然而顾瑾年似乎对寂夏四两拨千斤的回答全然不买账。

"你只有一次机会。"他的指尖在长桌上敲了敲，似乎在提醒她什么，"我要听实话。"

这委实是在强人所难。

眼看着其他面试官向她投来同情的目光，寂夏忍不住又一次在心里思考起这个问题。

她真的没有在什么地方得罪顾瑾年吧？

寂夏犹豫了一下，正准备说一个模棱两可的答案，却蓦地撞上顾瑾年的视线。

他的眉眼原本就生得极好，眼尾稍稍上挑，显得眼睛狭长，却并不轻浮。此刻那双眼睛正望着她，目光幽深、专注，带着审视，又像有什么期许。

置身于那道目光下，寂夏也不知道哪里来的一股意气，将原本打好的腹稿悉数推翻。

"作为影视界的从业者，我们最近不得不关注的市场动向，是影视版权剧价格的急剧提高。这意味着，九州作为影视版权剧的买断方，在回收成本前就要承担高风险。"她以某种破釜沉舟的架势，毫不避讳地迎着顾瑾年的目光，"在市场和政策的双压力下，翻拍引进版权剧和储备版权剧的战略未必再适用于未来的九州，可我面试前查了公司动态，似乎仍在着手做翻拍剧储备。我觉得……"顺着愈发清晰的思路，寂夏觉得自己的语速越来越快，像是有股莫名的风，吹荡着她心中的沟壑，"九州作为一个互联网平台，灵活多变才是立身之本。何必抱令守律，将自己的路越走越窄呢？"

回答的最后竟是一句质问，抑扬顿挫，掷地有声。

寂夏的回答让坐在一旁的人事经理赵墉忍不住摇了摇头。

以顾瑾年这样的身份，原本是不会出现在前面面试环节的。可定好面试日期的前一天，顾瑾年突然决定参加，赵墉想着他是新官上任三把火，来这儿走个形式，倒也没太在意。

果不其然，他们面试的这个上午，除了偶尔提几个角度刁钻的问题外，顾瑾年基本上没怎么说话。

所以，当寂夏一进来，顾瑾年就开口提问的时候，赵墉着实是吃了一惊，原以为是因为寂夏的简历对她高看一眼，没想到顾瑾年会抛出这种"死亡问题"。

如果他是寂夏，最好的方式是避而不答或是圆滑应对。凭着他多年的人事经验，顾瑾年那一句"我要听实话"，多半是个唬人的陷阱，可寂夏偏偏做了那个最不明智的选择。

这姑娘的面试结果，恐怕要以失败告终了。

赵墉瞟着顾瑾年不辨喜怒的侧脸，未免有些惋惜地想：没几个领导会喜欢太有想法的下属，毕竟这样的人大多不好控制。面试通过从来不是什么有能者居之。

寂夏也是这么想的。但她这会儿反倒不怕了，无论顾瑾年是不是想故意刁难她，她已经把该说的、不该说的都说了，既然如此，还不如由着自己的性子来。

"那你认为，"顾瑾年听了寂夏的回答眯起眼睛，"怎么才不算越走越窄呢？"

"转型。"寂夏没怎么犹豫，就说出了答案，"不破不立。不如放弃原有的思路，由版权剧的买方，主动变为版权剧的制作者和参与者。据我所知，与九州分庭抗礼的飞鸟台，近期播出的自制剧《云狐》盈利可观。"

也不知道顾瑾年是搭错了哪根筋，问题接二连三，都围绕在这个话题上。饶是寂夏再怎么觉得无所谓，也不想无休止地进行这种无意义的探讨。回答几个问题之后，她终于忍不住了。

"这位……先生。"寂夏斟酌了一下称谓，语气却不太客气，"如果我没记错的话，我面试的职位应该是剧本评估。难道公司的方向性决策也在这个岗位的职能范围内吗？"

言下之意，我不是应聘公司高层来的，请您适可而止。

江潮不由得吸了一口气，他刚进人事部不久，还没有将察言观色、见风使舵这一套操作运用得很彻底。寂夏不卑不亢的回答倒是让他觉得很有好感，比起职场老油条和唯唯诺诺的应届生，这种又勇敢又风趣的人更对他的胃口。他忍不住偷偷给寂夏使了个眼色，想再次提示她，最好不要轻易得罪眼前的这位大佬。

可是除了他，剩下三位面试官看寂夏的眼神，都仿佛是在看一个半截入土的勇士，还是被撒了两把黄土，等待入土为安的那种。

"那倒是不在。"顾瑾年的脸上没有丝毫不愉之色，他不紧不慢地回答了寂夏的质问，声音里甚至还带着笑意，"见谅，我还有最后一个问题。"

听到是最后一个问题，寂夏的精神不由得振奋了一下。

不管结果如何，至少她可以从这场让她感到心力交瘁的面试中解放了。

顾瑾年似乎并不急着提出问题。他的身体微微后仰，手指有一搭没一搭地叩着桌面，而挨在他手边的是寂夏简历上的红底一寸照。寂夏一向不喜欢照照片，简历上的那张照片还是她高中时照的。和现在的职场装扮不同，她穿着大了好几号的校服，对着镜头，笑得很青涩。

顾瑾年的目光落在那张照片上，仿佛穿过那一寸寰宇，回望他久藏在记忆里某个微茫又遥远的瞬间。

片刻后，他一抬眼帘，视线落在正凝神等待问题的寂夏身上，意味深长地问："想请教一下寂小姐的价值观。"

这个问题的尾音像拔了引信的手榴弹，轰的一声在寂夏的脑海里爆炸。

顾瑾年面试时的态度和他刁钻的问题，顷刻间就有了答案——那句她应付于晴的说辞，顾瑾年不仅知道了，而且还很介意。

想通了前因后果的寂夏甚至能从顾瑾年那悠然的目光里读出他的潜台词。

三观不合？倒让我听听这位寂小姐的价值观有多高贵。

寂夏扯了扯僵硬的嘴角，她面对顾瑾年的注视，一字一句地从牙缝里挤出来几个字："富强、民主、文明、和谐……"

"所以你就当着所有的面试官的面，背了一遍社会主义核心价值观？"

"我也觉得不可思议。"寂夏怅然若失地道，"当年的政治考试都没能让我背得这么完整。"

慕阮阮的笑声从电话那头传了过来，让寂夏不得不将手机离远了些："所以呢？顾瑾年怎么接的？"

"他说……"寂夏现在一听到"顾瑾年"三个字就反射性地觉得牙酸，她模仿着顾瑾年那意味深长的语气，重复道，"哦，寂小姐果然志存高远。"

这会儿回忆起来，她还能清晰地记起其他面试官向她投来的古怪的目光。

电话那边的慕阮阮，一丁点儿同仇敌忾的意思都没有，她已经快笑岔了气："这个顾瑾年，不是对你有意思吧？"

"那我可谢谢他了。"寂夏毫无感激之情，"他表达喜爱的方式还挺别致。"

慕阮阮停止了笑声，好不容易将话题引入正轨："你之后有什么打算？"

"还能怎么办。"寂夏叹口气，"九州的面试多半是凉了，我再往别的公司投投简历试试。"

慕阮阮那头的声音渐渐变得嘈杂起来，似乎是午休即将结束，片场又开始忙碌起来了，慕阮阮的房车外很快便传来场务敲门的声音，连带着一声礼貌的询问。

"慕老师，场景已经布置好了，您现在方便过去走戏吗？"

"你去忙吧。"寂夏拿着电脑坐好，对慕阮阮道，"我也去构思新文。"

她新文的方向是最近热度很高的"无限流系统文"。

寂夏看中这个题材，倒不是因为人气高，是因为她最近刚刚重温了《恐怖游轮》。出于对险境、死亡以及软幻想元素的好奇心，再加上她自己并不擅长架构长篇故事，无限流中的短篇行文结构刚好适合她的风格。

她坐在床头冥思苦想了一整天，终于在凌晨一点更新了新文的序章。

刚刚成立了工作室的女心理师刑心半夜醒来，发现自己没有躺在入睡时的单人床上，而是站在黑白数字代码织就的地面上。天幕上的绿影宛如极光，放眼望去，周围有许多和她一般不知所措的人，毕竟是职业锻炼出来的心理素质，刑心比周围的人更早地开始观察周围的人的身份以及歪歪斜斜地落在地上、材质古旧的路标。当她准备将离得最近的那块路标捡起来的时候，却有人快了她一步。

随着他们带着温度的手指交叠在一起，刑心撞进了一双淡漠狭长的眉眼里，在这样诡异的境遇下，那双眼睛里流露出的情绪出奇地冷静。刑心低声说了句"不好意思"，却并没有谦让的意思。

男人见状退后一步，利落地松了手，她还没来得及说话，就听到从天幕处传来一个夹着电音的机械声："所有副本更新完毕，准备就近传送各位玩家。传送倒计时，十、九、八、七……"

脚下的数字代码忽然滚动起来，遥远的人群传来此起彼伏的惊呼声。

刑心凝眉望去，只见远处的地面开始不规则地塌陷，而她手上的路标似乎正在慢慢变形。

而刚才的男人忽然上前一步，扣在她紧握路标的手上，在失重感来临之前，低声朝她道："这次换我，不好意思了。"

寂夏敲下序章的最后一个标点后，又将全文从头到尾看了一遍，错别字倒是没找到，但不知道什么原因，她好像从男主角的人设上看到了几分顾瑾年的影子。

这种感觉刚从寂夏心里萌生的时候，她忍不住有些悲凉地想：仅仅两次见面，顾瑾年给自己留下的心理阴影已经到了这种地步吗？

但她很快就将这个念头压了下去。倒不是因为对自己的心理素质有多信任，而是因为合理地想想，顾瑾年的身上确实具备小说男主角常用的人设——学霸，长得帅，事业有成。

这么想想，寂夏忽然就觉得心安理得了。她仰面陷进蓬松的枕头里时，时针已经指向了凌晨四点。她倒是不怎么慌，毕竟现在的自己已经是一条不用打卡的"咸鱼"了。

没有什么人能将她从工作日的懒觉中叫醒。

短暂梦境的尾声是早晨八点钟的电话铃。

寂夏眯着眼睛，从枕头下摸出手机，毫不犹豫地按下了拒接键。但她还没能如愿地重新进入梦中，就听见手机铃声又响起来了。

寂夏挣扎着拿起手机，心想：如果还是昨天那个早上六点来送件的快递小哥，她今天就要投诉了。

"寂小姐。"然而电话对面并不是那个嗓音沙哑的快递小哥，而是一个措辞严谨的男中音，"恭喜您通过面试，您已被公司录用。如果您方便，可以今天带身份证来公司办理相关手续，协商您的入职时间。"

寂夏闭着眼睛听完，她整个人团在被子里，像一只取暖的猫，略显迷茫地问："什么面试？什么公司？"

对面的人似乎沉默了一会儿，良久后才本着优秀的职业素养解释道："您昨天在九州的面试，经评估已经通过了。"

听到"九州"两个字，寂夏立刻清醒了大半。

她被九州录取了？这难道是置之死地后生？寂夏百思不得其解。

不知道是不是她沉默的时间太久，那边的男人不太确定地叫了一声："寂小姐？"

"我听得到听得到。"寂夏一边从被窝里爬出来，一边回答道，"我今天方便的，我下午就过去。"

九州公司所在的办公楼伫立在车水马龙的商业圈。从二十五层的高度俯视，能看到如同子弹一样耸立的地标建筑和环形的立交桥。

接待寂夏的正是那天面试过她的娃娃脸男生，他一边带着寂夏参观公司的各部门，一边自来熟地搭着话。

"寂夏寂小姐，是吧？你那天的面试可真是妙趣横生，我好久都没有听到这么清新脱俗的回答了。"看到寂夏望着他，他像是意识到什么似的，又接着道，"啊！还没自我介绍吧。我叫江潮，刚入职半年，岗位是人事专员。"

"你好！"寂夏听着他介绍自己，点点头道，"我也没想到，被问到那种问题还能被录取。"

"你是不知道，那天面试结束后，关于你是否通过面试的意见僵持不下，大家争论了挺久的。"江潮想起当时的场面似乎仍然兴致勃勃，"后来你猜是谁打破了僵局？"

寂夏想到面试中那个充满善意的眼色，忍不住回答道："是见义勇为的你？"

"不不不，我可没有这么大的影响力。"江潮一下子被夸得有些不好意思，他连连摆了两下手，才说出答案，"是顾总。"

这个答案着实出乎意料，寂夏犹疑地重复了一遍："顾总？"

"对。"江潮点了点头，他压低了嗓音，学了下顾瑾年的语气，"策划这个位置就是她了。"

寂夏一个急刹停在原地，她望着近在咫尺的人事部办公室，感觉再往前踏一步就是万劫不复。

江潮疑惑地侧过头看了她一眼，问："怎么了？"

"请问一下。"寂夏神色古怪地问，"洗手间在哪儿？"

寂夏觉得这件事处处透着诡异。从她在九州意外撞见顾瑾年，再到面试时的超纲题以及这个和她预料完全相反的结果。如果不是她一向很有自知之明，这会儿几乎是要信了慕阮阮的鬼话。

总不可能是从哪儿听说了她的经历，看在曾经一起相过亲的分上，想要出手接济她一下吧？

她借着管道里的冷水洗了把脸，玩笑般地在心里想：看起来很恶劣的顾瑾年，难道还是一位乐于助人的慈善家？他应该也没这么闲吧？

觉得自己大概率是想多了，寂夏关上水龙头，正准备往外走，突然听到里侧的洗手间内传来对话的声音："听说策划部新招了一个姑娘，是顾总亲自招进来的？"

寂夏擦手的动作不由自主地停了下来。

"是有这么回事，好像今天会来报到。"

"这位新上任的顾总平时看起来不近人情，也不知道什么人才能入他的法眼。"

"你还别说，顾总好像真对这位新人挺关照的。"谈及领导的私事，答话的那个人放低了一点声音，"我不小心听到我们领导跟别人的谈话，说是这个姑娘得罪了前东家，本来我们部门都没想收她的简历。结果被顾总看到了，你猜他说什么？"

"哎呀，你就别卖关子了。"似乎是嗅到了八卦的气息，女孩的语气里难掩兴奋，"他说什么了？"

"顾总说，"答话的女孩咳嗽了一声，学着顾瑾年那不紧不慢的腔调，"能让同行如此投鼠忌器，不惜用这种手段也要打压的人，难道不更应该了解一下吗？"

那之后的议论，寂夏没有再听，她推开洗手间的门，悄无声息地走了出去。

江潮在原地站了一会儿，就看到寂夏从洗手间的方向走了回来。不知道是不是错觉，江潮总觉得寂夏的脚步比她去时候还要虚浮一些。

但他也没多想，等到寂夏走近了便道："那我这就带你去人事办公室签字吧。"

"不好意思。"寂夏站在他的面前深吸一口气道，"关于是否入职这件事，我还要再考虑一下。"

"为什么呀？"江潮有点蒙，他想不明白怎么这一去一回的间隙，事态就变了个样，"九州开出的条件一向是业内中上的，可没有比这更好的机会了。"

寂夏此刻也觉得万分纠结，她不知道应该怎么跟江潮解释。

本质上，她并不习惯别人毫无理由的馈赠。现在她在根本不知情的情况下承了顾瑾年的情，不管他是突发奇想还是一时好心，这都对其他面试者不公平。更何况，以这种作弊的方式入职，像齐姝一样成为别人茶余饭后的谈资，她也不愿意。

"你知道顾总为什么会在面试的时候，问那些毫不相干的问题吗？"寂夏顾虑重重，却没法对江潮吐露半个字，思来想去，她只得硬着头皮道，"其实我之前不小心得罪了顾总，进了九州就是直接的上下级。我入职后，难保他不会假公济私，伺机报复，对我百般刁难。"

她说得信誓旦旦，自认为表演效果还说得过去。可江潮听完她的这段话，却没像寂夏预料中那样，露出恍然大悟或者同情、释然的眼神。他的目光穿过寂夏的肩膀，落在了她的身后，似乎还带着类似怜悯的神色。

寂夏忽然有了一种不好的预感，她缓缓地转过身，仿佛还能从自己僵硬的动作中听到骨骼咔咔作响的声音。

顾瑾年站在她的身后，两步开外的地方，一只手揣在兜里。或许是他眉眼凌厉的缘故，明明是慵懒的姿态，却像蓄势待发的狼，给人一种无形的压迫感。

他们的目光相接，顾瑾年的眉梢一挑，眼里带了点似笑非笑的神色，问她："假公济私？伺机报复？对你百般刁难？"

似乎她每次撞见顾瑾年的场面都让人这么的骑虎难下。

"顾先生。"寂夏努力挤出一个微笑，试图粉饰太平，"好巧啊。"

"是挺巧的。"顾瑾年赞同了她的话，"毕竟寂小姐每次对我的评价都很精彩。"

寂夏招架不住顾瑾年的目光，她小心地退后两步，试图为自己的逃跑酝酿措辞。

"就不打扰二位办公了。"她看向站在旁边的江潮，"那我今天就先回去了。"

"原则上，岗位我们会为您预留三天。"江潮接收到她的信号，拿出一副和之前全然不同的、例行公事的态度，"逾期我们就会取消 offer，望谅解。"

寂夏飞快地点点头，毫不犹豫地掉头就走。在和顾瑾年擦肩而过的时候，却冷不丁地听到他开口道："等等。"

寂夏心不甘情不愿地停下脚步："顾先生还有什么指教？"

"指教谈不上，只是……"

顾瑾年答得慢条斯理，凭着见过几次面的经验，寂夏觉得他这个人多少有点恶趣味，似乎越是在别人窘迫和着急的时候，他就越喜欢将战线拉得很长，仿佛是打惯了心理战后留下的小习惯。

果不其然，就在寂夏觉得自己的耐心要告罄的那一刻，顾瑾年才恰到好处地添上后半句："寂小姐是不是还欠我一顿饭？"

寂夏微微一愣，然后变得十分愤慨。

令人不齿！堂堂一个公司总裁，居然还对这种蝇头小利念念不忘！

寂夏当下拒绝道："不巧。我今天……"

"没空"两个字还没来得及说出口，顾瑾年便好整以暇地朝她一笑："寂小姐该不会是想赖账吧？"

寂夏被噎了一下，硬是将到嘴边的话转了个弯："……刚好有空呢。"

顾瑾年得偿所愿地笑了一声。

"既然是我请客，"寂夏看不惯他那副奸计得逞的神色，她揣着心里的小算盘，朝顾瑾年笑了笑，问，"地方自然也是由我来定吧？"

寂夏选的餐馆就在汇川公司的附近。

顾瑾年在寂夏的"指点"下在餐馆边上停了车，率先映入眼帘的是字刻得歪歪扭扭的木质招牌，东拼西凑的塑料桌椅和冒着白色蒸汽的大铁锅，正咕噜噜地不知道在煮些什么。

说是餐馆，恐怕归类为路边摊也不为过。

寂夏站在自己选的店面门口，若有所思地看了身边的顾总裁一眼，却没能成功地从他的脸上找出半点嫌弃的神色，他甚至还先她一步挑了张桌子坐下来，颇有几分反客为主的意味。

倒是寂夏，看着和顾瑾年长腿显得格格不入的狭窄的桌案，再想到上一次自己被昂贵的美食满足的味蕾，心底忽然生出几分迟来的愧疚。

临近黄昏，店里的人不是很多。

他们落座后，寂夏将桌上唯一一份带着油渍的菜单推给顾瑾年："你先点吧。"

顾瑾年很快将那份菜单还了回来，从善如流地道："和你一样。"

听上去是比"随意"更彰显亲和力的回答，也不知道他究竟是不忍心接过这份菜单，还是对她的口味太过信任。

寂夏倒也没推诿，伸手招呼老板道："老板，两碗阳春面，毛细，加两个荷包蛋。"

脖子上挂着毛巾的老板爽朗地应了一声，将揉好的面团往案板上一甩，抓紧了面团的两端一抻一收，来回几次后，粗细均匀的拉面就在老板手中现了雏形。

顾瑾年顺着寂夏的目光望过去，中肯地评价了一句："手法很娴熟。"

"那是。你别看这里的门脸小，"寂夏听出顾瑾年语气里的赞扬，顿时像是自己被夸奖了一般开心地道，"这儿的老板可是苏城人，别的不说，就这个阳春面再正宗不过。"

汤锅沸煮的水汽氤氲了顾瑾年的眉眼，他问："我看这儿离汇川不远，你常来？"

寂夏点点头："加了班就过来，这间馆子晚上可比白天热闹得多。"

顾瑾年眉目舒展，是很好的倾听者的姿态："之前加班的次数很多？"

"一半一半吧。"像是想到了什么，寂夏忍不住笑笑，"我记得有一次，一个项目编剧临时出了点问题，我被赶鸭子上架写了几集剧本，连续加班了一个多月。就因为这家店，我至少胖了五斤。"

寂夏说完才注意到，顺着顾瑾年有意无意的引导，自己竟然不知不觉地说了很多。她并不是一个愿意跟人分享自己经历的人，只能说，顾瑾年的谈话技巧着实厉害。

顾瑾年一字不落地听她说完，才开口道："是《白头不负》那个古装剧？"

寂夏这一次是真的觉得惊讶："你怎么知道？"

"你自己写在简历上的。"顾瑾年反问她，"我怎么不能知道？"

"可是……"寂夏讷讷地吐了两个字，就没再往下说。

且不说她简历上对这段编剧生涯的介绍只有短短几个字，《白头不负》本身也只是个小成本网络剧，启用的男、女主角还是两位新人，播放的时候口碑不错，但是水花不大。

就算是这种情况，向婉为了不得罪那个临时罢工的编剧，也根本没有在片头给她署名，只给她发了大几万的奖金，算是补偿。

她一个人吃着薯片将《白头不负》从头追到尾，听到自己写的台词被名不见经传的演员念出来，她都不知道该怎么跟别人形容那种孤独的满足感。

没有一个观众知道，这是她笔下的故事。

没想到，如今她随手添在简历最下面的几个字，却被顾瑾年记得清清楚楚。

"可是什么？是觉得你给的提示不够？"顾瑾年看着她欲言又止的样子，笑了一声，"还是觉得我不会认真地看你的简历？"

落日的余晖落在顾瑾年狭长的眉眼间，寂夏想到这双眼睛认真地看过自己简历内容的样子，感觉之前下定的决心有瞬间的动摇。

毕竟，谁不是条"颜狗"呢？

两碗鲜美的阳春面在这个时候被端了上来，拉得条顺的细面，左边缀着三四片腌好的牛肉和几株挺括的小油菜，汤面上还撒着切得细碎的小葱，看着就让人食指大动。

寂夏将其中一碗面推给顾瑾年，却隐隐觉得似乎有什么地方不对。

等等。小葱？

她点菜的时候忘了顾瑾年不吃葱这回事了！

"抱歉，我忘记跟老板说了。"望着顾瑾年什么也没说，就准备下筷的动作，寂夏伸手拦了一下，她管老板要了双新筷子，道，"我帮你把葱挑出来吧？"

她一边说着，就一边动起手来。

顾瑾年垂眸去看她挑葱的模样，长长的睫毛下的眼底像禁锢着一片光。

"其实，九州的加班餐倒是很不错。"他放低了声音，听起来诱哄意味十足，"你要是不尝尝，还怪可惜的。"

寂夏的动作一顿。

从她和顾瑾年离开公司，到面对面坐着闲聊，这个敏感的话题终于还是被抛了出来，以一种四两拨千斤的方式。

"我还没入职，你就想着让我加班。"寂夏婉拒道，"听上去就像是个无良领导，这个坑我才不跳。"

"还是说你不满意九州的条件？"顾瑾年懒洋洋地抬了下眉，"如果有想法，可以现在提。"

寂夏摇头："九州的条件已经很好了。"

九州作为国内最大的网络平台，资源和发展空间都属一流，不算各项补贴，薪资也是同行业公司的三倍，这种待遇要是还不满意，她都觉得自己有点不知好歹。

"不是对公司不满意，那你拒绝九州的邀请……"顾瑾年停顿了两秒钟，微微眯起眼睛，"是因为我？"

　　寂夏没想到顾瑾年凭着三言两语就能找到这件事的因果关系，她低头避开顾瑾年的视线："那就更不可能了。"

　　顾瑾年根本就没把寂夏的话当作答案，他用指尖敲了两下桌案，再开口时已然接近了事情的真相："公司的人和你说了什么？"

　　和这个人说话真是太累了。

　　"他们能和我说什么。"寂夏将挑完葱的面推到顾瑾年的面前，徒劳地否认道，"自然都是入职手续的事啊。"

　　顾瑾年低头看了一眼那碗把葱花挑得干干净净的细面，眼里似乎荡开点笑意："你对九州了解多少？"

　　这个熟悉的带着陷阱的问题让寂夏觉得有些气闷："顾先生是没听够我面试时的回答吗？"

　　"不知道你之前有没有关注过《我的室友》这个项目。"见寂夏摇摇头，顾瑾年不急不缓地解释了两句，"原本是九州高价从外国版权方买下的一个热门综艺。但是受政策的影响，国外的团队被强制退出，让节目刚一上线就遭遇了滑铁卢。虽然没有对外宣布，但九州的实际营收因为这个项目着实不太乐观。前任策划部负责人引咎辞职，不少高层看到版权剧高成本的弊端，提出转型的想法。我临危受命，可高层隔岸观火的人不少。转型需要体系和人力。副总裁的名头虽然不小，手里的烂摊子却也是实打实的。"

　　顾瑾年望着寂夏眼底明显的惊讶之色，笑了一声道："抱令守律，越走越窄，你在面试时的回答，就是九州眼下的困境以及我所面临的难题。"

　　寂夏从顾瑾年的话语中隐约听出点头绪，似乎想听到更确定的答案般，她轻声问了一句："顾先生和我说这些做什么？"

　　"因为我想让你知道。"

　　可能是很久没有向谁作过解释，明明是在回答问题，顾瑾年的语气比起解释，更像是陈述某种决定，或宣言。

　　"不管你从谁那里听到了什么。就你被九州录用这件事，绝不是出于你我认识这种私情。我录用你，从头到尾都是因为你足够优秀。不仅仅是策划评估这个岗位，更是面临九州转型这道难题——"顾瑾年望着寂夏的眼睛，字字笃定，声音却很轻，"我需要你。"

　　我需要你。

四个字干净利落，掷地有声。

街边的路灯在落日的余烬里一盏盏亮起，昏黄的光影一直延伸至地平线的尽头。

顾瑾年的声音不大，可那不加粉饰的话语落在寂夏耳中，字句的回音从她的胸腔呼啸而过，所经之处仿佛响起一阵嗡鸣。

他原本不必和她说这些的。寂夏垂着眼睛想。

没有人愿意奉上自己的软肋，尤其是在职场上。

"我不需要向你解释我的决定。

"你不想做，替代的人还有很多。

"加班？这是在给你机会。"

寂夏在向婉身边听惯了这样的声音，才更能明白顾瑾年这句话的珍贵。那字里行间的坦诚，无一不是对她的尊重和信任。

她之前怀疑顾瑾年聘用她是出于私情，不仅是否定了她自己的价值，也相当于看轻了顾瑾年。这样的认知让寂夏感到有些羞愧，她不由得低了下头道："抱歉。"

"比起道歉。"顾瑾年并不意外她的反应，他盯着寂夏的头顶，声音里带了点若有似无的笑意，"我这会儿更想听到别的回答。"

寂夏在他的声音里抬了头，略带迷茫地"啊"了一声。

"要重新考虑一下吗？"顾瑾年故意加重了"重新"两个字的语气，"我的 offer。"

寂夏眨了下眼睛。

"……这就要看，"她低头用筷子挑了下碗里的面，故作严肃地道，"九州的加班餐是不是真的如顾先生说得那么好吃了。"

两碗面很快就被吃得干干净净。

饭后，顾瑾年主动提出送她回家，寂夏犹豫了一下，最终还是接受了这份好意。

顾瑾年的车技很好，偶尔遇到抢路的车主也不急躁。托他的福，本来有点晕车毛病的寂夏一直到家门口都还是生龙活虎的。

黑色的豪车停在她家老旧的塔楼前，寂夏道了声谢，解开安全带，这才想起来自己自从相亲认识顾瑾年以来，连微信都没有加。她如今决定入职九州，又和顾瑾年是直属上下级的关系，常用的联系方式还是要有的。

寂夏并非一个扭捏的人，想到这儿，她主动拿出自己的手机道："要不我们加个微信？"

顾瑾年意味深长地望了她一眼，狭长的眉眼微微往上一挑。

"我承认之前对顾先生有些误会。"寂夏总觉得顾瑾年要说的话指定是不好听的，抢在他开口之前，先一步自我反省道，"但经过今天的交流，我才明白我之前的认知多少有些浅薄。"

顾瑾年"嗯"了一声，似乎对她的反省还挺满意："那你之前对我是什么认知？"

"……这不是问题的重点。"寂夏把"自恋、毒舌、不听人话"等形容词咽了回去，义正词严地道，"重点是丢掉这些错误的认知，我忽然发现，说不定今后还能和顾先生成为朋友。"

顾瑾年盯着她的眼睛，他的身后是川流不息的灯火，那微弱的光亮将他眼底的情绪照得晦暗不清，须臾后，才咬着她话尾的两个字重复了一遍："朋友？"

寂夏举起左手，万分诚恳地点了点头。

顾瑾年看着她的动作，牵了牵嘴角，没说话，单手从支架上将手机取下来，打开了微信的二维码。

绿色的扫描线划过独属于顾瑾年的身份信息，发出叮的一声。

好友申请通过后，顾瑾年扫了一眼她的微信名："本名？"

"谁又能知道它不是个网名呢？"寂夏对自己名字的迷惑性颇为自信，她推开车门，临下车前朝顾瑾年道，"那就请您多多指教了，顾总。"

环路上亮起数不清的红色的尾灯，京市此刻正处于堵车的高峰期。顾瑾年的车在这条路上停了有二十分钟，他的指间里夹着根烟，却没点着。

他不太喜欢在车里留下烟味。

顾瑾年拿起手机点开微信，最新的一条弹窗就是他和寂夏的对话框和寂夏发过来的那条"请多指教"。

寂夏的微信名是本名，头像虽然也是本人的照片，但是照得很糊，是在极暗的环境下取的景。

季节似乎在初冬。镜头前的姑娘用棉服把自己包裹得严严实实的，暖红色的围巾在脖子上缠了两圈，半张脸都埋在围巾里，只露出一双黑白分明的眼睛和细碎的额发下一小截光洁白皙的额头。

像一只警惕又充满好奇的幼猫，和多年前的那个冬夜如出一辙。

顾瑾年把烟伸到窗外点了，他想起几个礼拜前，因为临近端午节，他把母亲从奉阳的故居接了过来。那天他加班到很晚才回家，听到房间里的母亲不知在和谁打电话，声音透过扬声器，一字不落地传进客厅。

"现在的孩子，真不像我们之前，这眼光太高了，介绍了好几个都没成。

"哎哟，现在的年轻人压力多大呀，你看我家瑾年天天工作那么忙，我都不好意思催他找对象。

"男娃娃到底还是有优势，老于家这是个姑娘，眼看老大不小了，恋爱还没谈过几次，可给老于急坏了。

"这种事，当家长的都操心。"顾母笑了两声，可能是有些感同身受，这会儿听着别人家的家长里短，忽然觉得有些好奇，她便多问了一句，"你这朋友家的孩子叫什么？不然我也帮着物色两个？"

"你还别说，这姑娘长得白净，连名字也文绉绉的，好听着呢。"可能是察觉到有戏，对面的声音忽然提高了些，"叫寂夏，寂静的寂，夏天的夏。"

顾母就着话头又闲扯了两句，忽然听到门口传来两下敲门声。她刚转过头，就见顾瑾年推门而进，身上的西装还没来得及脱，手上却拿着一杯刚热好的牛奶。

"给人物色对象？"他走过来将杯子轻轻地放在床头柜上，瞥了一眼顾母手机上还未挂断的电话，露出一点若有所思的神色。

"您觉得您儿子的条件怎么样？"

Chapter 03
陈年往事

　　寂夏周一就去九州报了到。

　　她并不是一个拖沓的人，尤其是做了决定之后。

　　倒是江潮，目睹了全过程后按捺不住自己的八卦之心，在她签字的时候凑到近前小声问："所以，顾总后来有为难你吗？"

　　"怎么可能？顾总这么心胸宽广的人。"寂夏面不改色地在合同上签好自己的名字，"也就是让我请了顿四位数的饭。"

　　江潮倒吸了一口凉气。

　　"好在误会已经解开了。"寂夏将签好的合同递给江潮，如释重负地道，"不然我的钱包可能撑不住再一次和顾总促膝长谈了。"

　　平息八卦最好的方法，就是给故事编排一个完整又不失趣味的结局。

　　果不其然，江潮没再纠结细节，还略带同情地拍了拍她的肩膀。

　　寂夏下意识地扫了眼周围，在心里叹了口气想：看来她也没有运气差到每一次都被顾瑾年逮到。

　　江潮按惯例将她带到策划部，正朝南的一间格子间，紧邻着策划部有一个独立办公室，办公室的所有者显而易见，屋子里的灯倒还是黑的。

　　顾瑾年还没有来。

　　办公室里零星坐着几个人，有两个女生就坐在靠近门口的位置上聊天，对面坐着一个男生，正戴着耳机听歌。剩下的几个男生聚在休息区捧着手机玩得十分专注，不时说几句交流物资、位置的话。

见江潮带着一个人走过来，门口的三个人立刻朝这边看过来。

江潮抢在她前面打了声招呼："这就是之前跟你们说的策划部新人寂夏，大家认识一下吧。"

有了江潮的开头，坐在左侧的姑娘率先站了起来。她的眉眼间有股英气，这让她举手投足间多了份旁人没有的自信，道："你好，我是楚薪，应该大你几岁。叫我楚薪、薪姐随你。"

坐在她旁边长相娇小的女生也跟着站了起来，她凑过来的时候似乎上下打量了寂夏两眼，才道："我是宋明冉，你好。"

坐在对面的男生也摘下耳机："肖扬，你好。"

寂夏一一记下他们的名字，道："寂夏。以后还要请大家多指教了。"

"都是同事，客气什么。"楚薪朝她笑笑，说完，像想到什么似的拿起手机，道，"对了，你还没入群吧。我们策划部有个工作群，我拉你进来。"

寂夏道了声谢，面对面加了好友。没过多久，一个名为"社会主义接班人"的群聊对话框被推到了她微信的最上方。

寂夏看着群聊里的成员名单，她忍了又忍，还是问道："这个群名是？"

仿佛是看出了她的疑惑，肖扬随口接道："顾总起的。"

寂夏："……"

联想到自己朗朗背诵社会主义核心价值观的"前科"，寂夏总觉得顾瑾年的动机值得推敲，但她没被这种想法困扰多久，事件的当事人很快在群里发了声：**既然人到齐了，下午一起开个会。**

此起彼伏的微信提示音在办公室里响起，顾瑾年的措辞一如既往地言简意赅：**两点。三号会议室见。**

这还是顾瑾年空降策划部后开的第一次部门会议。就算是楚薪这样在策划岗位上沉淀数年的老人，也难免心情复杂。

新领导和旧下属之间本来就会有很多问题，况且他们部门存在评估失误。纵然前任领导的引咎辞职让这个错误成为历史，也避免不了会在新领导的心里留下他们能力不足的印象。

至于心情复杂还有一个原因。

各怀心事的人们陆续走进会议室，而长桌前的椅子上已经坐了一个人。对方听见脚步声，漫不经心地抬头朝门口望了一眼，在白炽灯冷光的映衬下，他的神色慵懒。

太年轻了。

这是策划部所有人见到顾瑾年后的第一个想法。

和楚薪年纪差不多的人，能一夕之间跻身九州高层，空降策划部。如果不是有过硬的背景，就是有远超常人的手段和能力。

但无论是哪一种可能，都让他们未来的发展变得风云莫测。

"虽然是我到部门以来的第一次会议，但我想，"似乎对沉重紧张的氛围毫无察觉，顾瑾年坐在最中间的座位上，半开玩笑地开口道，"应该不需要我再作自我介绍了吧？"

确实也没有谁会记不得新领导的名字。

会议室被长桌隔为两侧，大家进入会议室后都不约而同地坐到了顾瑾年的对面。他一个人坐在右侧，面对着所有人，他们之间像隔着一条楚汉河界。

阵营泾渭分明。

顾瑾年将短暂的沉默当作回答，开门见山地道："那不如先来说说最近的工作。"

这个问题明显是针对老员工的。楚薪思量了一下答道："目前的工作依然是以项目评级为主，进行剧本和成片的评估。"

见其他人的回答大多和楚薪的回答差不多，顾瑾年又问了句："你们对现在的工作有什么想法？"

楚薪一时有些摸不清他想问什么，只好摇了摇头。

其他人也没吭声，倒是肖扬想了想，道："这一块大家做得都比较熟了，说不上有什么想法。"

"既然比较熟了。"顾瑾年一点头，算是对肖扬答案的认可，"那有没有兴趣尝试一下新工作？"

楚薪心里一紧。就在她思考着自己该摆出什么态度的时候，坐在她身边的宋明冉便有些迫不及待地表起了忠心："顾总，您说，无论是什么工作我都会努力做的。"

楚薪没像宋明冉这样急着表忠心，只是谨慎地问了一句："不知道顾总您所说的新工作具体是指？"

"择优剧本，策划创意，有序建立公司的 IP 储备。"顾瑾年言简意赅，重点随着他的寥寥数语而清晰，"推动九州建立独立的制作体系，直至脱离单纯的视频网站，完成转型。"

他轻描淡写的几句话，却让会议室里顷刻间填满了议论声。

会议前，大家或多或少都对这位新领导的目标有所猜测。可顾瑾年提到的工作内容，颠覆性推翻了所有人的想法。

他们参加的是一个部门会议，可推动公司转型那是什么概念？

楚薪保持着冷静，率先提问："顾总，请问这个决策是出自公司层面还是您个人？"

"公司对此知情。"顾瑾年并没有回避这个问题，"但持保留意见。"

持保留意见的意思不就是公司对后果概不负责。如果转型不成功，公司会留一群失败两次的废物？

"顾总。"楚薪听完顾瑾年的计划后皱了皱眉，"在公司态度暧昧的情况下，我们作为职能部门，从下至上来推动这件事，是不是太冒进了些？"

刚经历过一次部门决策失误，他们原本想的都是先保住饭碗，韬光养晦。但按照顾瑾年这么玩，他们什么都不用做，就直接站上了风口浪尖。

"我反倒认为，"顾瑾年对别人的观点进行反驳时，会习惯性地放缓语气，"在部门价值和个人能力受到质疑的情况下，面对挑战，才意味着有机会。"

"更何况，"顾瑾年笑了一声，"对于现在的策划部来说，做什么都称不上冒进。"

楚薪在听到这句回答后沉默了。

顾瑾年说得没错。在之前致命的项目失误后，他们作为九州的职员，最先要做的就是向公司证明自己的价值。但很明显，公司不一定会愿意给现在的他们这个自我证明的机会。

"可我们手头的工作量已经很饱和了。"肖扬的脸色并不好看，他就差没把"异想天开"四个字写在脸上，"这么复杂的工作，恐怕我们没有多余的精力。"

肖扬一开头，立刻有几个同事跟风附和道。

"是啊是啊，九州之前一直是以采购为主的平台制，远没有制作公司完善。"

"我们拿什么跟制作方竞争呢？"

"这个变动太大了，如果公司支持有限，我觉得我们很难做成。"

"试都没有试，产生放弃的想法是不是早了点？"被当众反驳，顾瑾年倒也不怎么恼，他没去理会那几个跟风的，只是抬头望了一眼肖扬，"还是说，你只是想以退为进，试探一下我对工作要求的底线？"

顾瑾年的语气不重，气场却有一种压迫感。

肖扬很快在这样的目光中败下阵来，道："我没这个意思。"

"有也没关系，我不介意告诉你我的答案。"顾瑾年话里的情绪一向很淡，他像是在看着肖扬，话却是对在场所有人说的，"不愿意的人，现在说出来，辞退金按双倍算。"

会议室里的窃窃私语声刹那间停了下来，像一把寒光凛冽的剑斩断了风声。剑光掩在顾瑾年的话语里，他一开口，就没给旁人留退路。

要么干，要么走。

得过且过和浑水摸鱼，在顾瑾年这里都是行不通的。

寂夏在沉默中摸了摸耳垂，她现在忽然感到有些庆幸，自己比其他人更早一步知道了顾瑾年的计划。这让她在所有人都觉得手足无措的时候，还能有冷静的底气。而这份底气的来源是这会儿坐在楚汉河界的另一边的人。

顾瑾年的目光从她身上浅浅掠过，在会议室里缓缓地环视了一圈，才开口道："这可是唯一的机会。"几乎与所有人对峙的情况下，顾瑾年的语气甚至还有些漫不经心，"这会儿不走，往后就没这么好的条件了。当断则断，也不失为优秀的选择。"

楚薪还没从新目标的冲击中缓过神来，这会儿听顾瑾年的话不禁有点蒙。

这是什么？钓鱼执法？

但没等楚薪想出什么来，坐在她身边的姑娘忽然动了动，很快一道柔软的声音便响了起来："顾总，我认为在双向信息明确的基础上的选择才是明智的。"

楚薪侧头看了一眼，可能是被亲自招上来的原因。新来的这个妹子看起来对顾瑾年并没有多少拘束感，在这种剑拔弩张的氛围里，她望着顾瑾年，眼睛里甚至还盈着笑意。

"不如您先说说，留下来的人有什么好处？"

"你说得对。"不知道是不是被寂夏的笑容感染，顾瑾年也笑了一声，他在寂夏的目光里不轻不重地敲了两下桌案，却没直接回答她的问题，"听说过《千金》这个项目吗？"

寂夏听到这个名字，忽然愣了一下。

"挺火的一篇网文，读者群体很庞大。"宋明冉似乎对这个项目有所了解，"那个作者也很知名，前两年改编影视的《双生》就是她写的，反响很不错。"

肖扬皱了皱眉："但是这个项目好像早几年就被一家制作公司签了，

哪家来着？"

楚薪有条不紊地补充："新程签的。"

新程是影视制作公司中的佼佼者，有几个当红的演员都是从新程的戏里出来的。论资历和业绩，新程和辉煌时期的汇川平起平坐，即使在这种影视寒冬的当口，剧集的片单如一张铁打的流水线，堪称影视界的金字招牌。

顾瑾年似乎对他们的所知的信息比较赞许，他"嗯"了一声："据我所知，他们的版权要到期了。"

他的话一出口，楚薪瞬间便反应过来："你要我们截《千金》的版权？"

顾瑾年一挑眉，反问道："有兴趣挑战一下吗？"

楚薪倒吸一口凉气。

从一家行业龙头手里抢版权，倒不如让他们死个痛快。

会议室里死一般的沉寂，仿佛除了沉默，再不会有第二种答案。

顾瑾年倒也不急着要他们的回答，只道："拿得下《千金》版权的人，年底奖金同样翻倍。"

九州是互联网公司，年底本来就是十六薪起底，要是再翻倍，那可真是相当可观的收入了。会议室里，依然没有人说话，但是刚才还面露难色的人，这会儿脸上纷纷写上了"我试试，我可以，我愿意"。

顾瑾年的话说完，一抬眼，目光不偏不倚地落在寂夏身上。那双幽深的眼睛望过来，收起了闲散的神色，让寂夏一时间有种会议室里只有他们两个人的错觉。

"你要的，"他伸手在桌案上敲了敲，像是某种刻意的提示，两三声后，他望着寂夏，说了两个字，"好处。"

整个会议过程可以被生动地诠释成一句话：绝大多数情况下，金钱都是人的第一驱动力。

亢奋的情绪一直持续到了会议后，每个人都在竭尽所能地调动他能有的资源。

"小莫，上一次你说的新程的那个对接人是谁，什么职位？"这是楚薪站在办公桌前打出去的第四个电话，她的语速很快，"能把这个人的联系方式给我吗？对，现在，很急。"

她每打完一个电话，就在笔记本上写点什么，像是在权衡联系人的价值。

宋明冉坐在她旁边敲着键盘，唇抿得很紧。肖扬玩了会儿手机，突然抬起头，暴躁地骂了一句："一上来就搞这么大的IP，顾总这是想玩死我们？"

楚薪这会儿刚打完一个电话，她看了肖扬一眼："给尚在磨合期的下属一个不可能完成的难题，也没什么毛病。"

完成或不完成，对顾瑾年来说并不重要，他也许只是想给他们一个下马威。

新领导的惯用手段，在职场摸爬滚打这么多年的楚薪早就习惯了。

对比开会前后办公室的状态和氛围，就结果来看，顾瑾年这一招，堪称效果卓群。

"楚姐，肖扬哥，你们的进展怎么样啊？能联系上新程的人吗？"宋明冉从电脑屏幕前移开目光，小声地开口问，"我这儿一点办法也没有。"

肖扬看了她一眼，没回话。倒是楚薪沉默了一会儿，开口道："我这儿也没什么进展。"

IP版权不比剧本评估，可以做意见交流和分享。谈项目版权，拼的就是个人的人脉和能力，合作并非必要，尤其是在顾瑾年有意的奖金的诱导下。

说白了，参与版权签约的所有人都是竞争者。这种情况下，没人愿意共享自己的人脉信息。

很明显，宋明冉也在楚薪的回答里听出了这个意思，她又转过头去，在键盘上敲敲打打起来。

简短的交流后，肖扬的手机忽然亮了一下，他抬头看了一眼，忽然起身捞起外套道："我出去一趟。"

楚薪看着肖扬，目光里有几分打探的意思："难得见你这么积极。"

"以为故意给我们出这么一道难题，我就会乖乖认输？"肖扬朝楚薪摆摆手，"我偏不。"

楚薪闻言一笑："好运。"

肖扬走出办公室后，楚薪的目光冷不丁地落在对面的寂夏身上，小姑娘安安静静地坐在自己的新工位上看着电脑屏幕，在此刻兵荒马乱的办公室里显得格格不入。

"寂夏，你才刚入职，别给自己太大压力。"楚薪的年龄比寂夏大，看她心不在焉的样子忍不住宽慰道，"你也听到了，这个任务多半是完不成，立威的意思偏重。尽力而为就行。"

寂夏认真听完楚薪的话，她点点头，语气诚恳地道："谢谢你，楚姐。"

楚薪和肖扬的议论她听在耳朵里，能将想法坦诚地分享，在职场上并不是一件容易的事，可是……

寂夏滑动了一下鼠标，脑海里晃过顾瑾年那双颇具侵略感的眼睛，心想：她觉得顾瑾年应该不是那样的人。

自下而上的变革本就是一场豪赌，如果短期内无法让九州的高层看到成效，顾瑾年必然会首当其冲，成为转型失败的牺牲品。

寂夏想起顾瑾年在吃路边摊时说的话，和同事们一开始缺乏干劲儿浑水摸鱼的态度。顾瑾年的处境，可能比她之前想象的还要更危机四伏一些。

所幸，顾瑾年想做的第一件事，她倒确实有一些渠道。

寂夏拉开自己列表里的作者群，在群对话框里默默地敲下一行字。

失语蝉：重金求《千金》作者偷瓜的獗的联系方式和会面地址。

大概过了十多分钟，她桌面上的对话框突然闪了一下。

寂夏点开群聊，只见她那条消息下，赫然多了一条消息。

偷瓜的獗发了一个问号。

作者和作者之间总有那么一个小圈子。

作者这个职业，除了日常码字外，少不了到别人的文章评论区里面溜达溜达。一边想着"他的读者这么多，写得也不过如此"，一边回去彻夜研读别人故事里的亮点，试图免费偷师。

知名作者之间，总有些说不清道不明的、棋逢对手却又惺惺相惜的意味，很容易成为朋友。平时互动得多了，自然就有了作者群。网站上数据好的作者基本上都会被拉进来，平日里除了交流一下数据爆点和卡文心得，也可以用来商业互夸和线下会面。

换而言之，寂夏的作者身份为她提供了一个作家资源库。这似乎与她未来的工作方向不谋而合。

说来也巧，寂夏连载《我的演员是闺密》的那段时间，偷瓜的獗也刚好发表她第一篇文章，两个人算得上同期。

当时寂夏就觉得这个新人的文笔不简单，还在自己的连载下面推荐过她的文章。在那个社交软件不算发达的年代，两个人在彼此的评论区互动得还算活跃。寂夏不仅知道偷瓜的獗也在京市，甚至还知道偷瓜的獗为什么叫偷瓜的獗。

是因为她本人的原名叫李云茶。

寂夏至今还记得，她讲起课文《少年闰土》时那种悲愤的语气。

寂夏在对方的消息下面回复了一个笑脸，敲了一句：私聊？

没过多久，她便接到了一条新的好友申请。

寂夏刚同意申请，就见几条消息立刻挤进了对话框。

偷瓜的猹：什么情况？失踪人口正式回归？

偷瓜的猹：听说你最近开新坑了，要再像《我的演员是闺密》一样腰斩，我第一个给你寄刀片。

偷瓜的猹：不要笑，我知道你也在京市。

偷瓜的猹：几年没冒头，我还以为你要退圈了。

不愧是当作者的，打字的速度可见一斑。

寂夏读过消息，回复：说来话长，有一些工作原因。你最近怎么样？忙吗？

偷瓜的猹：除了被责编像债主一般地催稿，我的人生再没有别的烦恼了。作者这职业，只要不卡文，就是人间四月天。

寂夏被她的话逗笑了：问你个事。你的《千金》是不是被新程签了？

偷瓜的猹：别提了。新程内部的制作流程太独断了，他们买断了版权之后，不让原作者参与剧本，编剧又把原文改得乱七八糟。

偷瓜的猹抱怨了两句：这不版权要到期了吗，我本来不想续约了。可是编辑那边不太同意。

顾瑾年的消息果然不是空穴来风，他对业内消息倒是灵通。

寂夏这么想着。获悉了原作者的态度，接下来的事情变得好谈了很多，她继续发消息问：那你最近方便吗？咱俩抽空约一下？

偷瓜的猹答应得很快：方便倒是方便。刚才就见你在群里问我的联系方式，怎么了？

寂夏直言相告：是关于《千金》的事。要是这事能成，恐怕有很长一段时间——

寂夏顿了一下，在下面慢慢地补了一句：我就会是你新的债主了。

见面的时间定在了周五，地点是偷瓜的猹签约的网站刺桐的编辑部。

寂夏走进编辑部的时候，偷瓜的猹已经在会议室里坐了一小会儿。

她听到脚步声的时候抬起头，就看见一个身穿浅米色法式长裙的女孩推门而入，裙底垂至膝下，露出一截笔直纤细，骨肉匀称的小腿。她的发色很浅，发梢蜷在锁骨处，巴掌大的一张脸，让那双又温柔又干净的杏眼愈发吸引人的视线。

她站在那里，就像是从画卷里走出来的江南姑娘，美好、安静。

像是怕打扰谁一样，寂夏关门的动作很轻，转过来的时候稍微迟疑了两秒钟，很快将目光锁定在了她身上。

"之前的线下活动你都不愿意参加，搞得大家对你都很好奇。"直到寂夏一边朝她招了招手一边走过来，偷瓜的猹才从愣神中反应过来，"这次让我逮到机会，我可要好好地去群里说一声。"

她望着在她面前拉开椅子坐下来的寂夏，颇有种在线吃瓜第一人的自豪感："从不露面的失语蝉，居然是位美女。"

"我们不是说好见面不要商业互夸的吗？"寂夏抬手遮了下脸，震惊地道，"你居然先发制人？"

"你跟我说这是商业互夸？"偷瓜的猹不可思议地望了她一眼，"自信点，这是实话。"

"我认输我认输，这位人美心善的大作家。"寂夏在偷瓜的猹热切的目光里叹了口气，"我知道你对我坑文这件事耿耿于怀。但好歹我最近开了新文，这件陈年旧事我们就算揭过吧。"

"这次你要是再坑，"不提自己追的文惨遭腰斩这事还好，一提起来，偷瓜的猹就恨得牙痒痒，"我就把你的照片曝光到我们作者群里去，我相信那几个爱热闹的人，下次再也不会接受你不去的理由了。"

寂夏被噎了一下，不太高明地转移话题道："不如我们先谈正事吧。"

看到自己的责任编辑也带着电脑走进会议室，偷瓜的猹也换了副稍微严肃点的表情："让我听听，你想怎么当我的债主？"

"不知道《千金》的续约是否有意向换个东家？"等那位责编坐好，寂夏将准备好的项目提案递给身边的两个人，一开口就如训练有素的推销员，"我的公司九州，最近正好也有开发 IP 的意向，我们对《千金》这个项目很感兴趣。如果有机会合作的话，我们可以让原作者也参与到项目中来。"

偷瓜的猹的眼睛亮了亮，没有任何一个作者不想亲眼看到自己的文字一步步孵化成影视画面的过程。

不过她还没开口，她身边的编辑倒是先提出了质疑。

"如果我没记错，九州是视频网站，之前做的一直是项目采购。"她把眼镜往上推了推，"可以说根本没有电视剧制作经验，要怎么保证其成片质量呢？"

偷瓜的猹的专属编辑不愧是在业内行走多年的老江湖，提的第一个问题就正中痛点，极为犀利。

"任何事情总是在起步的时候显得很艰难。"寂夏迎着编辑老师的目光，回答得很从容，"事有两面，九州虽然目前经验尚少，但成片出来之后，平台肯定会优先上架自己的自制剧，这就极大地缩短了播出周期。以老师您对业内的了解，应该也清楚。现在有很多版权剧，被积压在制作公司手里卖不出去吧？"

编辑老师的眉头一挑。

"新程毕竟资历比较老。"她避开寂夏的目光，低头翻了翻手里的资料，"它所拥有的编剧和导演资源，是九州目前所不能比的。"

"所以剧本阶段，我们才会诚邀原作者介入啊。"寂夏停顿了一下，笑着道，"想必您作为责编，应该比我更相信原作者的能力吧。至于导演方面——"

寂夏后半句话还没有说完，办公室的门突然被推开了。

来人带进来一些室外的热气，也没仔细看办公室里的人，便匆匆开口道："李老师，关于《千金》版权续约的事情，我想再和您谈谈。"

寂夏背对着来人，忍不住皱了皱眉。

这个不速之客的声音，听着似乎有些熟悉。

编辑似乎也没想到来人直接就找上门来，面对眼下的突发状况，她只得起身道："寂小姐，我来介绍一下。这位是新程的版权运营总监，裴越，裴先生。"

听到那熟悉的两个字，寂夏意料之中地叹口气，站起身面向来人。

他们坐的位置离窗户很近，天光明亮，将来人熟悉的眉眼和错愕的神情照映得一清二楚。

"裴先生，您好。"寂夏率先开口，语气没什么起伏，"我是九州的策划，寂夏。"

她拉黑了他的微信，换了手机号码，单方面地切断了所有的联系，头也不回地远离了这个名字。

裴越。

她的前男友。天下之大，真是无巧不成书。

寂夏怎么也没想到，会在这种地方，以这种方式再见到裴越。

她望着褪去青涩模样的裴越，年少的影子仍藏在他如今的轮廓里，仿佛她看得再仔细些，就能找到当年篮球场上单手入三分，落地一声口哨，赢得满场喝彩的少年。

裴越的下颌线绷得很紧，似乎很用力才控制好自己的表情，叫了她一声："寂夏？"

寂夏垂下眼睛，没有应答。

倒是偷瓜的猹留意到他们之间的气氛，问了一句："两位之前认识？"

"认识的。"

"不认识。"

截然相反的两个答案，肯定的是裴越，否定的是寂夏。眼见偷瓜的猹那个意味深长的"此处有瓜"的眼神，寂夏只得轻声解释道："几面之缘而已。"她抬头朝裴越点点头，笑笑，"没想到裴先生的记性这么好。"

裴越望着她那个显得又礼貌又疏远的笑容，动了动嘴唇，却终究什么也没能说出来。

"今天这个情况，可能不太好再往下谈了。"寂夏有些歉然地对偷瓜的猹道，"我们改天再约吧，就是要麻烦你再跑一趟了。"

"送钱的事你客气什么。"偷瓜的猹摆摆手，眼见裴越跟着寂夏往外走了两步，寂夏又露出一脸拒绝的样子，她善解人意地问，"我送送你？"

寂夏没有让偷瓜的猹送自己。

见面结束的时间比她预想得早很多，这会儿回公司，应该还赶得上午饭。

她这么想着，踩着一路落叶，然后慢吞吞地往公交站的方向走。饶是这么多年过去，裴越那张熟悉的脸还是无可避免地让她想起诸多往事来。

谁说人心最善遗忘？可时过境迁，分明还有余响。

她与裴越的初识，刚好在她最兵荒马乱的那几年。彼时她刚考上高中，能拿出来给外人消遣的事有两件。

一件是她的父亲开始三五天都不归家，母亲总疑心他在外头有了人，两个人的分歧越来越大，已经严重到了邻里受不了噪音，忍不住来敲门劝架的地步。

另一件就是她和裴越日益熟络的关系。裴家在奉阳做的是房地产生意，奉阳主河干南边的几个高档小区都是自家产业，这让裴家在当地多少叫得上名字。裴越缠着寂夏做朋友这件事，一时间也在校内校外传得沸沸扬扬。

大概是在高一下学期的那一阵，学校刚分了文理班。寂夏碰巧跟这位少爷分到了同一个班。十五六岁正是爱玩爱闹的年纪，在所有人听到放学铃就往外跑的时候，只有寂夏拿出课本和作业，安安静静地自习到学校关门。

　　这种堪称热忱的学习态度，不仅让寂夏的成绩在全年级始终一骑绝尘，还让她的作业成了全班借阅的范本。但只有寂夏自己清楚，与其回家面对父母无休止的争吵，在空无一人的教室里做卷子，至少是个不错的选择。

　　寂夏自认为没怎么招惹这位家境优渥的小少爷，唯一说得上的交集，也不过是每天早上，裴越斜挎着书包迈进教室，理所当然地在她的课桌上敲两下。寂夏轻车熟路地把各科作业递给他，再提醒他一句别抄错名字，改几个答案。

　　说实话，她没怎么把这种普通前后桌的关系放在心上，可情况却在她毫无觉察的时候突然就变了味。

　　是某一次裴越还回来的作业本上多的一瓶牛奶。

　　"回礼。"少年一副不容拒绝的姿态，却在寂夏抬眼望过来的时候不自觉地躲了一下，欲盖弥彰地在后面加了一句，"你的身高现在说不定还有救。"

　　寂夏："……"

　　总是因为被裴越挡住看不见黑板的寂夏，当天就把翘了晚自习的裴越告上了"公堂"。可能是报复她的不义之举，被罚站在寂夏身后的裴越伸着长腿一下一下地踹她的凳脚。

　　寂夏没回头。

　　剩下的大半节自习课，她做了整整两张卷子，黑色的碳素笔划过纸面，簌簌声响的空隙里都是裴越敲椅子的节奏和他的呼吸声。

　　后来，作业还是正常抄，牛奶倒是从没有断过。

　　没什么轰轰烈烈的开始，不言而喻的事情却悄悄变得多了起来。

　　有时是一两道做不出来的题，有时是体育课上的陪跑，也有故意安排在一起的放学扫除。

　　再后来，说不准是在高一上学期还是下学期的某一天，家里爆发了有史以来最严重的一次争吵。起因是于晴回家的路上，看到寂明许和一个差不多年纪的女人在马路上有说有笑。

　　仿佛是长久以来的疑心终于得到了证实，于晴每一句的质问都咄咄逼人，最后甚至到了大打出手的地步。寂夏在争吵声中，一声不响地走了出去，临走前还不忘关上门。

门后的地板上，躺着碎了一地的全家福。

仲秋的傍晚有股凉意。等她回过神的时候，发现自己竟然不知不觉地走到了校门口。周末学校的大门锁着，保安室的老大爷仰面陷在椅子里打盹儿。

寂夏犹豫了挺久，还是没叫醒他。倒不是因为没找到适当的理由，她只是觉得那个大爷的神色安宁，似乎正在做着什么美梦。

她漫无目的地沿着学校的围墙走了一圈，忽然一个篮球从墙里飞了出来，嗙的一声砸在她面前。寂夏茫然地伸出手，那个篮球便顺着她张开的掌心，一骨碌钻进她的怀里。

跟着那颗飞出来的篮球，从围墙里接二连三地翻出几个少年来。学校的操场周末不让学生们使用，可他们翻墙的姿势干净利落，一看就是多年的"惯犯"。少年们耍帅般地将外套搭在肩膀上，这样从墙上跳下来的时候，外套里呼啦啦的，兜的全是风声。

一个个都像是披甲挂帅的小将军。

"小将军"们四下望了望，似乎是在找被他们丢出来探路的篮球。可他们一转头，就看见了正抱着他们非法使用操场的"罪证"的寂夏。

最先看到寂夏的两个男生彼此交换了一个眼神，其中一个男生挠了挠后脑勺，尴尬地问："这姑娘你认识吗？"

另一个男生借着昏暗的路灯瞄了寂夏两眼，摇了摇头刚想开口，就听围墙上传来一道熟悉的声音："这不是好学生吗？"

墙头上最后冒出来男生是裴越，他一脚蹬在墙砖上，手一撑就落到了寂夏的眼前，他看了看寂夏的眼睛，问："饭后遛弯儿？"

寂夏这会儿没什么心情说话，她把"赃物"往裴越的怀里一扔，绕开人就想走。她刚走出去两步，就听头顶上罩下来一道风声。

她晃神的片刻，一件外套就砸了下来，盖住了她的头。

带着少年人运动后的体温，连同着一声说不清也道不明的心跳。

寂夏也记不清了，自己和裴越的关系是什么时候变得越来越近的。她只记得在和他的相处中，大多数时间，他们都是契合的。

裴越的性格又张扬又执拗，想做的事情说什么都会做。寂夏性格温和，倒是个没什么主意的，也乐得有个人帮她做选择，一向都顺着裴越的意思。两个人产生分歧的地方很少，说来说去，也就是那件事。

裴越的父母希望裴越能留在奉阳照看家里的生意，但寂夏很早就想离开奉阳，高三时老师用来做讲解的志愿表，上面的每一项，寂夏都填了外地的大学。说来好笑，出发点都是家庭，结果却南辕北辙。

大概是二模后的某个周末，裴越陪着寂夏在市图书馆自习。她沉默地刷题的时候，裴越忽然转过头来问她一句："一定要去外地念？"

寂夏手中的笔停下了，但没抬头，轻声"嗯"了一声。

因为在图书馆的原因，裴越的声音也很轻，像是自言自语："可是我们的成绩差那么多，万一我和你考不上一个大学呢。"

这个话题也不是两个人第一次说起。有跟亲生父母不畅的沟通经历，寂夏心里清楚，对方听不进去的事，再反复说也于事无补，但她还是把之前说过的话又重复了一遍。

"离高考还很久呢。你二模的卷子我帮你看完了，进步空间还很大，"寂夏抬头看了裴越一眼，"你不熟的重点我用记号笔在你的笔记上圈出来了，你再看看，下次考试还能多不少分。"

不出所料，她说的话并没有起到安慰的作用，裴越看上去更焦躁了，他沉默了半天，又问她："奉阳不好吗？奉阳大学在国内也排得进前十，尤其是金融专业。"

寂夏不知道该怎么回答。寂夏想让他体谅自己的家庭带来的难处，却怎么也说不出口。

"大学的时间自由，"寂夏做不出来这种拿软肋去逼迫别人的事，她只能道，"我们也可以经常见面。"寂夏想了想又补充了一句，"不管多远我都可以去看你。"

她说这些话的时候，裴越就盯着她看。不知道是不是因为被这事闹得心烦的原因，他的脸色有点难看，听寂夏说完最后一个字，他突然道："我费尽心思想争取的事，怎么到你嘴里都那么轻松？"他的声音头一次听起来有点冷，"是不是所有的事情你都能这么冷静地对待？"

后来的事寂夏记不太清了，能肯定的是最后肯定闹得不欢而散。但寂夏倒没怎么生气，裴越在顺境里生活了这么久，头一次遇到不顺心的事，反应大点也很正常。她一心想找机会再和他谈谈，但那之后，裴越就再没跟她提起这件事。

代替他回答寂夏的，是两人无疾而终的关系。

寂夏回想着往事的尾巴走回了公司，隐藏在回忆里的情绪随着重逢渐渐苏醒，她心不在焉地刷卡过闸门，看见电梯门堪堪在她的眼前合拢。

人多楼高的办公地点唯一的弊病就是电梯让人等到怀疑人生。

不想错过这班电梯的寂夏一边跑了几步，一边叫了一声："请等一下！"

可能是听出了她语气里的恳切，电梯里的人从容不迫地伸出手，帮她挡住即将合拢的电梯门。

寂夏道了声谢，正想抬脚往里走，却在看清电梯里的人时，下意识地往反方向退了两步。

电梯里只有一个人。

他一只手挡在电梯门处，黑色衬衫的袖口利落地向上挽了两折，露出一截干净的手腕来，衬在黑色衣服上，白得分明。

男人漫不经心地抬眼朝这边望过来，在看清门外站的是寂夏的时候，他若有所思地挑了下眉："上班第一周，"仿佛是觉得有些荒唐，他上扬的语气里带着点笑，"旷工？"

顾瑾年就站在那里，仿佛站在她陈年往事的尽头。

顾瑾年的气场很独特。他站在那里如一把出鞘的剑，瞬间就将寂夏从旧时光里拉了回来。

寂夏听到那两个字有点哭笑不得："我可以解释。"

她自认不是任人拿捏的性格，不知怎么，好几次对上顾瑾年都莫名有些心虚。

顾瑾年闻言一抬眉毛，没应声，只在脸色里写着"我听着"。

寂夏倒是沉默了。

这事说起来比较复杂，九州的外出请假类申请都是走自己的 OA 系统。但寂夏入职的时机不太凑巧，产品部正在开拓矩阵，她的员工账号要下周才能发下来。寂夏原本打算找机会跟顾瑾年说一声，但一旁的宋明冉见她面露难色，过来问了情况，并善解人意地提出帮她提交申请。

可顾瑾年这么问，显然是并没有看到这份申请。要不是她今天真的约到人谈《千金》，又怎会外出，这会儿碰到顾瑾年，还真是百口莫辩。

寂夏在"故意没帮她提交"和"忘记帮她提交"两个答案中犹豫了一下，还是选择了后者。

"我的员工账号还没发放，我让明冉帮个忙，她可能是忘记了。"寂夏三言两语将事情的前因后果解释了一下，又补充道，"我出去是约了《千金》的作者。"

适当地汇报工作是好员工的基本素养。寂夏自己觉得项目进展顺利，希望顾瑾年能够看在她工作认真的面子上，把"旷工"那两个字给收回去。

顾瑾年闻言"嗯"了一声。

寂夏一时没能从这简短的语气词里揣摩出他的态度，正当她忍不住想抬头看一眼顾瑾年神色的时候，就听到头顶飘来一句不轻不重的交代："下次这种事，可以发微信和我说。"他说话的时候，惯常带点笑意，"不然你加我，就是为了舍近求远？"

寂夏有时候真的不太懂顾瑾年。

她前一句话的重点难道不应该是《千金》版权的沟通进度吗？

寂夏沉默了一会儿，辩解道："我认为微信这种偏向私人化的社交软件，适合在更重要的情况下使用。"

顾瑾年漫不经心地问："比如？"

寂夏答得飞快，尾音上扬："比如，社会主义接班人？"

顾瑾年闻笑了一声："价值观不错。"

电梯狭小的空间，他们一人一句，像是特工在对什么奇怪的暗号。

寂夏也笑了，办公室里的同事们对这位新领导都有点敬而远之的意思。但她跟顾瑾年因为相亲认识，除了上下级这层关系外沾了点私情，很难严肃起来了，也不知道是好事还是坏事。

三十层楼的高度只够说上几句话，顾瑾年的话尾音刚落，电梯就响了。他抬手按着开门键，示意寂夏先走。

寂夏道了声谢，就往办公室的方向走。身后的脚步声亦步亦趋，重重叠叠地覆盖过她的某处回忆。她刚在办公室里坐下，身边的宋明冉就滑着椅子靠了过来。

"你回来啦？"她看着顾瑾年办公室刚亮起的灯，"这么巧，顾总也刚到。"

"是吗？"寂夏露出一副劫后余生的样子，"那幸好没让我碰上。"

宋明冉沉默了一会儿，忽然像是恍然大悟般一拍自己的额头："糟了。之前说要帮你提交申请，我一忙就给忘了。"

"没关系。"寂夏打量了两眼宋明冉，倒觉得她抱歉的神色不似作假，便道，"考勤统计的日子还早，等我领了账号再补也行。"

反正也让顾瑾年捉了个正着，补与不补无非就是走个形式。

但宋明冉坚持道："我现在就给你补上。"

寂夏见她快速打开了系统界面，也没再推脱，就顺势道了声谢，便转头打开邮件确认这几天收到的剧本。

但宋明冉明显还不太想中断对话，她一边在键盘上敲敲打打，一边有一搭没一搭地问："哎，听说你今天外出，是去谈了《千金》的版权？"

寂夏用鼠标滑着电脑屏幕，"嗯"了一声。

宋明冉兴致勃勃地问："情况怎么样？"

"版权方可能还是更偏向新程，觉得他们的制作体系更完善。"寂夏回答得比较中肯，"想让他们改主意，可能还真不太容易。"

"这事也急不来，我听薪姐那边的消息，也是差不多的说法。新程毕竟是老公司。"宋明冉安慰了寂夏几句，转头抱怨道，"至少你还能找到人联系，不像我。"

"这次纯属碰巧。"寂夏藏好自己的作者身份，面不改色地道，"我闺密邻居的男朋友的妹妹刚好是刺桐的工作人员。"

宋明冉被她复杂的人际关系绕得头晕，她刚填好了情况说明，点了提交键，换了个问题："那你怎么突然想到九州来工作的？"

"职场里无非也就那么点原因。"宋明冉问的这个问题难免有些私密了，但寂夏想了想，还是没隐瞒，"就是和原领导的观念不太一致。"

"工作上，和领导合不来可让人太难受了。"宋明冉露出一副理解的样子，她貌似无意地问了一句，"听说你是顾总亲自招进来的？还破格录入了你差点落选的简历？"

寂夏摩擦鼠标滚轮的动作停了一瞬间。她其实不是必须回答这个问题。可是，如果她沉默不语或是玩笑带过，都会给人一种她对问题退缩的感觉，更显得她在这件事上欲盖弥彰。

而且以宋明冉这种好打听的性格，一味地否认也行不通。一旦发现她的回答与事实有出入，那她跟顾瑾年之间的八卦估计就要在公司坐实了。

寂夏却没有沉默多久，她偏过头。

"哦。"寂夏望着坐在她身边等答案的宋明冉，笑了一下，"那你听说的事情还挺多的。"

气氛突然冷了下来。

宋明冉的神色有些僵，似乎没想到自己会听到这么一个回答。她收敛笑容，似乎不知道这会儿该说些什么。

寂夏倒也不在意她的反应。

群体环境下人心各异。八卦或许不是什么过于坏心眼的毛病，但事事寻求粉饰太平，往后就要容忍旁人的得寸进尺。既然如此，倒不如现在就撕开表面和谐，警告她适可而止。

寂夏在宋明冉的沉默中站起身来，若无其事地道："我去食堂领个饭，饿死了。"

公司的走廊上很安静，午休的时间还没过，很多人都在休息室小憩或是闲聊。

寂夏朝食堂的方向走去，自然会路过顾瑾年的办公室，那扇隐私性极好的单向玻璃上映出她自己的影子。

寂夏模模糊糊地想：她是不是给顾瑾年添了麻烦？

她第一次想要入职时，不知道哪两个人事员工在洗手间里的议论，又一次浮现在她的脑海中。她虽然已经得到了答案，但不代表其他人也如她一样清楚答案。

既然这件事能传到宋明冉的耳朵里，也就说明它在公司的流传度不低。新总裁和小员工能不说的二三事，这种噱头就足够引起注意。

众口铄金，顾瑾年刚到九州，还没坐稳，她不能冒险留一个话柄在别人口中。而且说到底，这个八卦本身就是因为她自己跟前领导的关系没处理好。

她自己的问题却无辜牵扯到了顾瑾年。

不然想个办法避嫌？故意让公司的人觉得他们的关系不好？

她推开食堂的门，不料迎面撞上一个熟人。

"寂夏，你来得正好。"江潮正在清点备餐的数量，见她进来眼睛一亮，"我那儿有份需要顾总签的文件，你帮我给他送过去吧。"

从天而降的机会一时间砸得寂夏有些发蒙，食堂里还坐着不少吃饭较晚的同事。她在原地呆立了两秒钟，突然愁容满面地叹了口气。

寂夏的反应让江潮满是疑惑，他不由问："怎么了？"

寂夏就差把"为难"两个字写在脸上："可是我跟顾总不熟"。

"可是……"江潮望着寂夏真实拒绝的神色，硬是把那句"你不是之前还和顾总一起吃过饭"咽了回去，他沉默了一会儿，试探地问道："要是顾总让的呢？"

"那也不去。"寂夏在周围不少同事的目光下坚定地摇了摇头，一条戏路走到底，"我一见到他就害怕得说不出话。"

半个小时后，一条公式化的短信发送到了正在开会的顾瑾年的手机上。

江潮：*顾总，您之前让寂夏转交的文件，她没有领。我放在您的办公室桌上了，望悉知。*

发信人是江潮。

顾瑾年：*好。*

顾瑾年简短地回复道，他的目光在那句"她没有领"上停留了一会儿，多问了一句：*她为什么没有领？*

江潮这次安静了很久。

顾瑾年倒也没怎么在意，会议很快进入了讨论阶段，有人提出了内容未来战略的新思路，直到会议结束，他才有时间拿起手机。

两条未读消息出现在他的屏幕上。

江潮：*可能是您平时气场比较威严。*

顾瑾年从江潮回复的间隔时常中看出了他的犹豫，以及小心翼翼地措辞。

江潮：*她说一见到您，就害怕得说不出话。*

因为早上外出的原因，寂夏晚上加了会儿班，走的时候，除了顾瑾年那间办公室，其他办公室都关灯了。

她犹豫了一会儿，没去打招呼。

寂夏走出办公楼的时候，值早班的前台正好换班，这会儿正和晚班的那个小姐姐低声聊着天："那个站在电线杆下面的男生好像长得还挺帅。"

"还真是。"早班小姐姐赞同地道，"没想到下班前还能养养眼。"

"不过看他好像在那儿站了有一会儿了，也不知道是不是在等谁。"

"哇，难道是接女朋友？那他的女朋友真是好福气。"

议论声渐行渐远。

寂夏刚走过转角，就见办公楼侧面的那个路口的的确确站了个人。

最近天黑得早，虽然看不真切，但从模糊的轮廓里依然看得出他清瘦高挑的身量。

寂夏又默默地往前走了两步，离得近了，她突然觉得那个身影好像有些眼熟。

似乎是为了印证她的想法，站着的那个人动了动，慢慢走出那一小片阴影。天色如墨，他开口，叫了一声她的名字。

阴影里站着的人是裴越。

寂夏在心里叹了口气，她没有像上午那样故作陌生，只抬眼问："裴越，你找我有事？"

裴越朝寂夏走近两步，却答非所问："我找过慕阮阮要你的联系方式，她没有给我。"

"我让的。"寂夏没有否认，"我觉得这样对彼此都好。"

"她和我说，你当时那么想考外地的大学。"可能是站了挺久，裴越的声音有些哑，"是因为家里出了状况。"

裴越说的状况就在高三一模成绩出来的那阵儿，她爸寂明许亲口承认了出轨的事。那个女人也没有长得多好看，但对他爸百依百顺的，前前后后跟了她爸两年了。这会儿承认也没什么特别的原因，就是怀孕了，不好瞒下去了。

天窗被捅穿的那一天，寂夏的家里倒是很平静。

人是最奇怪的生物，于晴和寂明许大大小小的架吵了那么多回，吵得天崩地裂的时候也不少，真正到了尽头的时候，反倒冷静得比谁都快。

于晴望着坐在沙发上一根接一根抽烟的男人，心平气和地说了一句："寂夏快高考了。我大半辈子都过去了，怎么活都一样。可寂夏的人生才刚开始，你就非赶这个时候挑事？"

于晴是个平凡又有点市侩的普通人，没多少文化，平时去早市买菜都能因为讲价和摊主吵得脸红。寂明许厌烦的也是她这一点，于晴心里比谁都清楚。可她说这些话的时候，措辞虽然糙，但是里面的逻辑非常清晰，让人很难反驳。

"寂夏从小就很懂事，该给咱俩什么也没给过她，她却从来没让人操过心。你现在跟我说过不下去，你凭什么让孩子在人生这么重要的时刻，承担咱俩的失败？"她沉默了片刻，冷着声音质问，"寂明许，你跟我说说凭什么？"

一扇紧闭的房门并不能阻挡于晴的话，就像它也从来没有成功挡下过日日夜夜的争吵一样。那些话一字不落地传到寂夏的耳朵里的时候，她一时间也说不清自己什么心情。

就像是饿了太久的狼，珍馐在前，却也是囫囵吞枣，食不知味。

她没迟疑多久，赶在寂明许开口前推开门走了出去。

"爸，妈，你们离婚吧。"寂夏把自己的一模成绩单放在茶几上，她置身于两个人的目光下，像是在老师面前讲解题思路的三好学生，"以我一模的成绩，就算发挥失常，应该也能考上'985'。而且我也问了老师，这次摸底的题为了让大家了解自己的真实水平，特意出得比较难，往常的话，我还能再高二三十分左右。"

寂夏说这些话的语气很稳，就好像无数次地准备和预演过，那些黑暗里的字句，浪潮一般淹没过她的脑海。

"要是没有寂夏，我早就跟你离婚了！

"要是没有……

"要是……

"或许当初要了这孩子，就是个错误。"

寂夏听见自己开口，坚定地覆盖了脑海中的声音："所以，不用担心我。你们离婚吧。"

抛下她，开始新的生活吧。

泛黄的老皇历被人掀开，记忆里父母的神色和回答都已经模糊。寂夏只记得那一天客厅里的烟味浓得呛人。她一向不喜欢烟味，可那天晚上，却还是坐在沙发上陪两个沉默的大人坐了很久。

很快，她的父母就不声不响地办了离婚。不是什么上得了台面的事，寂明许走得也低调，知道的人不多。寂夏不说，这事自然传不到裴越的耳朵里去。

寂夏那么坚持想离开，一部分因为她的存在可能会影响父母开始新生活，更多的是因为，她觉得自己在奉阳没有家了。

她也不是有意要瞒裴越，可这个时间点实在是太差了，高考的倒计时天天在黑板上变化着，这个时候她再给裴越增添压力，没必要。

她也舍不得。

可没过多久，裴越的妈妈主动找上了她。

这位又精致又自信的女人坐在她的对面，这不是她们第一次面对面。

"我知道你是个好孩子。"她给寂夏点了一杯咖啡，说话时的措辞和语速都让人觉得很舒服，尤其是在稳操胜券的时刻，"我想你应该不会在这种时候，当小越的绊脚石吧。"

她说这些话的时候，指尖捏着搅拌勺，保养得很好的一双手刚做了漂亮的美甲。不知怎么就让寂夏想起了于晴在台灯底下记账的样子。

电流在钨丝上流窜，发出类似飞蛾抖动翅膀的响动。

"我大概了解你家里的状况。说实话，经济条件上的差异反而不是最大的问题。在我们这种家庭，太有想法的女人才更危险。如果你愿意留在奉阳念书，我可以同意你们在一起。我是把你当作能够平等交流的成年人，才说的这番话。以我们家的条件，你不觉得这种做法已经足够有诚意了吗？"

寂夏从咖啡馆离开的时候，结了两个人的账。

她在这段往事里太狼狈，这会儿倒也不怎么惊讶，只是道："是有那么回事。"

"所以，"裴越那双秀气的丹凤眼此时看起来显得很难过，"她说我妈当时找过你也是真的？"

寂夏没想到慕阮阮连这件事也说了。她没说话，但裴越已经从这须臾的沉默中得到了答案。他的眉头像是打了个死结，配上他一米八几的个子，看起来显得凶巴巴的："你为什么……不告诉我？"

"当时的时机不太好。"寂夏停顿了一下，又道，"后来，也没有必要。"

"怎么没有必要？"寂夏的回答让裴越的语气陡然变得急促起来，他像是迫切地想要否认记忆里那个结局，争辩道，"我当时要是知道的话……"

裴越的声音在寂夏的目光里戛然而止。

路灯将那双琥珀色的瞳仁显得很亮。他想起两人最后的关系闹得很僵，迟来的悔意令他感到惊慌，他听见自己开口，又觉得开口的那个人是很多年前的自己。

"我现在知道……还来得及吗？"

寂夏抬头看了裴越一眼，声音很轻："你知道答案的，裴越。"

裴越的唇角颤抖了一下。

"后来我试着找过你很多次。有的时候是被你的家人拒之门外，有的时候是你不愿意接我的电话，我其实很清楚你是在赌气，可特别无能为力的那个时候，"寂夏话说得很慢，"我没有办法不去想，是不是之后你每次遇到同样的事，放弃，都会是你第一个选择。"

裴越想说点什么，最终却也只能在她的目光里，沉默地摇了摇头。

"你不是不知道，我的家庭特殊。"寂夏看着他的眼睛道，"所以，我们回不去了。"

人生会遇到许多事，唯独面对感情，她显得悲观、退缩、缺乏底气。被人推开过一次，她就再也没有力气站起来了。

"……我陪你过的第一个生日，你很喜欢我送的礼物。当时你说，假如有一天我们吵到覆水难收的地步，你也会留一次机会给我。"裴越抿了下唇，下颌线绷成一条倔强的弧度，依稀还带了少年时的影子，"那我现在可以使用这个机会吗？"

寂夏没想到裴越会提起这件事。

她记得那次。

她小学二年级以后的生日，一向都只有慕阮阮记得。

他在她过生日前神神秘秘地失联了两天，寂夏接到慕阮阮的消息一头雾水地走进 KTV，在一片黑暗的包间里接了一脑袋的彩带和香槟。

那是寂夏第一次过这么热闹的生日。她在全班同学唱的生日歌里吹熄蜡烛，红着眼睛对裴越说的这句话。

话不是假的，她说这话时满心的欢喜和感动也不是假的。

但回不去了也是真的。

"我恐怕要食言了。"寂夏叹了口气，干脆换了一个更直接的理由，"我有男朋友了。"

"你在说谎。"裴越盯着她摩挲衣角的小动作，很笃定地道，"你从来骗不到我的。"

寂夏皱了下眉头："裴越，纠缠不清可就不像你了。"

寂夏说完，没有再去看裴越的神色，她想绕开裴越直接离开。他们站的位置离办公楼出口不远，所幸寂夏下班晚，这会儿不是下班的高峰期，不然不知道隔天会生出多少闲言碎语。

没想到她才刚刚走到裴越身后，他就回身过来一把扣住她的手腕，男人灼热的气息瞬间包围了她。肌肤碰触的瞬间，寂夏觉得那掌心的温度在蒸发她的理智。

或许不仅仅是因为温度。

应该还有和作业本放在一起的牛奶，有他进球后迎着欢呼声中在人群中找寻她的目光。

人原本是应该擅长遗忘的。

可他们有过最真挚的时刻。

寂夏猛地后退一步，纷乱的思绪在她的脑海中缠成一团，她此时想不到应该如何快速有效地改变眼下情况的时候，两束车灯忽然从背后照了过来。

寂夏眯着眼睛回头望了一眼，凭着惊人的视力认出了她坐过两次的车，车牌尾号分毫不差。

她挣开裴越的手，两步走到因为他们挡路而被迫停下的车前，伸手在车窗上敲了敲。眼看着车窗和她预想的一样缓缓降下，寂夏先发制人地对车里的人挤出一个亲切的笑容。

"每天都来接我，真是辛苦你了。"寂夏逼着自己直视顾瑾年疑惑的神色，拿出她有生以来最甜美的声线，不熟练地叫了一声，"亲爱的。"

车里的顾瑾年愣了一下。

晦暗不明的路灯映着顾瑾年那双狭长的眼睛，他望着站在车门边上的寂夏，说不清楚是什么神色，幽深的眸光似乎带着锋芒。

很奇怪。

顾瑾年这副长相，明明跟"菩萨心肠"这四个字格格不入。寂夏也并非习惯于寻求帮助的人，可在那种思绪异常纷乱的情况下，她居然下意识地走向了顾瑾年，无师自通地用拙劣的演技勒索着他的帮助。

做完这一切的寂夏，一边想着顾瑾年这时候戳穿她的谎，她即刻就转身找个地方投湖自尽，一边又有种莫名的笃信，顾瑾年应该会帮她。

也不知道她这会儿的神情落在顾瑾年眼里，是不是写满了"求求大佬让我上车"。

顾瑾年看了看一脸恳切的寂夏，又凝眉望了一眼车前的裴越。隔着一尘不染的遮光玻璃，裴越也觉得那道目光十分凌厉。

似乎是对眼前的情况有了基本的认知，顾瑾年抬手解了车锁，大发慈悲地道："上来吧。还有——"他把目光从裴越身上收回来，慢条斯理地给自己加了点戏，"和你有关的事，不能说辛苦。"

等寂夏总算一波三折地坐到了副驾驶的位置，刚才还理直气壮的架势顷刻间烟消云散，她没说话，顾瑾年倒也没主动开口，只是安安静静地开着车。

寂夏盯着右手边的后视镜发了会儿呆，忽然慢吞吞地拉下防晒服的帽子，把大半张脸都盖了进去。

顾瑾年瞄了她一眼，中肯地评价道："鸵鸟行为艺术家？"

"不用在意我。"寂夏的声音听起来很闷，"有的人活着，但她已经死了。"

俗称社会性死亡。

"怎么想到让我帮忙？"顾瑾年不遗余力地在她的墓碑上撒了把土，"不是一见到我就害怕得说不出话？"

寂夏愣住了。她表演给谣言传播者的台词，怎么还没到二十四个小时，就传到了顾瑾年的耳朵里？

寂夏的声音愈发显得虚弱："我可以解释。"

"我是一个无神论者。"遮蔽了视线后，变得愈发敏锐的听力，更能清晰地捕捉到顾瑾年话语里的笑意，"但这句台词此刻让我有了高度既视感。"

寂夏："……"

"我这还不是为了断绝别人进一步制造你、我八卦的机会。"本就备感羞耻的寂夏被步步紧逼，干脆抬起头来瞪了顾瑾年一眼，破罐子破摔地道，"你要是不领情，就是没有良心。"

不知道是不是气急了的缘故，寂夏的眼尾噙了一抹红，映着她春水般的眸光，像是悄悄哭过一般，格外惹人怜惜。

"没不领情。"不知道是被哪个地方戳中了笑点，顾瑾年短促地笑了一声，他见好就收地安抚道，"铭记于心，感恩于怀。"

寂夏用鼻子发出了一声气音，声情并茂地表达了一下自己的嫌弃。

"不用理会那些流言蜚语。"顾瑾年倒也不在意，过了一会儿，他才正色道，"无所事事的人无处不在，你总不可能凭一己之力，把所有人变成道德高尚的君子。"

原来顾瑾年不是对这些事一无所知。

寂夏微微一愣，心想：他只是从未将这些乱七八糟的事放在眼里而已。他的视野里，只容得下自己的目标。

寂夏"嗯"了一声。她这会儿不瞪人了，垂着眼睛看起来显得倒有些乖巧的样子。

"刚才那个人是我的前男友，我一时情急，就拿你当了挡箭牌。"她向顾瑾年解释了一下前因后果，末了又抱歉地道，"给您添麻烦了。"

"举手之劳。"见寂夏主动提到裴越，顾瑾年才接着这个话题问了一句，他话尾的三个字咬字稍重，"倒是你的前男友，特意追到公司来，这是后悔了？"

"或许应该说是，因为才知道事情的全貌，而为当初的决定感到遗憾。"寂夏想了想，她不想片面地讲述这段感情，所以措辞尤为谨慎地道，"可他之所以会不知情，是因为我的隐瞒。"

顾瑾年的指腹在方向盘上敲了两下："你觉得是你的问题？"

"我觉得有我的问题。"寂夏想到顾瑾年平日里从容不迫的样子，忽然很好奇他在这种情况下的想法，忍不住问道，"如果你在意的人有事情瞒着你，你会怎么想？"

"比起纠结事情的对错，我更想知道对方隐瞒的原因。"顾瑾年几乎没怎么犹豫就给出了答案，他没去看寂夏，而是直视着前方的车水马龙，神色有几分专注。

"大多数的隐瞒，是因为不确信当事人有面对真相的能力。如果我也面临同样的情况，说明我没能给对方信任的底气。"

"亲密关系中的对错没有意义，更重要的是如何去解决问题。"看后视镜的间隔里，顾瑾年的目光短暂地掠过寂夏，他身后的灯火如昼，那双眼睛却远胜万千璀璨，"性格原因。这种时候，我更希望自己是能先一步解决问题的人。"

寂夏安静了好一会儿，她将这几句话在心里反复想了一下，心想：顾瑾年实在是个太会给人安全感的人。她这样想着，诚心诚意地恭维了一句："时刻向顾总学习。"

顾瑾年笑了一声，突然没头没尾地问了一句："你很会打架？"

寂夏愣了一下，有点没跟上顾瑾年的思路，却还是答道："会一点。"寂夏笑着比画了一下，"别看我这样，上学的时候还经常跟别人动手来着，算是练出来点儿经验。"

"动手？"

寂夏的长相看上去显得人畜无害，爱笑也爱发呆，给人一种又柔弱又纯良的感觉。一般人都很难想象她挥舞拳头的样子。

但顾瑾年看上去却并不怎么惊讶，只是问她："为了什么？"

"也就是为了点儿，"寂夏没提自己的家庭状况，只是含糊其辞地道，"流言蜚语的事。"

早些时候，她不太懂，为什么家长会上空着的座位就值得别人津津乐道那么久。恨不得把所有正确的、不正确的猜想，都编排到关于她的故事里。后来她懂了，因为她不一样。

有些事情她改变不了，所幸她学会了更直接地让别人闭嘴的方法。

想到这里，寂夏不由得对着顾瑾年晃了晃手腕，颇为自信地道："这么一想，说不定连顾总都打不过我。"

车刚好停在一个红绿灯前头。

顾瑾年意味深长地往她纤细的腕骨上扫了两眼，低声道："要不你试试？"

Chapter 04
蓄谋已久

黑色的车从寂夏家楼下汇入川流不息的车流。

夜色里，万家灯火，顾瑾年单手撑在方向盘上，他想起听见自己的反问后，讪笑着缩回去的手；想起寂夏在车灯中一步步朝他走来的样子；想起一半身影藏在阴影里的男人在身后凝望她的神色。

他知道裴越这个人。准确地说，他见过寂夏为了裴越张牙舞爪的样子。

自遇到寂夏的那一天后，他多少动了点心思。一方面，雪夜里的那一场初遇令他难以忘怀，总想着再见一面，另一方面，却又觉得眼下自己自顾不暇的状态，着实不是一个能够站到她眼前的好时机。可就在这种极端矛盾的心态下，他仍然托人去打听了一下，就算是多知道一点消息也好。他隐约这么想着，却在心猿意马中等来了她心有所属的消息。

听到消息后，他在宿舍的阳台上望了一眼隔壁的高中，未免有些怅然若失地想，也罢。那之后，大概在他大三上半学期的某一天，也不知道是从哪个委员会成员脑子里跑出来的主意，两个学校商量着举办了一场篮球联赛，而他作为学生会会长，硬是被团委老师拉去做了志愿者。就当是日行一善，他这么想着。

饶是如此，当他站在操场上帮裁判计分报时的时候，还是忍不住对着炎炎烈日皱起了眉头。顾瑾年从一位红着脸的女孩手里接过了一瓶水，眼见周围女生们的议论声越来越大，他抬手压了压帽檐。

这盛夏的日头可不好挨。

好不容易等到比赛的尾声，他盯着计时器朝裁判席打了一个手势，裁判收到后立刻吹响了哨子。

可就在这么半分钟的空当，高校队里穿七号球衣的那个少年突然冲出众人的防守，在三分线外一个过人起跳，几乎在哨响的同时将篮球最后一次送进了篮筐。

压哨球。

裁判举手示意进球有效，高校队居然就以一分之差，凭一记压哨球反超胜利。

大学校队的队员明显脸色就不太好看了。

都是十几、二十岁左右的少年，正是对输赢最在意的年纪。果不其然，校队里一个刺猬头的男生在另一边的欢呼声中，朝那个进球的少年走了两步，非常"不小心"地撞在了他的肩膀上。

他撞完这一下似乎意犹未尽，还推搡了那个少年一把，以一副找茬的姿态念着受害者的台词："你什么意思？"

目睹了全程的顾瑾年心道：没有比这再拙劣的碰瓷了。

但顾瑾年并没有去多管闲事的意思。现在想想，大学最后的那两年，大概是他过得最崩溃的两年。

他每天都辗转奔波于学校、医院、做兼职等几个地方，时不时还要为糟糕的亲属关系去调解局走一遭。光是撑起他自己的生活就耗尽了所有的气力，哪有多余的闲心去管旁人的事。

他没想到这件事还会有后续。

当天晚上，他被团委老师叫去给校队的人送这次联赛的调查问卷，作为反馈给校领导的项目情况报告。晚上八九点，正是社团活动的时间，可他刚走到篮球队征用的体育馆外，就听到一个男生开口，声音里带了点难掩的得意："听说你约我出来有话说？"

顾瑾年的脚步一顿，他想着莫不是撞到了向心仪男生告白的戏码，刚想转身避避，就听见一个熟悉的女声接在男生的声音后，带着十二分挑衅地道："听说有人年纪不小了，还死皮赖脸，输不起球，我就过来看看。"也不知道是不是在给男生消化措辞的时间，她停顿了两秒钟，才悠然地在后面补上一句，"见了才知道，果然是丑人多作怪。"

女生的声线很特别。不同于同年龄女声的尖细，她的声线显得安静，再加上并不急促的语速和无意识地拖长的尾音，听起来总让人生出温柔缱绻的意味。哪怕她此刻的措辞带着挑衅，被冒犯的恼怒也会因此而滞后一些，是个足以让人过耳不忘的声线。

随着这个声音，最先跳进顾瑾年脑海中的反倒不是雪夜中女孩的脸，而是那顶看上去就很暖和的红帽子和贴着模糊红底照片的姓名牌——高二一班，寂夏。

顾瑾年转身的动作停了下来。他往外走了两步，依然站在转角构筑的阴影中，却足够他看见体育馆门口的情形了。

昏暗的光影里，一男一女对峙站立的画面足够清晰，让他能够第一眼就落在寂夏的身上。高校的那身校服穿在她身上明显大了些，上衣的下摆飘飘荡荡的，她的手里拿着不知道从哪位阿姨手上顺过来的扫帚，看上去像个一往无前的战士。

被扫了个正着的男生此刻也反应过来，他望着比他整整矮一头半的寂夏，语气里带点轻慢。

"哟。"借着体育馆外微弱的灯光，男生轻佻的目光在寂夏的脸上游走了一圈，"这是找场子来了啊？"

"输了球还打人，本来就是你们不对。"寂夏仰着头迎着他的目光，在明显的力量和身高的差异下，她半分示弱的意思也没有，"去道歉。"

"行啊。你陪哥哥玩两天，哥哥再去道歉行不行啊？"男生嗤笑了一声，"小妹妹。"他特意将句尾"小妹妹"这三个字咬得很重，语气里的暧昧露骨至极。

听到男生轻浮的话语，她也没像寻常姑娘那样羞恼和无措，只是神色平静地望了那男生一眼。

"就你？"她的语气没有一丝愤怒，却仿佛每每都能知道如何拣最气人的话来说，"照过镜子吗？"

饶是对面是个姑娘，男生也被这三番五次的挑衅刺激得有些恼火，他故技重施一般去推寂夏的肩膀："我就打了他了，你能把我怎么着？"

眼见事态的发展越发离谱，顾瑾年皱了皱眉，刚准备从阴影里走出去，就见那个校服都撑不起来的姑娘一抬手，挡着男生伸过来的手，垂着眼睛笑了一声："也不怎么着。"

她的话音刚落，忽然一脚踹在男生的膝盖上。这一下毫无保留的力道让男生当时就往前趔趄了一下。他刚勉强维持住平衡。寂夏往旁边一让，顺势将扫把往男生的脚下一递，协助他完成了脸着地的工作。

这一系列堪称流畅的动作和正确的着力点，颇有几分身经百战的风范。顾瑾年迈出去的步伐被这突发的变故阻拦了下来，他在阴影里沉默了一会儿，无声地笑了笑。

男生这一跤摔得结结实实的，他撑起身子刚骂了个脏字，就听寂夏慢悠悠地在他的头顶补全了下半句："不道歉也行。"她出手没怎么犹豫，分寸却拿捏得刚好，"还回来就是了。"

男生明显被这一下点燃了火气，就在他嘴里不干不净地骂着，并且想站起来的时候，体育馆内忽然传来一阵脚步声。

像是有人注意到门口的动静，朝这边走了过来，男生自然也听得见，体育馆里面的都是他的熟人，他当即喊了一句："隔壁高中的人来咱们这边砸场子了！"

里面的人当即应了他一声。

寂夏做的事情算得上孤勇，可她却绝非不识时务的人。不然也不会算好了篮球社社团活动的时间，又想好了怎样把男生单独约出来。一个人还好应付，但人多了她绝对打不过。

听到门口越来越近的脚步声，她当机立断，把手中的扫把一丢，在篮球队的人走出来前，转身就往校门的方向跑。

倒也不嫌丢人。

她没跑出去几步，篮球社的成员们就推门走了出来，被寂夏截了一扫把的男生刚从地上站起来，他指了一下寂夏的背影，刚准备招呼朋友们一起追上去的时候，一个身影忽然挡在了他们面前。

男生没想到还会突然出来一个人，刚在一个小姑娘手底下吃了亏，此时见有人挡道，根本按捺不住脾气："你又是谁啊？"

"学生会。"顾瑾年回答着男生的问题，视线却落在了远处。路灯下那身白色校服的衣摆兜着风声，仿佛永远不兼容于夜色。

他就望了那么一眼，很快就收回目光，迎着体育馆门口的十几个男生，开口道："团委老师让你们做份调查问卷。"

"什么调查问卷。"男生皱着眉头，学生会的名头压不住他一身火气，他不耐烦地挥挥手，"我们忙着呢，让开。"

他一句话说完，站在他们身前的男生却半分未动，高挺的眉骨在他的眼底投下两道暗影，他把手里的问卷往地上一扔。

"现在做，或者，"团委老师的任务忽然变得一文不值，他腾出手来挽了挽袖子，声音又低又冷，"我陪你们打。"

寂夏刚洗过澡就窝进了铺着软毯的飘窗，按照惯例先打开电脑开始

084

码字。

她的新文进度不错。

女主角刑心的判断没有错，地上遗落的路标果然是副本的选择权。而和她握着同一块路标的男人，理所当然地跟她进了同一个副本。

他们的第一个副本，是一局十二人圆桌狼人杀。不同于常规的是，输掉的阵营会直接死亡。是在现实生活中，物理意义上的死亡。

刑心试图阻止过在系统宣布这项规则时，提出疑问的那个人。但为时已晚。

试图打破规则的男人像掉线了的游戏玩家一样，被一串1010的代码吞噬，很快消失在了原地。虽然没有办法确认他是否和系统所说的一样，在现实世界遭遇了死亡。但男人消失前像承受着巨大痛楚的惨叫声还在耳边回荡，没有人敢再以身犯险。

掌权者总是要树立权威。

游戏很快开始。象征身份的暗牌被铁面的荷官一一发至他们身前。

刑心随手翻开牌底，却不期然地撞进和她一起进入副本的男人的目光里。

在所有人都在小心翼翼地隐藏自己情绪的时刻，唯独他压着桌上的那张底牌，看也没看一眼，食指和中指并拢，朝她扣了两下。凭着两年多的随军经验，几乎是瞬间，刑心就明白过来他这个手势的意义。这是改良于境外特种兵的作战手势，他朝外扣的那两下，意思是——合作？

读者：自从失语蝉大大开始更新文，我看不够的老毛病就复发得很彻底。

读者：大大不要每次都卡在这种关键节点，啊啊啊……

读者：看到更了这么多章，大大的文名还是一个句号，这是一个大神的任性吗？问题是我居然真的点进来看了……

寂夏一条条翻着读者的评论，甚至还一眼在众多回复里，认出了偷瓜的猹的小号，她不清楚这位姐妹的网名，是不是都离不开少年闰土的梗。但她清楚，偷瓜的猹此刻仗着自己披上了马甲，正毫不留情地在评论里鞭策她新文的进度。

读者：每天一问，大大今天日更过万了吗？

寂夏真的是看到"日更过万"那四个字就忍不住感到头皮发麻。

她正准备以相似的措辞，去这位同期好友的新文底下互相伤害，慕阮阮突然打了一个电话进来。

背景里夹着不少杂音，她明显还没有回家，与听起来兵荒马乱的背景音不同的，是慕阮阮缓慢而又阴森的语气。

"刚才裴越过来问我，关于你男朋友的情况。"慕阮阮说话的时候似乎在咬牙，"寂小夏，你什么时候瞒着我交的男朋友啊？"

这个世界真实得仿佛没有秘密。

"所以，"寂夏好不容易将事情的前因后果跟慕阮阮解释清楚，她端着水杯，听慕阮阮在那头复盘，"你发现新工作的对手是自己的老相好，就用自己的新领导当幌子挡枪。而众所周知，这位新领导又是跟你相过亲的那个顾瑾年？"

寂夏折服慕阮阮出色的总结能力，她点了点头："是这样，没有错。"

"听听，"慕阮阮发出一声冷笑，"我手里的剧本都不敢这么写。"

寂夏："……"

"那我知道应该怎么跟裴越说了。"慕阮阮跟寂夏串好口供，不由得多问了一句，"可现在裴越这个态度，《千金》版权这个项目你还要继续吗？"

藕断丝连不是寂夏的作风，但要是继续跟刺桐的人接洽，免不了还要跟裴越打交道。

"为什么不继续？我是因为这点小事就退缩的人吗？"寂夏一点犹豫都没有，"这可是双倍年终奖的总和。"

这可都是钱啊！

打工人，打工魂。

和钱过不去就容易失去灵魂。

挂断慕阮阮的电话后，寂夏在连载的博客里上传了新的一章。

等页面显示上传成功后，寂夏才长长地伸了一个懒腰。落地窗外万家灯火，树影枝丫间挂着一盏明月。她关了灯钻进被窝，可能是因为这一天的行程过于丰富的原因，没过一会儿，寂夏就睡着了。

屋子里响着浅浅的呼吸声，没有合起的电脑屏幕还亮着微弱的光。

凌晨两点，打开的博客页面突然跳出一条系统信息：**恭喜，您有一位新读者。Jin·May 通过搜索关注了您。**

"微博上最近有个值得关注的项目。"

隔着球网，跟顾瑾年对望的男人将棒球帽转了个方向，做了个收球的动作："最近这半个月，已经有两次快冲上热门。一般出现这种情况，就是要火的架势。"

"就是那个文名是标点符号的那一篇?"半场赛事刚结束,顾瑾年正站在网球场的长椅旁喝水,在得到肯定的答复后道,"有人推荐过,关注了。"

"动作还挺快。"男人对顾瑾年的速度不太满意般"啧"了一声,"好像这个作者是个原先退坑的大神,三年前就有篇文章大火,就是不知道为什么忽然锁文断更了。"

"千万人里总有那么一两个天赋型选手。"顾瑾年对这个信息倒不奇怪,他扫了眼手机,"倒是这位作者的个人标签……"

男人半眯着一双桃花眼,问:"标签怎么了?"

"不收费、不接商务、不卖版权,勿扰。"顾瑾年念了一遍头像底下一行不引人注目的文字,脸上带了点笑意,"倒是挺有个性。"

"大神的任性吧。"男人真情实感地感叹了一句,像是想到了什么,他忽然露出一副幸灾乐祸的神色,"说到项目,我可是听说你之前看好的剧本,被一个名不见经传的小策划抢了?"

见顾瑾年没否认,他干脆走近了两步,更直接地打探道:"号称投资界神话的顾瑾年也有失手的时候,跟师兄具体讲讲?"

自称顾瑾年师兄的男人,是微博舆情监控的负责人傅博宇。

近年来所有营销案子,小到娱乐花边,大到明星丑闻都在他所在的部门经手,加上微博的传播率和普及度,堪称是传媒界的机枪。

说来也巧,傅博宇同样也毕业于奉大,正好高顾瑾年一届。顾瑾年学生会会长的职位,就是从傅博宇手上接过来的。傅博宇毕业了之后,两人也一直没断了联络,说是知交好友也不为过。

"但凡师兄的消息再灵通一点,就应该知道,"顾瑾年闻言一抬眸,不咸不淡地道,"这个名不见经传的小策划,现在已经在我的手下了。"

"你倒是不吃亏。"傅博宇笑了一声,"怎么想到的去九州?"

"是闻老爷子的意思,托我过去帮个忙。"顾瑾年露出点若有所思的神色,"一开始想好了就抽身,后来碰上点有趣的事。"

"有趣的事?就是跟一家小公司争版权?"想到开球前的闲聊,傅博宇的语气里颇有几分不以为意,"这可不像你的风格。"

顾瑾年没纠正傅博宇的话,只扬了下眉头问:"我什么风格?"

毫无人性。

傅博宇想起顾瑾年隐在 K&J 幕后暗箱操盘的操作,还有他数次在合作方面前毫不留情地将对方的项目批判得体无完肤的样子，心里不期然地浮现出这四个字。

　　傅博宇很理性地没有说出内心的真实想法，只是道："新程从去年就出了问题。最近这半年的时间，我已经压了不下十篇他们的新闻稿了。"傅博宇绕过球网，朝他走近了两步，"这种毫无难度的事，你还会觉得有趣？"

　　待傅博宇走近，顾瑾年顺手递了瓶水给他："消息可以等等再放。"

　　"等？"傅博宇伸手接过，奇怪地道，"不是说有几个不长眼地盯上了你这个位置，想等你搞砸这个项目然后把你踢出局？"

　　"除了制造点无关痛痒的八卦，他们又拿我没辙。"顾瑾年的神色里带了点漫不经心的感觉，"倒是我刚接手这个部门，更想看看底下人的业务能力。"

　　"摊上你这么个领导，也不知道该说他们幸运还是不幸。"傅博宇放下球拍坐在了长椅上，捏了两下因为挥拍有些沉重的左肩，"你球喂得是不是太重了？"

　　"跟一个小公司抢版权而已，算不上重。"

　　顾瑾年心知傅博宇说的不是上半场的球赛，拿着他的话回敬了一句。他想起下班后依然在办公室里对着新程的资料冥思苦想的某个人，忍不住笑道："况且，有些人成长起来的样子，还挺让人期待的。"

　　"我多问一句，这个有些人……"凭着多年对桃色丑闻的审稿经验，傅博宇拖了个长音，一针见血地问，"是单数还是复数啊？"

　　"职业嗅觉用在我身上，是不是不太地道？"见傅博宇挑眉就要反驳的样子，顾瑾年似笑非笑地看他一眼，"西城刚开盘的电影院，想撤资？"

　　"拿投资商的身份压我？"傅博宇被不轻不重地威胁了一句，也不恼，只是道，"是不是不太地道？"

　　顾瑾年懒洋洋地笑了一声，没再搭腔了。

　　傅博宇望着他这副神色，在心中了然地"哟"了一声。

　　这年头，铁树也开花了啊！

　　刚认识顾瑾年的那几年，他总是觉得这个人仿佛什么也放不到心上。

　　因为学生会这层关系，他跟顾瑾年的交集不少。傅博宇见过他当着老师的面翘会，也见过他和小混混一起打游戏。

　　偏偏本校、邻校的姑娘们，还都被他这副又浑又痞的样子迷得神魂颠倒，络绎不绝地在各种地点告白、送情书。最后的结局，往往都是他眉眼

088

冷淡地说一声"抱歉"。

总之，一向以做护花使者为目标的傅博宇，最开始对顾瑾年是非常看不惯的。直到他偶然知道了顾瑾年家里的事，又听人说顾瑾年在几家店做兼职。他才明白，或许这副目空一切的漠然，也并非顾瑾年想要的。

这让傅博宇对让顾瑾年露出这样神色的"有些人"，愈发地感到好奇了。

今天他不把这个内幕旁敲侧击地问出来，都对不起他这么多年来的饭碗。

傅博宇这么想着，貌似无意地问："这么久没见，跟师兄喝两杯？"

顾瑾年看出他的不怀好意，毫不客气地拒绝道："一会儿得开车。"

"新程的消息可以不放，"一次没套路到人，傅博宇当机立断，换了种方式，"拿别的消息来换。"

"老规矩。"见傅博宇寸步不让，顾瑾年干脆指了指网球场的方向，"赢的人提条件。"

傅博宇二话不说，从长椅上站了起来："这可是你说的。"

顾瑾年又是一声笑。

他们正要往球场的方向走，顾瑾年的手机忽然响了两声，他看了一眼屏幕，对傅博宇道："接个电话。"

傅博宇颇觉有些手痒地掂了下球拍。

顾瑾年刚一接起电话，就听顾母焦急的声音从那头传了过来："阿瑾，你在哪儿？你爷爷摔了一跤，现在人被送进医院了。"

直到顾瑾年急匆匆地赶到市立医院，听到熟悉的、中气十足的声音从病房里传来，他才松了一口气。

顾瑾年没急着进病房，而是先在傅博宇发来的信息后回复：*没什么大事，就是腿伤，得住几天院。*

见傅博宇几乎是立即回了一句"那就好"，他又在底下补充了一句：*赌约改天。*

"我就是摔下来的时候不小心磕在台阶上了。"他刚按下发送键，病房里头抗议的声音就变得愈发激烈起来，"儿媳妇，你别听医生小题大做，你扶我起来，我们现在就可以回家。"

"医生都说了让住院观察。"紧随其后的是顾母左右为难的声音，"爸，你就安心住几天吧。"

顾瑾年叹了口气，在老人"我都和隔壁老孙约好了明天打麻将"的不满声中推门而入，他望着绑着固定器却精神矍铄的老人道："住院和护工的费用已经缴过了。"

他在病床边的椅子上坐下来，拿起桌上的苹果，慢条斯理地补充了一句："至于麻将，我已经帮您推了。"

顾爷爷在顾瑾年理所当然的语气里愣了两秒钟，才横眉质问道："谁让你自作主张的？"

顾瑾年好脾气地道了声歉，却没有任何改变主意的意思，一副"事已至此，您左右还是要乖乖住院"的姿态。

气得顾爷爷拿起一旁的拐棍儿，在顾瑾年的腰上狠狠地敲了两下。

顾爷爷当了一辈子的协警，他又清廉又勤恳地干了几十年，落了一身的好名声。好不容易教导出一个人见人夸的好儿子，却被一场意外夺走了。

顾瑾年曾一度觉得，善恶到头终有报这种催人向善的说辞，又无用又荒谬。

可这个晚年丧子的小老头，似乎并没有怨天尤人地沉浸于悲痛中，反而安慰和劝解顾母。

一个六七十岁，行动不怎么方便的老人，葬礼后的风雨寒暑，几乎每日都在两个家庭之间来回折返，就为了做一顿简单的晚饭。

"儿媳妇，我知道你现在很难，但饭还是要好好吃。

"你还有瑾年要照顾，身体可不能先垮了。

"做爹的还不清楚自己儿子，他要是还在，指定也希望你尽快好起来。

"你们的路，都还很长呢。"

如果不是偶然听到，深夜里他对着老伴遗像的自言自语。那个时候的顾瑾年恐怕真的以为，这位老人就像他表现出来的那般，顶天立地，无坚不摧。

世间万事，总是知易行难。知善易，行善难；知恶易，改恶难。

可还是有些人，有些事，沉默地守住了你与深渊之间最后那一道界限。

顾母在一旁，看着久违的爷孙互动忍不住笑了笑。她将病床调到一个更舒适的角度，忽然像想起来什么一样。

"对了，阿瑾，"见一老一小都循声朝她望来，她停顿了两秒钟才开口问道，"上次你相亲，最后怎么样了？"

顾瑾年削苹果的手一顿。

顾爷爷闻言比打了三天麻将还要兴奋，他望着顾瑾年目光炯炯："相亲？你小子？快来跟爷爷讲讲。"

面对顾爷爷那一副"我养的猪终于会拱白菜了"的欣慰神色，顾瑾年握刀的手依旧四平八稳，果皮未断。

"也没怎么样。"他垂眸，想了想道，"大概就是我觉得人家不错，但她婉拒了我。"

义正词严地以"三观不合"为理由。

顾瑾年想到这儿，忍不住笑了一声，又补充道："但机缘巧合，她现在在我手下工作。"

病房内忽然陷入了沉默。

可能是没想到一向受欢迎的儿子会面临这样的相亲结果。

顾母一时没想到合适的措辞，倒是顾爷爷一副过来人的神色。

"男人不经历失恋，人生就不算完整。"他这会儿也不纠结打不成麻将的问题了，只宽慰地拍了拍顾瑾年的肩膀，"但对待女孩子，死缠烂打不一定好用，要学会见好就收。"

见好就收？

虽然以他目前的情况，远算不得失恋，但顾瑾年并没有着急解开这个误会。

"见好就收"这四个字在心里轧过一遭，苹果皮也削到了最后一圈。

病房里消毒水的气味若隐若现，夏夜里被风吹起像战袍一样的校服，还有寂夏在他车里讲起裴越时释然又无奈的神色，一幕幕划过他的脑海。

顾瑾年忽然想到：他凭什么见好就收？

被削得完整又漂亮的苹果最终落在了顾爷爷的手里，顾瑾年擦了擦手，忽然开口道："爷爷，您觉得不觉得……"他停顿了一下，迎着顾爷爷刚啃了两口苹果茫然的神色，由衷地建议道，"以您现在的状态，应该对我的感情生活有点儿想法？"

大好的周末。

初秋的日头，阳光晒着暖暖的被窝，偶尔从邻居家传来一两声猫叫，都让这个周末的最后一天显得格外美好。

如果没有这通扰人清梦的电话。

寂夏在铃声中将被子拉过头顶，试图作最后的挣扎。

也不是所有的科学成果都是一种进步，譬如原子弹之于和平，又如手机之于休息日。铃响过三声后，寂夏到底还是挣扎着摸起手机，闭着眼睛道："您好！请讲。"

"喂。"

半梦半醒之中，她听见电话的那端传来一个熟悉的声音，经过电磁波的传导，那声音比平时还低上两分，像夹着细雪，冷冽地划过她的耳边："我是顾瑾年。"

这三个字比被按掉了一次又一次的闹钟更有效，让寂夏瞬间就在床上睁开了眼睛。

她听着电话另一头又轻又缓的呼吸声，花了半天时间确认了一下现实和梦境，才充满疑惑地叫了一声："……顾总？"

顾瑾年站在病房外，背靠在墙壁上。市立医院私人看护区的设施不错，走廊的大理石地面被擦得很干净。电话里传来一阵窸窸窣窣的声音，电话另一头的人好像在慢吞吞地从床上坐起来，棉质的睡衣缓缓地擦过床单，病房外立着一扇很大的落地窗，阳光落了满地。

可能是因为刚睡醒的缘故，寂夏的声音带了一点鼻音，像一只讨食的幼猫。

"是我。这么说起来可能有些唐突，"顾瑾年换了一只手拿手机，"但我有件事情想请你帮忙。"

"帮忙？谁？我？"寂夏一连串问了三个问题，声音里的疑惑更甚了，"顾总，您……确定没打错电话？"

目标人物没有被套路的自觉，这对谈判来说实在是再好不过的开局。

"我确定。"顾瑾年在谈判上一向颇为在行，这会儿顺势开口，"如果有一个生着病的老人在你面前，他有一个心愿，你会愿意提供帮助吗？"

"如果是我力所能及的事情，"虽然不清楚究竟是什么原因，让顾瑾年大清早地打电话和她讨论奉献爱心的话题，寂夏还是挺认真地回答道，"当然。"

"是这样。"顾瑾年始终维持着平缓的节奏，这让寂夏能很好地听懂他讲述的内容，"我爷爷近期身体出了点状况，或许是这个原因，老人家最近对我的感情问题关注得厉害。"

"有可能是病情影响的情绪。"想到顾瑾年这样的人物被押上相亲桌的惨痛历史，寂夏一边深表同情，一边专业地建议道，"这方面我有经验，有一款针对这种现象很有疗效的保健品，需要我给您推一下链接吗？"

顾瑾年沉默了两秒钟："谢谢，不用。"

听那边传来一声有些失落的应答后，他闭了下眼睛，改口道："等会儿发我微信也行。"

"不用等会儿。"他的这句话还没说完，寂夏雀跃的声音就传了过来，"我现在就发你。"

"大概就是你所说的……情绪紊乱，再加上我最近工作比较忙。"顾瑾年在切进来的微信提示音中笑了一声，"我就随口跟他扯了个谎。"

寂夏对自己将要面临的状况一无所知："什么谎？"

顾瑾年叹了口气："我说我相亲成功了。"

电话那头忽然诡异地安静了下来。

"我原本想着等过一阵子，随便找个理由把这件事应付过去。可是我的爷爷昨天摔了一跤，病情加重后，他老人家……"顾瑾年将早已想好的草稿徐徐道来，不太明显地在"病情加重"这几个字上加了重音，"说什么也想见见我传说中的女朋友。"

"不好意思。"寂夏的声音听起来显得有些小心翼翼的，"请问这个传说中的女朋友是指？"

顾瑾年反问她："你觉得呢？"

"我、我觉得，"估计是慢慢地意识到自己接到这个电话的原因，寂夏明显结巴了一下，"顾总，您相亲的后备军里，应该还有很多优秀的候选人，更适合这种艰巨的任务……"

"诚实地讲，相亲这块业务我也不熟。"顾瑾年开口打断她设想的种种退路，"不巧，唯一的一次就是和你。"

寂夏："……"

"可能是我的表述不够明确。"像是为了确保自己的每一个字都没有歧义，顾瑾年措辞严谨地道，"我打这个电话来，是希望你能假借女朋友的身份，见一下我的爷爷。"

这句话说完之后，电话那一头彻底沉默下来了。

顾瑾年也没有在这段沉默中开口，他无意识用指腹摩挲着打火机的齿轮，像是在一声一声地数着她的呼吸。

他并非冒进的人，鲜少会在缺失筹码的情况下与人谈判。他是一个投资者，但不是一个赌徒。可不知道是因为看见她的前男友，还是记忆里模糊的旧事，又或是恰好涌上心头的某些念想，到底还是推着顾瑾年步步为营，蓄谋地开了口。

他没有多少胜算，唯一翻盘的曙光，是一个会在北方的冬天里蹲两个小时，把钱包还给失主的人，应该不会拒绝一个生着病的老人的愿望。

这种结局无法预料的失控感，令他难得地有了点紧张的感觉。这对无论面对多大项目，都能从容不迫的顾瑾年来说，着实是一种新鲜的体验。

心跳变得遥远，仿佛是在从高处坠落，像是身处在黑暗的环境里，等待的时间被拉得无限长。

在数过第三十四声呼吸之后，顾瑾年不由得叹了口气："我知道这个要求听起来很荒唐。"他伸手去摸兜里的烟盒，"如果你实在觉得为难，那就……"

"算了"两个字还没说出口，寂夏的声音几乎同时响起："见面是……什么时候啊？"

他赌赢了。

寂夏捧着网购的水果和保健品下楼的时候，脑子里还有点蒙。

明明就在两天前，她还信誓旦旦地要跟顾瑾年避嫌来着，而两天后的现在，她就要跟这个人假扮情侣了。

事情说起来虽然荒唐，但寂夏也能理解顾瑾年的想法。她知道很多家长对孩子成家的期盼，就连她自己，都很难跟于晴开口说自己根本不想相亲，顾瑾年多半也是这种心情。

而且自己不久前拿了顾瑾年作应付裴越的幌子，现在处境调换，就算是礼尚往来，她也应该帮顾瑾年这个忙。何况事情本身的出发点还是一片孝心。

如果只是少数情况下假装亲密关系的话……应该也不会太难。

她一边给自己做心理建设，一边走出单元门，熟悉的黑色奥迪已经停在了路边，顾瑾年靠在车门边，见她出来便伸手掐灭了烟。

"本来就是我麻烦你。"他望着寂夏手里提着的大包小裹，皱了下眉，"你不用这么破费。"

一想到自己身上艰巨的任务，寂夏这会儿面对顾瑾年难免有些不自在，她下意识地将手中的东西抱得紧了些，"这是给老人家的，不是给你的。"

"我看上去……"顾瑾年看她一副护得很周密的样子，刚想帮忙拿东西的动作一顿，不可思议地问了句，"像买不起水果？"

"水果倒不要紧。"寂夏摇了摇头，"主要是这些保健品里还有降血压的，万一你误食了可能真的不太好。"

顾瑾年默不作声地打开了后备厢。

等他搁好东西坐进车里，寂夏正在拉扯安全带，见顾瑾年转了转钥匙，忽然抬头多看了她两眼，忽然有些心慌："怎么了？"

顾瑾年帮她扣紧安全带的锁扣，若有所思地问："化了妆？"

"啊……"寂夏一边想这人的眼神还挺好使的，一边伸手拨了拨额发，"毕竟是见长辈，多少就收拾了一下。"

第一印象蛮重要的，既然答应了顾瑾年，至少要把基础工作做好。

"我也算长你四岁。"顾瑾年踩下了油门，寂夏被推背感压在座位上，忽然听他道，"相亲的时候怎么没见你这么尊老爱幼？"

寂夏："……"

忍住忍住！

眼前这个人的性格再怎么差劲，也是给你发工资的老板。

寂夏深吸了几口气，突然转头道："您知道有求于人这四个字是什么意思吗？"

能不能稍微端正一下态度？

顾瑾年笑了一声。

寂夏把安全带往外推了两下，突然觉得顾瑾年这么两句话的工夫，倒叫她之前又尴尬又紧张的心情烟消云散了。

说起来，这也不算她第一次见家长。

那是很多年前的事了。

彼时的她敌不过裴越的盛情邀请，第一次进了裴越家的大门。裴越一家人长住的是一栋选址极好的独栋洋房。靠近城市中心地段，出门不远处就有地铁，开车十分钟就能到达奉阳最大的商圈，外侧围了一圈绿化带，可谓是闹中取静。

不稀奇，裴越家里就是做房地产的，住自然就要住最好的。

寂夏千挑万选地穿了件白色连衣裙，扎了一个学生头。因为裴越经常说，他妈妈比较喜欢乖巧的女生。

做客的时间正巧赶上晚饭。装在金边瓷碗里的小菜被一道道摆上桌，四菜一汤，搭了两个山楂和蓝莓做的小点。

裴越的妈妈亲手给她盛了一盅汤，金黄色的汤底，炖得恰到好处的鸡肉，混着凤梨和苦瓜的清香。

见她盛的那碗汤很快见了底，裴越的妈妈对寂夏露出一个又满意又亲善的笑容，问她："味道怎么样？"

寂夏点了点头，也笑着回答道："阿姨的手艺特别好，怪不得裴越总说做您的儿子特别有福气。"

"这孩子可真会说话。"裴越的妈妈称赞了一句，转头对正给寂夏夹菜的裴越道，"你看，我就说她吃得了姜。这么大的孩子，哪儿有那么娇气。"

寂夏拿筷子的手一松，那块煎得焦黄的土豆咕咚一声，落回了碗里。

她不喜欢吃姜，可能是因为小时候肺不好，一到秋天就咳嗽。于晴不知道从哪儿听来的土方子，每天都逼着她喝一大罐生姜水。拜这段经历所赐，寂夏闻到姜味就想吐，相处了一年多，裴越对她这点小毛病再清楚不过。

可裴家这顿晚饭上的汤，汤底里全是姜味。

她本以为对方是不知情的。

从裴越家回来，寂夏就让慕阮阮给她买了一箱姜茶包，雷打不动地每天给自己沏上一杯，美其名曰增强免疫力。

后来，她会习惯性地询问别人的忌口，却再也没有人发现她不喜欢姜了。

总的来说，见家长这件事，并没有给寂夏留下什么美好的记忆。

隔了几年回想起这件事，记忆里最清晰的，不是裴越妈妈的笑容和话语，而是很长一段时间里，她保温杯里老姜和红糖的味道，倒确实对缓解生理期不适疗效极佳。

前尘往事的影子好像一直延续到了医院门口。

顾瑾年将沉重的礼物都拎在手里，只留给她一个装着两盒云南白药，一看就很轻的袋子。

寂夏感觉自己毫无作为地跟在顾瑾年身后，忍不住问："顾总，一会儿进去有什么需要我注意的？"

说起来，无论是顾瑾年的事还是他的家人，她都是一问三不知，就这么进去，顾瑾年就不怕她一脚就踩在雷区上？

听她这么一问，顾瑾年倒真像想起什么似的，停下了步子。

"你倒提醒我了，我爷爷有点孩子脾气。"顾瑾年站在病房门前，回头看了一眼寂夏认真聆听的模样道，"一会儿进去，要是他胡言乱语，说些什么，你别放心上。"

寂夏紧张的心情被一脚踩得稀巴烂。在她"你这么说自己爷爷真的好吗"的腹诽中，顾瑾年推开了病房门。

正是午时，单人病房里的阳光很足，房间里弥漫着未消散的烟火气。有束起长发在料理台前忙碌的温婉女子，躺在病床上却对厨艺指点江山的老人，听到开门声后，都停下动作看了过来。

饶是早有心理准备，想到要在陌生人面前演戏，寂夏还是有些心跳加快，她吸了口气，礼貌地开口道："爷爷，伯母，你们好。我是……"

本着中规中矩的见家长流程，寂夏一个招呼还没打完，就听病床上的顾爷爷似乎比她还紧张，脱口而出唤了一声："孙媳妇！"

寂夏："？"

不是说好假扮的是女朋友吗？这称号怎么还带自动升级呢？

顾瑾年听见这个称呼，一挑眉，却没说什么。倒是顾母留意到寂夏僵硬的表情，善解人意地开口道："爸，人家小姑娘还没答应嫁给瑾年呢，您这么叫不合适。"

"也对也对，瑾年应该还在考察期。"顾爷爷干笑了两声，不知道是不是她的错觉，寂夏觉得这位顾爷爷看起来似乎比自己还要紧张一些，他伸手一指顾瑾年，豪气干云地道，"还不让人家姑娘把东西放下，这么没眼力见，最后要是落个人去楼空，可别说是我老顾家的人。"

"那可能要让您失望了。"顾瑾年将寂夏手里唯一一袋东西接了过来，放在顾爷爷的床边，"我从小到大都是品学兼优。"

寂夏忍不住在斗嘴声中看了顾瑾年一眼，一时想不好是该夸他的演技太好还是信心可嘉。

顾爷爷一拍身侧的床榻，招呼寂夏道："闺女，别站着啦，过来坐。"

见顾瑾年朝她点了点头，寂夏这才慢吞吞地走过去，她看着顾爷爷的脸色，关心道："听说您最近身体抱恙，不知道这两天有没有好转一些。"

"哪儿的话，我这身板可健……"顾爷爷刚爽朗地笑了两声，突然瞥到一旁的顾母打的眼色，这才反应过来，连忙将未说完的话收了回去，他一手扶着自己的腰，"哎哟，你别说，这人不服老不行，我这腰现在还疼着……"

顾瑾年站在一边凉凉地开口："爷爷，您摔的是腿，还打着石膏呢。"

顾爷爷明显愣了一下，他沉默了两秒钟后补救道："可能是因为连锁反应，我的腰好像也不太舒服。"

"这大概不是连锁反应。"顾瑾年毫无眼色地戳穿了他，"应该是您摔跤之前打了一天的麻将，坐的时间太久了。"

"爷爷，我看您的气色很好，康复期一定用不了多久。"寂夏见顾爷爷越来越黑的脸色，连忙开口打圆场，"我这次过来，带了点家人常用的补品，希望能派上用场。"

"你这孩子，来就来了，还破费什么。"顾爷爷果然被转移了注意力，他像一线吃瓜群众般打开了话匣子，"听说你和瑾年是相亲认识的？"

"是这样的。"寂夏点了点头，有问有答，"初次见面留下的印象还挺深刻的。"

顾爷爷了然于心："是不是从未见过如此厚颜无耻的人？"

一旁的顾瑾年咳嗽了一声，见寂夏看过来，一脸"你爷爷这话我该怎么接"的迷茫表情，明智地转身道："我去倒水。"

这个人有没有一点同袍之义！

寂夏在心里气急败坏地吐槽，表面上却平静地朝顾爷爷笑了一下，道："没有没有，顾总一向风度很好。"

"你不必替他说好话。"顾爷爷一副"我孙子什么德行我心里有数"的表情，转口忽然问道，"你叫这小子顾总？"

寂夏这才意识到这个称呼在男女朋友之间似乎显得生疏了些，好在她的反应快："在公司叫习惯了，一时还真改不过来。"

"是啊！爷爷，这事您可得帮帮我。"顾瑾年端着两杯水回来，一杯递给了寂夏，还抽空插了句嘴，"这个称呼我想纠正很久了。"

寂夏接杯子的手一抖，她望着顾瑾年，满脑子都是"电影学院欢迎您"的提示音。

她压着跳动的额角，刚想反驳一句，就见顾爷爷已经一拐棍儿将顾瑾年戳出去挺远，道："你凑什么热闹？我跟小姑娘聊天呢，哪儿凉快哪儿待着去。"

寂夏战术性地喝了口水，以掩饰自己幸灾乐祸的表情。

"你实话跟我说，这小子是不是老借上下级关系欺负你？"听寂夏提起工作上的事，顾爷爷像突然想起来这么一茬似的，他突然正了正神色道，"你不用怕。要是他敢欺负你，你跟我说，我拿拐棍儿招呼他。"

寂夏没想到顾瑾年家里人是这样的相处模式，她边笑边摇了摇头，飞快地否认道："没有的事。"

非但没有，反倒是她接受了顾瑾年很多帮助。

她被向婉泼脏水走投无路的时候，录用她的是顾瑾年；在道听途说别人口中的八卦，陷入自我怀疑的时候，不厌其烦地解释和鼓励她的是顾瑾年；在面对前男友的执念束手无策的时候，帮她解围的还是顾瑾年。

就好像，自从遇到顾瑾年之后，他每一次的出现都如此恰到好处。

寂夏回头偷偷瞄了一眼背对着他们，正轻声和顾母说着什么的顾瑾年，忽然压低了声音："顾总帮了我很多忙，"她朝顾爷爷眨了眨眼睛，头一次认真地说出自己心里对顾瑾年的评价，"我一直觉得他很优秀，也很好，能遇见他是一件很幸运的事。"

就是嘴欠了一些，以防万一，夸奖的话得小声一点说。

顾爷爷望着寂夏带点笑意的眼睛，从进病房的第一眼他就觉得这个姑娘的眼睛生得漂亮，既不空洞也不俗媚，明亮、真诚，好像一眼就能望进人心底里去。他干协警出身，对人的性格和心理极为敏锐，几句话下来，他又发觉这孩子礼貌大方，说话也有趣，处处都讨人喜欢。

难怪瑾年这小子就算骗也要把人骗过来了。

顾爷爷的心情从一开始"自家的猪崽会拱白菜了"的欣慰，到"完了，我觉得这小子追人家要凉"的担忧。直到寂夏说出这句话之后，他才忽然生出点"好像有戏"的乐观念头来。

不枉费他配合着演了这么一出戏。

顾爷爷松了口气，他之前大大小小出过那么多次警，也没有哪次的心情如今天这般像坐过山车一般。

"对了，小姑娘，"顾爷爷想了想，觉得自己有必要再为顾瑾年打探点有效的信息来，便问道，"你家里人呢？他们会喜欢瑾年这孩子吗？"

寂夏再次坐在顾瑾年车上的时候，还没有从刚才那段对话的情绪里走出来。

在说出"父母离异，自己被判给母亲，父亲很少联系"之后，她本来做好了准备迎接异样的目光，或是惋惜的字句。

可老人只是在她的手背上轻轻地拍了两下，他开口说的是："好孩子，辛苦你了。"

那覆着薄茧的手掌所带来的又粗粝又温暖的感觉，仿佛还残留在她的皮肤上，覆盖了经年累月里所有指向她家庭的议论和诘问。

"寂夏，为什么家长会只有你的座位是空的？"

"既然我们是朋友了，那可以去你家里做客吗？"

"你的爸爸妈妈为什么整天吵架？你好可怜啊。"

"这孩子成绩这么好，可惜了。"

每个人都长着一张嘴，她置身于他人言语的洪流中，时常想，为何不干脆让她生成个聋子，至少能落个清净。

直到今天，寂夏才忽然明白，原来一句话，真的敌得过千言万语。

她对着后视镜想得出神的时候，忽然听见身边的人问了一句："在想什么？"

"没什么，就是觉得你家的氛围很好。"寂夏将自己的左手覆在右手上，似乎在重温之前的温度，"你的家人，也都是很好很好的人。"

不知道怎么回事，寂夏明明是个写文章的，说到顾瑾年的家人时却忽然变得词穷。过了半天脑海里蹦出来两个字，是"很好"，再想了半天，蹦出来两个字，还是"很好"。

她想了想，又在后面补上了一句主观感受："我很喜欢他们。"

"是吗？"顾瑾年闻言笑了一声，侧过头来看了寂夏一眼，看起来心情很好的样子，"他们也很喜欢你。"

"谢谢！"

寂夏听见自己的声音有一点儿颤抖，一时没分清让她情绪翻涌的到底是顾瑾年的目光，还是他的话。她此刻没有任何办法，压下在心头愈来愈强烈的欢喜，却又觉得，这种欢喜不应该属于她。

寂夏感觉自己像一个堕落得并不彻底的贼，她避开顾瑾年的视线，下意识地自我否定道："他们会喜欢我，也是因为误会我是你的女朋友。"

但这层关系是假的。欢喜是她偷来的。

挡风窗前连绵的红色尾灯连成茫茫灯海。顾瑾年的声音从她的身边传来，宛如溺水者的浮木。

"是我的问题。"透过侧窗的倒影，寂夏看见顾瑾年还在看她，他的影子映在一片朦胧的光影里，笑意很模糊，"我以为你应该足够清楚，所以没有说。"

"就算不是因为和我的关系，他们一样会喜欢你。"顾瑾年收回目光，他的声音回荡在狭窄的车厢内，听来带着有别于往日的温柔，他说，"因为你很好，值得被喜欢。"

话音落下，连着一声失控的心跳，像击鼓一样敲进她的胸腔。

好像自从遇到顾瑾年以来，寂夏不止一次被这个人牵动过情绪。像黑暗中有人擎光而来，寂夏望着顾瑾年那双狭长而冷淡的眼睛，惘然若失地想，太犯规了。

她之前觉得，或许是投资这一行做得久了，顾瑾年已经深谙察言观色的本事，心理战打得炉火纯青，所以能轻而易举地说出最戳人心防的话。

可这一次，寂夏忽然觉得那些理智地缴械的瞬间，或许更多的是因为顾瑾年本身就很有魅力。好在，她并非一个经常有憧憬的人，也懂得如何在事态进一步失控前整理心情。不然就凭顾瑾年的这张脸，应该没几个小姑娘不会心动。

"其实，以顾总你的条件，"寂夏深吸口气，在心里默念了两遍"我是假扮的"，然后开口问，"顾爷爷的担心是不是有点未雨绸缪？"

"未必吧？"顾瑾年那头传来一声若有似无的轻笑，"这不是前一阵相亲，才刚被人拒绝。"

她哪里称得上拒绝，那分明是知难而退。

寂夏深觉自己不能再这样被顾瑾年拿捏下去了，她刚想反驳，就听顾瑾年的手机上传来一声微信提示音。见顾瑾年滑开了固定架上的手机屏幕，寂夏还是将话咽了回去，很自觉地偏了偏头。

"说曹操曹操就到。"顾瑾年却没什么避讳她的意思，他扫了一眼屏幕，"爷爷发来的消息，提醒我要对你好一点，不然……"

寂夏闻言把头转了回去，有些好奇地问道："不然什么？"

顾瑾年似笑非笑地朝她看过来："不然就把我扫地出门。"

"那你可得小心点。"寂夏想象着顾爷爷说这话时的语气，忍不住得寸进尺地朝他晃了下手机，"我可是跟你爷爷交换了微信的。"

"那为了避免我无家可归，"顾瑾年颇给面子地退让一步，"还请寂小姐手下留情。"

借着有利靠山，狐假虎威的寂夏极受用地笑了两声。

车内安静了几分钟。

"之前你在电话里说，需要我们假扮情侣一段时间，再假装分手。"寂夏想起了之前顾瑾年的计划，忽然问他，"具体是到什么时候？"

顾瑾年看了一眼寂夏的神色，想了想道："等爷爷的腿好了之后，我自己找个机会和他说。"

也不知道那个笑容温暖的老人听到这个消息后，会不会有点难过。

想到这里，寂夏有些沉重地"嗯"了一声。

虽然事出有因，但她骗了顾爷爷这件事也是事实。

顾瑾年听到那声回答后沉默了一会儿，忽然道："抱歉。"

寂夏冷不丁地听到顾瑾年的道歉，终于回过点神来。她借着右手边的玻璃窗审视了一下自己的表情，清楚自己的想法多半又被顾瑾年看穿了。

寂夏更清楚的是，顾瑾年是会因为她的想法而责怪自己的人。

"你不用道歉啊。"她连忙反过来开导顾瑾年，"这本来就是我自己答应的事，况且这种被家长催婚的难处我也懂的。"

"不管怎么说。"顾瑾年在红绿灯前踩了刹车，倒也没有解释，只郑重地重复了一遍，"抱歉。"

寂夏诚然是无心的，他却打从一开始就是蓄谋已久。他明知道用老人生病的缘由来作借口，以寂夏的同理心不可能不答应。她毫无防备地被自己骗了过来，却还要将骗局的事揽在自己身上，兴许会自责许久。

一两句道歉，说来其实苍白。何况他并未有半点后悔之意。

"那好吧。"寂夏伸手拨了拨面前的空调出风口，她眨了一下眼睛，没有选择深究顾瑾年执意道歉的原因，而是轻声道，"那算我们是共犯。"

顾瑾年的眉头一动。

等红灯的间隙中，他的目光落在低着头的寂夏身上。也不知道是不是被自己打断了懒觉的缘故，寂夏垂着长长的睫羽，遮盖了一半的瞳仁，眼底隐隐漾着水光，看起来显得格外缱绻温柔。

直到车后传来一声催促的鸣笛，寂夏这才抬起头，提醒了一句："绿灯了。"

"抱歉，走神了。"起步后的车速似乎慢了下来，不乏急不可耐的司机从旁边飞快地超车，顾瑾年沉默了一会儿，忽然开口，"其实我……"

"可能是困了。"寂夏心领神会地在挎包里摸索了一会儿，很快就翻出一份文件来，她三两下找到自己想看的资料页，看了顾瑾年一眼，"那不然，我们来说说新程的事提提神？"

"……准备得这么充分，"顾瑾年胃疼般地吸了口气，"我是否应该夸你爱岗敬业？"

"顾总既然看在眼里，"寂夏接得很快，"还请适当考虑一下给我涨点工资。"

她本来就打算周末抽时间整理一下新程的资料，约见偷瓜的猹之前，寂夏就从很多渠道，搜集了新程接手《千金》后的各种消息。这里面有件令她十分在意的事，原本是想要去跟刺桐的编辑确认，却没想到迎面撞上了裴越。

寂夏坐在自家老板的身边，心无旁骛地翻了一会儿资料，忍不住道："《千金》的进度在新程手里是不是推进得太慢了些？"

顾瑾年单手压在方向盘上："为什么这么想？"

见顾瑾年抛了一个问题过来，寂夏干脆将心里的疑惑说了出来："因为造势不够。"

一部电视剧的推进如同层层包装一个素人明星，从剧本归属到开机筹备，步步都离不开舆论的造势。官博互动，蹭热门话题，抛主演候选人引起讨论，哪一个不是喜闻乐见的基本操作。

可如今的《千金》，安静得连个水花都没有。

且不说官方消息寥寥无几，甚至连基本的营销也没有。《千金》自从签约起在新程差不多有两年的时间，按说早该进入拍摄筹备期了，这样悄无声息的宣传方式，从任何角度说，未免都太违背常理了一些，就好像是新程在刻意压低《千金》的热度一样。

顾瑾年看了一眼撑着下巴冥思苦想的寂夏，眼底划过些许赞许。

《千金》原本就是他给部门成员设置的考题。

顾瑾年刚接任策划评估部不久。除了寂夏是自己招聘进来的，他对刚接手部门成员的性格、能力都知之甚少。这种情况下，他很难准确地针对业务进行人员分配。

管理是一门复杂的学问。既不能将熟悉业务的人员放到行政类岗位上，更不能将性格内向的人安排去做公关。换句话说，管理者如果不能比职工更了解他的才能所在，就是管理者的失职。而且，没有什么比看人在工作中的情况，更能了解他们的途径了。

照常理来说，第一个任务普遍都不会太难，满足测试的目的，达到练手的效果就足够了。可偏巧，顾瑾年还是一个不爱设常规题的性子。

毕竟奥数比赛的最后一道附加题，做起来才最有意思，不是吗？

"最近一次的发布会，新程倒是对这个问题进行了回应。"寂夏没察觉到顾瑾年的注视，她将手中的资料又翻过一页，眉头皱得紧紧的，"说是要做内容深耕，深度研发剧本。这种一听就知道是敷衍的理由……"

抛出《千金》版权这个题目后，顾瑾年并没有预设过有人可以完成它。

原著作者低调，不愿意被打扰，联系方式从未公之于众，沟通受阻，再加上新程原本就是与刺桐长期合作的行业龙头，合作关系非常稳定，可供介入的突破口很少。

所以，顾瑾年早在布置题目之前，就已经找好了退路，确保在所有人失败后，自己也能拿得下这个作品的版权。可现在……

现在寂夏不仅直接和原著作者搭上了线，还跳出版权关系，直接看到了新程的问题。相比于还像无头苍蝇一样的其他人，她正一步一步地、以匪夷所思的速度接近任务的突破口。

寂夏以内容评估的能力被招入公司，所能胜任的工作却远远地超过了他的预期。

"那你有没有想过？"顾瑾年打断了寂夏的沉思，见她揉了揉眼睛看过来，他将车停在待转道上，这才开口道，"如果新程是不得已而为之呢？"

车水马龙的十字路口。

西北角伫立着她熟悉的便利店，门店的招牌在黄昏里亮着光。驶过这个路口就快到她家了。

就像是顾瑾年的一句提示，突然将她与谜底的距离，拉得很近。

市场导向的时代，没有任何一个依靠观众的作品，敢于和媒体保持若即若离的关系，名气的积累是一个过程，不循序渐进，就要做好弯道翻车的准备。

寂夏在汇川从头到尾跟的几个项目，每一个都是按部就班。有了先前的思维定势，加上新程总归是老资历，就算新程的进度有些奇怪，她却下意识地以为它是在玩套路。

可是有哪个公司愿意跟市场豪赌？

"你的意思是……"寂夏忍不住从座位上坐直了一些，顾瑾年望这前路，她望着顾瑾年的侧脸，仿佛是做了好久的数学题，终于画对了辅助线，"《千金》之所以进度迟缓，是因为新程本身出了问题？"

新程哪里是在玩什么套路。

想要瞒天过海，不得不赌罢了。

墙上的挂钟走过凌晨两点，寂夏家还亮着灯。

告别顾瑾年回来后，寂夏就一直在飘窗上守着电脑坐到了现在。《千金》的问题其实不难查，其严重程度也远远没到让一个影视公司捉襟见肘的地步。

事件的起因可以追溯到和新程签了约，负责改编《千金》的编剧很久之前在微博上的发言。

字数不多，内容也语焉不详。

有些做法，真的是挂羊头卖狗肉。一腔热血换来狗血满钵，名利场终归负尽天下文客。

配图是聊斋的画皮。

编剧不比明星，普遍来讲，关注度少，掀不起什么风浪。可是巧合的是，这个编剧原创的电视剧当时正在热播，借着戏里男女主角演的热度，她的这条微博也被打包送上了热搜。

越是含糊不清的话，越能勾起广大网友的好奇心。

很快，热心的吃瓜群众便结合编剧老师近来发的照片和动态，扒出了她所在的项目组。凭着这条发言暗讽"魔改原著"的意思，迅速锁定了新程的改编剧《千金》。

编剧没有名气，可《千金》作为大神级作品，从不缺拥护者。一听到《千金》可能要被"魔改"的消息，新程的官方账号下瞬间被读者们侵占。

没多久的工夫，"坚决抵制魔改""请新程尊重原著"等关键词先后冲击了热搜榜。

偷瓜的猹身后的读者群体的战斗力可见一斑。

但新程的反应速度一点都不慢。

新程一纸声明就发了出来，大意是"魔改原著"是不实言论，新程将严厉追究造谣者的法律责任。

那位编剧老师也跟着删除了之前的言论，并发了一条新微博：**误会一场，只是读书有感而发。不好意思，耽误大家时间了。**

一场大戏在井然有序的公关中仓促落幕。毕竟正主都站出来辟谣，理智的看客们自然也会认为，这是一次对文字的错误解读，而新程不过是恰逢池鱼之殃。

只有几个编剧老师的忠实观众，试图力证老师从来不是不知分寸、胡言乱语的人，但他们的言论都如石沉大海，根本没多少关注度。

吃瓜群众纷纷离场，可作为相关从业人员，寂夏却从这场戛然而止的闹剧里嗅出了猫腻儿。

结合顾瑾年的那句"不得已而为之"，寂夏将资料搜集范围由原本只关注《千金》，变更为了对新程五年内所有项目的整合上。如果新程真的在制作过程中做手脚，那出问题的绝不止《千金》这一个项目。

顾瑾年虽然只提醒了一句，却对她打通思维盲区至关重要。

寂夏伸手在键盘上敲下回车键，新程五年来的签约项目已经按照时间顺序，有序排列在她画好的表格里。

五年以来，新程大大小小的项目共签了十七个。

这十七个项目里，十五个项目是 IP 改编，两个项目是漫改，五个项目是游戏联名，剩下八个项目都是有一定热度基础的小说。在这些项目里，已经拍摄完成并播出的电视剧只有三部。

可在原作品的热度不小的基础上，这三部作品无一例外评分都很低。大部分观众都在吐槽"魔改"剧情，制作细节不用心，班底潦草或者五毛特效粗制滥造。

由此看来，编剧老师的吐槽和吃瓜群众的八卦都并非空穴来风，而《千金》也并不是唯一一个被"魔改"的牺牲品。

新程之所以在前期宣传上如此沉得住气，一方面是为了降低市场的期待值，防止"魔改剧情"播出后的反噬；另一方面，《千金》项目的迟滞，可能也是因为在这次事件中，原著读者所表现出来的战斗力，让新程不得不采用更加谨慎的态度。

确定了新程的黑幕后，现在还有两件事，寂夏不得不想清楚。其一是，新程作为影视行业的老牌公司，从连续出现的劣质项目中究竟能捞到什么好处？其二是，对于新程如此自毁招牌的行径，作为《千金》版权的提供方的刺桐是否知情。

如果刺桐也是新程瞒天过海的受害者，那么只要她将新程的问题摆出来，《千金》的版权就绝对不会再落回到新程那边。可是，如果这根本就是新程和刺桐之间的暗箱合作，那对九州争夺《千金》版权来说，无异于难上加难。

想要知道这两家公司之间的利益牵扯，她必要先知道第一个问题的答案。

寂夏撑着下巴看了一眼电脑上的数据，这种一筹莫展的时候，她不由得回想起顾瑾年在车上谈起新程时，神色里势在必得的自信。

他一定是已经知道谜底了。

她这么想着，却没有找顾瑾年要答案的念头。毕竟，工作要求个人独立完成，又设置了奖金，这会儿求助监考官，总感觉是在作弊。

考前偷看参考答案的都不算真勇士。

真勇士寂夏对着电脑上形形色色的数据，苦思冥想了半天，却始终觉得与这两个问题的答案隔了一张线索卡。

她叹了口气，认命地接受今天没办法揭开谜底的事实，伸手关掉密密麻麻的写着新程资料的表格，转头打开了另一个文档。

工作的难题解不开，但是新文的连载还要继续。她的主角们还在一段生死难料的狼人杀副本里。

刑心并不清楚男人是怎么在她看牌的瞬间，就看出两人属于同一阵营的，毕竟高超的心理师自己就是隐藏情绪的一把好手。但她没犹豫多久，很快掌心在前地朝男人握了下拳。

同样是源于特种兵的作战手势，表达的是"同意协作"。

她没想到自己因为这个动作被推上了风口浪尖。

刑心的底牌是"预言家"。

这也是她同意男人合作邀请的其中一个原因，游戏开始的第一个黑夜，她就查验了男人的身份。

是好人。

凭着之前和小助理去了几次桌游社的经验，刑心大概知道这张牌的职责是尽可能地获取好人阵营的信任，被选为警长，获得多一票的投票权。

就在她和冒充预言家的悍跳狼据理力争的时候，另一位女玩家却犹犹豫豫地指认了她。

"刚才在看牌的时候，我观察了一下大家的表情，看到她在给自己的金水打手势，"女玩家指了指刑心，又指了指一言不发的男人，带着几分不确定的神色道，"这是不是在和自己的狼队友交流信息啊？"

女玩家胆怯又犹疑的神情获得了大多数人的信任。

刑心的第一轮发言已经结束，很快陷入了百口莫辩的境遇。

就在她以为这枚警徽一定会落在对面的悍跳狼手里的时候，发言顺序在女玩家后的男人按亮了麦克风，作为最后一位发言人，他一开口就是："不好意思，我才是场上唯一的预言家。"他指了指自己身前的女玩家，一字一顿地道，"我夜里查验了这位玩家的身份，她是好人。"

一场双阵营的对抗游戏，场上不明所以地出现了三个预言家。其中一个，还是真预言家查验的好人牌。

刑心皱着眉看了一眼男人似笑非笑的神色，心里隐约涌出一个猜想。

场上还有第三阵营？

寂夏落笔在刑心模糊的猜想上。

她看了一眼挂钟上指向凌晨四点的时针，觉得自己确实应该去睡觉了。她在空调毯里伸了伸腿，正准备爬下飘窗，突然看到自己打开的博客界面被一波汹涌而过的礼物特效刷了屏。

一百多个礼花特效，在她的电脑屏幕上整整绽放了两分钟，寂夏维持着伸腿的动作半天没缓过神来。

她利用业余时间写东西也不是为了赚钱。

寂夏没有什么大富大贵的念想。她背井离乡到京市，更多的是希望逃离那个破镜难圆的家，逃离世界上与她血脉相连的两个人，开始新的生活。一个策划岗位努力工作后的成果，足够支撑她在这个城市生活得怡然自得。

况且她自己身处影视行业，深知一个故事完成影视化是群策群力的过程，避免不了各方创作者在故事里融入自己想法。

寂夏是个对群体存在回避心态的性格，这些人物和文字，是她与世界分享心声的唯一途径，她私心里不希望别人改一个字。

这份偏执的占有欲，令她在个人简介上标明了"不接商务，不卖版权"，也有不少影视公司陆陆续续地伸来橄榄枝，却都在她强硬的态度下无功而返。

文章能收费的地方其实只剩下博客的自由打赏机制。虽然她那些长年蹲守坑底的小天使打赏起来也毫不手软，但她开新文以来，还没出现过这种短时间刷这么多大额礼物的情况。

更何况，她确定这个人并不是自己的老读者，这让凌晨四点的土豪行为显得更加匪夷所思。

寂夏看着一跃成为打赏榜榜首——Jin·May 这个陌生的账号名。她冷不丁地想起自己曾经在推送界面看到的热门新闻。

某校小学生偷绑父母银行卡，十分钟刷没父母工资！

十一岁小男孩玩游戏充值，花掉家里数万元血汗钱！

惊！熊孩子给主播刷礼物，四十万"房贷款"竟一分不剩！

…………

触目惊心的标题在脑海中一条条闪过，寂夏再回想起刚刚铺满电脑屏幕的礼物特效，更加觉得心惊胆战。

绝不能让这种悲剧在她的博客中上演！

寂夏一边在心底大声呐喊，一边迅速点进私信。她看着对方还显示在线的账号状态，谨慎地在对话框里敲下一条消息：您好？

Chapter 05
假戏真做

市中心的某处高级公寓。

纹理细腻的樱桃木地板上铺着棕白色简格的编织毯，先入为主地给房间定下了古典的基调。半开放的中世纪风格书架顶天立地地占据了一整面墙壁，书架前斜着一张同系列的总统桌，桌案上的文件不怎么规律地垒了几摞。

凌晨四点钟刚过。

顾瑾年坐在桌案后的软皮椅子上摘了眼镜，颇为疲倦地捏了捏眉心。

行业里托各种关系转到他手里的项目不少，可这些项目实际的质量往往配不上他们对投资额的野心。

毫无意义地贩卖焦虑，千篇一律地抄袭热点，高速信息流将一夜暴富的美梦传递给每一个人，不知不觉让创作初心变了质。

越来越多的原创者跻身这个领域，心里想的都是"我要怎么才能红"，而不是"我要写一个什么样的故事"。

他把翻了两页的项目书放在一边，心里越发觉得那篇文名异常敷衍的故事，如浊浪里的一股清流。顾瑾年目光短暂地停留在刚打开的电脑界面上，鲜少地遗憾想，签不下来确实有点可惜。

屏幕右上角的私信栏忽然蹦出来一个红点，对话的发起者和他半分钟前思绪的客体共享同一个名字。

失语蝉：您好？

送货上门？顾瑾年看着那条消息，若有所思地抬了下眉头，在底下回复。

Jin·May：？

发出去的消息状态很快变成了"已读"，不知道对方是不是在措辞上遇到了难题，私信框上的"对方正在输入"来来回回地闪烁了许久，半天才蹦出来一句。

失语蝉：您好！非常感谢您的礼物。

Jin·May：不客气。

失语蝉：恭喜您！我的博客目前正在举办打赏抽奖活动，您被从天而降的红包砸中了！但为了配合近期网上钱款流向的核查要求，我可能需要问几个问题，请问您现在方便回答吗？

顾瑾年看了一眼显示为凌晨四点十分的系统时间，沉默地在心里给这位目标作者的资料里加上一句：喜欢三更半夜抽奖？

他伸手在桌案上敲了两下。

Jin·May：可以。

失语蝉：请问您的年龄是？

Jin·May：二十九。

失语蝉：有没有什么方法证明？

Jin·May：……你还负责核实身份证？

失语蝉：请您放心！这些私人信息，除了我不会有第二个人知道的，保密性可以保证的。

Jin·May：不是说为了网上钱款流向的核查要求？

失语蝉：……哦。

失语蝉撤回了一条消息。

失语蝉：请您放心！这些私人信息除了我和相关部门，不会有第三方知道，保密性可以保证的。

Jin·May：……机会能转让吗？

失语蝉：不可以的。我博客里的抽奖从来都是很有原则的，一锤定音，绝不换人！

Jin·May：那就轮空吧。

失语蝉：我还没说红包的金额，您这样说不定会和大额奖金失之交臂啊！

Jin·May：下了。

失语蝉：等等，等等，我信了，我真的相信了！我就再问最后一个问题！

Jin·May：你说。

失语蝉：《狼牙山五壮士》第二自然段既关注了人物群体，也写了每一位战士，请结合相关内容说说这样写的好处。

…………

顾瑾年将那段语文阅读题反复看了两遍，颇觉得有些荒唐。

Jin·May：我应该对一篇小学六年级的课文有印象？

失语蝉：这不丢人的。谁不是从做阅读理解题培养基础文学素养的呢？我的作家梦就是在小学六年级的时候产生的。

隔着毫无温度的电脑屏幕，不知怎的，顾瑾年从这一本正经地胡说八道的本事中，找到了点熟悉的感觉。他拉着对话框回顾了下前后，总算明白了对方藏在迂回曲折的问题里的担忧是什么。

弄清楚原因后，那些拙劣说法里的小心思倒是变得可爱起来。

Jin·May：放心。礼物是个人支付的，金额也在合理范围内，还有，用父母的钱打赏礼物和充值游戏的小学生，一般不会做语文课后题。

信息发出去之后，对话框倒是沉默了很久。

像是终于相信了他所说的年龄，对面这次再回复的时候，就没有了那种连哄带骗的语气。

失语蝉：……哦。那我就放心了。

Jin·May：问题问完了？

失语蝉：问完了。抱歉！占用您的时间了，我就不打扰您休息了。

顾瑾年见对面一副"我的事情办完了，您请便吧"吃干抹净的态度，难得想多问一句他那份"数额很大"的红包哪儿去了。

窗外浓墨般的夜色似乎在酝酿破晓的光，他看了一眼那个迅速灰暗下去的头像，在心里失笑一声。

有点像某人。

风和日丽的星期一。

寂夏赶在迟到前的最后一秒钟踏进了办公室。

和部门的几个同事打过招呼后，她发现从第一次见面就是一副懒散样子的肖扬没来。

自从上次会议后，部门的每一个人都把工作重心放在了《千金》的版权上，肖扬此时不在，他去做什么，大家自然心照不宣。

楚薪意味深长地看了一眼肖扬空荡荡的工位，她转头问宋明冉："明冉，《千金》的事你进展得怎么样了？"

宋明冉一脸苦涩地道："楚姐，你也知道我在这两家公司都没什么人脉。"

"有人脉也没有用。"楚薪坐下道，"《千金》这种大神级作品的交易权，完全垄断在刺桐高层手里，我托的人全都无功而返了。"

"我倒有个办法。"宋明冉从楚薪的话里听出几分别的意思，她也坦诚地道，"我有个媒体的朋友，这周五正好有对刺桐高层的私人采访，只是……"

楚薪心领神会："我从新程那边打听到一些小道消息，他们内部似乎出了一些问题。"

"如果届时我们将九州的条件和新程的弊病一起摆在那些高层眼前。"宋明冉双手摊开对楚薪道，"就算没法马上改变他们的决定，至少也能为我们赢得一次见面的机会。"

"只要能约出来谈谈，"楚薪寥寥几句就确定了和宋明冉的合作关系，毕竟这次任务特殊，需要最大程度地调动身边的资源，她继续道，"一切就都好说。"

宋明冉的意见相同："那年底的奖金就要仰仗楚姐了。"

"放心。"楚薪道，"少不了你的。"

宋明冉笑笑。

"别看肖扬平时吊儿郎当的，"楚薪看了一眼肖扬的工位，"我可是听说他这次托了家里人，已经约了刺桐的人出来吃饭了。"

"家里有关系就是方便。"宋明冉叹了口气，语气里不乏几分紧迫感，"我一会儿再问问我的朋友，看看采访还能不能提前点。"

楚薪点点头。两个人沉默了一会儿，不由自主地都将目光落在从进入办公室就一直专注地看电脑屏幕的寂夏身上。

感受到两道注视的目光，寂夏慢慢地抬起头，看了看楚薪，又看了看宋明冉，略带疑惑地"嗯"了一声。

而她的电脑屏幕上，赫然是讨论新程近期股票走势的贴吧的页面。

上班时间摸鱼炒股？

宋明冉从寂夏的电脑屏幕上收回目光，朝楚薪摇了摇头。

现在还从网上打探新程的消息，《千金》这个项目的奖金多半是和这位刚入职不久的新同事无缘了。她和顾瑾年的关系固然有值得探究的地方，但就目前来看，寂夏似乎并没有从这位年轻有为的总裁身上获得什么有效的帮助。

楚薪的想法和宋明冉差不多，她拍了拍寂夏的肩膀，有几分安慰的意思。

她倒不是轻视寂夏，还是那句话。顾总的第一个任务，别说新手了，就是对在公司里摸爬滚打多年的"老人"来说也足够具有挑战。

寂夏倒没想那么复杂，九州的高薪酬一向不是用来养闲人的。她对宋明冉和楚薪现在取得的进度并不惊讶，只是寂夏对股票知识一知半解，关于股票讨论的每一个字她都认识，但它们连在一起，就像在读《古文观止》一般。

她犹豫了一下，秉着不懂就问的原则开口道："楚姐，垃圾股是什么意思啊？"

楚薪的额角一跳。

她一时竟没想清楚，一个连垃圾股都不知道的人，为什么会在股票贴吧里逛得津津有味。楚薪迟疑了一下，正要开口解释，寂夏放在桌子上的手机却忽然振动了一下。

是慕阮阮。

寂夏走出办公室，选了个相对偏僻的角落，才插上耳机接通了电话。

慕阮阮跟她的关系好，却也不是会在她上班时间轻易打电话过来的性子。慕阮阮这会儿找她，想来是有什么急事。

果然，寂夏刚一接起电话，就听见慕阮阮急促的声音："寂夏，江湖救急。你现在有没有空，帮我个忙？"

慕阮阮极少提出这么紧急的要求，寂夏先回了一句"有空"，然后问了她具体是什么事。

电话里传来几声鸣笛，很明显此刻慕阮阮也正在路上，听到寂夏的答应，她似乎松了口气，解释道："我刚接到一个项目，想让你帮我看一下。"

"这倒没问题。"事情听起来挺简单的，寂夏自然没什么意见，"但你看过的本子也不少，这次怎么突然找我？"

"这个项目有点特殊。"慕阮阮难得有些吞吞吐吐地道，"是闻商连那边的。"

听到曾经作为自己笔下原型的名字，寂夏在心里了然地"哦"了一声。

慕阮阮和闻商连的积怨由来已久，事情的起因还要追溯到大学时期。

慕阮阮刚考上京市电影学院那会儿，闻商连是大她两届的学长。虽然还是在校生，但闻商连早就以一部古风武侠片在演艺圈崭露头角。影片里三分钟的客串，不到十句台词，却因为惊艳的长相让所有的观众记忆犹新。

影片中的镜头还被单独剪辑出来，在各大视频网站反复应用，弹幕千篇一律都是"哥哥杀我"。更何况，闻商连的背景也不俗，祖辈是扬名海外的艺术家，父亲是京圈龙头文娱集团的掌权人，可以说是不折不扣的星二代，前途必定不可限量。

可外界不知道的是，这位前途无量的星二代有一门家里订下的姻亲，这个联姻对象就是慕阮阮。

在此之前，慕阮阮只见过闻商连两次。

小时候的惊鸿一瞥，却足够让一个不经世事的小姑娘记了整整七年。

虽然闻商连的态度始终都很冷淡，但慕阮阮也不是个轻易放弃的人。她追随着闻商连考进了电影学院，舰着脸跟在闻商连身后献殷勤。这种状态持续了一段时间，有一天她半夜忽然接到了闻商连的电话。

"慕阮阮。"他一开口，声音带着醉意，咬字却很清晰，"要做我的女朋友吗？"

寂夏现在还记得，慕阮阮跟她分享这件事时兴冲冲的语气，她说："寂夏，你知道吗？就这句话，我等了七年了。"

七年，足以涵盖一个女孩短暂的青春。

那之后，她虽然如愿以偿地和闻商连在一起了，可是为了不影响他的星途，慕阮阮的地下工作做得比谁都积极。她从不要求闻商连公开承认自己的身份，也不强求闻商连花时间陪她，除了闻家人和闻商连的两个室友，谁都不知道闻商连身边还有她这么一号人物。

寂夏劝过她别爱得太卑微，慕阮阮却心甘情愿，还乐在其中。

可是两个人相处不到一年，在慕阮阮全然不知情的情况下，闻商连接了一档情侣档综艺。男女明星在全然陌生的情况下，在摄像头前从相识到相恋。

和闻商连搭档的是一个小有名气的偶像剧女演员，第一次见面，她红着脸坐在闻商连对面，问道："闻老师这么帅，不会还是单身吧？"

闻商连伸手给她倒红酒，只倒了酒杯的三分之一的量。那种家庭下生养的孩子，礼仪教养，哪一项不是面面俱到。他把酒杯放在小姑娘面前，轻声答道："怎么不是。"

那时慕阮阮正和同班同学讨论毕设的音乐，她的耳机里满是慷慨激昂的间奏，却也没盖过那轻飘飘的四个字。熟悉的声音传到慕阮阮的耳朵里，她一转头，就看见邻床的电脑屏幕上，闻商连朝对面的女演员微微一笑。

同学见她的神色不对，也朝电脑上看了一眼，忍不住道："别说，咱们学校的这位校草学长和这个甜美系小明星还挺配的。"

追综艺的正主点头表示赞同，她大方地把电脑换了个角度，邀请道："不然咱们一起看？帅哥美女组合，谁不喜欢看？"

慕阮阮的脸色变得苍白，闻言却笑了笑道："好啊！一起看。"

整整十二期的综艺，慕阮阮期期不落，把自己的男朋友和别人谈恋爱的甜宠节目，从头追到尾。最后一期播出前，她收拾好东西，一声不响地搬离了和闻商连合租的小房子。

门钥匙藏在了玄关外的地毯下，闻商连知道她的习惯，她不止一次弄丢过钥匙。搬走的那一天，慕阮阮把寂夏约了出来，两个人在小酒吧的露天阳台上吹了一宿的冷风。

"他的哥们之前跟我说，闻商连之所以半夜给我打电话，是因为他们喝醉了，在玩真心话大冒险。"慕阮阮豪气干云地开了十二瓶啤酒，一瓶接一瓶地喝着，给寂夏讲综艺里闻商连谈恋爱的细节，说是为她写小说积累素材，"多新鲜，我惦记了那么久的事，原来不过是一句玩笑话。"

寂夏偷偷地拿远她搁在桌子上的酒杯，问她："后悔了？"

"不后悔。"

酒吧的驻唱台上有人在对唱小情歌，露台的玻璃门隔着灯红酒绿，还有醉酒的客人们的起哄声，喧嚣和热闹仿佛离她们很远。

慕阮阮推倒面前的几个空酒瓶，任它们滚在地上相撞，发出叮叮当当的声响，她漂亮的狐狸眼浅浅地晕着一层水雾，不知道是因为醉了还是难过。

"老师们都说他将来在演艺的道路上一定顺风顺水，前途不可限量，我想了想，还是别太不识趣，耽误人家的前途了。"

那之后没过多久，闻商连毕业。凭一部中外合资的文艺片一朝登顶，在国外的电影节一举拿下了最佳男演员奖，成了娱乐圈最年轻的国际影帝。他真的像所有人预期的一样，前程似锦，如日方升。

他前行的路上，本就不该有慕阮阮。

按说以慕阮阮的性子，就是做百八十年的小透明，也不会主动跟前任有什么交集。

这会儿听到她居然在犹豫接不接闻商连的项目，寂夏疑惑地问道："这个项目吸引力这么大？"

"闻商连加入前，我的公司参与了投资，我贸然退出，违约金我至少要支付一半。"慕阮阮愤愤不平道，"我本来都做好割地赔款的打算了，可是我的经纪人被骗去看了剧本后，信誓旦旦地跟我说这是个好故事。"

她这么一说，寂夏倒开始对这个项目有了点兴趣。

慕阮阮那位经纪人，寂夏之前也接触过，挑故事的眼光很独到。慕阮阮不是在意名气的人，但不代表她对表演艺术毫无追求。寂夏想了想，问："你看了之后觉得怎么样？"

"我还没看到剧本，而且，"慕阮阮道，"根据这个项目的保密协议，未签署合作的演员只能看到故事大纲。"

寂夏眨了眨眼睛："这么苛刻？"

慕阮阮似乎也很头疼："不然我这么着急找你是为什么？"

多数情况下，一部电视剧在拍摄前就写好了剧本，集数普遍是三十集。

在邀约意向演员的时候，制作方会提供项目介绍，包括剧本和投资的基本情况，以供团队和演员本人参考。对于有一定名气的演员来说，资料越详尽，自然越能显示制作方的诚意。

可眼下这个项目居然反其道而行之。要么是故弄玄虚，要么就是对项目的品质有绝对自信，自然也不缺伯乐相马的好演员。但无论是哪种情况，从故事大纲能作的判断着实还是太少了。

寂夏当下问道："具体要我怎么做？"

"我和他工作室的人约了十一点，在现场看项目，当场做决定，最多两个小时。"这个项目的协商模式也颇有几分不由分说的架势，慕阮阮道，"到时候我会说，你是我的工作室聘请的顾问，我们一起进去。你看完要是觉得值得，就在桌子上敲三声。因为之后还要谈片酬，不太好表现得太积极。"

寂夏看了一眼时间道："我现在就过去。"

"周末请你吃饭。"慕阮阮挂电话前道，"一会儿见。"

寂夏挂了电话回到办公室，在《千金》问题上正讨论得热火朝天的两个人，忍不住抬起头朝她看了过来。楚薪招呼了一声，道："我们对《千金》的版权有点新看法，要不一起去会议室讨论一下？"

寂夏在两个人的目光中迟疑了一下，诚恳地道："不了，我现在得立刻请个假。"

两个人为她松懈的工作态度沉默了一会儿，倒是宋明冉先开口问道："你的公司账号领下来了吗？要不我帮你提交申请。"

"已经领好了。"寂夏道了声谢，"我自己来就行。"

她在电脑前填好了事由，想到之前和顾瑾年在电梯里的对话，寂夏想了想，又给顾瑾年发了条消息：顾总。我今天有事请个假，先跟您说一声。

寂夏刚关好电脑起身，顾瑾年的消息就已经回复了过来：如果是为《千金》的事，不用请假，算你外出。

九州的考勤制度分类比较细致，请假和外勤虽然都是缺卡状态，但外勤默认为因公。月底记录考勤的时候不会被扣工资，除了高层，公司只有少数几个业务人员享有这项特权。

虽然就算说是出去谈版权，也很难被拆穿，但寂夏还是诚实地回道：不是。

她朝电梯的方向走，因为走路不太方便的缘故顺手发了条语音："是件私事。"

顾瑾年的消息和电梯到达的提示音赶在一起，寂夏走进电梯间，听见顾瑾年在语音里问："嗓子哑了？"

被他这么一说，寂夏才想起自己因为深更半夜赶连载，再加上在博客里试探打榜的"金主"是不是小学生，只睡了两个小时。

她熬夜熬得太晚的话，确实会嗓子不舒服，但她自己听都觉得差别不大，没想到顾瑾年却能从几个字的回复里听出异样。

寂夏干脆又改回打字：是有点儿。就是因为熬夜，睡一觉就好。

"版权的事我催得有这么急？"可能是想起昨天晚上，她在车上讨论《千金》项目情况的事，顾瑾年的语音里像夹着一声叹气，"还是说因为我昨天占用了你的时间？"

寂夏：不不不，这跟您一点关系都没有。

藏着作者马甲的寂夏从顾瑾年的语气里，听出几分往自己身上揽责任的架势，手忙脚乱地解释道：是我犯了睡前拖延症。每个月都有那么几天，想跟月亮比比赛。

"你这碰瓷的时间还挺巧。"不知道有没有相信她找的理由，连续几声短促的鸣笛混在他这条语音消息里，顾瑾年忽然问，"你到公司楼下了？"

寂夏：到了。

她请假的申请这会儿已经被通过，寂夏看了一眼高峰期的滴滴排队情况，回复了句：在打车。

　　她的消息发出去没多久，就看见一辆熟悉的车由远及近，眨眼之间便停在她面前。副驾驶的车窗被降了下来，顾瑾年单手撑着方向盘一眼望了过来，言简意赅地道："上车。"

　　虽然顾瑾年车窗的防窥效果做得不错，但到底还是公司门口。

　　寂夏的手速似乎比脑子运转得更快一些，当下就拉开门钻进了车里。

　　等黑色的车驶离了公司的范围，寂夏才缓了口气，问："顾总，您要送我？"

　　这难道就是领导的责任心吗？

　　"不然你觉得我现在是在做什么？"顾瑾年问她要了地址，闻言似笑非笑地看过来一眼，"钓鱼执法？"

　　"那倒不是。"寂夏自然不会认为顾瑾年还有这等闲心，她看着滴滴的排队情况犹豫了一下，"就是这会儿的路况也不好，怕耽误顾总的时间。不然你把我放到前面的地铁站，我自己……"

　　"不耽误。"她一句话没说完，顾瑾年就斩钉截铁地打断了她的话头，"你帮了我不小的忙，这也算礼尚往来。况且……"顾瑾年停顿了两秒钟，意有所指地道，"你不是还有我爷爷的微信吗？"

　　"我说会告状是开玩笑的。"寂夏觉得哭笑不得，"何况是工作的事。"

　　"要是纯以公论，恐怕我得更谨慎点。"顾瑾年提醒寂夏扣好安全带，"毕竟无良老板这个罪名，我也不太想担。"

　　寂夏被逗得笑了一下。她看了一眼顾瑾年专注开车的侧脸，打从心里觉得，顾瑾年的语言艺术这门课修得太好了。她自认为不是喜欢接受旁人馈赠的性子，但同样的事，到了顾瑾年这儿，两三句玩笑话，就能把原本的人情债说得令人心安理得，偏偏还进退有度，分寸刚刚好。

　　"我请假的申请刚交了不久。"深感顾瑾年高情商的寂夏，想到自己的消息刚发出去没多久，忍不住道，"没想到顾总来得这么快。"

　　"还好。"顾瑾年闻言"嗯"了一声，开玩笑道，"也就闯了四五个红绿灯。"

　　寂夏："……"

　　寂夏回忆起刚才语音里那几声鸣笛，默默地拿起手机点进了百度页面。作为一个没考过驾照的新手，寂夏现在比较迫切地想知道，闯红灯的罚金是多少。

闯了四五个红绿灯，这些罚款不会要从她的工资里扣吧？

顾瑾年见寂夏一直没说话，侧头看了她一眼。在看清她手机停留的页面的时候，他多少有点难以置信地问："怎么？想主动替我分担罚款？"

"虽然是我的事情，但助人为乐是顾总的美德。"寂夏觉得这个误会颇深，她据理力争道，"最多一半。"

慕阮阮发的位置是一个私人会所，地址所在地是一栋六层洋房，有独立的停车场。见顾瑾年的车有进会所的意思，停车场的门童走过来敲了敲车窗，礼貌地道："不好意思，先生，方便出示您的会员信息吗？"

寂夏之前和慕阮阮出去，知道很多会所都是非会员不让进场的。她刚想和顾瑾年打个招呼就下车，就听他在一旁道："今天没带，你可以查一下我的手机号。"

他紧接着报了一串数字。

会所的工作人员在岗期间必要穿西装，门童也不例外。那位门童小哥在手机上输了号码，在看到会员信息后，尽管不太明显，他的神色、态度还是和之前有了细微的差异。

他很快为顾瑾年抬了停车杆，又跑回来低头问："需要代您停车吗？"

"不用了，谢谢！"顾瑾年道，"只是送人。"

门童小哥望向寂夏的目光突然变得崇敬起来。

说来惭愧，虽然寂夏请不动顾瑾年这个重量级的司机，却多少从门童小哥的目光里，体会了一把狐假虎威的乐趣。

顾瑾年将她放在会所的正门口，寂夏关车门前停了一下动作。

"回程还是尽量别闯红灯了吧？"她俯身补充了一句，"安全第一。"

顾瑾年若有似无地笑了一声，语气里有几分言听计从的味道："好。"

虽然闯红灯是假的，但能骗来一句关心，倒也是笔不错的买卖。

托顾瑾年的福，寂夏到得比慕阮阮还早，她坐在会所大厅的沙发区，一边翻阅书架上晦涩的财经杂志，一边等慕阮阮。

大概过了十多分钟，慕阮阮也到了会所，有人撑着黑伞，帮她挡着从前堂到大厅这几步路的阳光。她提着长裙的裙摆，侧头跟车上的人说了句什么，这才一个人走进了会所。

和平日里的风格完全不同，慕阮阮今天做了个法式长卷发，配着一件复古宫廷风的白衬衫，袖口呈喇叭状散开，叠着整整齐齐的风琴褶，领口的绸带松松垮垮地打了个蝴蝶结，下身是一件黑色描金边的鱼尾裙，裙尾将将落在纤细的脚踝上，露出脚上那双尖头浅口的细高跟。

休闲装都藏不住她有料的身材，此时被剪裁得恰到好处的衣裙，修饰得更加前凸后翘。

慕阮阮今天化了全妆，她素颜的时候已经很好看了，四高三低的天然比例让她的五官显得极为立体。一双狐狸眼尤为夺人，笑起来含着三分媚色，和娱乐圈的流行审美略有差异。

慕阮阮不是标准的瓜子脸，而是像九十年代的港星，有棱角的脸型让她看起来显得极有距离感。

照寂夏的话来说就是，不笑的时候是冰雪美人，笑起来的时候是艳丽的妖精。

可能也是这个原因，慕阮阮刚出道时的观众缘并不好，几乎是八卦与作品齐飞，听取骂声一片。

寂夏上上下下将慕阮阮打量了一番，在心里一锤定音。

很明显，这是一套见男人的造型。

"我到会所门口才想起来这边的规定，正准备让经纪人到门口接你一趟。"寂夏迎面朝她招了招手，慕阮阮走过来道，"没想到你已经进来了。到这么早？"

寂夏点点头："刚好有人捎了我一程。"

慕阮阮闻言仔细看了一眼寂夏，有些疑惑地扬了下眉毛："你现在的样子怎么……"

寂夏在慕阮阮的目光里揉了揉自己的脸颊，问："怎么？"

慕阮阮将她的神色看在眼里，实在地评价道："怎么如此娇羞？"

寂夏的额角剧烈地跳了两下，颇有种被倒打一耙的背叛感，她安静了一会儿，忽然伸手摸了摸慕阮阮衬衫的料子。

"都说女为悦己者容，能让慕小姐这么盛装出席的人……"寂夏拉长了尾音，不太厚道地"啧"了一声，"反正肯定不会是我。"

"本姑娘天生丽质。"慕阮阮把一边的卷发撩到耳后，辩解道，"况且对面可没提闻商连要来。"

寂夏笑了两声："我也没指名道姓。"

慕阮阮恼羞成怒地伸手挠她的痒痒。

她们都没在这个问题上纠缠多久。不多时，得知寂夏已经进了会所的经纪人带车转了回来，朝慕阮阮这边走了过来。

慕阮阮的经纪人是个戴眼镜的中年男人，名叫郑辉。万年如一日的玳瑁眼镜框，平白让他多了几分学究气，看起来显得和这个穷奢极欲的名利场格格不入。

　　和他外表给人刻板的印象不同，郑辉的骨子里却是个圆滑世故的人。他看见慕阮阮身边的寂夏，忙几步迎上来抢先道："好久不见，寂小姐。"他笑得十分热络，"让你特意腾时间过来帮忙，除了感谢，真的不知道说什么好。"

　　寂夏也笑道："阮阮是我的朋友，应该的。"

　　"客套的话我也不多说了，以后有需要帮忙的地方尽管开口。"郑辉说着，看了眼手机，"快到约定的时间了，我们这就进去吧。"

　　商谈的地点定在了会所二层的独立茶室，一个二十多平方米的房间，中式装修风格，室内的地龙烘得屋内很暖和，金丝楠木的博古架上陈列着一水儿的茶具。

　　茶席上这会儿已经坐了一个人，是个穿西服的男性，年纪大概在三十岁，看起来显得很干练，见他们三个走进来，忙站起身打招呼。听介绍，这位是闻商连工作室的项目经理，叫唐清。

　　闻商连的工作室多数也是项目责任制，他们此次谈的这个项目就是唐清负责的。他们围着茶台落座，案上插着两枝新梅，室内焚着佛香，窗外的小院栽着竹子。

　　茶艺师很快便入了席，茶品选的是蒙顶山的罗汉沉香，茶具是一尘不染的唐白釉。茶艺师有条不紊地将茶具放入沸水，又将山泉引入汤壶，在炉下点了明火。

　　慕阮阮知道会所里茶道的步骤又传统又烦琐，恐怕要等上好一阵儿，便先对唐清道："唐先生，不如趁这段时间，先让我们看一下故事如何？"

　　"不好意思，慕老师。"出乎意料地，唐清拒绝了这个提议，他抱歉地朝慕阮阮笑了声道："恐怕还要等一个人。"

　　慕阮阮下意识地反问："等谁？"

　　"等我。"

　　声音从屋外来。

　　茶台和门之间隔了一道屏风，男人绕过屏风，高挺的鼻梁上架着一副金丝眼镜，镜片后是一双颇有辨识度的凤眼，他朝慕阮阮的方向望了一眼，眉头轻轻上挑，这略显轻浮的小动作，被他做出来却有种道不清的冷淡感。

他几步走过来，在桌前颇有涵养地一颔首，声音冷冽："抱歉，我来迟了。"

而此刻，火上的小炉，泉水刚刚煮至初沸。

不早不晚，刚刚好。

虽然改变不了他"抛弃"过慕阮阮的事实，但寂夏不得不承认，闻商连的长相实在过于优秀。

不知怎的，那双偏于细长的眉眼，倒是让她不由自主地想到了顾瑾年。不同于顾瑾年带着三分匪气的气质，闻商连的身上更有种生人勿近的冷漠感。

他径直走过来，不偏不倚地坐在慕阮阮的对面。

寂夏身边的慕阮阮不太明显地加重了呼吸。

"没想到闻先生会亲自来。"待闻商连落定后，郑辉先开口了，他抬手向闻商连介绍道，"这位是我们工作室的文学顾问，寂夏寂小姐。"

那双锐利的眼睛闻言朝寂夏望过来，饶是看过不少这位影帝的作品，寂夏还是在真人的颜值冲击下屏息了一瞬间，才颔首道："闻先生您好。"

闻商连也点点头："你好！"他的目光里带着两分审视，却没对寂夏，而是朝郑辉道，"之前似乎没见过这一位。"

郑辉还没来得及开口，倒是慕阮阮不太客气地一笑："闻先生似乎也不该对我的工作室的成员了如指掌吧？"

闻商连不紧不慢地掀了下眼皮："不是所有人都跟慕小姐一样记性不好。"

短短几句话就将氛围营造得剑拔弩张。

寂夏在前任见面的"修罗场"里尴尬万分，忍不住想起这位影帝素来毒舌的名声。圈子里的明星，无论什么出身，无论背景如何，只要有热度，热度之后必然跟着负面新闻。从这点来看，娱乐圈也算得上是个英雄不问出处的地方。

闻商连的背后站着整个纵横娱乐，从出道以来，到底比别家平静许多。可自从他拿了个影帝回国后，大大小小的媒体多少有些按捺不住了。

很快，就有一家不长眼的小媒体身先士卒。见无法在闻影帝的演技上做文章，他们就写了洋洋三千字的通稿，造谣闻商连的恋情，一身桃花债，还在国外隐婚。说他之所以回国，单纯是为了捞人民的血汗钱，数罪并论，简直是娱乐圈之耻。

消息在网上流传开来的时候，无论是闻商连的个人微博，还是工作室官博都未置一词。倒是相关剧组的导演及合作过的品牌方、明星纷纷站出来力挺，谣言很快不攻自破，那家小媒体也在不知不觉中销声匿迹。

事后，在一次不太严肃的采访中，主持人玩笑般地问起闻商连对这件事的看法。身穿黑色燕尾服的男人在镜头前若有所思地一挑眉，开口道："能在赚钱这件事上选错目标，也是蠢得别出心裁。"

那次采访后，闻影帝"蠢得别出心裁"表情包，在网上疯狂地流传，连带着闻商连"刚神"的称号一举成名。

不得不说，看闻影帝的毒舌语句也是寂夏往年做吃瓜群众的乐趣之一。可如今他把这份功力用在自己闺密身上，就有些吃不消了，何况他们还是来谈合作的。

反观她对面的唐清在这种氛围中倒是怡然自得，他眼观鼻、鼻观心地转着手里的茶杯，仿佛在修炼什么"人杯合一"的远古秘术。

郑辉见慕阮阮一张嘴，口型、咬字都像是要来一句"关你屁事"，忙用他毕生的功力圆场。

"闻先生还是这么会开玩笑。"他说完，也没给两个人接话的机会，"既然人齐了，不如我们这就开始吧？"

闻商连言简意赅地道："请便。"

唐清很明显是一位极好的执行者，他刚打开公文包，就听闻商连在后面淡淡地补充了一句："既然对面有位顾问小姐，节省时间，"闻商连侧头看了唐清一眼，"不如你口述一下故事线。"

寂夏眼睁睁地看着唐清把已经露出半页纸的资料又默默地收了回去。

恰好，席间的罗汉沉香也过了第二遭水，茶艺师给他们斟好了茶，很快便离开了茶室，留给他们交谈的空间。白瓷茶具盛着琥珀色的茶汤，唐清清了清嗓子，将故事脉络娓娓道来。

这是一个古装正剧的本子，故事一开篇就颇有厚重感。

泱泱千年国土，有一古朝名梁，已御社稷百年。

梁国以星命定国基，择皇储，星命所批，皆由钦天监一纸论断。登基的梁元帝不惑之年得子，送往钦天监断命。钦天监祭酒夜观星象，翌日报与梁元帝的只有寥寥几句。

覆国，是为不忠；杀兄，是为不义；弑父，是为不孝。

梁元帝看完批命终日惶惶，他秘密下令暗中处死皇子的生母，并下令将尚在襁褓中的婴孩扔入郊外的护城河。不想执行命令的属下也刚刚得子，见孩童尚小，心生不忍，偷偷将孩子托孤郊外的猎户，并回宫复命说亲眼见到孩子溺死在护城河里。

梁元帝至此放下心来。

寂夏想了想，轻声道："俄狄浦斯王。"

见寂夏一句话猜中了剧情的发展，唐清不由得称赞了一句："寂小姐聪慧。"

如那篇沉重的古希腊经典悲剧一样，被猎户养大的男主角身手不俗，天生就带着对一切规则的不驯。正值春猎，梁元帝围场遇险，被逐鹿误闯围场的男主角一箭救下，梁元帝自觉对少年有种天生的亲近感，再加上救命之恩，便将其收为义子。

梁元帝圣恩之下自有阴霾，男主角入宫以后受尽欺辱，却屡屡受到钦天监那位新册封的少女祭酒的帮助。碍于少女的身份，皇子们表面上收敛，暗中却变本加厉，在月供和饮食上苛待少年。

少女知情后，常常半夜翻进少年的宫邸，给他送吃的和伤药。一日天气很好，两人在院子里乘凉，男主角映着半分月色，问起少女的愿望。

"我哪里能有什么愿望。"少女回答说，"我师父早给我批过命，说我星命为凰，天生帝后。我还没开智的时候，就被许给当朝太子了。"

男主角垂眸，很轻地道："我不信命。"

少女记得后半夜一月凉如水，那极轻的四个字烙在她的心上。后来她大婚的那一晚，宫中密谋叛乱，火光烧红了半边天，她一路找到主殿，殿内一地尸首，她那未嫁的夫君被一箭钉死在墙上，死不瞑目。

男主角坐在血色浸透的銮椅中，对她道："我说过，我不信命。"

寂夏听完整个故事，安静地闭了会儿眼睛。故事的走向像树叶的经脉一般在她的脑海中延展，她沿着带有枝丫的长线慢慢梳理了一下，心里忽然有了个想法。

一旁的慕阮阮听完整个故事，脸上动摇的神色也很明显。

寂夏装模作样地端起了茶杯，实则托着杯底，轻轻在桌子上叩了三下。

慕阮阮接收信号的速度很快，她慢条斯理地整理了一下袖子，这才道："故事倒是可圈可点。"

"不用绕那么多圈子。"闻影帝没什么耐心地皱了皱眉头，"接，还是不接？”

寂夏感觉慕阮阮用力地吸了口气，她在桌案底下按住了慕阮阮的手。

“慕总的意思是，本子是不错，但似乎还有改进的空间。”寂夏自作主张地开口道，“我觉得男女双方的位置可以换一下。”

对面的唐清没听明白她的意思，一头雾水地反问：“反串？”

“不，我的意思是，”寂夏摇了摇头，“故事的后半段，让女主角登了帝位，做成女帝和摄政王的关系。”

坐在对面的闻商连隔着焚香升腾的轻烟，不咸不淡地看了她一眼。

寂夏无比灿烂地朝他笑了一下。

这个改编方案颇有几分有趣之处，男主角杀兄弑父，已是应命之举。可他一脚踹了这帝位，没选择娶女主角为后，却让她摆脱了既定的星命。

至于后半段具体怎么调整，那就是编剧的工作了。

可是，寂夏的提议表面上虽然提高了男主角的深度，却也将后半场的戏点巧妙地转到了女主角身上。不管编剧怎么写后半段，都避不开要深度描写女主角如何易命成帝。

这点闻商连明显也想到了，他用食指撑着太阳穴：“有点意思。”

“我说话一向不喜欢绕弯子。”慕阮阮拿之前的话回敬他，“行还是不行？”

闻商连的眉头一抬，语气带着几分漫不经心：“也不是不行。”

闻商连的退步倒是在意料之外，但他的语气明显还有后话，慕阮阮问：“什么条件？”

闻商连道：“拍戏期间不能轧戏，包括商务和综艺。”

慕阮阮眼下正当红，四个月的行程内只安排一个剧，无论是对明星本身的热度，还是公司盈利来说，都是损失。

郑辉为难道：“闻先生这个条件未免有些苛刻吧？”

“苛刻？”闻商连没看郑辉，他的镜片上折着一道细光，他问慕阮阮，“你不是说想做演员吗？”

慕阮阮闻言一愣。

“就你现在翻新商业片的速度。”闻商连毫不客气地发出一声嗤笑，“演员？”

“人都是会变的，”慕阮阮口是心非地道，“现在我觉得在这个圈子能红就行。”

闻商连不置可否地道：“嘴长在你的身上。”

寂夏在一旁听个全程，心路历程颇为崎岖，凭着模糊的直觉，她心里隐隐觉得闻影帝和慕阮阮的往事恐怕另有隐情。

短暂的沉默之后，慕阮阮话音一转："除非这部剧的班底配得上闻先生的条件。"

话一出口，已然是松口的意思。

这种程度的话外之音，闻商连断不会听不出来："我工作室的投资，不够？"

慕阮阮面不改色地道："徒有虚名。"

仿佛是第一次听到自己的工作室和这个形容词联系到一起，闻商连略一低头，唇角忽然带了点笑意。

这是他自从进门以来露出的第一个比较生动的表情，连带着镜片后的眉眼都跟着生动起来，眼神却十足的冷淡，像暮冬的薄雪。

"这个项目背后的东家不是我。"闻商连这次回答得倒挺配合，"是K&J。"

又一次听到这个公司名字的寂夏忍不住用指腹摩挲了一下杯沿。

"K&J？"慕阮阮自然也对被业内戏称"影视界捷径"的名字早有耳闻，她停顿了两秒钟，质疑的目标换了一个方向，"就凭闻先生还能拿下K&J的投资？据说那位投资人从来不看名气。"

"投资回报率的考量标准，"闻商连冷淡地看她一眼，"我需要说给一个挂了五次科的人？"

慕阮阮手里的茶杯磕在桌案上，发出沉闷的声响。

寂夏忍了忍，却按不下这颗作家的探寻之心，忍不住小声问道："闻先生是如何接触K&J的？"

"慕老师之前对金融圈可能不太关注。"唐清很明智地借着寂夏打岔的工夫插话进来，"我们老板早些时候已经在接触项目投资了，之前就和K&J有过接触。"

"有那位投资人入局，这个项目基本上就是预定的爆款了。"从闻商连口中听到这个名字后，郑辉的态度明显比之前更热切起来。

"且不说K&J这两年的年收益，但就项目鲜少失手这件事就非比寻常。影视这块，投资失败的案例可数不胜数。像前不久那部备受瞩目的综艺，投资数额不小，却因为一纸限令被严令停拍，前期的成本全部付诸东流了。"

"事情牵涉很大，我也有所耳闻，"唐清接在郑辉的话后，"不仅投资公司落了水，还牵连了项目的承制方。"

"承制方的问题主要是签了对赌。"郑辉惋惜般地叹口气，"也算是业内数得上名字的老公司了，底子不弱，现在应该正为资金漏洞愁破了头。"

唐清和郑辉对话里的几个关键词戳中了寂夏的思绪，她的心头猛地一跳。

"不好意思，我想多嘴问一句。"

像一张残缺的拼图，即将添上了最后一块儿碎片。寂夏在沉香四溢的茶室里，仿佛豁然开朗，她有些追切地开口追问道："你们说的这个项目的承制方是哪家公司？"

郑辉和唐清异口同地回答道："是新程。"

寂夏沉默地捧起茶杯，在心里欢呼了一声。

线索卡，她找到了！

原本还扑朔迷离的事件忽然就变得简单起来。

回程的路上，寂夏重新梳理了一下新程劣质制作的前因后果。

时间线推到一年多以前。

一部由外国综艺改编而来综艺受到了市场的关注，有不少公司参与了投资。作为项目承制方的新程，为了赢得更多的融资金额，冒险选择了对赌。

一开始，所有的一切都很顺利。项目很快进入筹备期，不仅请来了综艺大咖坐镇，甚至有很多当红明星为了转型，也纷纷表达了合作意向。节目预告片在公众平台获得了极大的反响，几度冲上了热搜，可谓未播先火。

好景不长，档期确定没多久，一纸限令从上而下地推行起来。本就是引进的外国版权，甚至高价聘请了外国原班团队的节目，毫无意外地受到了牵连，在播出前夕被一刀腰斩。

平台火烧眉毛般地找来了替代品，拍了一半的节目石沉大海，花出去的钱却实打实地回不来了。

同年五月，新程的股票忽然断崖式跳水，裹挟着股民们的谩骂和猜测，公司在这场原本胜券在握的对赌协议中输得一败涂地。

为了弥补对赌产生的资金漏洞，新程欲盖弥彰地抛出了大量采购改编IP的消息。用读者基础量大的IP小说，作为吸引投资者的手段，却在制作上偷工减料，再用差价去填补因为对赌而产生的资金空缺，以维持公司现金流。

整个事件中，最令寂夏感到惊讶的反倒不是新程拆东墙补西墙的操作，而是造成这一系列事件的起始点，她其实早已经获悉了。

这部由九州买下版权，作为与投资平台对赌的筹码，最终却让新程损失惨重的项目，是寂夏面试结束后，顾瑾年解释九州转型的原因时，就跟她提到过的综艺项目——《我的室友》。

像一个构思精巧的游戏，她兜兜转转了一圈，发现最后那把关键的钥匙，顾瑾年从一开始就交到了她的手上。

而同为九州内容策划部的成员，更是事件曾经的参与人，只要秉持着对市场的敏感度，顺着这条线索稍微深入查查，很快就能捉到新程内部亏空的小尾巴。

这意味着她们所有人，至少在接触任务的初始阶段都是站在同一起跑线上。

想通了这层逻辑后，寂夏的第一个想法就是：这恰好保证了公平性的任务设置，究竟是不是顾瑾年一开始就谋算好的？

如果不是，这一切未免太过巧合了些。可要真的是……

寂夏坐在慕阮阮的保姆车上，深吸了一口气。

那顾瑾年这个人委实是深谋远虑了些。

一旁的慕阮阮见她露出这副冥思苦想的模样，忍不住问道："想什么呢？这么专注？"

寂夏沉默了半响："我在试图跟上一个老狐狸的思路。"

慕阮阮听得一头雾水，可动脑子也不是她的风格，她干脆换了个话题："倒是没想到闻商连最后会同意你的提议。"

按现在的方案，后半段大概率会变成大女主角戏，倒显得有点委屈这位影帝了。

寂夏想了想道："闻影帝确实和我想象的不太一样。"

慕阮阮点头表示赞同："镜头前看起来人模狗样，却改不了骨子里的狼心狗肺。"

不得不承认，慕阮阮每次接触过闻商连后，用成语的水平总会突飞猛进。寂夏犹豫了一下，还是问道："你们之间是不是有什么误会？"

寂夏之前听慕阮阮讲过情感经历，先入为主地认为闻影帝是个四处留情的浪荡子。但今天见了面后，她忽然觉得闻商连可能不具备这种高级实力。

就凭他在茶室怼天怼地的架势，前人有温酒斩华雄，闻影帝大概是铁嘴断桃花。

"误会？"慕阮阮想都没想地嗤笑了一声，"我还生怕自己孤陋寡闻，听少了他的风流韵事。"

闻商连高级成语小课堂，您值得拥有。寂夏欲言又止地看了慕阮阮一眼，却没再说什么。

有些事，可能还是当事人亲口来说更好一些。旁人掺和，倒容易弄巧成拙。

从会所回来的时间不算晚，寂夏还是选择直接回家，慕阮阮送她到楼下，自己匆忙去赶了下一个行程。

寂夏用提早下班的机会换个床单，顺便给自己点了份米线，在等外卖的时间里打开了电脑。

眼下，她已经初步了解新程陷入劣质剧死循环的困境。《千金》如果继续跟新程续约，无疑会成为下一个牺牲品。按常理，只要她把相关证据罗列给刺桐，这场版权争夺赛，她就已经成功了一半。

新程的证据也很好搜集。

近两年新程的股票走势，投资额和作品质量的横向对比。甚至，连新程接受《我的室友》委托的合同，在九州档案室里都是现成的。她只要按流程提个档，从前期投入比，到中断制作后的损失赔偿一应俱全。

事情看起来万无一失，但寂夏总有一种莫名的直觉，事情或许没有这么简单。可她最后将资料前后看了好几遍，却再没找出什么遗漏点。

鼠标良久地停在文档的最后一个字上，寂夏思索了一会儿，给偷瓜的猹发了条消息：在？

她去门外拿个外卖的工夫，偷瓜的猹的消息就回复了过来：有事烧纸。

寂夏对偷瓜的猹这会儿赶稿的状态深表理解：尽量长话短说。你感觉能决定《千金》版权归属的高层，这周大概什么时间能出来谈谈？

偷瓜的猹问：新程这么快就同意转让版权了？

寂夏缓缓地在键盘上敲字：那倒没有。可能的话，我还是想说服刺桐的人。

偷瓜的猹：你知道刺桐的高层都是些什么老奸巨猾的老油条吗？

偷瓜的猹语气诚恳地奉劝道：跟他们谈条件，和平协商根本就行不通。

寂夏：倒没想着和平协商。

寂夏的计划和这四个字格格不入：只希望会后我还能幸免于刺桐领导的黑名单。

偷瓜的猹被勾起了兴致：你为我们办公大厦联系了拆迁办？

寂夏：谢谢。我只想谈个版权，对三年起步的生活没有兴趣。

寂夏发了一个看起来很欠揍的笑脸：想吃瓜，会上见啊。

"对方正在输入"的提示在页面上停了好一会儿，偷瓜的猹才回复道：这周不帮你把领导们约出来，我就愧为刺桐大神级签约作者！

后面连着整整两行的感叹号。

寂夏得寸进尺地道：帮忙归帮忙，新文可别停更啊，在追呢。

偷瓜的猹发了个"猫猫拳击"的表情过来，紧接着她的头像飞快地灰掉了。

在大神级签约作者的沟通下，会面被定在了这周四。

离新程手里的版权到期虽然还有一个月，但对于九州来说，时间越早，越能打对手个措手不及。可刺桐如此快的回应速度，似乎隐约印证了寂夏的不安。

好在，她不仅有一个筹码。

寂夏掀开米线装盒的盖子，熬成白色的骨汤里配着湘妃色的棠梨花骨朵，不多见的素材搭配，却打响了地方特色的招牌。附近的米线店千千万，她却独爱这一家。

浸过骨汤的花骨朵儿在唇齿间碎开的时候，寂夏忽然有了一种分享的冲动。

这么地道的美食，或许也应该让顾瑾年尝一尝。

毕竟这种深藏在窄胡同里，连车都开不进去的小店，被他知道的概率无异于大海捞针。

大多数时候，寂夏都是个理智的人。可与之相对的，她也很难刹住自己突如其来的情绪。

在想到顾瑾年或许不该有这份遗憾的时候，寂夏已经打开了两个人的对话框。可话到嘴边，开场白却被她敲了又删。

有一家不错的米线馆，推荐给你？

唔，看起来就像一句没营养的废话。

今天点了一家超棒的外卖，下次一起去店里试？

不知怎么，好像显得有点轻浮？

寂夏和对话框斗争了半天，也没争出个结果来。她锁了屏，扶额一声长叹，人生里头一次在措辞的事情上犯了难。

半个小时后，寂夏万年缄默的朋友圈迎来了一次久违的更新。

地道的玉溪小锅米线，小火煨的骨汤，配半两棠梨。听说堂食的配菜也极好，有机会一定要去试试！

配图是一张已经凉了大半的米线。

寂夏夹了两筷子已经有点坨了的米线，心里却颇为志得意满。

顾瑾年虽然忙，刷朋友圈这点时间总会有的。等这条动态被他点赞的时候，她就把地址链接给顾瑾年推过去，顺理成章得仿佛一个收了商务费的美食博主。

她在心中打好了小算盘，终于准备对米线下手的时候，就听见手机响起一声微信提示音。

寂夏一边想着顾瑾年应该不会回复得这么快，一边拿起手机来看了一眼，一个崭新的对话框被推上了置顶：**闺女下班了？有没有时间出来一趟啊？**

备注的微信名是，顾瑾年爷爷。

那碗凉透了的小锅米线，她到底还是没能吃上两口。

顾爷爷大概用手机还不太熟练，大段的语音发过来，有一半的声音都听不清楚。寂夏先确定没什么大事后，打了个车急匆匆地赶去了医院，在病房门口撞见了拄着单边拐杖，也硬是要出门的顾爷爷和在他身后一脸无奈表情的顾母。

天气转冷的原因，顾爷爷的头上戴着一顶棕色的毛线帽，上面耷拉着两只熊耳朵，看起来似乎不太高兴。

这顶帽子……寂夏总觉得自己在哪家商场的儿童服饰区看到过同款。

看到寂夏，顾爷爷兴冲冲地朝她招了招手。

她几步走过去打了声招呼，顺手从顾母手中接下了搀扶的工作，然后道："阿姨，我来吧。"

顾母倒也没有过多地推让，只是道："真是不好意思。"

寂夏说了句"没事儿"，又转过头去问："爷爷的身体出门没问题吗？"

顾爷爷当仁不让地给她示范了两招军体拳："倍儿棒。"

寂夏极度配合地鼓了鼓掌。

"再过一个月就是瑾年的生日，爸的腿刚好点，就吵着要去买礼物。"顾母两句话揭了顾爷爷的短，"特意叫你跑过来一趟，还是工作日，让你为难了吧。"

她说这话的时候，声音很轻，眼睛里还带着两分歉然，和顾瑾年给人的侵略感不同，顾母的五官整体显得很柔和，轻声细语说话的时候犹有娇俏感，年轻的时候想必是位美人。

寂夏对着那双神似顾瑾年的眼睛里笑了笑，道："哪有，正好我今天提早下了班。"

顾爷爷语气认真地道："这么重要的事，自然不能少了这丫头。"

"也不是所有人都跟您一样退了休。"顾母应和了顾爷爷两句，有些无奈地对寂夏道，"你看，我实在是劝不动了。"

单人病房的分区一向都很安静，实木的拐杖有一搭没一搭地敲击着地面，夹杂着老人不太服气的辩解声。

寂夏腾出一只手来把顾爷爷脖子上配套的小熊围巾多缠了一圈，道："顾爷爷总想到我，我高兴还来不及。"

顾母多看了寂夏两眼。

顾爷爷倒是一脸得意之色："瞧我说什么来着。"

顾母也笑笑："是是是，您料事如神。"

几句话的工夫，他们就走到了医院大门。

顾爷爷忽然对顾母道："你今天不是刚约了体检，我和寂丫头去挑礼物就行了。"

"这怎么行？"顾母闻言一怔，"让小姑娘一个人照顾您多不方便。"

顾爷爷颇不以为然："就挑个礼物，也用不了多长时间，你就放心去吧。"

"可是……"顾母还待要劝。

寂夏想了想开口道："那我带着爷爷在附近的店里转转，两个小时内送他回医院。"她看了看手机屏幕，在心里记了一下时间，便对顾母道，"您看这样行吗？阿姨？"

顾母看了一眼顾爷爷那副倔强的神色，叹了口气道："也只能辛苦你了。"

寂夏笑着摇了摇头。

顾母走了之后，寂夏在手机软件上搜好了几家礼品店，刚一转头，就看见旁边的顾爷爷轻车熟路地拨了个电话，开口就是："喂，老孙吗？对，我已经溜出来了，咱们约哪个棋牌社啊？"

寂夏："？"

寂夏默默地等顾爷爷打完了电话，才道："爷爷。"满脸疑惑的她没有发现这个称呼她叫起来已经越来越顺口了，"咱们不是要去给顾瑾年挑礼物吗？"

"他啥也不缺，给他买什么礼物，想要什么让他自己掏钱。"顾爷爷大手一挥，"走，陪爷爷打麻将去。"

想起顾瑾年在职场上混得何等风生水起，却改变不了他丝毫没有家庭地位的事实。

寂夏试图做最后的努力："久坐好像不利于康复。"

"就为这点小伤，瑾年这小子已经强迫我躺了快两个礼拜了，再躺下去我连东南西北都摸不出来了。"顾爷爷的积怨明显由来已久，大有几分一意孤行的架势，"丫头，一看你的手气就不错，一会儿帮爷爷摸牌，赢了给你发红包。"

在这个特别的日子，寂夏很荣幸地认领了人生中的第二个副业。

直到她抱着顾爷爷的拐杖，稀里糊涂地坐到东家副手位上的时候，寂夏都没太想通自己怎么就成了欺上瞒下的共犯。

又到了顾爷爷值庄，他已经连赢了几轮，这会儿春风满面地对寂夏道："丫头，再帮爷爷掷个骰子。"

连规则都没摸得太清的寂夏毫无灵魂地把两个骰子往桌案上一扔，三六添作九，眨眼就换来顾爷爷兴致勃勃地大力拍她的肩膀，边拍边道："这个数好啊，九九归一，天下归元，多吉利！"

寂夏干笑了两声。她四轮掷了四个不同的数字，就没见顾爷爷说过哪个不吉利的。

打过十几圈，东南西北四家陆续都落了听，牌堆儿眼看就见了底，再摸几圈就要黄庄。顾爷爷望了寂夏一眼，沉声道："闺女，就靠你了。"

寂夏顺手摸了张牌回来，没好意思说自己在顾爷爷的身边坐了半天，到现在也不知道他想要的是哪张牌。而且，牌的顺序早在码牌的时候就固定好了，她没有旁门左道的本事，想要凭一己之力妙手回春，实在是美好的愿望。

顾爷爷看了一眼牌，笑着道："倒是开了一杠。"

同桌的老人见他把四张一样的牌码了出来，忍不住取笑道："都快黄庄了，你还整这些花里胡哨的有什么用？"

"你懂什么？"顾爷爷唏嘘一声，"不到最后一刻，输赢都是没有定数的事。"

其他人不以为然地"嗤"了两声。

按着顾爷爷的指导，寂夏从牌尾垛摸了张牌回来。顾爷爷没急着翻牌，先用大拇指缓缓地摩挲了一下牌面，紧接着他的眼睛一亮，将面前的牌一推，兴高采烈地喝了一声："杠上开花！"

还有两轮就要黄庄赔钱的时候，竟然让他吃到了一张岭上牌。

顾爷爷这逆天的运气终于引发了对庄老人的不满："顾老头，我说你差不多得了。"他嘴上的两簇胡子抖了抖，一伸手却指向了寂夏，"小姑娘的手气好，你也不能这么用啊！这跟出老千有什么区别？"

寂夏码牌的动作硬是被唬得一顿。

"我凭本事找来的孙媳妇，我为什么不能用？"也不知道是不是照顾寂夏的新手光环，牌桌上几乎只有顾爷爷一个人在赢，他乐得眼睛都眯成了一条缝，"老孙，你要是嫉妒就直说。"

孙老今年七十二，历来是顾爷爷斗嘴的好伙伴，这会儿哪里肯认输，当下表达了质疑。

"这么漂亮的姑娘，会看得上你家那个老奸巨猾的小子？"提到顾瑾年的时候，孙老不由自主地撇了下嘴，"你看我信是不信。"

沉默不语的寂夏在心里颇有节奏感地重复：老奸巨猾、老奸巨猾、老奸巨猾。

顾爷爷忍得了腿伤，可半点儿也忍不了别人对他诚信的异议，他重重地将手中的牌丢了出去。

"哎，我说你个老糊涂，怎么就不能信了？怎么就不能信了？"顾爷爷扭过头，和旁边一脸迷茫的寂夏对视了一眼，声音忽然像卡带一样停顿了几秒钟，再开口时气势明显弱了些许，"虽然瑾年那小子确实是讨人嫌了点，那还不能是我闺女投身慈善了吗？"

"爷爷。"寂夏望着顾爷爷，很诚恳地说了一句，"顾……瑾年限制您打麻将真是太不应该了，他应该常陪您来转转的。"

她好想让顾瑾年当面听到这些话。

这个有趣的念头刚划过她的脑海，寂夏放在桌子上的手机屏幕忽然亮了。在两位长者的斗嘴声中，她拿起手机看了一眼，屏幕上有一条通知。

顾瑾年发来一条消息。

寂夏差点没把手机凭空丢出去。

顾瑾年：*听说你今天去看了我爷爷？*

寂夏看了一眼兴头正浓的顾爷爷。

她觉得实话实说指定要出事，干脆信口胡诌道：*对。正好从会所回来*

的时候路过。陪爷爷散了会儿步，这会儿已经到家了。

信息发送成功后，看着窗口上的"对方正在输入"，做贼心虚的感觉越发强烈。

寂夏忍不住戳了戳春风得意的顾爷爷，在他的耳边小声道："爷爷，差不多到时间了，我们要不回去吧？"

顾爷爷还没表态，他对面的孙老先发了话："赢了钱就想跑？"他的鼻子里发出一声气音，"在我这儿可行不通。"

"谁说要跑。"顾爷爷瞬间就被激起了好胜心，"再打，你们也赢不回来。"

寂夏看着两个老人剑拔弩张的样子，颇有种孙悟空倒提如意金箍棒，大喝"与俺老孙再战三百回合"的既视感。

她哭笑不得地轻轻按了下顾爷爷的手："爷爷，我们真得走了。"她指了指自己的手机，"和阿姨约好的时间快到了，而且……瑾年也发了信息来问。"

对这位老奸巨猾的顾先生，她可没有信心能瞒住多久。

相比于她的忐忑，顾爷爷明显心理素质极好："我就打最后这一把。"

麻将机洗牌的声音重新响起，来自顾瑾年的新消息也弹了出来。

寂夏叹了口气，去看那条新消息，看见他问：**方便电话？**

不方便。

寂夏看了那条消息良久，又在心里补充了一句：非常不方便。

她心知若是拒绝，以顾瑾年的人品肯定不会贸然打过来。但或许是说谎的心虚作祟，又或是某种不知名的原因，她百般犹豫后的回答依然是：**方便。**

顾瑾年的电话很快打来，寂夏跟顾爷爷打了声招呼，起身走到离麻将桌最远的角落里接了电话。

电话被接通的刹那，耳边传来顾瑾年低沉的声音，似乎还带着些许工作后的疲倦："喂。"

"我在。"寂夏答应了一声，"你打电话来是想问问爷爷的情况吗？"

顾瑾年没有马上回答。

电话那头传来几声呼吸声，寂夏猜测他可能是因为开车分不了心，便直接回答道："爷爷已经好很多了，你不用担心。"她依样画葫芦地学医院里护工们的话，"爷爷的看护跟我说，等过两天，他就再也不用躺着打那套太极拳了。"

寂夏又挑着讲了几件爷爷在医院的小事，待她终于停下了，顾瑾年"嗯"了一声："刚才就想说了。"他声音里带着点笑意，通过听筒传来，"我打电话来，就不能是来问问你？"

"我？"寂夏怔了怔，"我就……没什么可说的，这不是已经回家了吗？"

她的话音刚落，孙老一句极有穿透力的"开门见红，一把十三幺"，在两米开外传了过来。寂夏徒劳地按着收音口，感觉自己像是一个英勇就义的战士。

电话里安静了几秒钟，寂夏听顾瑾年懒洋洋地笑了一声，他问："回家了？"

"嗯……"寂夏看了一眼远处又开始了新一局的顾爷爷，硬着头皮道，"其实我没跟你说实话。"

果然这世上所有"最后一局""最后一把"之类的话都不可信。

"我是已经到了家。但我按捺不住牌瘾，所以我又跑出来找了个棋牌社。"寂夏深吸了一口气，"你刚才听到的就是隔壁桌的声音。"

"牌瘾？"顾瑾年的语调微微上扬，"看不出来你还有这种爱好。"

"人不可貌相。"寂夏一副言之凿凿的样子，"有机会让你见识一下，我在牌桌上大杀四方的样子。"

"让我长见识前，"听了她的回答，顾瑾年慢条斯理地开口道，"不如你先抬头往门口的方向看一眼？"

寂夏不自觉地按照他的话抬起了头。

这家棋牌室的店面不大，隐藏在医院附近的中档小区里，门面是一楼做的商改，门口挤着一台老式的自动贩卖机，溅着水污的玻璃门外，站了一个男人。

顾瑾年身穿一身黑衣，掩藏在夜色里，黑暗中明灭的，除了牌匾上忽红忽绿的灯光，还有他夹在指尖的烟。

见寂夏朝这边望过来，他用一只手掐灭了烟，另一只手推开了门。

随着他的动作，棋牌室里吹进些冷风进来。他眯起眼睛，先望了一眼全神贯注在棋桌上打牌的顾爷爷，又转过头来看着角落里举着手机不知所措的寂夏，挑眉问："想先解释哪一句？"

西装革履的男人与狭小破旧的棋牌室显得格格不入，他站在不足二十平方米的室内，细长的眉眼似乎染着风雪，身上犹带着寒气。

两张麻将桌方方正正地摆在中央，离进门的位置明显更近，可顾瑾年朝顾爷爷那边看了一眼，却先走向了另一边角落的寂夏。

寂夏望着那个越来越近的身影，苦心编造的谎言瞬间不攻自破。她讷讷地放下手机，小声问："你怎么找到这儿的？"

"这种买礼物的说辞从我爷爷口中说出来就指定不是真的。"可能是她欲盖弥彰的样子十分好笑，顾瑾年用指节敲在她的额头上，"知道他的牌瘾犯了，围着医院的几家棋牌社找一圈总能找到。"

寂夏揉了揉额头，跟在顾瑾年身后走回麻将桌旁边。他进门的动静不小，两个相熟的老人早就注意到了来者是谁，只是这会儿牌局正到关键，谁也没腾出精力来搭理他。

轮庄的孙老刚刚落听，门前两吃一碰，手里大概是一张单牌需要凑对儿。顾爷爷握着刚摸到的一张么鸡，在打还是不打两个选项中，已经犹豫很久了。

"在一张牌上磨磨叽叽可不像你。"孙老有些坐不住了，"痛快点啊，老顾，都等你呢。"

顾爷爷"嘿"了一声："一点儿耐心都没有的老家伙。"

他琢磨了两秒钟，正准备把手上摸了半天的牌打出去。

站在旁边的顾瑾年却忽然提醒道："爷爷，这张牌打出去或许不太妙。"

"顾家小子。"寂夏还没反应过来顾瑾年为什么这样说，对面的孙老先气得敲了敲桌子，"知不知道什么叫观棋不语真君子？"

顾瑾年笑着道了声歉。

顾爷爷极有骨气地"哼"了一声："他说的我就要听？"

话虽如此，寂夏却眼睁睁地看着他把那张牌收了回去。

"这把不算。"见他换牌，对面的孙老干脆将手中的牌一推，"老顾现在肯定知道我的听牌了。"

"可惜了，"孙老手上的牌底一揭晓，坐在北面的老爷子看了顾瑾年一眼，语气带着惋惜，"单钓一张么鸡，和了就是一色三同顺，赢了能翻二十四番呢。"

原来顾瑾年站在牌桌旁不过五分钟的时间，当真猜中了孙老扣在手中的听牌。

寂夏望着这会儿正用鼻孔出气的孙老，心道：断人财路，真缺德。

这下她终于清楚之前孙老对顾瑾年满腹微词的态度究竟从何而来。

"我的错。"顾瑾年颇识时务地认领了这责任，顺便抬手扫了前台的结账码，道："给您赔罪，今晚这桌就算我的。"

孙老倒也没跟他客气："顺便把你爷爷赢的也还上。"

顾瑾年好脾气地应道："您说了算。"

几句话的工夫，不仅及时安抚了孙老的情绪，还兵不血刃地为今晚的牌局画上了句号。

"讹小孩儿钱就过分了啊，老孙。"顾瑾年是答应了，顾爷爷可就看不过去了，他当下嚷嚷着仗义执言道，"况且，我凭本事赢来的，老孙，你别就想着赖账。"

"你凭本事？"孙老气得两撇小胡子都竖了起来，他一指顾瑾年身后的寂夏，"要不是你带来的小丫头手气好，今天我绝对要杀你个血本无归。"

"多少次你也没机会。"顾爷爷得意扬扬地道，"下次我还把丫头带过来。"

"跟我爷爷来了一次，就被惦记成这样。"顾瑾年在两位老人日常的斗嘴声中，朝寂夏耳边侧了侧头，"你是人间锦鲤？"

"作为事件的当事人，我必须要说，"寂夏听见他的用词，不由得在心里感叹了一句顾总裁的网络热词更新的速度，"顾爷爷的态度多少有点艺术加工的成分。"

顾瑾年压着嗓子笑了一声。

"还以为是老顾的一厢情愿，"孙老打量了两眼寂夏和顾瑾年这副说悄悄话的亲密模样，饶有兴致地问她，"丫头，你是怎么看上这小子的？"

因为假扮情侣的渊源，她自然不好矢口否认和顾瑾年的关系。寂夏抬起头，第一眼看见的就是顾瑾年的侧脸和干净利落的下颌线。

饶是孙老说他老奸巨猾，但以顾瑾年的条件，恐怕任何人都会默认是自己先主动的吧。

寂夏这么想着，正打算凭本事编一段自己如何通过相亲，对顾瑾年一见钟情的戏码的时候，就听有人赶在她前面慢悠悠地开了口："这您就猜错了，她可没看上我。"

顾瑾年带着笑意的目光轻轻落在寂夏身上，他的语气里带着些懒洋洋的意味，神色确实是情深意切的笃定。

别说孙老，就是寂夏，都在他的目光里不由自主地晃了下神，他说："是我千辛万苦骗来的。"

Chapter 06
赠人月亮

开车过来的顾瑾年先把孙老送回了居住的小区。伴着孙老离开的关门声，寂夏忍不住在副驾驶上问："所以，你是怎么猜到孙爷爷听牌的？"

"其实也不算猜到。"顾瑾年打了转向灯，道，"只不过那一局比较特殊，他碰的两次牌都是相同花色和组合。在这样的天然优势下，以孙老的性格，不去考虑一色同三顺的可能性很低。但因为三组组合都是中间数，所以会缺幺九。"

寂夏忽然有点后悔问这个问题。以她刚刚学会怎么摸牌的入门水平，想要跳级跟上顾瑾年的逻辑，难免有点异想天开。

"你可以当作一道必要条件例题。"可能是她突如其来的沉默让顾瑾年察觉到了异常，他技巧性地换了一种表达方法，"排除已被满足的听牌条件，剩下未被满足的就是对方的目标范畴。"

这次寂夏倒是听懂了，她还未来得及感叹顾瑾年的厉害之处，就听顾爷爷不满地开口道："缘木求鱼。"他在后座上也不耽误指点江山，"麻将这种游戏，打的就是随机和未知。要是什么都猜到了，那还有什么乐趣？"

顾瑾年倒没反驳，只是道："习惯了，职业病。"

他的这句话忽然让寂夏想起来，顾瑾年在相亲时提到自己做投资的经历，这傍观必审的能力恐怕与这段经历息息相关。

这让寂夏忽然感到有些好奇。

但她还没问出口，顾爷爷就先朝她道："闺女，咱不学他。"

"爷爷，您放心。"寂夏极有自知之明，"我离这种境界还有很远的距离。"

顾爷爷心满意足地大力拍了拍她的后背。顾瑾年在她出现震音的闷哼声里，极不厚道地笑了。

孙老住的小区和医院离得不远，十分钟的路程就到了住院部的楼下。负责夜间照料的护工已经在楼下等着了。

寂夏本来想要送顾爷爷上楼，却硬是被顾爷爷塞回了副驾驶，他边摆手边道："当年徒手追歹徒两条街都不带喘的，可别因为这点小伤就看轻了你顾爷爷。"

寂夏抵不过他的坚持，不自觉地转头求助顾瑾年，却见他默许道："随他去吧。"等顾爷爷走出一段距离，他才又向寂夏解释了一句，"当了一辈子的协警，不服输早就刻在骨子里了。"

他这么说着，却将车熄了火，默默地在住院部的门口停了一段时间。

寂夏目送顾爷爷走进楼里，他也拒绝了护工的搀扶，脊梁挺得很直，像铮铮出鞘的剑。

寂夏感叹了一句："怪不得爷爷出拳的姿势那么标准。"

顾瑾年给她那边的窗户开了条缝隙，窗外是七八点钟的夜色，他的声音里混着细弱的蝉鸣："小的时候还被他逼着练过，像训新兵一样。"

得益于寂夏丰富的想象力，小顾瑾年一丝不苟地挥拳的样子忽然跃入脑海，她没忍住自己的笑声，只得欲盖弥彰地问："叠被子也要叠成豆腐块吗？"

顾瑾年也没否认："得益于这点经验，军训的时候我可以比室友多睡二十分钟。"

苦中作乐的顾瑾年。

强颜欢笑的顾瑾年。

寂夏在心里偷偷总结道，但她没敢说。

顾瑾年的手机响了一声，是照顾爷爷的护工发来消息，说是爷爷已经上床躺下了。他听过语音，临开车前问了寂夏一句："今晚还有空闲的时间吗？"

"有的。"寂夏点点头，问他，"怎么了？"

顾瑾年一踩油门："那再陪我去个地方。"

寂夏没想到顾瑾年会带她到那家米线的实体店。

眼下不是用餐的高峰期。楠木招牌掩在青瓦飞檐下，店两旁零零散散地停着几辆老式自行车，也不上锁。橘猫觅食的尾巴，从爬山虎覆盖的墙檐上一晃而过。

顾瑾年看了一眼在店门口停住脚步的寂夏，问："怎么？不是喜欢吃这家？"

"你看到了啊？"寂夏跟着顾瑾年往里走，"朋友圈。"

"我妈说了你到医院的时间。"顾瑾年"嗯"了一声，"我猜你应该是来不及吃完了。"

寂夏想到那碗没能吃上两口就被无辜浪费的米线，只得再一次感叹顾瑾年料事如神。

"那你可猜错了。"她试图挫败顾瑾年的自信，"我连汤都喝了，现在还撑着呢。"

"反正是你推荐的，你有义务对目标群体的反馈负责。"顾瑾年帮她拉开了院里的老藤椅，慢条斯理地道，"你看着我吃，我也不介意。"

在和顾瑾年斗嘴的这件事上，寂夏觉得自己颇有几分屡败屡战的孤勇。

两碗热气腾腾的米线被端上桌的时候，寂夏真实感受到了自己的饥肠辘辘，她刚拿起筷子，却见顾瑾年伸手捏了捏眉心，眉眼间依稀带着几分倦色。

寂夏看着他来不及换的西装，问："是不是今天公司的事情很多啊？"她给他倒了杯水，声音很轻，"太累的话，其实你也不必赶过来的，还是说我送爷爷回医院，你不放心？"

顾瑾年放下手，看了寂夏一眼。

公司今天确实不太平。

围绕着《千金》的版权，保守派和激进派在管理层会议上针锋相对。保守派以版权的推动进度为出发点，指桑骂槐地对改制提出了质疑，影视制作复杂多变，平台没必要蹚这趟浑水。

正事争到最后，干脆变成了一场混战，私下关系不好的人互相拍桌子，关系好的最后也红了脸。

会议的结局，以一个董事拂袖而去告终。

结果没有争论出来，只剩下混战后的空乏感，愈演愈烈。

"胆子大了，"顾瑾年一挑眉毛，语气说不上是带着威胁还是赞许，"都敢拿这种话来揶揄我了。"

寂夏不以为耻："那还是因为顾总宽宏大量。"

笑意冲淡了他眉眼间的那点倦色。

"你也是忙里偷闲跑过来，为一个才见过两面的人忙前忙后。"顾瑾年以同样的措辞回敬道，"要说累，你比我有资格。"

"我自然是不累的啊。"这公关太极手的功底，寂夏委实比不过顾瑾年，她当场败下阵来，理所当然地解释道，"况且爷爷这么有趣，我陪着他，自己也开心啊。"

"你都这么说了，难道就没想过，"顾瑾年抬手拆开一次性筷子，低头看了寂夏一眼，在她疑惑的目光里，不紧不慢地开口道，"我也是一样的吗？"

胡同里的小院里并不安静。

秋天的傍晚温度正好，良夜无风，恰到好处地助长了蟋蟀的夜鸣和邻桌情侣间的私语，一声接着一声，却并不吵闹。

在京市这种人口密集的城市，如此宁静的去处，像神明苦心的留白。

寂夏在顾瑾年的目光里缓缓地眨了眨眼睛，视线里的顾瑾年像是老电影里的定格镜头。

"你说得对。"她思虑周全地点了点头，"顾爷爷是一视同仁的，快乐是共享的。"

大爱无疆。

顾瑾年沉默了片刻："你的语文老师有没有说过你的阅读理解能力挺不错的？"

寂夏自信满满地道："我的作文也一向是各班传阅的范本。"

"你还挺得意。"似乎是受到她的情绪感染，顾瑾年的唇角弯了弯，末了又低声说了句，"算了。"

最后的两个字像一声懒洋洋的叹息。

寂夏一颗悬着的心也随着这两个字安静地落了地。

她差一点就要理解错顾瑾年那句话的意思了。

语句歧义所蕴含出的另一种可能性，让她的心跳在那片刻的沉默里，失控地撞了两下南墙。幸好……

寂夏劫后余生般地吸了口气。

幸好她在人际关系上一向谨小慎惯了，不然这样的误会，顾瑾年会不会感到尴尬她不清楚，她自己倒是没脸见人了。

"虽然功力上比不了顾爷爷。"寂夏多少有点在意顾瑾年的状态，她干脆毛遂自荐地道，"但公司的事我也知情。你要不要和我说说？"

"为糟心事烦恼的人，一个还不够？"顾瑾年看了她一眼，反问道，

"至于把你也搭上？"

"帮领导分忧有助提升工作带来的成就感。"寂夏从他的这句话里，听出点大男子主义式的温柔，她想了想反驳道，"就算我提不出什么建设性的指导意见，至少可以帮着痛骂你的敌人。"

顾瑾年的眼睛里有几分揶揄之色："你还有这种技能？"

寂夏比画了一下自己，像一个训练有素的推销员："还请顾老板务必试试。"

顾瑾年一连笑了好几声。

他的嗓音一向都偏低，笑起来的时候也不怎么放肆，连着胸腔的共鸣，听起来极富感染力。

"也不是什么值得让你从美食上分心的事。"顾瑾年笑过后，似乎连眉头都舒展了不少，他这么说着，再开口时却还是依言改了态度，"但你要是想听，就当个八卦，也不用费神。"

寂夏头一次听如此机要的八卦。

也难为顾瑾年能将公司两派在改制上的争辩讲得如此绘声绘色。安于现状，不愿意承担风险的保守派，声称已经看到未来市场风口。有妄想第一个吃螃蟹的革新派，还有不少不愿意站队得罪罪人而在中间左右逢源的墙头草。

各自为政的闹剧，倒像是正邪拉锯的乱世江湖，圆桌下暗藏刀光剑影。

一开始还想着要适时为顾瑾年解忧的寂夏，到中途就已经变节，成了津津有味的听众，甚至还得寸进尺地想，顾瑾年真是弥足珍贵的素材宝库。

"其实他们本身对故事版权的价值并不会估算，可董事会想要一句准话，或者说，他们希望有人承担后果。"寂夏分辨不清顾瑾年眼底是什么神色，只觉得他一双眼睛似笑非笑，"改制声音最大的那个人实在是被逼到了尽头，你猜他回了句什么？"

一小撮米线顺着木头筷子滑进汤里，溅了几滴汤汁在桌上。

寂夏没顾得上在意，跟着他诱导般的语气问道："什么？"

"他说，"顾瑾年抬手递了她一张纸巾，继续道，"我们信任顾总的能力。"

寂夏被呛了一下，她接过顾瑾年递过来的纸巾擦擦嘴角，问："那你怎么说？"

顾瑾年一笑："我对他的抬举表达了谢意。"

顾瑾年讲得很风趣，可寂夏却并不觉得好笑。无论两派的交锋结果如何，顾瑾年都会是那个被推上风口浪尖的人。《千金》的版权是试验品，顾瑾年做好了，那是理所当然；做不好，就是万劫不复。

从个人的角度，她并不知道此刻正把困境当作八卦笑料讲给她的顾瑾年的想法。

寂夏沉默半晌，开始了另一个话题："你为什么想做现在的工作啊？"

顾瑾年云淡风轻道："一个世交长辈的委托。"

"可之前听你说，你是在和朋友独立做投资来着。"寂夏想到之前相亲时他似乎也提过自己当时的工作，有些好奇地道，"这两份工作好像差异还挺大的。"

"你没记错。"顾瑾年"嗯"了一声，"之前做投资，也是因为没得选。"

"为什么没……"

寂夏正想顺着这句话往下问两句，却直觉话题再展开可能会涉及隐私，便干脆闭了嘴，战略性地喝了口汤。

倒是顾瑾年见她这副欲言又止的拧巴样子，主动解释道："大三那一年我爸过世了，因为各种原因家里负了不少债。"他轻描淡写地概括了两句，"文科专业里，金融最赚钱，我就在那会儿调了专业。"

可这几句话里谈及的过往，却远不应像他语气里的那般漫不经心。

寂夏没想过顾瑾年的人生中还有这样一段历史。

"我……"寂夏张了张嘴，却发觉语言太过苍白，安慰终究是迟来的，她卡了半天，只能捉襟见肘地说上一句，"我还以为你一直都很顺遂。"

"怎么？"顾瑾年望着她挑起一边眉毛，"我在你心里留下的印象就是个不知人间疾苦的大少爷？"

"那倒不是。"寂夏摇了摇头，小声道，"就是觉得，你的人生就该是心想事成，扶摇而上的。"

她记忆里的顾瑾年，是学校光荣榜上的名人；是怀春少女们顶着教导主任的训斥，也要翻墙的动力；是职场上永远胜券在握，给人安全感的顾瑾年。

好像顾瑾年这个名字，天生就该和天之骄子、光鲜亮丽连在一起，所有的沉痛和悲剧都应与他背道而驰。

顾瑾年的眉头轻轻动了动，也不知道是不是对她的心理活动了如指掌。他抬杯和她碰了碰，杯沿被压得很低："承你吉言。"

不知道是因为顾瑾年的那几句话，还是某些相近的细节正在唤醒她的记忆，寂夏忽然想起某件被遗忘的往事来。

好像是在她高三，埋头备考的那段时间里。

可就算是这么紧迫的时刻，总还有些事情是足以让人分心的。比如说三月的春色，比如说，由顾瑾年作为学生代表致辞的毕业典礼。

寂夏在慕阮阮的带领下，很荣幸地成了去听演讲的大队人马中的一员。

当慕阮阮凭借着自己的美色，带着她成功地混进奉阳大学教学大礼堂的时候，穿着白衬衫的顾瑾年已经走上了讲台。

那好像是寂夏第一次见到这个被口口相传的风云人物。隔着很远的距离，她看不清台上人的长相，只是遥遥窥见他高挑的身形，步履从容，如岳峙渊渟。

他抬手调了一下麦克风，压着嗓子"喂"了一声，低沉的声音瞬时传遍了整个礼堂，如一声古琴的弦颤。寂夏听见台下有人吹了一声特别响亮的口哨。

挺奇怪的。当时的她倒并没觉得这个举动有多轻佻。

礼堂的位置早就被坐满，慕阮阮干脆拉着她坐在最后一排侧边的台阶上，还有人陆陆续续地推开沉重的木门往里走，其中不乏几张她熟悉的面孔。迟来的人途经她和慕阮阮的位置的时候，顾瑾年的演讲已经开始了。

"各位校领导、老师、同学，下午好。我是金融管理专业的顾瑾年。"他的声音很吸引人，"毕业在即，很荣幸在这个烁玉流金的六月，作为学生代表，与大家分享毕业感言。"

舞台灯光打在他的身后，他迎着全礼堂人的瞩目，腰背挺直，语速缓缓。寂夏自己是那种在公众场合发言就会结巴的人，出于慕强心理，她对这种在众人面前能谈吐自如的人，有着天然的羡慕。

但此时看着顾瑾年，她倒是有另外一种感觉。

好像这个人，天生就该站在人潮汹涌的地方。

在万众瞩目之下。

"……四年时光倏然远逝，在这个满载祝福声的毕业季，请原谅我并不敢祈愿每个人都成功顺遂。正如有相聚就有离别，有人一步登天，也有人跌落深渊，事物的两面性从来如是。"

寂夏隔着黑色脑瓜顶组成的人海，望向会场里唯一的声源。礼堂里此起彼伏的私语声，源自他的听众，对他这段并不常规的毕业致辞的疑惑。

"但我有其他想献给各位的祝词。

"我想祝愿的是，你们走进社会，历经种种不公，仍能相信规则、能战胜潜规则，相信学术不死于权术，相信风骨远胜于媚骨。相信君子立于世，不为危难而移志，不为困厄而改节。

"愿诸君此去前程万里，一身傲骨，一生坦荡。无论未来以何种方式消磨天真与浪漫，无论现实以何种方式打压理想和雄心，祝愿各位他日迟暮回首，仍不负信仰和初心。"

这一字一句尘埃落定，顾瑾年敛眉，退后一步，朝台下轻轻鞠了一躬。

四下寂静良久，而后便是经久不息的掌声。

慕阮阮饶有兴致地转过头来评价了一句："好像有点帅。"

寂夏笑着点了点头，她在台下看他转身下台的背影干净利落，心里想的却是：这也太帅了吧！

她当时满心赞叹的是那些不落窠臼的漂亮话，如今才从只言片语中得知，那时的顾瑾年究竟身处怎样的困境。

他一无所有，与生活背水一战，却还要赠人月亮。

那记忆里的一字一句，穿过那年燥热不堪的夏天，又一次抵达她的心上，和她此刻的心跳声重合在了一起。

曾经站在人声鼎沸处的顾瑾年，如今坐在灯影寥落处，与她相隔不过一张桌子的距离。

直至此刻，寂夏才突然意识到。她当时感受到的，坚定、从容又令人心安的力量，或许并不是源自多么激昂铿锵的文字，而是源于他这个人。

源于顾瑾年本身。

再漫长的黑暗也压不倒一束光。

不知道是不是因为她沉默了太久，顾瑾年一抬眼问她："累了？"他抬手看了一下时间，也没等她回复，便道，"也该休息了。"

寂夏见他放下了筷子，怔了怔道："可你根本没吃多少。"

"怪九州今天的加班餐不错。"顾瑾年闻言笑了笑，他伸手先寂夏一步拿起她搭在一旁的长衣，递给她道，"明天还要上班。走吧！送你回家。"

寂夏穿上长衣，站起身的工夫，顾瑾年已经理所当然地结好了账。在这些方面，他一向滴水不漏。她回头看了一眼桌上对比明显的两碗汤底，默默地把那句"我把钱转你"咽了回去。

自打认识顾瑾年以来，寂夏几乎快要记不清自己原本的社交原则了。

胡同的窄道容不下车来车往，顾瑾年的车停在胡同外。公路上的路灯比胡同里歪歪扭扭的老瓦灯不知道明亮上多少倍。这让他们并肩走出胡同的时候，有种乍逢天光的错觉。

顾瑾年替她拉开了副驾驶的门。

寂夏道了声谢，路灯朝后飞逝的时候，她想到之前聊到的话题，忍不住问："要是……要是最后《千金》的版权拿不下来，"她想了想，继续问，"是不是会让你的处境变得很糟糕？"

"安全带。"顾瑾年提醒了一句，他用食指不轻不重地敲了两下方向盘，语气说不上是无奈还是揶揄，"除了工作，我们之间就没有别的话题了吗？"

寂夏迟疑了半秒钟，虽然她很关心这个问题的答案，却仍试探着改口："那我们聊聊麻将？"

"聊麻将？"顾瑾年这次可能是在实打实地叹气了，"跟一个连东南西北都认不清的人？"

"东南西北我还是认得清的。"寂夏倔强地反驳，"我只是对规则不太熟练。"

"免了。"顾瑾年否决了这项提议，他像个杀伐果断的决策者，后一句话却压低了声音，"家里有一个牌瘾大的就够了。"

寂夏没能从窗外的鸣笛声中将他的后半句剥离出来，只好凭着只言片语反问道："家里什么？"

"没什么。"顾瑾年丝毫没有重复第二遍的打算，"让你多学点好的。"

寂夏愤愤不平地小声嘀咕道："谈工作你又不让，是总裁的工作做久了，终于要走上独裁的道路了吗？"

本该出现在此处的鸣笛声偏偏消失得不合时宜，她那两句吐槽在车内的空间里听得一清二楚，顾瑾年闻言笑了一声："形容词倒不少。"

寂夏扭头去看车窗外川流不息的来往车辆，心里略带自满地想，这我可是专业的。

两个人的空间里，但凡有一个不开口的人，就会显得疏离。沉默没维持多久，还是顾瑾年先开了口："事情的结局总会被分成好坏两种。"他不太直白地答了一句，又妥协般地将之前的话换了个委婉的说法，"没有不让你谈工作。但后果层面的问题，你可以不用考虑。"

寂夏铁了心给他一个后脑勺，声音却已经弱了下来："我为什么不用考虑？"

"那是我的工作。"身后的声音似乎离得很近，她没回头，却感觉到顾瑾年的目光是落在这个方向的，"至少，我希望我手底下的人不必为一时的患得患失，而丢掉放手一搏的底气。"

寂夏觉得可能是初老的现象渐渐冒头，僵直的颈椎骨忽然有点挨不住了。

"其实我刚才说工作的事，也不是患得患失。"她的视线从后视镜上缓慢地，挪回来了一点，"我是想做一下工作进展汇报。"

不知道是不是她细微的小动作取悦了顾瑾年，他尾音的笑意明显："那你说说看。"

"我约了负责这条版权线的刺桐高层。"寂夏若无其事地清了清嗓子，"就在这个周四。"

"倒比我预想得快。"顾瑾年倒没感到多惊讶，只问道，"有把握？"

"其实在被你打断之前，我本来想说没把握，只是尝试一下的。"寂夏沉默了两秒钟，朝驾驶位的方向看了一眼，"可现在我改主意了。"

顾瑾年在她的目光里饶有兴致地挑了下眉："海口夸下了，再想反悔可就来不及了。"

"这就不劳顾总费心了。"寂夏不是很明显地眨了下眼睛，她带笑的眼睛里泄出来两分俏皮，与她一本正经的语气不太相符，"那是我的工作。"

浮光掠影里夹着顾瑾年的一声笑："我很期待。"

大概是鼓噪的夜风助长了她的欲望，寂夏心想，她似乎比之前任何时候，对拿下这份版权都要更为渴望。

这份不寻常的心情一直持续到了周四早上。

寂夏举着两杯咖啡匆匆闯进刺桐办公楼的时候，偷瓜的猹已经在一楼的大厅里等她了。寂夏把其中一杯咖啡递给她，问："等多久了？"

"刚五分钟。"偷瓜的猹随口答了句，又指了指她因为熬夜而特别明显的黑眼圈，"这么辛苦的话，倒是叫我把时间往后延一点啊。"

"时间越往后越容易给对手反击的机会。"寂夏从包里掏出小镜子照了照眼睛，道，"况且我这个是胜利的功勋章。"

"今天这是怎么了？"偷瓜的猹看了她两眼，忽然笑了，"这么自信？"

"有吗？"寂夏过闸机的时候晃了下神，直到电梯抵达的提示音响起的时候，她才答非所问地笑了笑，"可能是被什么奇怪的企业文化洗了脑。"

偷瓜的猹先一步走出电梯，问道："企业……"

她的声音忽然戛然而止。

寂夏循着她的目光，朝大门敞开的会议室里看了一眼，倒是看见了一位意料之中的熟人。

裴越穿了一件与之前颜色相似的西装，内里搭了件白衬衫，配着深色

148

的领带，此时正和一个中年人相谈正欢。

这副浑身上下商务精英的样子，倒是和她记忆里把校服披在肩头的少年相去甚远。

见寂夏不自觉地停了步，偷瓜的猹皱了皱眉："新程的人为什么会在这儿？"她转头看了寂夏一眼，带点歉意地解释道，"不好意思啊，寂夏，我也不知道为什么……"

"我们黄金大作家说什么呢？"寂夏拍了拍她的肩膀，"像这种一网打尽的好事，难道不值得高兴一下吗？"

她这么说完，一转头撞进裴越的视线。见裴越朝她们这边走了过来，偷瓜的猹极有眼色地先一步走进会议室，留给他们俩单独说话的空间。

裴越望着她，眼底像蓄着一股风："我知道来的人会是你。"

"我也相信，"寂夏迎着他的目光道，"你会以工作的态度来对待今天这件事的。"

裴越皱了下眉头，他叹口气，好像要提示她点什么。

"裴越。"仿佛知道他要说什么一样，寂夏抢在他之前开口，"你不会和伯母做一样的事，对吗？"

不会站在施舍者的角度，垂怜一般许诺她胜利。

寂夏越过裴越走进会议室，心想，他应该知道的。

她现在需要的，是一个全力以赴的对手。

"寂夏，这是刺桐的版权负责人，高总。另一位是负责商务规划的总经理，姓林。"等三方参会者都在会议室里坐好，偷瓜的猹才作为中间人相互介绍道："高总，林总。这是九州的策划。寂夏。"

两个男人坐在中间的位置上朝她望来，目光里带着某些试探性的审视。

之前和裴越聊天的那位正是《千金》的直接负责人高总，他上下打量了寂夏两眼，道："小姑娘比我想象得还要年轻一些。"

林总笑了一声，语气里颇有几分喜怒不形于色的架势："这就是长江后浪推前浪吧。"

寂夏定了定神，才朝两位长者点了点头："高总，林总，幸会。"

和寂夏要落座的位置不同，裴越坐在两位掌握着版权生杀大权的 CEO 身侧，似乎显得更为亲近。

"实不相瞒，"寂夏没有将多余的时间留给寒暄，在将准备好的几份资料展开后，直截了当地道，"我今天来的目的，是想说服刺桐放弃与新程的续约，并在新的版权销售期间选择九州。"

高总似乎有些讶异于她的开门见山，但那份情绪很快被他压在波澜不惊的目光后，他没什么表情地翻过两页资料，才开口道："寂小姐，胆量和说服力可不是一回事。"

"确实不是。"寂夏没怎么在意他话里话外的讽刺，闻言一笑，"我一直觉得自己的说服力远胜于胆量。"

"九州不过是一个视频播放的载体平台，毫无影视作品承制经验，而新程在业内多年，无论团队还是操作经验都足够。"这一次开口的是裴越，他神色复杂，却毫无疑问，已经是工作的状态，"无论从任何层面来看，在版权开发上，新程必然是更显而易见的正确选择。"

似乎是被裴越的这番言辞打动，坐在他身边的高总跟着点了点头。

裴越望着寂夏的眼睛，声音似乎低了一些："寂小姐，何必浪费时间做一件毫无意义的事？"

空调运行的声音在会议室里显得沉闷，无论是位置上的亲疏，还是刺桐高层对于裴越的说辞更为认可的神色，都让坐在对面的寂夏看起来像误入敌营的羊。

偷瓜的猹在这不利的事态下扬扬眉，试图作为故事的创作者，适度表达一下自己的意向，就听她身边的寂夏笑了一声："那不知道这位专业的裴先生，"她的声音一如既往地冷静，"对贵公司糟糕的经营状况了解多少呢？"

"在讨论九州的性价比之前，"她一抬手，将手中早已准备好的另一份资料，隔着长桌远远地推给裴越，"我更想听听，裴先生会怎么解释这份资料上的内容？"

一纸彩色打印的数据分析，像越过楚汉河界的马前卒，越过刺桐两位总裁的目光，最终呈现在了裴越的眼前。

那上面是新程连续三年的财务年报，股票走势以及潜在财务危机分析。

白纸黑字的一条一列，仿佛都在控诉——新程所谓的专业与根基，不过是件"皇帝的新衣"。

裴越没有想到，不过两周的时间，寂夏对新程的调查会到这样全面的程度。

他看着那份图表规整，数据准确的资料。不知怎么的，忽然就想起了她高中时字迹娟秀的作业，还有她在教室的吵闹声中，咬着笔苦思习题的背影。

好像她从来都是这样。

比起退让的胜利，她更想要棋逢对手。

寂夏就是在每一件事上都全力以赴的那种人。

"对于这份资料上所提及的新程经营问题，我并不否认。"裴越觉得自己再开口的声音有些沙哑，"但影视圈财经状况受舆情影响大，新程现在经历的，未必不会是九州的未来。"

他伸手将那份报告接了过来，无比坦然地展开在两位老总面前，对寂夏道："一时的寒冬期并不会影响长久以来的根基，就不劳寂小姐多虑了。"

就算她掌握的消息超出了预期，作为应急反应，裴越的回答足够漂亮，比起基于前尘往事的退让，他专业的工作态度更让寂夏觉得舒适。

"不影响吗？"她回敬以同等的认真，"恕我寡闻，资金滞后，如何保障电视剧制作周期的正常运作？"

"寂小姐或许是优秀的策划人员，但对商务模式可能不太了解。"裴越的语气笃定，仿佛那些糟糕的财务数据对新程毫无影响，"资金投入的方式不仅只有一种，融资共赢也是大势所趋。"

寂夏将他话语中新鲜的概念拎出来反问："融资？"

"业内对新程持认可态度的企业不少，"裴越点头，"也让我们在制作质量上得到了切实的保障。"

"听起来。"寂夏思索了两秒钟，"裴先生对这方面很有信心？"

裴越在寂夏的攻势下毫不迟疑："提问之前，寂小姐大可以先了解一下新程近期项目的融资力度。"

"新程目前还在寒冬期，"寂夏在"寒冬期"三个字上加重了语气，再开口却似乎有些退让的意思了，"要是我非拿着资金这块来说事，难免会让裴先生觉得是在乘人之危。"

"我对九州的格局抱有信任。"裴越停顿了一下，他望了寂夏一眼，"也包括寂小姐的个人作风。"

他身侧的高总意味深长地笑了一声。

偷瓜的猹的目光在裴越和寂夏两个人身上徘徊，凭着近距离接触影视行业这几年的经验，她心生不妙，感觉到寂夏在刚才这段看似平和的交锋中好像是落了下风。

"多谢。"寂夏道了句谢，顺理成章地收下了这份别有用意的恭维，转而又笑了笑，道："既然裴先生愿意坦诚，那我还有几个小问题也想要请教。"

突如其来的转折令裴越心生几分不安。他皱着眉将之前的对话想过了两遍，却没从寂夏简要的几个问题里摸出线索，但箭在弦上，拒绝绝对不是好的迎击方式，他定了定神道："可以。"

"新程这两年一共经手了十几个项目，依靠着原版 IP 的热度，累计融资约在五亿以上。"寂夏抬手画了一下，"和裴先生之前说的一样，我不过是保守估计，恐怕真实的融资力度要更为可观。"

裴越一时摸不清她话题的导向："所以？"

"虽然力度可观，但这些项目制作无论是从班底水准，美术灯光，还是宣传营销，都相当粗糙。"寂夏的语速缓慢，"在预设市场价的基础上，成本投入应该不超过九千万。"

接近实际的预算评估，令裴越的眼皮狠狠地一跳。

"所以，在成本如此低廉的情况下，投资和成本产生的高落差究竟流向了哪里？新程的财务负债真的是一时的寒冬期吗？还是说，这就是裴先生所谓的新程根基，质量的保障？"

接在一连串的问题后，在裴越越来越沉默的态度里，寂夏笑了一声："如果制作方对市场的态度是漠然的，舆论的浪潮也必然不会乐观。网上对这些项目的评价，对粗制滥造的不满，原著党对'魔改'剧本的反对。"她伸手将之前推过去的资料，翻到了裴越从未打开的最后一页，问他，"这些，裴先生有认真看过吗？"

她停了一下，又继续道："新程，又了解多少呢？"

寂夏说完，在会议室斜落的天光中垂了下眼睛，看起来显得格外安静。

她似乎在等裴越的答案，又或许已经知道，这些问题不会有答案了。

偷瓜的獾侧头看了一眼寂夏，后知后觉地明白了之前那段对话里，寂夏层层导向的布局。从她将并不全面的财务报表拿出来的时候，就是诱导裴越的开始了。裴越为了保证新程的信服力，回答的方向只有两种。

要么是财务报表上的赤字只是受市场舆情的短期波动，要么就是新程的融资举措，正是为了保障制作周期的正常运作。而当他亲口说出来的这些说辞被确认为谎言的那一刻，新程在谈判桌上就失去话语权了。

偷瓜的獾将寂夏的思路来回顺了两遍，一边在心里大呼"干得漂亮"，一边忍不住想好了自己最新一条微博的标题——震惊！知名网络作者，现实中居然是心思如此缜密的谈判高手？

寂夏在裴越略带不安的呼吸声中，确认了自己这一阶段的胜利。她的目光掠过另一侧的高总和林总，从一开始，这两位隶属刺桐的领导才是她任务成功与否的关键人物。

可要想跟他们对话，通过裴越，是她唯一的途径。

沉默比她想象得漫长。

寂夏也没有开口，她动了动食指，忍下了想揉眉心的动作。

现在还不到时候。寂夏心想，她还不能泄漏疲倦。

她必须从容，必须清晰，也必须无懈可击。这样，才能在某个时刻到来前，拿到获取胜利的最大机会。

"小姑娘准备工作做得很充分。"最先开口的还是高总，他朝寂夏点点头，算是认可了她之前的准备工作，"你还有其他想说的吗？"

《千金》的题材特殊，作为末世科幻巨作，我个人认为，在改编方向上可以适当融入爱国情怀，方便规避审查风险。"寂夏简要阐述了一下自己对原著的提案，又指了指桌上的文件，"至于您二位手上的资料，是九州自身的流量数据。流量对于项目的意义，如果我再赘述，恐怕就有些班门弄斧了。"

坐在中间主位上的林总闻言笑了一声，算是收下了她这句投机取巧的高帽。

他伸手，从寂夏走进会议室起，第一次拿过她早就递过来的资料，不紧不慢地翻阅了起来。

"除去平台的优势外，我把详细的改编方案也一并附在了后面。另外，为了保障创作的还原度，"寂夏的心情随着纸张翻动的声响起落了一下，她的目光转向身边的女孩，"我会最大可能地保障原作者的加入。"

偷瓜的猹瞬间明亮的眼睛让寂夏忍不住唇角一弯，她清了清嗓子问："不知道这样的诚意，刺桐是否看得上眼呢？"

"不得不说，从短期工作成效来看，令人印象深刻。"林总也终于从资料里抬了头，他朝寂夏扬扬眉梢，却问了一个毫不相关的话题，"有没有兴趣换个工作环境？"

"暂时没有这个想法。"这个意料之外的问题让寂夏有些措手不及，不过她很快回过神来，笑道，"我现在的领导很好。"

"你的潜力也值得期待。"林总又一次对寂夏表达了肯定，他将翻到最后一页的资料放回桌上道，"可这些，对想要收购《千金》版权来说还远远不够。"

对面的女孩长相秀气，眉眼间好像氤着水乡的气质，格外让人冒出些怜惜感。他这么想着，说出的话却不留情面。

"你刚才提出的几个问题，我可以回答你。"他没忽略女孩眼中转瞬即逝的错愕，沉声道，"对于新程的状况，我们一直都是知情的。"

他说得很隐晦，可话里话外的意思已然足够清楚。

新程三年内的项目，有一半是由刺桐高热度 IP 改编，新程依靠着原著的流量吸引了大量的投资，却在制作过程中偷工减料，结余的成本却不知所踪。除了用作填补新程的资金亏空外，还有一部分，恐怕流向了刺桐。

所以，他们才会对新程的影视作品的质量不闻不问；所以，他们才与作为新程的代表裴越显得更加亲近。

从头到尾，刺桐都是暗箱操作的知情者和参与人。

裴越欲言又止地看了寂夏一眼，仿佛从她皱紧的眉头里看到了谈判的结局。

"所以作品就理所当然地被作为资本逐利的牺牲品？"同样理解了这个言外之意的还有偷瓜的猹，她没有想过自家公司还藏着这样的操作，声音里难掩愤怒，"不好意思。如果公司是这种态度做事，签约的事我要重新考虑了。"

林总波澜不惊地看了她一眼。

倒是高总开口打了个圆场："我理解你的感触。但对于公司来说，小部分的取舍是必要的。"他的话锋一转，语气温和地提示了一句，"至少目前，你和刺桐的合约还有十年。"

偷瓜的猹没有半点犹豫，她的语气里带了点不屑一顾："难道我还怕赔不起……"后面的"违约金"三个字她没说出口。

寂夏在桌下按了按她攥紧的手。

偷瓜的猹微微一愣，见寂夏朝她轻轻地摇了摇头。

尚有能力一搏的时候，她并不希望自己的朋友先一步付出代价。

"我刚才说过，如果制作方对市场的态度是漠然的，舆论的浪潮也必然不会乐观。"长时间的对话令她嗓子有些嘶哑，寂夏顿了一下，继续说，"这句话我可不仅仅是说给新程的。"

高层落地窗外的车水马龙和室内一丝不苟的黑白商务风格，让寂夏恍然有种坐在九州会议室的感觉，相似的办公风格，身处其中的感受却截然不同。

"影视行业并不是多么轻松的工作，很多人走进来，怀着对创作的热情，日夜颠倒地拼尽全力，为了交出一份无愧初心的作品。我认为，行业内的任何一家公司，如果不怀着对创作者的尊重，对市场的敬畏，那或早或迟，审判的声音都会如期而至。"寂夏抬头迎着高总和林总胜券在握的神色，她的声音并不大，却字字坚定，"毕竟，越是想要操纵风向的人，越是容易被卷入风暴中心。"

随着她的话音一落，急促的敲门声忽然打破了会议室的安静。

"林总，抱歉打扰一下。"

在敲门声后匆匆而入的是一个穿着西装的年轻男子，看起来像是一位私人助理。他在会议室里环顾了一圈，很快走向了沉默不语的林总，神色里带着两分焦急。

"但这件事，我个人认为您越早知情越好。"

林总望了一眼助理脸上少见的焦灼神色，又看向对面不动声色的小姑娘，隐约觉得这件事情可能和她脱不了关系，他的指尖在桌案上敲了敲，问道："什么事慌慌张张的？"

助理欲言又止地朝裴越的方向看了一眼，这才俯下身低声在他的耳边说了几句。

林总手上的动作猛然一停，他眯起眼睛朝寂夏看过去，头一次露出些难以置信的神色来："这也是你准备好的？"

寂夏朝林总微微一笑："您指什么？"

旁边的裴越没听懂这两句哑谜，迟疑着问了一声："林总？"

林总从助理手中接过手机，朝裴越那边推了过去："你自己看吧。"

裴越将手机接了过来，六点七英寸的屏幕正停在微博热搜的界面。

在"闻商连新戏"和"早安，打工人"两条热度不低的词条上，一条有别于明星和时政的新鲜话题，被吃瓜群众推向了热搜第一：知名编剧发长文抵制新程。

这篇被趣味地命名为"我背锅的那些年"的文章，作者是一位和新程有过合作的知名编剧。洋洋洒洒的三千字，详尽地讲述了从她接到了新程"大制作"的邀请，改编一部读者基础很大的小说 IP 的全过程。

她作为原著读者，历经从最开始接到邀请的兴奋，直到看到新程毫无诚意的策划案的迷茫，再到最后在剧本连十集底稿都没完成的情况下，因为合约条款被强行打包进组，开始赶集一样的拍摄和组稿。

最终一部在焦头烂额的情况下生产的作品匆匆问世，而她作为挂名编剧，遭到了原著读者和不理智观众的集体攻击，发展也处处受阻。

文章的最后，她轻轻落笔。

在每天点开几百条微博私信，接受来自四面八方的问候的时候，我无时无刻不在反思，我想，整件事中我不是没有过错的。

我错在没能深入原著，在新程施舍的时间里，交出一份更好的作品；我错在因为焦虑和不安，没有在第一时间站出来发声，让新程"魔改"的悲剧事件前仆后继，让更多的同行身陷其中。但思来想去，我最大的错误，还是对于"新程"这个名字的过度信任。

　　庆幸的是，我现在站了出来。或许稍迟，但终归不算太晚。愿创作不死，愿初心永不被辜负。

　　从文章发表到现在，转发量已到几十万，其中还有许多发声支持的原创作者，或是创作的同行。平息不下来的舆论，让新程公司的官方账号瞬间沦陷在了网友的骂声中。而那条微博的发表时间，清清楚楚地写在账户名下。

　　一个小时前，上午十点钟，与他们开会的时间完美重合。

　　像一场不约而同的巧合。

　　但没有人会觉得这是一个巧合。

　　会议室里陷入意味深长的沉默，不同心思的几个人各处一方，唯二置身事外的两个人，除了略显无措的小助理，大概就要属在寂夏的指路下，这会儿正津津有味地阅读着新程微博留言的人——偷瓜的獯。

　　过了良久，林总才抬起头，他先朝一旁的助理道："你先出去。"

　　他在助理离开的脚步声中，朝对面的寂夏点点头，肯定地道："很精彩。"

　　寂夏笑笑，没接这句话。

　　"高总，林总。"裴越似乎也没想到，凭寂夏一个人能撼动新程到这种地步，事态的发展近乎脱轨，但他仍未放弃地竭力争取道，"这应该是其中有什么误会，只要新程的公关部出具澄清声明——"

　　林总淡淡地扫他一眼："来不及了。"

　　群众的情绪已经被点燃，新程这时候的一纸声明，无异于抱薪救火。没有任何一个合作方愿意在这个时候向新程伸手。

　　言简意赅的四个字，却判了新程的死刑。

　　裴越没想过事情会从版权归属上升到公司合作，更没有想过事态的变化会发生在一次不足两小时的会议里，他望着造成这个危机的唯一嫌疑人，忍不住皱了下眉。

　　"你——"

　　"我对新程的公关水准抱有信任，当然——"寂夏了然地朝他点点头，一笑，"也包括裴先生的专业能力。"

偷瓜的猹在这似曾相识的语境里，不太厚道地发出一声忍笑的气音。

曾以为这是一个单纯的版权讨论会，没想到她寂大小姐从一开始就想先玩死新程。

他们从一开始就压根儿没在一个维度。

"老高，早就和你说过。"林总睁开眼睛，放松般地朝后靠了靠，开口的第一句话却不是回答寂夏，"我看人的眼光一向不错。"

高总顺着这话笑笑，第一次没用"小姑娘"这种带着亲和力的称谓称呼她："寂小姐的确很优秀。"

"承蒙认可。"寂夏从这毫无关联的对话里嗅出一丝不安，"不知道二位领导现在是否愿意跟我聊聊版权的问题了呢？"

林总的眼底带着笑意，像一只老谋深算的狐狸："这可能要让寂小姐失望了。"

意料之外的回答让寂夏的眉头往下压了两分："可是新程已经——"

"新程的成败，我们并不关心。就算没有新程，"林总一抬手，打断了寂夏的话，"九州，也不是刺桐唯一的选择。"他的话里带着几分不容辩驳的意味，"平台，到底还是有太多的未知的风险。"

"我目前表现出来的诚意，难道不值得您考虑挑战一个新的机会？"这尘埃落定的一句话让寂夏不由得一愣，但她没在那个否定的句式里轻言放弃，仍然试图瓦解这种单一的偏见，"毕竟风险有时也等同于高回报。"

"我说过，你的潜力不错，话也说得漂亮。"林总认可般地朝她点点头，后半句却话锋一转，"但经验尚有不足。"

"据我所知，九州内部对于推进项目的意见不一，如果刺桐同意跟九州合作，那《千金》必将成为九州试水的第一个案例。"林总将她疑惑的神色收在眼底，似乎对这种经验上的优越感颇为自得，"这意味着，九州在这个项目上的投入力度、合作方式、推进方向，都会是不确定的。"

"而让我确定这一点的也正是你。"他的目光落在桌子上的那几份文件，神色里有几分指教的意思，"寂小姐不如自己回顾一下，刚才讲述作品的改编思路时，你语言上的主体。"

寂夏迎着那道目光快速回忆了一遍之前的谈话。

《千金》的题材特殊，作为末世科幻巨作，我个人认为，在改编方向上可以适当融入爱国情怀。

"除去平台的优势外，我将详细的改编方案也一并附在了后文。

"我会最大可能地保障原作者的加入。"

寂夏回忆起自己曾说过的话，心情不由突然朝下沉了一下。

她似乎犯了一个错误。

在所有提及《千金》的具体改编方案的地方，她所用到的语言主体，都是她个人，而非九州。

"所以，我是否可以这样认为。"见寂夏已经意识到自己失误的样子，林总悠然地开口，"你今天说的所有提案，都仅仅局限于个人想法，并不能代表九州的最终决定，对吗？"

寂夏在听到这句话后陷入了沉默。林总从她只言片语的细节中推断出的结论，确实是事实。

说到底，在九州绝大多数高层对转型持观望态度的情况下，《千金》不过是一步试行棋。具体怎么做，要不要做，这些问题的答案都要在真正拿下这份版权后。

但未来合作方这种飘忽不定的态度，对于谈判是极不利的。

或许是因为她对这份版权突然加剧的渴望，寂夏冒险在自己的谈判条件里，多加了一步筹码，却也恰恰让她在这一点上露了破绽。

随着失败的预感渐渐浮现的，还有不可控的不甘心。她想起自己连夜伏案查找资料，想到和偷瓜的猹兴致勃勃地商量改编策划案，还有自己对着顾瑾年许下的信誓旦旦的承诺。

如果，她之前能够再谨慎一点……

坐在身边的偷瓜的猹似乎捕捉到了她错乱的呼吸下掩饰的情绪，有些担心地叫了一声她的名字。寂夏安抚性地朝偷瓜的猹笑了笑。

不管怎么说，就算没有取得预期的结果，新程和刺桐的合作也得到此为止。

她这么想着，压下心底那点懊恼，尽可能冷静地为之后的机会争取道："领导们的想法自然比我更深谋远虑，就算我不能代表……"

打断她的话的，是两下不紧不慢的叩门声。

偷瓜的猹在寂夏戛然而止的语句中循着声音回了下头。会议室外的男人正缓缓地垂下手，半张脸落在阴影里，露出一道干净利落的下颌线。

他在众人的注视中走进会议室，步伐和他敲门的动作一样，不急不缓。

那似乎过分从容的步伐，让她不由自主地视线下移，因此也注意到了来人脚下穿着那双颇具维多利亚风的切尔西靴，以及浅灰色铅笔裤下收束的小腿，笔直流畅，又显得有力量，与他西装勾勒下的宽肩窄腰颇为相得益彰。

身材不错，是偷瓜的猹对这个男人的第一印象。

某个瞬间，偷瓜的猹忽然想起寂夏曾经在小说里面写过一句被读者们传播其广的话。

你要承认，有人先天就具备聚焦视线的才能。他们站在光影里，光影因他们而恒长。

男人在会议室的长桌前站定，仿佛他本就该站在这里一般，无比自然地朝刺桐的两位高层一颔首，开口道："不好意思，我来晚了。"

在他简明扼要地打招呼的空档，那双因为狭长而显得凌厉的眼睛微微环顾四周，最终像另一端被加重了砝码的天平一样，缓慢地倾斜在了寂夏的身上。

"我是九州策划部的负责人顾瑾年。"

随着他句尾的三个字，偷瓜的猹察觉到寂夏从进来就始终紧绷的脊背，以极快的速度松懈了下来。仿佛"顾瑾年"三个字所带来的安全感，足以让她相信，无论何等境遇下的问题都会迎刃而解。

顾瑾年似乎也注意到了这个细节，短暂的笑意划过他的眉眼，如一道破晓的光。

"我来向二位证实。"抑扬顿挫的间隔里，他分神了片刻，腾出一只手轻轻搭在寂夏的肩膀上，"我的策划，在今天会议上所说的一切提案，都代表九州的最终决定。"

"原来是你。"鸦雀无声的会议室里，最先发声的还是之前始终咄咄逼人的林总，他的语气里有几分叙旧的意思，"早前就听说九州策划部易了主，倒没想到他们还能请得到你。"

顾瑾年自觉地拉开寂夏身边的座位："这也在我的规划外。"

林总的目光在寂夏和顾瑾年身上转了两圈，忽然笑了："也难怪小姑娘之前对自己的领导赞不绝口。"

"是吗？"顾瑾年一抬眉毛，"那我一会儿可要好好问问。"

林总伸手指了指手机屏幕，问："这是你的手笔？"

"虽然我也有准备。"顾瑾年这会儿倒是笑了一声，"但这个，完全是她个人的成果。"他说着偏头朝身边的人看了一眼，"知情的时候，我的意外估计不比您少。"

"倒有几分你的作风。"林总简短地评价了一句，忽然话锋一转，"《千金》购入九州后，项目的负责人是你？"

"决策权在我。"顾瑾年道，"但改编方向和具体方案都会按之前提到的，由寂小姐主导。"

偷瓜的猹终于忍不住凑近了寂夏，附耳问了一句："你来之前和你的领导对过思路？"

寂夏比她还疑惑地摇了摇头："除了时间、地点，我可一个字都没跟他说过。"她也不清楚，顾瑾年哪里来的这种神机妙算的能力。

林总倒是对她们的这段小插曲并没怎么关注，他停顿了一会儿，没头没尾地道："买断按之前新程合约的两倍，授权时限五年，不包含衍生权。"

寂夏在一旁短暂地走了会儿神，她没想到之前还斩钉截铁的林总，会这么快就把话题引到交易层面。

明明顾瑾年走进来的这几分钟内，他们的交流不过是几句不痛不痒的寒暄。

"买断金额不会变。"顾瑾年答得也很快，"授权时限可以，但范围要包含网络版权。"

林总皱了皱眉："你对新程的合约很了解。"他用的是肯定句。

裴越也想到了这一层，他冷着声音质问顾瑾年："顾先生手伸得很长。"

"你多虑了。"顾瑾年没理会他话里的讽刺，"项目书能传到我手上，看得出新程融资的决心不小。"

裴越的视线朝寂夏偏了偏："新程可从未向九州……"

顾瑾年笑了一声，少见地打断他："我也没有说过，获知消息的途径是九州。"

寂夏在裴越不解的目光里低头笑了一声，没说话。

"这几年小说的改编剧越炒越火。"林总扫了裴越一眼，"用三年前的合约定价，似乎不太合适。"

"我并不这么认为。"在关键的事项上，顾瑾年一向分毫不让，"与之相对的，九州会在合约上增设阶梯式分成。"

这个陌生的概念让林总一时陷入了沉默。

顾瑾年望了林总一眼，似乎不自觉地扣了两下桌案。

寂夏想了想，在界面上新建了个文档，把自己的电脑推给了他。

顾瑾年道了声谢。

"基于九州的用户基础，我们以千万为单位，点击率每跃进一千万，分成增加百分之三。"他在键盘上敲了两下，抬手将手上的电脑转了个方向，"您不觉得，比起一成不变的版权费，保底分账，会有更大的利润空间吗？"

林总的视线锁定在屏幕的那几个数字上："如果《千金》的数据不好，你所说的利益就都是空谈。"

"如果刺桐对旗下重点作品就这点信心，那九州确实也要重新考虑版权的价值了。"顾瑾年笑笑，似乎越是在这种被质疑的时候，他越是觉得有趣。这种游戏猎手般的心态，足以让他在取胜的道路上，一往无前。

"国内的观众群体在不断地年轻化，互联网的普及会成为九州转型的根基，而九州想和刺桐共商的，并不止步于一次版权交易。《千金》只是标志长期合作战略的起跑点。"他像是商场上攻城略地的君王，注视的从不是一时的目标，杀伐决断是他的军旗，"刺桐现在需要决定的，不仅仅是版权的归属方，而是考虑现在要不要入局，这场影视业的革新史。"

"您不需要立刻就给我答案，但您要清楚。"在收尾的鸣金声中，顾瑾年极体贴地给对方预留了思考的时间，他这样道，"刺桐或许很多选择。但九州，从来就只有一个。"

直到偷瓜的猹在顾瑾年的邀请下坐上了空间宽敞的商务车，那些充满力量的字句现在还在她的脑海中掷地有声，宣告着版权归属的绝对胜利。

出于天然的慕强心态，她现在对顾瑾年的好感直线上升，更何况顾瑾年在会后还主动提出送她回家。

这导致她在看到跟着她一起钻进后座的寂夏时，有些迷茫地把寂夏往外推了推："你不坐前面？"

寂夏比她还迷茫地反问："我为什么要坐前面？"

偷瓜的猹朝驾驶位上的顾瑾年努了努下巴："你有没有点……的自觉。"

"你在想什么？"寂夏无师自通地理解了她话语中的停顿，她看了一眼顾瑾年，压低了声音，"你刚才没听到他的自我介绍吗？这是我的公司领导。"

她在"公司领导"四个字上格外加了重音，试图掰正偷瓜的猹走歪的想法。

什么领导千里迢迢赶过来英雄救美？什么领导主动送手下的朋友回家的？重点是，还顶着这种水平线的颜值？

如果职场领导都是这种水准，她也要考虑一下再就业的问题了。

见偷瓜的猹满脸写着"我不信"，寂夏干脆一脸无奈地去挠她的痒痒，这才趁机钻进后座，一把关上了车门。黑色的车很快驶入车道，车内却尴尬地陷入沉默。

碍着假扮情侣这层关系，寂夏一时也没想好怎么和偷瓜的猹解释自己和顾瑾年之间的熟稔关系。说多错多，面对她狐疑的目光，寂夏干脆闭着眼睛不说话。

可能是注意到这种尴尬的氛围，顾瑾年在手机上输好新地址后主动开口道："你们之前就认识？"

"对，我们都是……"偷瓜的猹刚一开口，就见寂夏拼了命地朝她眨了眨眼睛，她想到自己披着马甲的那些年，当即就领会了寂夏的处境，飞快地改口道，"我们就是那种'互为债主'的关系。"

这不是巧了吗？两个经常断更的网文作者，这会儿都开了新文连载。

可能是这种奇特的形容超出了顾瑾年的理解范畴，他迟疑了一下，在后视镜上看了寂夏一眼，半开玩笑地问："你还欠钱？"

"对对对，当代打工人现状。"寂夏大概愣了足有十秒钟，然后笑得不能自已，边笑边道，"重度花呗用户，入不敷出。"

偷瓜的猹在一旁惊天动地地咳了两声。

顾瑾年给寂夏指了放矿泉水的位置，倒也没计较这个一戳就破的谎言，只道："这次项目奖金还不足以偿还你的欠债？"

"可刺桐并不是我说服的啊。他们同意合作，也是在你来了之后。"虽然对那份年终奖念念不忘，但林总对她的不足处一针见血的指控，她也不能假装没听见，"这样还能拿奖金的话，多少是受之有愧。"

"你倒是……"顾瑾年停了停，像是考虑措辞，"自我要求很严格。"

见话题已经被引到了工作上，偷瓜的猹也问寂夏："你怎么还认识之前跟新程合作的编剧？"

"她之前因为新程的项目被抵制的时候，我在汇川找她写了点东西。"寂夏也没有隐瞒，"这次听说我的对手是新程，她主动提出要帮我揭发新程的所作所为。"

"这大概就是因果循环，善有善报吧。"偷瓜的猹感叹了一句，她巧妙地将话题引到了顾瑾年身上，"那顾老板怎么会来得这么及时？"

"今天会上的高总，我机缘巧合帮过他两次忙。"顾瑾年也没隐瞒，"想谈《千金》的版权，绕不开打破新程和刺桐的合作。我原本就要在这一步介入。"

偷瓜的猹捕捉重点的能力一向很敏感："所以顾老板一直关注着会议

的动态？"

听到这个问题的顾瑾年似乎感到有些意外，却也没回避道："……是。"

偷瓜的猹在心里给顾瑾年的坦率打了个满分，却听见一旁的寂夏若有所思地问："那你从一开始就觉得我会失败？"

重点应该是这个吗？

偷瓜的猹恨铁不成钢地遮了下脸。

她恨寂夏是块石头！

偷瓜的猹觉得自己此刻的表情一定相当精彩，她刚想说点什么跳过这个问题，就听顾瑾年清晰笃定的声音从前面传了过来："没有，你是我招进来的。"他似乎是笑了一声，看不清他的表情，句尾的气音倒叫人听得一清二楚，"我对自己看人的眼光一向很有信心。"

偷瓜的猹瞄了一眼寂夏明显愣住的神情，心里沉默地接上一句：她对这位顾先生的恋爱成功率也非常有信心。

那之后她们姐妹天南地北地闲聊，有时是微博上新鲜出炉的八卦，有时是最近买到的宝藏书目，还有不经意发现的神仙饭馆。顾瑾年偶尔才会插一两句话进来，多数的时刻，他都像一个尽职尽责的司机。

就算是偷瓜的猹这么自来熟的人，未免觉得有些不好意思。

好在没过多久，窗外的景色就变得熟悉起来。出于对自家门口"死亡左转道"的敬畏心，偷瓜的猹指了指公寓对面的街角："我在前面的路口下就可以了，辛苦顾老板了。"

"稍等。"顾瑾年扫了眼导航，道，"我掉个头。"

车最终稳稳地停在了她住的公寓门口，临下车前，偷瓜的猹意味深长地拍了拍寂夏的肩膀。

"姐妹。"她欲言又止地叹了口气，"我会给你发信息的。"

寂夏稀里糊涂地朝她挥了挥手。

眼见偷瓜的猹进了单元门，顾瑾年伸手挂了倒挡，他的动作利落，凌厉的眉眼却因为低头的动作显得比平日里柔和了不少。

在他踩在油门之前，寂夏忽然开口叫了一声："等下。"

顾瑾年略带疑惑地看了她一眼。

寂夏解开后座的安全带，边开车门边道："我换个位子。"

寂夏慢吞吞地换到副驾驶，车座的距离和她前天离开时一模一样，她一伸手，果不其然地在皮质座椅的深处摸到了自己半天没找见的小皮筋。

身侧的呼吸声近了些，连带着一句熟悉的提醒："安全带。"

寂夏扣紧安全带的那一刻，忽然有种本该如此的感觉，像是某种习惯。

微信的提示音就在这个时候响了起来。

她抬手看了一眼，消息来自偷瓜的獾，掐头去尾的一句话，断章取义地出现在她的手机屏幕中央：满目山河空念远。

满目山河空念远，落花风雨更伤春。

不如怜取眼前人。

九州版权的签署流程比寂夏预想中快很多。

但因为《千金》的事，寂夏的新文连载断更了好几天，她一边因为评论区里哀号的声音无地自容，却不得不疲于应对顾瑾年严苛的策划方案要求。

由评估部撰写的改编方案，没来得及进入九州内部流程，就先在顾瑾年的意里被毙了五次。

在她第六次为了改编方案，加班加点地和同事们讨论新策划点，而不得不在自己博文里请假的时候，一条与众不同的关键词以火箭般的速度冲上了微博热搜。

读者：失语蝉大大今天更新了吗？

因为连续好几天失去精神食粮，而导致精神昏迷的读者们在这条热搜底下疯狂地摇旗呐喊。

读者：那一天，我们都回想起了被失语蝉断更支配的恐惧。

读者："求更新"三个字，臣妾都说倦了……

读者：真情实感地跟大大说一句，别工作了，我赚钱养你。

读者：求问，失语蝉大大在哪里就职？我已经备好收购公司的资金了。

读者：用魔法打败魔法，我已经把我考研通过的愿望换成了失语蝉更文。

当偷瓜的獾把这条微博热搜转发给她的时候，寂夏还在九州的会议室里加班，她顶着同事们热火朝天的讨论声，分神读那些读者们的发言，忍不住心里想道：别的作者上热搜，不是被夸故事写得好，就是因为故事即将被影视翻拍了。怎么到她这里，断更三天，天下尽知。

寂夏沉默地擦拭着心头的两行热泪，然后给偷瓜的獾发消息：我在评论区看到你的小号了，姐妹。

寂夏又读了两遍那条点赞飙升的评论，匪夷所思地问：你要收购九州？我怎么不知道你还有这种实力？

偷瓜的猹回答得义正词严：不曝光你的真实信息已经是我最大的仁慈。我有充足的立场纾解一下自己被断粮的私愤。

寂夏发过去几个狗头冷笑的表情包：请这位小姐认清楚自己的定位。我现在是为谁辛苦为谁忙啊？

可能是终于想起来让寂夏焦头烂额的改编方案究竟是谁的作品，她的口风立刻就变了个样儿：其实反过来想想可能是件好事。连断更都能上热搜，这说明什么？

寂夏还没问她原因，偷瓜的猹就自问自答地在底下补充了一句：这说明你的新"坑"很火啊！

加班到麻木的寂夏波澜不惊地看着她的消息后面紧跟着的三个感叹号：谢谢！新"坑"火不火我不敢说，但"断更"这两个字，大概会永远刻在我的耻辱柱上了。

偷瓜的猹那头沉默了一会儿，试探着问：那要不你明天请个假？休息休息，顺便赶下进度？

寂夏泪流满面地在心里长叹一声：算了。我今天回去……

她这一句话还没打完，突然有人在她面前的桌案上敲了两下。

力道不重，警醒意味却十足。

寂夏从手机屏幕里抬起头，冷不丁地撞进顾瑾年那双狭长的眼里，不知道他什么时候走进了会议室。策划讨论会他倒是不经常参加，但每次他们加班的时候，顾瑾年的那间办公室也必定亮着灯。

和往常惯带点笑意的神色不同，顾瑾年不笑的时候，过分深邃的五官会让人觉得气场更盛。

"在别人都认真讨论的时候闲聊？"他没看寂夏的手机屏幕，目光落在她的身上，"不是拿下了《千金》的版权就可以享有特权。"

寂夏从小到大都是好学生，就从没在老师那儿听到过什么重话。

这会儿被顾瑾年训了一句，倒是体验了一次上课玩手机被班主任抓包的感觉。她愣了好几秒钟，直到脸上的温度越来越高，才慌慌张张地把手机倒扣在桌面上，低头说了一句："对不起！"

顾瑾年看着她的头顶皱了下眉，声音却放轻了："不用和我道歉。"

顾瑾年说话言简意赅惯了。

寂夏却无师自通地从这几个字里听懂了他的意思，她垂着脑袋转了个方向，向着沉默的同事们又说了一遍："对不起！"

"顾总，其实我们本来也打算先休息一下的。"见寂夏这副肉眼可见的蔫下来的样子，部门的同事倒显得比她还不好意思，肖扬忍不住出来替她说了句话，"况且她刚刚才发了两条消息。"

"是啊。"楚薪也接着道，"今天有不少创意点都是寂夏提的。"

顾瑾年没再说什么。倒是寂夏，直到顾瑾年离开的脚步声减弱，也没能再抬起头来。

Chapter 07
玫瑰告白

寂夏回到家的时候已经十一点多了。

飘窗外的月色并不明朗。她翻着自己博客底下的读者留言，想了想，还是打开了记录存稿的文档。

虽然她不是有心熬夜，但新文的进度确实被搁置挺久了。

刑心确定了场上存在第三阵营，她最先怀疑的不是指摘她赛前沟通的女玩家，反而是跟自己确认了合作关系的男人。

这个被场上唯一预言家验证过的好人牌，不仅在末置位像张狼人牌一样，声称自己是预言家，还反手给那位女玩家发了一张金水。

要不是她清楚自己的底牌是什么，看男人那副笃定的语气，此刻都要信以为真。

但刑心倒也没为男人的迷惑性行为纠结多久，她在男人侃侃而谈的声音中退了警，将这场预言家争夺赛的终极对垒，直接让给了男人和悍跳狼。

这个预言家，她还就不当了。

警徽的归属最终全票投给了男人。刑心觉得这不仅仅缘于男人的语言逻辑，还因为男人戏剧性的发言所带来的冲击力，以及他给了控诉自己行为的玩家一个好身份。

从心理学的角度，人们对越是投入更多关注的地方，越容易产生信任。因为他们会将倾注的情绪，错认为是理智后的判断。

既然男人在赛前向她发了合作的信号，她姑且可以先相信这个人一次。

刑心的想法没能维持多久。

那枚泛着冷光的警徽别在男人的肩头，在这种金属光泽映衬下，男人身上的军人气质显得更加强烈。他背脊笔直地坐在圆桌后。

"基于六号位在警上发言时悍跳预言家的行为，我有合理理由怀疑你的动机。"和坐姿截然相反的，是男人脸上略显放松的神色，他的长眉舒展，望着刑心，一字一顿地道，"如果这位小姐的发言内容不能令我满意，不好意思，这一轮请你出局。"

说好的合作？

寂夏赶在凌晨三点钟前把自己更新的文章发了上去，又在请假条下为自己这两天的断更再次道了歉，这才天昏地暗地爬下飘窗去洗漱。

等她回来的时候，从手机的消息提示音中，发现关联博客的银行账号上又多了一笔不菲的进账。

她点开博客的打赏页面，果不其然看见榜首那一位的积分总额又涨了好几倍，积分差将榜上的第二名落出去好远。

这位神秘的金主先生从不发评论，但在她博客的存在感倒是一骑绝尘。不管她多晚更新，打赏都是次次不落。寂夏联想到自己断更了好几天，心里颇觉得受之有愧。

她看着对面依然亮着的头像框，想了想点进了私信。

失语蝉：您好！非常感谢您的礼物。

对面很快回了个"不客气"过来，看起来像是把他们初次对话的开头重演了一遍。

失语蝉：虽然您之前说过在合理范围内，但让您这么破费还是挺不好意思的。您放心。就算没有礼物，我也会努力码字的！

Jin·May：嗯。听说你今天刚因为断更上了热搜？

失语蝉：……

寂夏瞪着对面那张一片空白的头像，找了半天反驳的话，却最终在这个客观事实中败下阵来。

失语蝉：在写了，在写了！真的是因为这几天工作比较忙，我领导的要求实在是太严格了，今天我还被当众批评了！

失语蝉：我不是故意断更的！网上关于我玩物丧志的谣言真的不可信啊！

Jin·May：我还什么都没说。

失语蝉：谢谢！我现在对断更这两个字很敏感，呜呜……

Jin·May：……

寂夏看了一眼时间，想起上一次两个人的对话也发生在深夜，一边想着难道富豪也需要加班，一边没忍住，好奇地问了句。

失语蝉：看您经常凌晨还在线，也是因为工作？

Jin·May：有时是，有时是因为失眠。

失语蝉：失眠的痛楚我也曾深有体会！我倒是有一个对失眠很有疗效的办法。您可以试着在睡前读一下《时间的秩序》。

Jin·May：你还对物理学有研究？

失语蝉：这您就是高看我了。这本书是我一个深造物理学的相亲对象推荐的。虽然我对相亲体验保留意见，但书确实不错。

Jin·May：听起来你不太喜欢这种认识途径。

失语蝉：难道您喜欢？

Jin·May：因人而异。

不知怎么，寂夏从那简明扼要的四个字的回答里，读出来点偏爱与特例的浪漫感。

失语蝉：您对事物的标准还挺清晰。好吧。我要声明，我对物理学研究者没有任何偏见。我只是希望，在他给我科普长达三个小时的相对论前，能不能先问问我初中物理有没有及格。

寂夏发完消息后，不知为何，对话框一度沉寂了很久。

她坐在电脑屏幕前等了一会儿没等到回复，想着对方可能是去忙了，便留了一句"我先下了"，然后干脆地关掉了电脑。

寂夏没有注意到在她退出博客界面，按下关机键的瞬间，一条新的消息挤进了她的私信框。

在那段意味不明的沉默后，这位一向寡言少语的金主先生头一次问了她一个相对私人化的问题。

Jin·May：你觉得你的领导对你很严格？

傅博宇上一次在深更半夜接到顾瑾年的电话已经是三年前的事了。

彼时 K&J 刚刚在国内注册，还在国外的顾瑾年因为几个项目的竞标抽不开身，隔着十二个小时的时差，托他约几个基金经理出来谈一下。

当年那种十万火急的情况下，顾瑾年还能抽空跟他聊聊天气的场景还历历在目，以至于傅博宇凌晨看清手机屏幕显示的"顾瑾年"三个字的时候，第一个反应就是关机。

傅博宇最终在锲而不舍的铃声中接起电话，一开口就是："您好！您所拨打的电话已关机。Sorry……"

"师兄。"

他还没来得及展示一下自己正宗的英语发音，就被顾瑾年打断。傅博宇现在想想自己当初逗着这位高冷师弟改称呼的样子，真是深刻理解了什么叫搬起石头砸自己的脚。

他对这两个字真是一点办法也没有，只得叹着气改口道："什么事？你说。"

"……是关于，"电话那头传来一声打火机点燃香烟的声响，"之前提过的那个作者。"

"记得。"傅博宇想起确实有这么件事，问，"就是那个不卖版权的大神？"

顾瑾年"嗯"了一声，不知道是不是因为电流的影响，他的声音听起来似乎有点紧张："师兄能不能帮我查查，她注册博客的个人信息。"

当聊天群里冒出顾瑾年发出"通过"两个字的时候，办公室里的所有人都不约而同地松了口气。

"可算是完了。"宋明冉把额头抵在了桌子上，"不枉费这加班加点的好几天。"

楚薪看了眼电脑上的时间："剩下就等高层投决会确定项目预算和周期了。"

"听说有位股东下个礼拜才出差回来。"寂夏翻开手机里的日历看了一眼，忧心忡忡地道，"按这个进度，也不知道十一长假……"

她一句话还没说完，所有人的目光就如刀子般齐刷刷地向她射来。

"趁我现在还没有生气的力气，"肖扬有气无力地翻了个白眼给她，"劝你把这句不合时宜的话给我收回去。"

"你其实是什么潜在的加班狂魔吗？"宋明冉捏着桌上的美工刀小声嘀咕道，"我的职场，从拒绝内卷开始。"

寂夏抱歉地双手合十，朝四面八方拜了拜："对不起！大家，都怪我这不合时宜的想象力。"

"要是你的乌鸦嘴……"楚薪忍不住吸口气，她默默地将那种最坏的可能性咽下，威胁道："大家的咖啡和宵夜，你就别想跑了。"

寂夏忙不迭地点了点头。

"说起来，"楚薪往包里丢笔记本的动作一停，"咱们部门刚干完这么一票大的，按规矩是不是少点什么？"

寂夏这个刚进九州的新人被问得一愣："什么？"

"你的想象力怎么还是间歇式的……"肖扬恨铁不成钢地看了她一眼，"庆功宴呗，还能是什么？"

也不知道是不是错觉，寂夏觉得自己近期不是第一次接收到这样的眼神。

"正好，十一前找个时间。"楚薪把收拾好的包拎在手上，笑着道，"最近刚吃到一家不错的烤串店，连炸鸡都有，就定在那儿吧。"

"择日不如撞日，一会儿就在群里碰下时间吧。"肖扬答应得很快，他朝寂夏比了个干杯的动作，"喝酒没问题吧？庆功宴上可是有节目的。"

寂夏点点头："不太多的话。"

一旁的宋明冉缓缓地举了个手："我有问题。"

肖扬"啧"了一声："之前干了十瓶啤酒的人不是你吗？不要跟我说什么男朋友不让的鬼话？"

"谁说是啤酒的问题了。"宋明冉撇撇嘴，"我说的是另外一件事。"

她欲盖弥彰地停顿了一下，在众人疑惑的目光中缓缓地清了清嗓子："咱们谁去邀请顾总呢？"

办公室突如其来地陷入一阵沉默。肖扬头戴式耳机里的摇滚乐微弱地传了出来。

平心而论，顾瑾年并不是难相处的性子。他的工作思路清晰，也并不会故意死抠一些无关痛痒的毛病，开得起玩笑，电梯楼梯间偶遇的时候还会主动打招呼，非工作时间，半点领导架子也没有，绝对称得上职场优质上司。楚薪拎着包站在原地，理智地在心里想。但不知怎么着，在毛遂自荐前，脑海中先浮现出来的是顾瑾年在会议室里惯用的反问句以及看过几版改编方案后言简意赅的提问。

"做之前你们分析过市场受众吗？

"量化的阶段目标不够清晰。

"重新做。"

光是想想就让人觉得压力山大了。

肖扬和宋明冉明显也是同样的感觉。

楚薪揉着眉心叹口气，忽然叫了一声："寂夏。"

寂夏这会儿刚抽空回复了一下自己博客上昨晚未读的那条私信，闻言从屏幕上移开视线，抬头不得要领地"啊"了一声。

"这次我们部门能旗开得胜，归根结底都是你的功劳，所以——"可能出于合作多年的默契，楚薪一边说，肖扬和宋明冉就在一边配合地点点头，仿佛对她之后的说法了如指掌，"邀请顾总的人选，我觉得你当之无愧。"

寂夏没说话，神色里颇有一种置身事外的茫然。

宋明冉想了想，可能也觉得这个任务艰巨，善解人意地安慰道："其实顾总答不答应都还是个问题。毕竟他那么忙，时间跟我们可能碰不上。"

肖扬也道："而且顾总真要是来了，我们可能就要换馆子了。"

他实在很难想象顾瑾年坐在大排档里撸串的样子。

寂夏"嗯"了一声，似乎也考虑到了这个问题。她想了想，伸手捞出自己刚放进包里的手机，缓缓在屏幕上敲出几个字。

办公室里响起几声重叠的手机提示音。

跟在顾瑾年"通过"的工作消息后，顶着美少女战士减肥头像的寂夏发了一条消息：顾总。《千金》庆功宴，烤串招待，时间待定，您考虑来结账吗？

跟在她不怀好意的笑脸符号后的，是顾瑾年简短的回复：好。

庆功宴的日子选得不巧，因为产品线的新软件出了问题，按现在的技术修复速度，上线至少要推后一个星期。

几乎所有中高层都在会议室严阵以待地待了一整天，从紧急公关到稳定客户群，直到每个步骤都被反复验证有效可行，会议才在讨论声中草草落幕。

顾瑾年把车开出地下停车场的时候，窗外还落了雨。不巧的是，目的地烧烤店外的车位是满的，他开车转了两圈，在街边找了个位置。

无论怎么看，这似乎都是不太顺利的一天。

晚上十点的烧烤店，正是人流量最大的时候，离着几步远，就能听到店内热闹的喧哗声。

顾瑾年刚在门口收了伞，一眼就看见了围着长桌而坐的几个人。可能是因为功劳最大的原因，身穿白色衬衫裙的寂夏被簇拥在桌子中间，用白色发带束了个半丸子头，几缕不太服帖的碎发被她轻巧地别在耳后，怎么看都是一脸的学生气。

隔了扇氤氲着雨雾的玻璃门，顾瑾年的目光落在她的身上，那几句迟来的回复不期然地划过他的脑海。

失语蝉：那怎么可能？

失语蝉：虽然我们的工作经常被他批评，但他就算做完了自己的工作，也会一直陪我们加班，还主动给我们买夜宵。他的要求虽然高，但在他的指导下做出来的方案必定是旁人挑不出毛病的，遇到工作难题的时候，他也从不会吝啬帮助。

失语蝉：比起严厉，更多的是，跟着一个优秀的人，永远不会丢失方向那种安全感。

失语蝉：他是最好的领导。

也不知道是不是刚结束了一轮游戏，长桌旁的人群忽然欢呼了起来，唯有寂夏在一片雀跃中垂下了眼睛，貌似无奈地笑了一声。

说不上是巧合还是什么，他在门口驻足的这片刻，寂夏忽然分神朝门口的位置看了一眼，和顾瑾年的视线撞了个正着。

四目相对的刹那，寂夏先是一怔，然后笑着朝他招了招手。

系在门上的风铃，随着他推门而入的动作，在雨夜的凉风里发出叮当一声。

顾瑾年来得稍迟，时机倒是不差。餐桌上酒过三巡，正是兴致最浓的时候。他刚捡了个空位落座，身边的楚薪就把菜单推了过来，边道："顾总，来得早不如来得巧。"她指了指摩拳擦掌的其他选手，介绍着这一轮的精彩之处，"这次输的是寂夏。她玩游戏厉害，都十几轮才抓到她一次。"

"是吗？"顾瑾年似乎也没想到寂夏在这种地方还具备隐藏技能，挑眉问，"输了有惩罚？"

"真心话大冒险。"肖扬明显也是跃跃欲试的一员，他随口补充道，"一轮定输家，一轮定赢家。都是在比赛前选好，我记得刚才寂夏好像选的是真心话。"

听起来简单的规则，却因为氛围被赋予更多的意义。人们总是对别人未说出口的秘密抱有更大的好奇心。

脱离了工作环境的人们，这会儿正热火朝天地讨论着一会儿要问的问题。眼见话题的走向越来越离谱和私密，寂夏只得软着声音道："还请各位手下留情。"

顾瑾年漫不经心地晃了晃手里刚倒半满的杯子，忽然问："迟到的人也能参加吗？"

寂夏闻言，难以置信地看了他一眼。

"来者有份，来者有份。"玩得正兴起的同僚们倒是半点儿不见外，"顾总有兴趣一起？"

顾瑾年将衬衫上的领带松下来一些，笑道："放松一下。"

这场游戏的胜负毫无悬念，好学生的光环似乎到哪里都可以适用，更何况是一个听懂就能上手的"敲七"。

当最后一个对手在 161 这个数字上败下阵来的时候，隔着壁炉上烤串热腾腾的雾气，和摇曳陆离的杯影，寂夏感觉顾瑾年抬眼朝她望了过来，脸上带着笑，显得有些慵懒。

不知怎的，让她忽然有种工作述职一般的紧张感。

尤其是身边还有一群看热闹不嫌事大的人，正孜孜不倦地给顾瑾年提意见。

"要是我就问她初吻是什么时候！"

"老板！要是你拿不准问题的话帮我问问她有没有男朋友啊！"

"这个时候收敛什么？直接让她在现场选一个接受做男女朋友的异性啊！"

"喂。"宋明冉敲了敲桌子，朝提意见的男生们道，"禁止以公谋私啊。"

寂夏干脆给自己倒了杯酒，叹口气道："我还是罚酒吧。"

"愿赌服输。"在男生们不满的哄闹声中，顾瑾年开了口，他因为疲倦而喑哑的声音在喧哗中犹有辨识度，"你还没听我的问题。"

寂夏犹豫了一下，到底还是先放下了酒杯："那你说。"

"你愿意，"顾瑾年说了三个字，像是想到什么似的停顿了一下，四下熙熙攘攘的喧哗，他们隔着方桌，四目相对，他盯着她的眼睛，不紧不慢地笑了一声，"你愿意和你不喜欢的人假扮情侣吗？"

顶着同部门同事带着怨念的目光，十一长假，寂夏硬是提前了两天回了奉阳。

当她拖着不大的行李箱，踏上熟悉的奉阳火车站的时候，寂夏都没有想明白，让她落荒而逃的，究竟是顾瑾年的问题，还是自己心中的答案。

她置身于火车站前熙熙攘攘的人流中，仿佛第二次身临其境地回到了那场喧闹声和射灯光影交织的聚会上。

动机未知的猎人和措手不及的胆小鬼。

一个听起来无关痛痒的问题，藏着只有两个人才能听懂的猫腻。无论她怎么回答，似乎都不是很对。

这是个玩笑？

寂夏望着顾瑾年似笑非笑的目光，一时摸不清他问这个问题的真实意图。她固然不用诚实，调侃的答案也必然不会少。可不知怎的，寂夏一向自满的语言能力在关键时刻掉了线。

她应对的台词换了又换，最终却叹了口气，伸手去拿桌上的酒杯，认命地道："我罚酒。"

跟她斜隔着两个卡座的顾瑾年闻言抬了下眉梢，说不准对她的答案作何感想，却在她要举杯的那一刻开口："我可以……"

他不开口还好。他一说话，那过分熟悉的声线撞进寂夏混乱的大脑中。她心不在焉地眨了下眼睛，倒满啤酒的玻璃杯就这么从她带着微汗的掌心里滑了下去。

一整杯浮着泡沫的啤酒，全洒在了她的裙摆上。

寂夏愣了好几秒，才在邻座的同事递纸巾的动作里回过神来，她道了谢又道了歉，这才哭笑不得地站起身，说了句"我去趟洗手间"。

那个没被回答的问题在兵荒马乱中草草收了尾。寂夏弯着腰小心翼翼地穿过人群，转身之前，她途经了顾瑾年的座位。

他一直望着她。

微弱的振动声打断了寂夏的回忆，她看了一眼屏幕接起电话："妈？"

电话那头是于晴带着奉阳口音的声音："下车了吗？"

"刚下。"寂夏用肩膀夹着手机，腾出一只手拢了拢围巾，奉阳的温度比她想象得低，"到家大概半个小时。"

"你回来得正好。"于晴听着她的声音喜笑颜开，"你初中时候的邻居孟阿姨你还记得吗？就是总给你送早饭的那个。她儿子这次也回奉阳了，比你大两岁，正好趁这个假期，你们……"

"妈。"寂夏听了一会儿，有些头疼地打断她，"我的假期是用来放松身心的，不是用来相亲的。"

"你这孩子。"于晴不轻不重地抱怨了一句，"现在不成家，你等着过几年到三十岁被人嫌弃没人要吗？"

"可是我的工作真的很忙。"寂夏叹了口气，"和一个陌生人从相互了解开始，总是需要时间成本的。我想等我的工作稳定一些之后……"

"两年前你用的就是这个理由。"于晴的声音听起来比她还无奈，她的语气有些急躁，"难道当家长的还能害你吗？工作始终不是一个女孩子的归宿，婚姻才是。"

寂夏在于晴斩钉截铁的结论中沉默了一阵，却也从以往的争吵中反复得知，再多的讨论也是无效的拉锯，她最终习惯性地妥协道："等我到家再说吧。"

她或许不该低估情绪的发酵期。

寂夏打开家门的时候，油焖虾的味道刚好传了过来。于晴将盛满菜的圆碟端上桌，听见开门的声音一抬头。

"回来了？"她带着笑容朝寂夏招呼道，"先洗手。"

寂夏答应了一声。她将手中的行李箱推到一边，正准备蹬掉鞋子，却猛然在玄关处发现了某些不同于记忆的地方。

白色不锈钢的鞋架上多了一双码数很大的运动鞋，左边的衣帽架上，挂着一件男士的长款大衣。客厅的电视机传出足球解说员字正腔圆地解说球赛的声音。

她迟疑了一下，正想问于晴家里是不是来了客人，却听见厨房里传来一个陌生男人的声音："阿晴，帮我拿一下柜子里的汤碗。"

寂夏的动作停顿了一下。

男人的语气很温柔，带了些囿于生活的烟火气，明显和于晴已经足够亲昵和熟稔。

但她之前对这件事，半点儿也不知情。

"这就来。"于晴朝厨房道，又转头对寂夏交代了两句，"是妈妈的同事，赵叔叔。知道你今天回来，特意过来下厨，做的都是你爱吃的菜。"

两句话的工夫，于晴口中的"赵叔叔"已经从厨房端着汤碗走了出来，这个看起来四十多岁的男人套了件圆领的毛衫，长相很有亲和力。

他将小青菜蛋花汤放在客厅的圆桌上，极自然地朝她道："是寂夏吧？你不在的时候，阿晴常念叨你的。"

寂夏在那个亲昵的称呼里晃了下神，过了片刻才朝他点了点头，轻声道："赵叔叔好。"

于晴把她往洗手间的方向推了推，朝男人的方向走了两步，有些埋怨道："不是说了我来？怎么自己就等不及了。"

"这么好的日子。"赵叔叔倒也不恼，只是道，"就别计较这点小事了。"

寂夏走进洗手间，心想：她似乎已经很久没从于晴的脸上看到过这样又满足又安心的神色。

三个人坐在饭桌旁的时候，于晴简单地问了几句她的新公司的情况，抬手给她夹了一只虾，搁置的话题到底还是被翻了出来。

"这次男方的条件真的不错。"她很有公平原则地也给桌上的第三个人夹了菜，道，"我特意问了，他这次回来也有去京市发展的意思，要是合适，你们还能有个照应。"

"比我大两岁，这会儿才去京市发展？"寂夏不由自主地皱了皱眉，"那他之前是？"

"你孟阿姨说了，这孩子从小就挺有追求的。"于晴解释道，"他一心想做自主文创品牌，之前去南方下海，虽然失败了，但也算有了经验和积蓄。"

"有目标是好事。"寂夏中肯地道，"但京市的商业开放程度不如南方，要是规划不清楚的话很容易碰壁。"

"工作是工作。"于晴似乎不太想继续这个话题了，只道，"不影响感情发展，你明后天见一面，多聊聊兴趣，性格什么，这些才是重要的。"

"我……"寂夏看了看桌子另一头的赵叔叔，还是把嘴边的话咽了回去。她扒了两口饭，没再说话了。

赵叔叔打量了一眼寂夏的神色，用筷尾轻轻碰了碰于晴，劝道："吃饭的时候就别谈这些了吧。"

"哎，你又不着急。"于晴一向是个急脾气，见寂夏对见面的事避而不答，哪里愿意收敛，"你平时不是也爱写东西看书什么的吗？他也是搞文创的，你们兴趣一致，见面了肯定聊……"

寂夏忽然把碗重重一放，一桌子五味俱全的饭菜，眼前是赵叔叔有些尴尬的神色，他身上还系着自己买给于晴的格子围裙。

不能说。她心想。

"妈。"

屋子里的氛围这么好，她不该说的。

可开了闸门的情绪跟决了堤的洪水没什么区别，从她说出第一个字开始，后面的话就没有哪句话能收得回去。

"是不是因为你马上要有新生活了，所以才这么急着把我这个多余的人推出去？"

于晴在她问题里明显愣住了。

"你能找到一个陪伴的人，我是真心为你高兴的。"

寂夏垂眸，眼角的余光里没有错过赵叔叔放下筷子，安抚式地拍了拍于晴的肩膀。

他们才更像一家人。

"所以你也不用千辛万苦地瞒着我，更不用我一回来就为把我嫁出去这件事煞费苦心。就算不结婚，我在京市也能够独立生活，更不会经常来打扰你们。"寂夏最后把筷子也放下了，她在于晴震惊的目光里站起身，望向她身边的男人，"我吃好了，今天谢谢您了。"

不过一个小时的时间，寂夏怎么进的家门，就怎么从家里走了出去。她拎着还没来得及打开的行李箱站在酒店大堂的时候，心里不是没有后悔的。

她不应该当着赵叔叔的面说这些的。把假期好好的氛围闹得很僵不说，人家还花心思提前准备了饭菜，要是因此让赵叔叔和于晴之间有了什么芥蒂，她都不知道该怎么挽回。

是她太过得意忘形了，她不该觉得，只要自己回来就是有资格任性的。

寂夏在心里叹口气，这样想到。她让自己陷进酒店里带着潮湿的感觉的床上，拿起手机想跟慕阮阮聊会儿天，却看到她朋友圈最近的一条消息：*赶夜工的剧组，永远是我心中的痛。现在给我一张床，我觉得我可以睡三天！*

寂夏想象着慕阮阮的语气忍不住笑了一声，她想了想，默默地给那条朋友圈点了个赞，就退出了微信。

顾瑾年十一假前的两天总会比平时忙些，因为要陪着住院的爷爷。顾母今年不能回奉阳，她往病房的花瓶里添了束新的百合，想了想道："记得代我给他带束玫瑰。"

坐在床前削苹果的顾瑾年的动作一顿，过了一会儿才应道："好。"

房间里的氛围似乎不同以往，顾爷爷有些不自在地咳了一声，引开了话题："那丫头呢？"

"提前回奉阳了。"顾瑾年想了想，忍不住笑了一声，"跑得倒快。"

他想到前不久刚刷到的那条朋友圈，挂着红围巾的女孩把手伸得老高，在来来往往的人流中，踮着脚和身后的奉阳火车站站牌合了个影，配文是：他们说，游客照就要这么拍。

"摊上你这么一个无良领导。"顾爷爷打抱不平地"哼"了一声，"能不跑吗？"

"您说得对，我后悔了。"顾瑾年若有所思地点点头，把削好的苹果放在顾爷爷手里，"我这种无良领导，就该把她的请假申请改成加班申请的。"

作为不管不顾地逃跑的代价。

但或许，他可以让她换一种方式补偿回来。

顾瑾年这么想着，拿出手机给逃跑的人发了条消息：这个周三有时间吗？

寂夏没有想到她离家出走后，在带着潮湿感觉的酒店房间里，收到的第一条信息来自顾瑾年。

寂夏不知道这个跟她隔了七百多公里的人，这个时候问她的时间有什么意义？她想了想，回复道：有时间。可我在奉阳啊。

"对方正在输入"的标志出现得很快，她没多会儿便收到了回信：不然？你的年假申请是谁批的。

寂夏一把将手机摔进了枕头。

这个人是不是不怼上两句就不会说话？她愤愤不平地想，却还是在微信提示音响起后，主动地把手机捡了回来，对话界面上果不其然地多了两条消息。

顾瑾年：今年十一，我也回奉阳。

顾瑾年：既然有时间，那下午两点以后的时间，我可以预约？

寂夏看着那两条消息想了想，问：可以是可以。但我能先问问是去做什么吗？

顾瑾年回复得很快：陪我见个人。

周三是十一长假的第二天，寂夏原本也没给自己安排什么事，便干脆起了个早，先去了酒店附近的商场。顾瑾年只说见个人，却反常地对她之后的询问三缄其口，寂夏虽然没再追问，却总觉得不好两手空空地上门。

商场三楼有不少琳琅满目的杂物店，涵盖了各个年龄段，作为挑礼物的地方再合适不过。寂夏凭着顾瑾年只言片语的形容，选中了一套礼盒装的白茶茶饼，虽然中规中矩，至少不会显得单薄。

眼看离约好的时间还有半个多小时，寂夏拿着包好的礼物往回走，却和迎面跑来的小女孩撞了个满怀。可能是跑得太急，女孩因为惯性后退了两步，眼见她身后就是商场前的大理石台阶，寂夏叫了声"小心"，急忙伸手去拉她。

女孩顺着她的力道站稳了身子，寂夏自己却顺着大理石边缘斜着滑了一节台阶。

右脚着地的瞬间，寂夏就觉得有些不妙。她缓慢以非常规姿势将支撑着地面的右脚挪了回来，酸涩的痛感明显不是什么好兆头。

寂夏吸口气，先俯下身去问不知所措的小女孩："没事吧？"

见她摇了摇头，寂夏想了想，尽量用不严厉的语气道："你的家长呢？在商场这种人多的地方跑挺危险的，你……"

"多多！"

她一句话还没来得及说完，忽然听到远处传来一声呼喊，声音听起来有些耳熟。

寂夏有些不可思议地循着声音回头。身穿蓝色开衫的男人手臂上系着与他的年龄格格不入的米老鼠图案的氢气球，另一只手攥着刚买好的草莓糖葫芦，正大步朝这边跑过来。

能看得出他应该是很着急的，北方的深秋，他跑近的时候，额头上都带着汗。

寂夏慢慢站起身，某个遥远又生涩的称谓滚过她的喉咙，她张了张口，却听见身边的女孩先一步叫出声来："爸爸！"

她一蹦一跳地冲向了男人。男人几乎是瞬间就弯下了眼角，笑容取代了他先前焦急的神色，他朝女孩张开怀抱答应道："在呢，在呢。你慢点儿。"

某些并不真切的记忆和眼前的画面微微交错。台阶下的男人抬起头，在看清之前跟女孩说话的人是寂夏后明显愣了一下。目光交接的瞬间，他下意识地把女孩护在了身后。

寂夏低头笑了一声，心想：行。客观上讲，她确实有伤害眼前这个从未碰过面的女孩的动机。

她这么想着，活动了一下情况不太舒服的脚踝，慢慢地往后退两步。

寂明许似乎这才意识到自己的行为有些不妥，他讪讪地开口道："你放假了？"

寂夏朝他点了点头："嗯，多请了两天假。"

早知道她这个假期会过得这么热闹，她还不如留在公司里加班。

"我看多多刚才好像……"寂夏语气里的生疏似乎让寂明许感到有些不知所措，"抱歉啊，我买糖葫芦的工夫，一回头她就跑远了。"

"您不用跟我道歉，她没摔着就行。"她说话的工夫，多多在寂明许的身后用力拽了拽他的袖口，似乎是急不可耐地想进商场。

寂夏看了一眼手机，主动道："我一会儿和朋友有约，就先走了。"

寂明许迟疑了一瞬间，他觉得自己还应该说点什么，却又不知道该说什么。

用来告别的话其实不少，表达关心的话题也比比皆是。可他想了想，最终却只能在窒息的沉默中摘取出最无关痛痒的几个字："照顾好自己。"

"您放心。"寂夏闻言笑笑，擦肩而过的瞬间她侧了侧头，眼角的余光里看到的是父女交叠的掌心和气球上卡通人物夸张的笑脸，她道，"您之前给的抚养费其实还剩下很多。"

奉阳是个公交线从起点坐到终点也不会超过一个小时的小城。越是重要节日，越能体现这个城市居民对安逸生活的追求。寂夏扶着街边的老洋槐，二十分钟都没能打到车的时候，对此有了更深刻的体会。

在确定自己的脚踝状态不足以支撑她走回酒店后，寂夏叹口气，退出了打车软件，犹豫着给顾瑾年发了条消息：这么说有点不好意思。

寂夏是真的觉得挺不好意思的，临时打乱计划不是她的行事风格，尤其是看到离碰面时间就剩下不到十分钟的时候，她话说得更加小心：我现在说换个碰面地点，你会生气吗？

忐忑不安的几分钟之后，她等来了顾瑾年言简意赅的两个字：定位。

寂夏松了口气，飞快地将位置发送过去。她想了想又在后面补了一个"谢谢大人"的火柴人表情包，这才跳着脚走到一旁的马路沿上坐下来。

街边老住宅的一楼有家便利店的门店，她离得有些距离，也能闻到从店里飘来的煮玉米的味道。

奉阳本地产的玉米又糯又甜。她小时候贪嘴得不行，小学三年级前，每次寂明许放学来接她，都会给她带一穗玉米来。后来这个约定俗成的秘密被拆穿，原因是她吃完玉米之后就吃不下晚饭了。

知道这件事的于晴把他俩晾在客厅里好一顿数落，寂明许就在于晴不满的声音里偷偷转过头来朝她小声道："这可怎么办？以后你要吃不到玉米了。"

她当时正忙着应对于晴来势汹汹的怒火，听到这话心里颇有几分不以为意地想：怕什么，总会有机会的。

迟来的遗憾总要更汹涌一些。

她其实倒也没有多难过。寂夏撑着脑袋去数路过的载客出租车时想，毕竟已经是很久远的往事了。

她只是……只是一厢情愿地觉得，被寂明许小心翼翼地攥在手上的那串糖葫芦如果是根玉米就好了。

有一辆出租车在她的面前停了下来。

副驾驶的车窗降了下来，座位上的男人眯着眼睛朝这边望了两眼，很快便锁定了目标。

顾瑾年是一个不会迟到的人。

寂夏在顾瑾年看到她的时候就站了起来，毕竟凭那副出众的长相，想不引起注意都难。她走到马路边的时候，顾瑾年已经走下来帮她拉开了后座的车门。

饶是她已经尽量让自己的动作看起来显得很自然，顾瑾年还是从她有些艰难的步伐里看出了端倪，他的目光划过她长裙下裸露的脚踝，问："脚怎么了？"

寂夏倒也不是执意要隐瞒。

"不小心崴了一下。"她手脚并用地钻进后座，笑着道，"但不是很严重。"

顾瑾年闻言，不自觉地蹙了下眉。寂夏赶在他开口前赶紧道："顾总，大好的假期我出来见您一面，您就别这副表情了吧。"她伸手指了指自己的眉心，学着顾瑾年蹙眉的表情，"您一蹙眉，我就觉得您下一句是要跟我谈工作。"

顾瑾年吸口气，也不知道是被她句子里的好几个"您"打动了，还是被她的理由说服了，再开口的时候表情果然松动了不少。

"就为了买个礼物，"他看着她抱在手上的礼品袋，"把自己也搭进去了？"

寂夏一本正经地摇了摇头："不，这是我见义勇为的证明。"

顾瑾年睨她一眼："你可真是我市的热心公民。"

他伸手关上车门，却没急着上副驾驶，只隔着半开的车窗，弯腰跟司机说了声"麻烦您等会儿"，然后转身走向了那间从刚才起就受到关注的飘着玉米味儿的便利店。

寂夏坐在后座上吸吸鼻子，闻到了一阵极新鲜的花香，她探头往前座看了一眼，看到副驾驶的位置上安安静静地躺了一捧扎得饱满的玫瑰。

花？寂夏着实是愣住了，她看了看那束玫瑰，又看了看自己手中的茶饼，心想：顾瑾年要带她见的难道是位女士？那她买的这份礼物恐怕要不太符合对方的心意了。

但事已至此，她确实也没有多余的时间补救了。顾瑾年从便利店回来，伸手越过半开的后窗，将一个白色袋子递给她，也不知道是不放心她的理解力还是怎么的，特意嘱咐了一句："敷上，不是吃的。"

寂夏伸手从袋子里摸出两个老冰棍出来，她捏着牛奶口味的那只冰棍儿犹豫了一下，小声道："其实一支应该就够敷了。"

顾瑾年可能是被她气笑了，他坐上副驾驶的位置，头也不回地道："那也不许吃。"

寂夏悻悻地"哦"了一声。

后座只有她一个人，足够她把右腿蜷在座位上，雪糕冰凉的触感对缓解崴伤的确疗效甚佳。顾瑾年没问她发生了什么，寂夏越过椅背看了一眼他沉默的侧脸，总觉得顾瑾年今天的情绪似乎不同于以往任何时候。

保持安静这种事情，寂夏一向也很擅长。更何况在奉阳，本就不存在太远的路程。

也就不到半个小时的工夫，车就停了。

寂夏在嗞嗞的打票声中往窗外张望了两眼，发现他们到了奉阳城北的郊区。四下是野蛮生长的荒草，道路两旁种着常青的松柏，前后望望，一片旷野，没有一处人家。

但这里又确实住着人。

荒烟蔓草里，埋着安眠者的长梦。

寂夏几乎瞬间就猜到顾瑾年带她来了哪里，而只有在某些特殊的日子，人们才会踏足这个地方。

这些信息量背后的意义何等沉重，以至于顾瑾年帮她开车门的时候，她手脚并用地几乎是滚下了后座。

顾瑾年在她踉跄的动作里扶了她一把，叹口气问："你慌什么？"

寂夏攥紧了手中的礼盒，心里想着"你说我慌什么"，表面上还强自镇定地道："我、我一点也不慌。"

顾瑾年没计较她的结巴，却也没收回扶她的那只手。寂夏虽然有点犹豫，却也觉得这里不是个适合蹦跳的场合，她撑着顾瑾年的小臂，尽量让自己走得稳当一些。

好在走到墓区的距离不算太长。顾瑾年带着她在一块墓碑前停下的时候，泛黄的草地和鳞次栉比的白色墓碑占据了她的视野。

寂夏看着眼前那块和万千墓碑别无二致的石板，觉得这块埋葬着顾瑾年至亲的土地似乎普通了些。可当顾瑾年低下身子把手里的玫瑰放到墓碑前的时候，她又觉得，果然有什么是不一样的。

连绵不绝的青与白之间，那束娇艳欲滴的红玫瑰似乎成为这个世界唯一的色彩。

顾瑾年站起身，伸手拂了拂墓碑上的尘土："她今年没来，让我带束玫瑰来给你赔罪。"他停顿了一会儿，像是自言自语，又像是在和谁对话一般，他的声音似乎比平时哑上几分，那些细小的摩擦音裹在他低沉的声线里，像深海里的气泡，"她也知道你不会怪她。"

寂夏顺着顾瑾年的目光望过去，在写着逝者姓名和生年的位置下面，找到了一行独立的小小的刻字：**她爱缇黎切的玫瑰**。

她还是第一次见到有人将墓志铭写成情话。

为了管理方便，墓地统一都没有摆放照片，但短短的八个字，却比任何先进的影像和技术都更让人了解长眠在此的人曾经怎样热烈又深情地活在这个世界上。

这一定是被上天嫉妒的一段爱情。

寂夏的眼底全是滚烫的温度，她深吸口气，在墓碑前蹲下来，学着顾瑾年的动作，轻轻擦了擦那行短短的墓志铭。

顾瑾年的视线划过她的脚踝："你是嫌自己崴得不够严重？"

寂夏摇摇头，示意自己没事，眼见顾瑾年皱着眉想把自己从地上拉起来，她不知道哪里来的叛逆心，干脆把右腿的膝盖放在了地上，由半蹲改为半跪。

"这样总行了吧？"

顾瑾年的动作僵了一瞬，他若有所思地打量了一下寂夏的姿势，才道："随你。"

不知道是不是错觉，她总感觉顾瑾年的心情似乎比之前好些。寂夏想了想，主动挑起话题道："缇黎切……是哪里啊？"

"北半球的一个城市。以前我爸妈不忙的时候，经常会去那边的房子度假，房子的花园里种着玫瑰。"顾瑾年的目光里多了些怀念的神色，那种神色让他平日里凌厉的眉眼显得温柔了些，"这个城市的玫瑰开得很好，建筑用的是红色的砖瓦，黄昏和黎明的天空都是玫瑰色的。"

"就是听你说这么一句，"寂夏的指尖拂过那座城市的名字，"就觉得足够美了。"

顾瑾年看了她一眼："不亲眼去看一下，还是会遗憾的。"

寂夏点了点头："那我会把这里当作今年的旅游目标，努力工作的。"

顾瑾年的声音里带着笑："这倒是值得期待。"

寂夏沉默了一会儿，忽然叫了一声顾瑾年的名字。

顾瑾年在她身后很低地"嗯"了一声。

这好像是她第一次连名带姓地叫他，汉语字典上全然不相干的三个字，因为某个人的存在而被赋予意义。

寂夏觉得自己的耳朵里似乎落了些重量，她回过头，把那个在意了很久的问题问了出来："你怎么会带我来这里啊？"

"在问我问题之前，"顾瑾年低头看她，有光在他垂落的眉眼间藏下影子，"你是不是忘了自己还欠我一个答案。"

寂夏万万没想到顾瑾年会计较到这个分上，她想到那杯帮她"洗"了衣服的啤酒，摸了摸鼻子，躲开了顾瑾年的视线，低着声音道："那我还是不问了。"

"或者，"仿佛早知道她会这么回答一般，顾瑾年跟在她之后开口，一贯不急不缓的语气，有几分势在必得的意味，"我也可以换个问题。"

寂夏犹豫了一下，虽然清楚顾瑾年语焉不详的话里可能藏着陷阱，却按捺不住自己的好奇心："什么问题？"

顾瑾年听见她的回答后笑了一声。

凭着黑暗中猎物的直觉，寂夏从他这声笑里咂摸出点不妙的意思。她"哎"了一声，刚想把之前脱口而出的话收回来，顾瑾年的下一句话就插了进来。或者说，他根本不想给她逃跑的机会。

午后的风穿林而过，墓碑前那束玫瑰的芬芳比之前更馥郁、鲜活地弥漫开来。顾瑾年的声音散落在风声里，听起来又遥远，又不真切，像祈祷日的牧师，在循循善诱。

他用陈述句说道："告诉我，你最喜欢的花。"

谁说爱没有死亡深刻。

人生里曾有几次，寂夏怀着完全不同的心情，思索过有关爱情的命题。

第一次大概是小学三四年级，在父母连绵不休的争吵声中，在碗碟与地板相撞的破碎声中，她想：爱情是什么？

那时候的她，带着教科书里只言片语的知识，和对世界浅薄的理解，自我回答道：大概是吵架后的和解，一起生活的勇气和对浪漫的憧憬吧？

她第二次面临这个问题的时候，是高三毕业。她与裴越分开，然后出人意料地在自己擅长的考场上失利，摆在她曾经信誓旦旦的承诺和梦想前的是一张专业调剂的征询书，寂夏在接受调剂的那一栏签上自己名字的时候，这个问题又不期然划过她的脑海。

所以，爱情是什么？

走过一段失败的感情，她更新了那个答案。

冲动，难以调和，以及为自己的选择负责任。大多数人都知晓自己并非一个合格的爱人，但依然渴望被爱。

这个答案听来简单，像是赌徒，愿赌服输。

第三次，是一次又一次站在相亲对象的面前，面对审视、衡量以及被定义时，她在于晴对自己未来婚姻的规划里思考这个问题。

爱情大概是个伪命题。人的情感永远脆弱、短暂，且忠于自我。爱情是社会出于发展目的，为人口管理规范化设下的虚假概念。

所幸，她可以永远对既定规则保持不驯。

这是第四次。

她站在世界上最接近死亡的地方，在另一个人对至亲的缅怀里。这个问题和某种突如其来的情绪一起呼啸而来，不合时宜的地点，毫无准备的询问，寂夏却觉得自己比任何一次都更接近这个问题的答案。

理智宣告退让。对问题作出回应的不是经过她审慎又辩证的思考。是失速的脉搏，是错乱的呼吸，是她忽然对重力变得敏感的心脏，周而复始地向下坠落。

"……风铃草。"寂夏听见自己在顾瑾年的目光里回答，带着故作镇定的伪装，"我喜欢风铃草。"

顾瑾年理所当然地点点头："那我记住了。"

他说他记住了。

寂夏在他轻描淡写的语气里闭上了眼睛，万念俱灰地想：她完了。

如果说之前的问题，她还可以当作是一时兴起的玩笑，那这一次在顾瑾年的问题里，根本没给她找借口的余地。

谁会在故去至亲的墓前开玩笑。

枪抵着她的心口，无处可逃。

比"顾瑾年是不是喜欢她"这个答案，更早一步被确认的反而是她自己的心意。

可是……顾瑾年不知道的是，她可能没法成为一个合格的爱人。

她没能有幸成长于美满的家庭，曾见证过爱情如何死于柴米油盐，幼年时她无数次地感到费解过，人与人之间发生的矛盾怎么会因为这么小的事。

小到可以是今天的买菜钱到底是花了十九块五毛八，还是二十九块五毛八；可以是用完的牙膏杯究竟应该放在柜子里还是留在洗漱台上；也可以是七点半后，电视频道是停留在体育节目，还是连续剧。

他们摔杯子摔门地吵得面红耳赤的时候，身后就是结婚照和她满月时的全家福。男人在亲吻他的妻子，而他的妻子笑得很甜蜜。

他们也曾深爱过，后来连碰面都觉得像触霉头。

寂夏并不想贯彻什么"用一生治愈童年"的真理，也不想捏着这些过去过完一辈子。可她没办法，她没办法跨越对爱情的犹疑。所以她逃避、怀疑、患得患失，在亲密关系中永远让自己有退路，以确保自己绝对处于安全的领域。

可顾瑾年这么好，他理应值得更好的人。

风声中的墓碑依然沉默，阶上的玫瑰枕着青苔，寂夏没再回头去看顾瑾年的眼睛，只是在心里给这个问题写下了答案。

可惜她并不是那个很好的人。她怎么能带着阴影走向一个月亮般的人呢？

那可是顾瑾年。

这些又晦暗又苦涩的念头压在她昭然若揭的喜欢上，她说不出口。

祭奠的工作本就没多复杂。他们在墓园里停留的时间，甚至还没有往返的路程用时长。

或许仪式的意义原本就指向生者，为了寄托、传达以及延续爱。

顾瑾年倾诉的话语里，关于自己的部分并不多，更多的是在说顾母的生活，有她养花、逗鱼的新爱好，想给自己的邻居送手工曲奇，结果烧煳了，还有她在一个月的时间里捡了多少只流浪猫。

他很擅长提炼重点，也一向清楚别人最想听什么。

这些又隐晦又私密的思念，都没有避开她。

"你在天有灵，也帮我劝劝。"话到了最后，顾瑾年有些无奈地道，"你在这里，她说什么也不肯在我那儿长住。留她一个人陪你，我不太放心。"他停顿了一下，又道，"要是你不愿意，那就算了。"这种退让的表达极少出现在顾瑾年的话里，他自己却没怎么在意，"她来年不会失约的。"

像一句承诺，将并不连贯的话题引向了尾声。

顾瑾年说完这句话，朝沉默了很久的寂夏伸出手道："走吧。"

寂夏摇了摇头。自己撑着石阶站起身，临走之前她犹豫了一下，回头小声地朝墓碑的方向说了句："以后有机会再来看您。"

顾瑾年在她身侧挑了下眉，没有说话。

他们在秋日的黄昏里肩并肩走出墓园，几只乌鸦安静地落在远处的树梢上。相似的沉默里，寂夏的心境却截然不同。

她像只霜打的茄子，从顾瑾年那里接过沉默的接力棒，企图掩饰自己的异常。

"在这里等一会儿。"

顾瑾年的声音打断了她的胡思乱想。寂夏抬起头四下张望，发现他们已经走出了墓园的小道，眼前就是荒凉又宽敞的公路。

可能是察觉到她稍显疑惑的目光，顾瑾年解释道："车还要等会儿才来。"他拿着手机发了条消息，看了看她又补充了一句，"你坐着等。"

寂夏应了声好，刚想找个能坐的地方，就被他拎着后领拉了回去。

"你急什么？"顾瑾年似乎是"啧"了一声，寂夏还没开口，一件带着温度的长风衣就落在了她的怀里，"垫着坐。"

寂夏抱着衣服站在原地愣了一会儿，几次欲言又止地张了张口。顾瑾年看她不仅没找地方坐下，还伸手在他的衣服上摸索了两下，奇怪地问："你在做什么？"

"我在想，"寂夏小声道，"你这件衣服的料子看上去好像不能水洗。"

顾瑾年在听到她的回答后沉默了一会儿，轻声念叨了一句："操心的事还不少。"

寂夏听不清他的话里是不是连着一声叹息，只见他朝身边台阶的方向扬了扬下巴："坐你的。脏了就脏了，不用你负责。"

寂夏想了想，将大衣折了几折，坐下来道："那我干洗了之后再还给你。"

顾瑾年没再说什么，他习惯般地往兜里摸了一下。顾瑾年极少在工作场合吸烟，寂夏却在私底下见过两次他指间闪烁星火的样子。凭着这点线索，她几乎瞬间就从顾瑾年的动作里推断出了他的意图，她在自己身下的衣服里找了找，很快就从衣兜里翻出了打火机递过去，道："在这里。"

顾瑾年愣了一下，朝她摇了摇头："不用。"

寂夏执着地伸着手："我没关系的。"

"放回去吧。"顾瑾年站在她的身边。树梢上半枯的叶子打着圈地往下落，地上的固定沙石的绿布簌簌响着。寂夏却半点风也没吹到。

顾瑾年顺着她的动作，用指背碰了碰她伸出来的手，往回推了推，声音不怎么高，语气却不容拒绝："有关系。"

接他们的车果然如顾瑾年所说，一会儿就到了，却明显不是一辆出租车。

寂夏看着那辆停在他们面前的七座商务车，正迟疑着要不要起身，驾驶座的车窗就降了下来。一个看起来五十多岁的中年男人，朝顾瑾年招了招手："瑾年，这边。"

顾瑾年扶着寂夏走过去，朝男人点了点头："陈叔，大过节的，麻烦您了。"

"不麻烦，不麻烦。"被顾瑾年叫作陈叔的男人连连摆手，后座的自动门在他们面前缓缓滑开，"一年到头你都没叫过我几次，再闲下去我都不敢要这份薪水了。"

"您别这么说。"顾瑾年笑笑，他让寂夏先上了车，"我妈在这边的时候，都靠您忙前忙后了。"

陈叔跟着他笑笑，他从后视镜里看了一眼抱着风衣的寂夏，神色里带了些若有所思的意味："这位是？"

"寂夏。"顾瑾年也上了车，这一次他坐在了寂夏身边的座位上，补充道，"我……朋友。"

寂夏跟着顾瑾年，规规矩矩地叫了一声："陈叔好。"

"你好你好。"男人连应了两声，脸上的笑容似乎更深了，眼角的细纹让他看起来格外和蔼，"瑾年还从来没带朋友来过这边。"

"从来"这两个字在他的语句里重音突出。

顾瑾年叹了口气："……陈叔。"

陈叔从善如流地改口："也有可能是我记错了。"

他这么说了，一边发动引擎，一边降下了前车厢的挡板。改装的隔音板一降下，后面的位置立刻形成了一个封闭的私密空间。寂夏不自在地摸了摸身下的皮椅，没话找话地道："我还以为你说等一会儿，是在等出租车。"

"这边不好打车。"顾瑾年看了她一眼，"你这个状况，总不好等太久。"

寂夏想起他之前买给自己的两支雪糕，顾瑾年的关心和他的工作一样，极富行动力。可她此刻完全没了之前的坦然，只得转移话题问道："陈叔是你的？"

顾瑾年回答她："是我爸之前的司机。"

寂夏"啊"了一声，不再往下问了，顾瑾年却在她彻底移开视线前，主动把话题捡了回来。

"我爸去世的时候，因为合伙人的落井下石，公司被查封，欠下不少债。"或许是顾虑在陈叔面前提及这段过往，虽然有隔音的挡板，顾瑾年依然压低了声音，"那时候家里的资产被立案冻结，除了爷爷家的老房子。储蓄，代步工具，奉阳和外国的房产都被没收了，自然也付不起请司机的薪水。"

这不是一段风平浪静的往事，可顾瑾年的语气却始终从容，听起来和他平日里开会的口吻也没什么差别。

寂夏犹豫了一会儿，还是忍不住偏头对顾瑾年道："但现在这些都改变了，因为你。"

顾瑾年不着痕迹地打量了一眼他们之间的距离，问："这算安慰？"

"不。"寂夏没有迟疑地摇了摇头，"这是事实。"

顾瑾年闻言笑了一声。

寂夏想了想，问道："所以你在工作后就重新聘请了陈叔叔？"

"是。"顾瑾年点点头，肯定了她的猜测，"工作刚有起色的时候，我托人打听了一下陈叔的情况。因为年龄大了的原因，他找工作不太顺利，一直靠失业救济金生活。刚好我妈一直留在奉阳，我就把他请了回来。"

虽然顾瑾年没说，但寂夏清楚，那份失而复得的清单里应该还有债务、父亲的名誉，以及那栋承载了父母记忆的小洋房。

他会再一次在那个院子里种满玫瑰，年年奉一束在至亲的墓前。

毕竟顾瑾年并不是个会徒留遗憾的人。从人生的某一刻开始，他就在慢慢找回原本属于他的东西。

荣光、理想、故人与爱，以温柔的方式，却无比坚定。

那些温暖又纷乱的念头划过她的心头。寂夏望着顾瑾年的眼睛，在心里叹着气，心想：这个人怎么能这样让人欢喜？

她或许从一开始就错了。她或许冷静、退缩、不够热情，没能生长在幸福的家庭，做不成一个合格的恋人。

可如果失败的终点指向的是顾瑾年，她想：如果是顾瑾年的话，无论结局如何，她都要试一试的。

她不想错过顾瑾年。

寂夏从顾瑾年父亲的墓地回来，整个人就不太对劲，她的初始症状大致如下。

到家大概半小时后，寂夏按惯例打开电脑准备码字。

可她似模似样地坐在电脑前，心里想的却是顾瑾年今天对她说的一字一句，来自缇黎切的玫瑰，还有顾瑾年伸手扶她的时候，他们肌肤相亲的温度。

两个小时后，在心里狂念着"赶稿赶稿"的寂夏，拿起手机想搜索点素材，却不知怎的，手一抖就点进了顾瑾年的朋友圈。

五个小时后，寂夏在一片空白的文档里，毫无所觉地敲下了顾瑾年三个字。

寂夏望着屏幕上，她五个小时的工作成果，万念俱灰地想：她要怎么跟她的读者解释，自己的灵感被"恋爱脑"吃得一干二净的事啊！

束手无策的寂夏只得深夜求助慕阮阮，她觉得作为自己身边唯一有恋爱经验的闺密，慕阮阮不能在这个时刻独享美容觉。

"阮阮，事急从权。"电话被接起来的瞬间，寂夏赶在慕阮阮表达不满前先一步开口道，"这件事除了问你，我真的想不到更合适的人选了。"

"怎么了？"慕阮阮明显还处于似梦非醒的状态，声音含糊不清，"如果是最近热剧那对男女主角在一起的八卦，假的，什么一见钟情，多年暗恋，都是炒作。"

"我可以是假的，但他们一定是真的。"寂夏下意识地反驳了一句，话说到一半才反应过来，"不不不，我想问的不是这件事。"

"你现在装没听见也晚了。"慕阮阮想快速挂掉电话的念头很强烈，她言简意赅地击垮了寂夏最后的坚持，"男方在圈外有个情人。"

"我真的不是问这个。"寂夏听着自己喜欢的偶像的滤镜在心里粉碎的声音，坚持地问出了自己最初想问的问题，"对追人这件事，你有什么亲测有效的建议吗？"

慕阮阮那头足足沉默了两分钟。

寂夏很有先见之明地把手机拉远了一些。

打破沉默的果不其然是慕阮阮忽然拔高的音调："追人？追谁？谁追？"

"我追我追。"寂夏也没打算隐瞒，她叹了口气，承认道，"我想追顾瑾年。"

"顾……"慕阮阮像是忽然从睡梦中醒过神来,她开始头脑清晰地连接上以前接收过的信息,"就是那个和你相过亲、面试的时候问你价值观,后来又成了你上司的那个奉大校草?"

"可能还有些进度需要更新。"虽然听起来顾瑾年在她这里的头衔已经足够多了,但寂夏还是不得不补充道,"因为一些特别的原因,我现在还在他的家人面前假扮他的女朋友。"

慕阮阮似乎已经在咬牙切齿了:"这么精彩的瓜,我为什么现在才知道?"

"好瓜不怕晚。"寂夏毫无愧疚地道,"现在你不仅知道了,你还将有机会成为这段恋情的狗头军师。"

荣幸吗?慕阮阮。

慕阮阮冷笑一声:"我当场退位让贤。"

"别别别,我下次一定第一时间告诉你。"寂夏赶紧表达了深刻的忏悔,"我身边唯一有攻略过高难度男神的人就是你了,多少传授点经验给我吧。"

"你就……"慕阮阮在寂夏的声音里咂摸出一点别的意思,她迟疑着问,"这么喜欢顾瑾年?"

寂夏没想到慕阮阮会突然问出这样一个问题。

有道是旁观者清,她多年的好友似乎确实要比她自己更能看出问题的关键。

寂夏将这个问题默念了一遍,连带着那三个字的名字从她的心头步步生风地走了一遭,她这才轻轻地"嗯"了一声,说:"……很喜欢。"

很喜欢很喜欢,想将月亮占为己有的那种喜欢,想跟他分享四季炊烟的那种喜欢。

好像在察觉到喜欢他这件事的时候,她就已经在这条路上走了很远。如今她站在山腰上回望,云雾遮着她动心的瞬间。

悄无声息。

"还是头一次从你这儿听到这种话。"慕阮阮听到寂夏的回答后感叹了一句,忍不住问,"都到了假扮女友这一步,他难道就没什么别的表示?"

这发展委实不太科学。

"可能也有吧?"寂夏想起那些隐晦的字句,忍不住摸了摸自己发烫的耳根,放低了声音道,"只是比起等着他来告诉我,现在我更想做那个主动的人。"

她喜欢的人，温柔又坚定。

她想亲口告诉他，他有多好。像他做了很多次那样。

"你倒是不怕先把自己搭进去。"慕阮阮有些惊讶于寂夏对顾瑾年的信任程度，跟温柔的人发起脾气来的道理一样，理智的人沉溺起来也要命。但慕阮阮倒没想着劝，只沉默了一会儿问，"他什么星座啊？"

"天蝎。"寂夏如数家珍一般，"十月二十五号的天蝎。"

慕阮阮"啧"了两声："居然是个天蝎……"

寂夏好奇地道："天蝎怎么了？"

"没事没事，天蝎好办啊。"不知道慕阮阮想到了什么，寂夏总觉得她的声音里带着点豁然开朗的意思，"想拿下天蝎男，你就多找机会多聊天，多在他眼前晃悠，尽量和他的兴趣、想法同频，让他觉得被理解，主动点，把人约出来，再时不时给他一点暗示就好了。"

寂夏将慕阮阮传授的经验默默地记下来，听到最后一条的时候，她忍不住问："什么暗示？"

慕阮阮清了清嗓子："让他觉得此城指日可破的暗示。"

上吧！寂小夏。

Chapter 08
得偿所愿

没听懂谈恋爱为什么要攻城的寂夏，还是将慕阮阮的话奉为圭臬。但她没来得及实施自己的攻略计划，顾瑾年就被一条远程而来的讯息叫出了国。

走得比他来时还要急。

凌晨一点多的飞机，寂夏甚至没能从顾瑾年那儿争取到送机的机会。他们短暂的争执后，出现在手机上的是顾瑾年发来的两句话。

顾瑾年：又不是不回来。

顾瑾年：你早点休息。落地会给你发消息的。

从顾瑾年稍显疲倦又十分无奈的语气中败下阵来的寂夏，到底没能如约"早点休息"。她一次次刷新着官方页面，直到那架载着顾瑾年的航班的状态更新为"航班起飞"，寂夏才关了卧室的灯，她在黑暗中闭上眼睛，在心里说了一句：一路平安。

假期是永远不够长的，无论是三天，还是三十天。

寂夏再一次回到自己在九州的工位前的时候，对自己的办公用品都产生了极大的陌生感。她犹疑着点开了假期前正在审阅的剧本，果不其然发现自己将剧情进度忘了个七七八八。

可她能怎么办呢？

寂夏认命地把加了水印的文档翻回了第一页，在心里叹口气，心想：不过是从头再来罢了。

但她还没赶上节前的进度，倒是先收到了新任务。

午饭后，戴着玳瑁眼镜的男人造访了策划部的办公室。大概是出于吸引视线的目的，他先伸手在门上敲了敲，而后迎着众人的视线在屋里扫视了一圈，问："策划部的寂夏在吗？"

寂夏迟疑地举了下手，不知道是不是错觉，她总觉得那个人开口前似乎额外多打量了她一会儿。

"你好！我是采购部的何超。"男人朝她工位的方向走过来，他推了推眼镜，自我介绍后简单交代了一下自己过来的缘由，"公司有意采购一部片子，想让策划部的人帮着一起做个评估。"

平台在购买版权剧前，为了确保影视剧的质量，会通过参加承制方观影会的方式，对选出来的样片进行评估。作为之前公司对接平台的负责人，寂夏对这一块业务流程颇为熟练，她没什么异议地站了起来。

"好。是现在就出发吗？"

见何超点了点头，寂夏动作麻利地收拾了一下东西，随口问了一句："是哪家公司的片子？"

何超回答得飞快，他意味深长地看了寂夏一眼道："是汇川。"

还是那句话，影视毕竟是个小圈子。

只要还身处同一个行业，她和向婉肯定要有见面的一天。但这一天，还是来得比寂夏预想中的要快。

她再一次站在工作了两年多的地方时，以甲方的身份，心里多少有种微妙的错位感。

何超见状，拍了拍她的肩膀，问道："故地重游有什么感想？"

她之前接触的平台负责人不是何超这个级别的，但寂夏并不奇怪他会知道自己的工作履历。毕竟采购这种职务，比起心无旁骛地挑选作品，看人的眼光往往更准。

"怎么说呢？"寂夏认真思考了一会儿，一本正经地问道，"您说我是不是应该借此机会，展示一下九州评估体系的专业度？"

何超有所预料地笑了笑，没说话。

他们走进汇川的独栋办公楼。

早接到了九州要来观影的消息，向婉已经在前台的沙发区等了一会儿，听见有人进来的脚步声，她放下手机抬起头，脸上露出一个颇有亲和力的笑容。

"小何总，今天……"她这句话没来得及说完，就先看清了站在何超身边的人。

向婉脸上的笑容僵了一下，因为离得近的缘故，寂夏看得很清楚，她渐渐失去表情管控力的过程。

何超像是丝毫没在意这个短暂的沉默，他跟向婉打了个招呼。

"向总。"像是对寂夏跟前领导见面这种事全然不知情一般，何超指了指寂夏，神色自然地介绍道，"这位是我们策划部的同事，这次的项目主要是由她负责的。"

像是要让向婉更准确地看清寂夏一样，何超一边说，还一边往旁边让了让。

寂夏迎着向婉，主动开口道："向总，您好。我是项目的评估人，寂夏。"

观影会结束得比预想中要快。

大概是为了制造悬念，汇川拿出来做展示的样片很少。他们踩着七八点钟的夜色离开汇川，何超很客气地提出送送她。

寂夏想到观影会的尾声，向婉旁敲侧击地问起何超对项目的看法时，何超并没有直接回答，而是故意朝寂夏的方向看了一眼，笑着道："这还要看看我们策划部同事的意见。"

这话多少有点夸张的成分。

寂夏不清楚何超在向婉面前如此抬举她的原因，但她清楚听到这句话的向婉心里一定很不好受。

向婉的脸色以肉眼可见的速度黑了下来，却不得不强撑着笑容跟寂夏客气了一句："那可真是太麻烦寂小姐了。"

风水轮流转的戏码她在剧本里看过不少次，却没想到有机会身临其境地体验一次。

寂夏这么想着，等到坐上出租车后座的时候，真情实感地跟何超道了声谢。

虽说过去的事已经过去了，无论是薪水还是发展空间，她现在的工作比之前不知道好了多少倍。寂夏对向婉没什么放不下的怨怼，但她确实也在向婉那儿受了委屈，毕竟向婉用了不太光彩的手段。

何超的做法看似冠冕堂皇，实际上却是在为她找回场子。

"都是工作，有什么好谢的。"何超没领她这句谢，他坐在副驾驶的位置上没回头，问她，"这个项目你觉得怎么样？"

"同样是民国题材，虽然故事的层次不如《风和》。"寂夏中肯地回答道，"但演员班底和制作水准，也够得上 A 级，就是现在的价格有点虚高。"

何超倒是在听到她的回答后沉默了两秒钟。

"啊！《风和》是我之前负责的一个项目，也是汇川的。"寂夏猜测着他沉默的原因，解释道，"目前应该在九州排播。"

"我知道。"

何超心想：他可太知道了。这个项目当初还是他负责压的价，亲手买下来的，和顾瑾年一起。但他没把这些话说出口。

"我原本以为你会借机说两句不好听的评价来着。"知道寂夏误会了自己沉默的理由，何超笑了笑道，"现在看来，倒是我小人之心了。"

"何总，您别这么说。"寂夏连忙否认了一句，她想了想道，"因为一个项目是很多人的心血，总不能因为我的私人情绪就随口作评论。"

这份工作承载了许许多多人的付出和梦想，无论如何都不该成为她泄私愤的工具。这既不是她的初衷，她也不想成为这样的人。

何超听着她的回答，不由得想起第一次听向婉说起寂夏时，那些暗箭伤人的评价，不由得感慨道："你的想法很难得。"

"谢谢。"寂夏笑笑，"我还在努力贯彻。"

"你说这个项目目前的价格虚高。"因为九州的职能规划，策划部配合采购部协同评估，一般不上升到成本层面，但短短的几句闲聊，让何超突然对寂夏的想法有了兴趣，他忍不住问，"具体怎么说？"

"这个导演很擅长民国背景的运镜，据我所知，他有两部类似题材的电视剧反响都还不错。但不知道是不是因为编剧准备时间比较仓促，单从样片，就能看出不少雷同剧情。"寂夏垂着眼睛思索了一会儿，又道，"汇川没有给前两集的样片，更说明他们自己也很担心这个问题。再加上男女主角的演员配置是有名气的搭配名气一般的，男主角之前还被爆了八卦，成本上到不了单集五百万。"

演员班底这个问题也是何超最先考虑到的，但寂夏还补全了剧本内容的角度，他很满意地问："有谈价格的思路？"

"汇川在这个项目上的痛点其实很简单。"可能是因为对前东家的作风太清楚，寂夏回答得毫不犹豫，"先拉一下同期班底的制作预算，压低项目的初始报价。再将九州最近排播的同类型剧有意无意地透露给汇川，或许不用我们主动，他们自己就会按捺不住让步了。"

何超在寂夏运筹帷幄的语气里听出了几分熟悉感，他们之前从没接触过，在这个项目的想法上却相当契合。他不由得感慨了一句："怪不得当初顾总无论如何都要招你进来。"何超抬头从后视镜里看了寂夏一眼，"原本以为他的工作能力已经够让人唏嘘了，没想到还识人有术。"

他们从汇川出来，何超前前后后夸了寂夏不少次。一开始多少有客套的成分，他能做到这个位置上自然是个能左右逢源的人。

寂夏一直接话接得也比较自然，但话题里突然提到顾瑾年，她倒是忽然觉得不好意思起来。

好像仅仅是从别人的口中听到他的名字，就能轻易地夺走她的关注。

"顾总……"她下意识地看向窗外的方向，轻声说了句，"我一直是很感激他的。"

以前确实是这样的。

寂夏说完，自己先捂着良心自我吐槽了一句。

可这份心情已经不纯粹了。她现在好像多了不少非分之想。

好在这种昧良心的状态没持续多久，出租车很快停在了她家楼下。寂夏临下车前跟何超道了声谢，何超笑着说了句"没事"。

"汇川应该很快把成片的剧本发过来，估计还要你花时间看一下。"他见寂夏点点头，想了想又问，"顾总那边，你希望我去打招呼，还是你自己说？"

寂夏象征性地犹豫了一下，很快便表里如一地接受了这种能和顾瑾年聊天的机会："这点小事就不麻烦何总了。"

目送寂夏走进了单元楼后，何超跟出租车司机报了个新地址，又拿出手机发了一条信息：观影结束了，一切顺利。

收信人回复得很快。

顾瑾年：多谢！

想起第一次见面见识过的手段，何超不知怎的从这两个字里听出点成就感，他忍不住将刚才的情况又跟顾瑾年说了说：她对汇川的这个片子的评价很客观。

顾瑾年对他的说法似乎毫不意外，他就回答了两个字：知道。

顾瑾年给他发信息的时候，何超就从他那亲自指名的时候里摸出点猫腻儿，再联想到上次来汇川的经历，在九州混到中高层以上的，谁没有点八面玲珑的本事，何超几乎是瞬间就明白寂夏这个人的与众不同。

出于想卖顾瑾年一个人情的心理，他还特意在向婉面前友情出演了一场复仇戏，没想到这姑娘根本没接。

何超：你既然知道，那你特意安排这么一出，是什么……

感觉事态发展和预想明显不太一样的何超，被这两个人的反常规操作勾起了点好奇心，他默默地把句尾"情趣"两个字删掉，换了个措辞问：是什么乐趣？原本就不是给她安排的。

班客西伯的晚秋多雨，顾瑾年在长达六小时的会议后回到酒店，窗外压着连日的阴云，他看着何超发过来的最后两个字忍不住笑了一声，继续回复道：是做给汇川那位制片人看的。

寂夏不伺机报复，并不在他意料之外。

他只是想让向婉知道，她将怎样一把好刀亲自交到了别人的手上。

这就够了。

向婉最近的工作一直很不顺利。

像是很多年轻下属常挂在嘴边的水逆一样，短短两个礼拜，她接连触了好几个霉头。

先是谈好的商务合作方临时改了报价，紧接着是齐姝交给她的项目预算成本算错了数。碍于齐姝身后的背景关系，齐姝没什么事，倒是叫她挨了领导好一顿批评。还有，在今天的项目观影会上，发现合作方派来评估的负责人居然是自己算计过的前下属。

看观影会上何超的态度，恐怕她的意见还会对评估结果有很大的影响。

如果是别的项目还好。

偏偏这个项目是公司筹备了两年的重点项目，演员和宣传的费用加在一起，前前后后将近两个亿。高层有多重视这次的评估结果，向婉比任何人都清楚。

将终稿剧本发给九州后，向婉思来想去，凭着多年的职业素养，梳理清孰轻孰重，还是先低头给寂夏发了一条消息。

向婉：好久不见，寂夏。

她尽量用文字铺出点顺理成章的感觉：想不到你现在在九州高就，都没有机会说一声恭喜。

寂夏：劳您惦记了。

和她预想的不同，寂夏回复得很快：还要感谢您之前的费心。

她措辞客气得让人挑不出毛病，但曾做过手脚的向婉总觉得这话里有点一语双关的意思向婉：共事了这么久，还客气什么。

但她现在没办法去细究寂夏语言后的真实意义，只能道：还能在一个项目上遇见，还真是缘分。

寂夏说：确实和向总有些不解之缘。

向婉向寂夏抛出自己的橄榄枝：既然有缘。不如这周末一起吃个饭？

寂夏问：您是有什么事找我吗？

向婉尽量让自己的口吻看起来显得自然：也不是什么大事。叙叙旧，顺便可以聊一下这次的项目。我记得你之前经常说，定期交流更有利于创作。

寂夏：如果只是定期交流的话，您发微信和我说就行。

寂夏话说得很委婉，拒绝的意思却很直白：实在不好意思，最近事情也比较多，不方便腾时间出来。

向婉将寂夏的回复反复看了两遍，她的视线久久地落在"不方便"那三个字上，心里想的却是最近毫无起色的业绩，频频出错的工作以及高层明显偏颇的指摘。

她不想承认，但又不得不承认，她的状态在寂夏离职后一落千丈。

可她原先的下属如今正是春风得意。

向婉压着心底的愠怒，话说得堂而皇之：寂夏，我也算虚长你几岁。有些话你可以不听，但为了让你少走点弯路，我不得不说。做事情还是要给自己留条路。就算你因为和小何总的关系有这次项目评价的发言权，但采购部的老大何总，和我的关系也是不错的。

向婉特意搬了何超的领导出来，就是为了敲打敲打寂夏，别因为她给面子就得寸进尺。

她把这条消息发出去后，寂夏那边倒是安静了一会儿。向婉盯着毫无动静的手机，不自觉地敲了敲手边的桌子。

过了一会儿，对话框里才弹出一条新消息。

寂夏：向总的人脉，我确实是见识过的。不清楚您特意将您跟九州高层的关系告诉我是想说明什么，但如果是为了这次的项目，相关评估意见我已经按流程提交了。

寂夏提到这段往事，话里却看不出来火气，她在这句话后停顿了一下，很快措辞规整地在后面继续道：所以您实在不用这样……多此一举。

大可不必。

寂夏自然没有赴向婉的约，倒不是因为她们之间那点过节，而是因为寂夏真的有很重要的事。她在准备给顾瑾年的生日礼物。

寂夏看着日历上画着红圈的日子变得越来越近，借着给顾瑾年进行工作汇报的机会，开始旁敲侧击地打探他回程的计划。她将汇川的项目和何超的安排，简要地跟顾瑾年说了说，有预谋地在后面问：顾总，班客西伯的工作还顺利吗？您预计多久能完成呢？

顾瑾年：怎么？你刚做了述职，现在换我？

顾瑾年起始的两个字就足够让寂夏嗅到不妙的意思，自打认识顾瑾年以来，寂夏时不时就会冒出点"人长嘴多余"的念头来，她忍辱负重地道：您就不能理解成一个称职的下属对领导的关心？

顾瑾年：谢谢。

顾瑾年这两个字仿佛回复得实心实意：如果我不是在早上六点收到这条消息的话。

看到那条消息，寂夏这才反应过来，顾瑾年出差的地方和自己隔了十五个小时的时差。她一边慌慌张张地核对了一下电脑上的时间，一边回复了顾瑾年这条消息：顾总，对不起！

她一连串地打了好几个感叹号，带着迟来的自觉道：您快休息吧，我现在立刻就消失！

现在想想，顾瑾年毫无怨言地听她说了那么久汇川的事，真可谓是仁至义尽。

但顾瑾年的回复比她退出微信聊天界面的动作更快。

顾瑾年：晚了。

可能是手头有其他事情的原因，顾瑾年后一句话干脆切换了语音："我已经醒了。"

已经两天没见到顾瑾年的寂夏，将那段语音听了两遍，不知道是不是刚起床的原因，寂夏觉得他的声音有点哑。

她想到慕阮阮的话，忍不住在顾瑾年发完那句语音后试探着反问："那要不要……我补偿您点什么？"

"补偿？"顾瑾年品味着她说的这两个字眼，反问了一句，"比如说把你提交项目评估报告的日子提前到今天？"

毁氛围一把好手，顾瑾年当之无愧。

寂夏在"攻略目标"和"断更加班"之间犹豫了一会儿。

"如果是跟顾总一起工作的话，"她毫无原则地妥协道，"那也不是不可以考虑。"

不知道是不是惊讶于她忽然变得主动的态度，顾瑾年沉默了好一会儿，才回了消息过来。

"下次吧。"寂夏好像能从他的声音里听出点遗憾，"刚才是玩笑话，我本来今天早上就约了人。"

"下次？"感觉自己被戏耍了一遭的寂夏，干脆以牙还牙，"下次可不一定有这种机会了。"

"这么严格？"顾瑾年态度很好地没计较她这小小的报复心，他懒洋洋的语气里透着点势在必得，"那我试试自己争取。"

寂夏真的拿顾瑾年这种自信毫无办法，她听到语音里隐约传来剃须刀启动的声音，忍不住问："这次出差很忙吗？"

顾瑾年否认了："不算很忙。"

寂夏翻看了一下之前的聊天记录，立刻就质疑道："可你三个小时前还在群里回消息。"

一天只睡三个小时还不算忙，顾先生，您就不怕秃头吗？

"真的不忙。"顾瑾年的休息标准显然与众不同，但他也没有刻意隐瞒的意思，"只是这边的实际情况和之前给我的信息有出入，还在补全信息差。"

寂夏想到之前从公司听到的只言片语，问："是迪可尼的项目吗？"

"他们想联合公司做泛娱乐推广。"顾瑾年"嗯"了一声，又补充了一句，"迪可尼的总部就在班客西伯。"

出于对泛娱乐产业链的一知半解，寂夏很难再把这个话题进行下去。她舍不得结束对话，却也舍不得因为自己问东问西，而占据顾瑾年太长时间，她犹豫了一会儿，最后只道："还是……尽量别工作到太晚。"

"好。"顾瑾年答应得很快，但他明显并不打算言尽于此，又问，"还有什么要吩咐的？"

这个人的用词一向都很有灵性。

出于常和文字打交道人的敏感，寂夏攥着手机，听着他的语音，仿佛攥着对顾瑾年这个人的命令权。窗外的夜色显得极为安静，她坐在飘窗上，想象着万里之外的黎明，在对话框里敲字：那……尽量早点回来。

顾瑾年没忘记先回答她之前的问题："好，顺利的话大概是下个月初。"

寂夏伸手在日历上涂画了一下，标志着十一月一日的格子里多了颗黑色的心。

"我记好了。"她把这句话说得像一句承诺，"我会倒数着过完这些天的。"

所以你要守约，不然她会一直惦念。

"知道了。"寂夏没有把后面的话说出来，但顾瑾年发过来的语音却带着实打实的笑意，"我要出门了，你早点休息。"

"我把今天的更新……"寂夏差点把自己的兼职脱口而出，她停顿了一下，及时改口道，"我把今天更新的剧看完就睡。"

顾瑾年"嗯"了一声："下次有时间的话，再跟你详细聊聊泛娱乐的产业模式。"

寂夏看了一眼还停留在索引"泛娱乐"界面的电脑屏幕，忽然觉得在顾瑾年这里好像就没有什么聊不下去的话题。她心有不甘地补充了一句："那下次打电话？"

"你愿意的话。"顾瑾年笑了一声，"当然可以。"

寂夏抬起头，忍不住伸手摩挲了一下日历上被特别标注出来的两个日期，心想：他们或许不该在这个时候分开的。

有些珍藏的话，有些重要的问题，寂夏不想隔着冷冰冰的电子设备对他说，她更想面对面地告诉他。

迎着坦荡的天光，站在他的目光里，不错过他的每一个表情。

可她已经等不及了。

班客西伯的十月正是多雨的季节。

超前的工业化，并没有给这个城市的外观带来什么与众不同的地方。楼宇的风格延续着低矮和不规则，只有画廊展览和山脚下夜夜不熄的灯火，才昭示着这个城市确实属于热情洋溢的艺术家们。

顾瑾年从迪可尼总部大楼走出来的时候，天上下起了微雨。随行的助理撑着伞一路送他进车里的时候，他低声说了句"辛苦"。

"不辛苦。"助理收起伞坐上商务车的驾驶位，闻言，满足道，"顾总已经帮我省下翻译的工作了。"

"晚上没有工作安排了，"顾瑾年笑着道，"你可以利用这些时间出去转转。"

助理忍不住从后视镜里抬头看了一眼顾瑾年的神色。

他们在班客西伯不分昼夜地忙了两个多礼拜，这样闲聊的时间很少。并非因为他不健谈，而是即使在车上，顾瑾年大部分时间也都是在工作。

出于某种新鲜感和敬畏心的缘故，助理不由得多问了句："顾总之前来过班客西伯？您有什么推荐的地方吗？"

"晚上的话，媒体区的酒吧是个不错的选择。"顾瑾年想了想，认真地回答了这个问题，为了方便查询地址，他又念了一遍英文的名称。"

带有异国特色的名字吸引了他的好奇心，助理将车速放慢了些，还想说点什么，却听见顾瑾年的手机传来一声微信消息提示音。

顾瑾年拿起手机，跟他说了句"抱歉"。

助理摆了下手，连忙说了句"您忙您忙"。

顾瑾年打开微信，看见一个许久没见动静的对话框被推了上来，紧挨在他置顶的聊天框下。

Vic：《千金》的资金投决会，九州高层的动作不太干净。

顾瑾年抬了下眉，回复道：意料之中。

Vic：你回得来？

顾瑾年：回不去。

Vic：你还打算顺便在班客西伯观光一下？

顾瑾年：他们动手脚的可不仅仅是投决会。

Vic：多此一举。

顾瑾年：毕竟和迪可尼合作是世伯交代的最后一件事。

Vic：你考虑那个老爷子的要求就多余。

顾瑾年：这种大逆不道的话你自己跟世伯说。

Vic：我嫌命长？

顾瑾年：你问我？

Vic：就算是和我家老爷子有关系，九州的人未免也太沉不住气了。你要辞职？

顾瑾年：倒是确实有这个想法。

Vic：你才刚到九州多久？

顾瑾年：我难道靠这个赚钱？

Vic：你还需要赚钱？

顾瑾年：养家的话，多多益善。

Vic：一个单身多年的人说养家，是不是有点好高骛远？

顾瑾年：顺利的话，应该快了。

Vic：进度？

顾瑾年：不在我这儿。

Vic：新鲜。

顾瑾年：谢谢。

Vic：九州那几个老顽固的事，需要帮忙？

顾瑾年：看不起我？

不知道是不是被他这句话击退了少有的热心肠，他这几个字发出去后，对面的人就再也没给他回过消息。

车后座许久没有动静，助理抽空从后视镜看了顾瑾年一眼，看到他没在回消息的样子，想了想开口道："顾总，有件事忘了和您说。"他指了指车内的储物槽，"您有一份国际快件，考虑到您今天有换酒店的计划，我已经提前帮您取出来了。"

知道他地址的人并不多。

意识到这个客观情况的时候，顾瑾年忽然想到，前几天寂夏绕了不知道多少个弯打听他的地址的事。

思绪像是忽然被谁牵动了一下。

他伸手从储物槽里把装快递的盒子拿了出来，果不其然在运单上看到了寄件人的名字——寂夏。

国际快递的运单都要手写，如跨海而来的祝福，需要格外慎重。

顾瑾年摸了一下那些笔画的痕迹，抬头问："有刀吗？"

助理想了想："酒店前台应该会有的。"

顾瑾年朝窗外望了一眼，忽然道："靠边停车。"

助理有些不明所以地打了双闪，一踩刹车停在了路边的泊车区。他看着身穿黑色长风衣的男人开门下了车，顶着细雨走向了街角的便利店。

回来的时候，他手上多了一把裁剪工具。

助理看了一眼导航仪，本来想说一句还有半个小时就到酒店了，却在看到顾瑾年的神色后，默默地把话收了回去。他把车重新驶回车道，听着身后传来细碎的拆快递的声音，心想：总有些事，是连半个小时都等不了的。

顾瑾年从瘪了两个角的纸壳箱里将东西完整地拿出来的时候，一张风铃草样式的便利贴先一步出现在顾瑾年手上。

便利贴上的那一句"顾总生日快乐"，和运单上的笔迹如出一辙。

原本是贴在包裹里的那本书封面上的，现在掉下来，让那本书名跃入顾瑾年的眼帘——《杂交水稻育种栽培学》。

寂夏接到顾瑾年微信的时候，正好是周六的早上。

她顶着乱糟糟的头发去洗漱间拿了牙刷，回来的时候才看见自己的手机屏幕上出现了一条消息提醒，发送时间在十分钟之前，顾瑾年问她：**醒了？**

这条消息上面是他们见缝插针地在彼此繁忙的日程中零零碎碎的聊天。最后的一条是顾瑾年发给她的，在班客西伯街头流浪的小猫，橘色的圆脑袋像只熟透了的小南瓜。

寂夏叼着牙刷，在对话框上飞快地回复：**嗯哪，刚醒。方便电话？**

寂夏匆匆地漱了口，想了想直接拨了电话过去。电话很快被接起来，连着她许久没有当面听到的声音，隔了万里重洋，隔着十五个小时的时差，传到她的耳中。

"喂。"

一个字就唤醒了她所有自以为习惯的想念，简直是蛮不讲理。

"嗯，我在。"寂夏下意识地捏了下手机，她看了一眼挂钟指向的时间问，"你吃晚饭了吗？"

"还没。"顾瑾年似乎根本不想讨论其他问题，他简短地回应了一句，开门见山道，"我收到了你的礼物。"

寂夏隔着手机屏点了点头："啊……我知道。"

寂夏当然知道，她本来就是掐着时间邮寄出去的，为了确保顾瑾年能万无一失地收到这份礼物，她拦着 UPS（国际货运运输）的小哥问了半天。

最后那位快递小哥忍无可忍地掀了掀帽子，跟她说："姐姐，您就放一百个心吧。"他不由自主地提高了声音，语气里的口音变得更加明显，那两个叠音字听起来像在说相声，"我今天就亲眼看着这个件儿上飞机，只要它不丢，就算是灭霸来拦飞机，二十五号前也肯定会送到的！"

人生第一次被叫作姐姐的寂夏，很自觉地道了声歉。

"虽然你人不在，没法儿陪着你过这个生日，但有些话还是要说。"此刻这份她千叮咛万嘱咐的礼物终于到了顾瑾年的手里，寂夏倒是有些不好意思起来，她换上正式些的语气道，"生日快乐！顾先生。"

顾瑾年似乎是笑了一声，开口有短促的气音，他问："怎么想到送我这个？"

寂夏沉默了一小会儿，慢吞吞地开口："就，你有没有……读过一首诗？"

顾瑾年没给她拖延的时间，直截了当地反问："提示呢？"

"一首……讲稻子和稗子的诗。"寂夏的声音越来越小，小到她甚至不确定顾瑾年能不能听见，可恍惚中，她又觉得连接着自己和顾瑾年的这通越洋电话，根本就让她那点不太明显的心思无处可藏。

她不自觉地摸了下自己的耳垂，那一小片肌肤这会儿变得很滚烫："余秀华的。"

我不适宜肝肠寸断。
如果给你寄一本书，我不会寄给你诗歌。
我要给你一本关于植物，关于庄稼的。
告诉你稻子和稗子的区别。
告诉你一棵稗子提心吊胆的春天。

诗名是《我爱你》。

寂夏觉得顾瑾年一定是听过这首诗的。

因为她这句话一说完，电话的另一边忽然陷入了沉默。

顾瑾年的背景里似乎有雨声，他的呼吸似乎缠着雨幕，每一声都让她的心情变得更加潮湿。寂夏听不见他的回应，只能在细弱的白噪音里，一声一声地去数他的呼吸，很微妙的，这等待并不让她觉得急躁。

"你可要想好。"不知道过了多久，顾瑾年才重新开口，他的声音听起来和平时不太一样，像漫长的跋涉终于到达了尽头般，他说这句话时的声音暗哑，像是在忍耐，"有些话说出口，在我这儿就没有反悔的机会了。"

寂夏愣了一下。

他们从相亲认识以来，无论是工作上还是私下的相处，顾瑾年从没对她用过这样强势的语气。寂夏想象不出来一个连打个电话都要问她方便不方便的顾瑾年此刻究竟是抱着什么心情说出这句话。

大概是对她的默然抱有迟疑，顾瑾年放轻了声音，却并没有改变他的意思："……我只给你这一次机会。"

寂夏灵敏的耳朵从电话里捕捉到打火机点火的声音。

两下。

"这么严格啊？"她眨了下眼睛，故意拖长了尾音，"你还记得我第一次见顾爷爷之前，你打电话问我意愿的那句话？"

"我希望你能假借女朋友的身份见一下我的爷爷。"顾瑾年想了想，问她，"这句话？"

"是这句。"寂夏因为他一丝不苟的重复笑了笑，"我现在想问问顾先生。"她咳了一声，一本正经地继续道，"不是假借的，可以吗？"

寂夏曾经觉得顾瑾年这个人太过遥远。

他是人群中的月亮，她只是人群里望着月亮的人。他们本不该有什么交集的。

可顾瑾年让寂夏觉得，自己会是被坚定选择的那个人。

他在朝她走来，带着一身光。

比起被顾瑾年所给予的，她能做的事情实在太少。可这也并不是她不做的理由，她要交付一个迟疑者的主动。

一个对爱情悲观者的信任，一个倾诉者未写于笔下的情话和一个久久望月的人全部的思念。

所以，余生只看她吧！顾先生。

顾瑾年出国后第一个父亲的忌日，奉阳下了雨，仿佛在宣告凛冬将至。

他下了国际航班，踏上这片承载了年少的故土时已经接近黄昏了。他的家人在清晨就已经完成了祭拜的工作。顾瑾年回家放下行李，一个人坐上了去陵园的公交。

虽然在读研的奖学金足够优渥，但家里这种情况，节省点总归是有益无害。

开往陵园的这趟十三号线，经停站颇有寓意，以妇婴医院为起点，途经学校、民政局、火葬场，终点是北郊墓园。

如这趟公交的线路名一样，寥寥几笔就概述了一生。

时间让他适应了某些永恒的缺憾，顾瑾年的心情算不上糟糕，却也绝不能称之为好。

与这连绵的细雨相似，他的心里笼罩着阴云，阴影里一半是故去的美好，一半是永恒的缺憾。

他站在公交车中间。

大概是因为高三补课的缘故，公交车经停在学校那一站的时候，十几个穿着校服的男生涌进了车厢。正是年少恣意的年纪，他们毫不在意车上有没有其他人，刚一落座，就天南地北地聊起球赛、作业、路上偶遇的漂亮姑娘。

他们笑得张扬又吵闹。顾瑾年忍不住皱了皱眉，他并没有求同的空想，可共享同一节车厢，那些笑声像踩在了他堵塞的心绪上。

不合时宜的欢乐令人感到烦躁。

刚起步的公交车忽然踩了刹车。

出于惯性的原因，有几个不好好扶着把手的男生不由得往前踉跄了一步。他们不太高兴地往驾驶位上看了一眼，却见司机伸手重新打开了前门。

车距离站点已经驶出了一两百米，这种情况下司机还愿意停车，委实称得上"网开一面"。连天的雨幕斜打着车窗，一个用书包挡雨的身影，匆匆地掠过顾瑾年的视线。与女孩小跑几步登上公交的动作一起的还有一声礼貌的道谢。声音柔软，让人想起南方水乡纵横的古巷，还有几分熟悉感。

女孩没带伞，神色却并不狼狈。那双沾了雨水的长睫毛湿漉漉地眨了两下，就让男生们的目光自然而然地落在了她身上。

不知道是不是出于躲避这些目光的心理，她随手整理了一下因为跑步而变得有些凌乱的头发，低着头越过人群向车厢后面走过来，一矮身坐在了顾瑾年前排靠窗的位置上。

纤细雪白的后颈翘着几缕碎发。

凝望她的人里面多了一个顾瑾年。

但跟前面跷脚的男生们相比，他拥有得天独厚的条件，因为他知道她的名字。那两个字连着遇见她的那个冬夜和一个盛夏。

寂夏。

默念的时候格外有缱绻的意味。

在一阵极有默契的沉默后，男生们重新开始了闲聊，但跟之前不同的是，明显有些收敛的话题和偶尔朝这边瞟过来的视线，连同着顾瑾年也一同成了"受益人"。

可寂夏没往那个方向看一眼。

她的目光落向窗外，耳朵里塞着一副白色的耳机，因为坐得近的缘故，顾瑾年隐约听得见从里面传来微弱的英文歌。

窗外的雨声，汽车轮胎擦过水坑的声音，和她耳机里如叙述般浅唱的女声交织在一起，重构了这个下着细雨的黄昏。

公交车迎着半晴的积雨云驶向终点，顾瑾年不知道他们同行的旅途还有多远，但他很快从那些白噪音的序曲里，捕捉到了一声啜泣，像雨幕里忽然闯进了只挨了烫的猫。

顾瑾年一开始以为自己听错了。

但没过多久，他就从车窗的倒影上找到了答案。女孩的额头轻轻抵着车窗，玻璃上映着她微红的眼睛。

车厢前面时不时传来男生们的笑声，少年人兴高采烈的喧哗足够热闹。

没人知道，他们在吵闹中共享悲伤。

后来，他孤身闯进了金融圈，结识了几个志同道合的朋友，在圈内渐渐打响了名头。随着事业的逐步起色，相伴而来的却是越来越少的自由时间和越来越多的应酬酒局。他们从几百人的团队手里赢到过项目，也因为被恶意陷害尝过无疾而终的失败。

忙得暗无天日的时光里，顾瑾年偶尔会回想起那些瞬间。

有时是因为凉夜里的细雨，有时是因为盛夏的晚风，又或者是初冬的新雪下得太过安静。那些与她相关的细节，像某次于荒野错过的月色，纵使遥远不再触及，却依然在他的记忆里发着光。

他没想过还有再见面的机会。

蓄谋重逢的那一天，顾瑾年顶着相亲的名义想去见见这个并不相熟的故人。

他在觥筹交错和推杯换盏的间隙里赴约，隔着七载冬夏，他一眼就看见穿着芽绿色长裙的女孩坐在自己提前订好的位置上，一边打电话一边懒懒地伸手去敲烛台外的玻璃罩。

顾瑾年在原地稍停了片刻。

微妙又荒谬的，经年后的重逢更甚树下老酒，余酣愈演愈烈。

"后来你猜怎么着。他给我科普了三个小时的相对论。

"条件好还需要出来相亲，大多是有难处吧。

"长相有缺陷，身体……有隐疾？"

玻璃罩里的烛火被她敲得一晃一晃的，摇曳的光影里，女孩的侧脸看起来显得很温柔。

顾瑾年在那些天马行空的话语里走过去，像是缓慢地靠近某些隐秘的旧念想。

总该要公平一次的。

他一步步靠近……也给他这样的机会，让顾瑾年这三个字，比任何人、任何事都更鲜活地占据她的余生。

他如今，得偿所愿。

他们那通电话的尾声，顾瑾年和她说了一句："等我回来。"

像某种宣告。

这句话的空缺部分实在可以延展出太多可能性。

那之后，谁也不愿意结束的闲聊变得多了起来，他们互相数着对方的时差，见缝插针地分享着彼此的日常。班客西伯的工作似乎极不规律，寂夏有时会捉到顾瑾年忙得忘记吃饭的时刻，但睡前收到的晚安的消息却次次不落。

比往日更热络、更亲昵、更理直气壮。当然，弊端也很明显。

在顾瑾年三番五次的提醒后，依然不愿意挂电话的寂夏看着手机屏幕上将近两个小时的通话时长，没什么底气地说了句："能不能再打五分钟？"

寂夏说完忍不住先在心里唾弃了一下自己，这个句式她分明在打麻将的顾爷爷和自己七八岁的小侄子那里听过类似的。

顾瑾年明显识破了她的谎言，他的语气里带了点不容辩驳的意思，像是寂夏高中时代抓逃课学生的教导主任。

"很晚了，你明天还要上班。"他稍稍停顿了两秒钟，又问，"还是说，你想用特权在我这里请假？"

"我不想请假。"寂夏自然不想在工作中搞特殊化，她说完这一句，忍不住叹口气道，"可我之前上班还能看到你的。"

这次轮到顾瑾年那边沉默了一会儿。

寂夏以为是长途电话的信号不好，试探着"喂"了一声。

顾瑾年很快应了她一句："我在。"

跟在顾瑾年的回答后掺着两声嘟嘟的敲击声。

寂夏知道他的酒店就在山脚下，班客西伯这会儿是清晨，顾瑾年跟她讲过，窗外时常会有早起敲窗户讨食的松鼠，顾瑾年还拿这些松鼠们的勤劳程度和她作过比较，寂夏觉得自己瞬间又找到了话题："是又有小松鼠来了吗？"

"小松鼠今天没有来，"不知道是不是在取笑她这种掩耳盗铃的举动，顾瑾年在电话里笑了一声，"不睡觉的小朋友倒有一个。"

寂夏被这话里的笑意烫了一下耳朵，她看着微信上的通话时长，自己也知道占用了顾瑾年很长时间，她摸了摸已经发烫的耳机，主动道："那我挂了？"

"不想挂也可以。"出乎意料的，顾瑾年这次倒没催着她挂电话了，他到底还是让了步，却依旧踩在自己的底线前，"但你要去睡觉。"

寂夏从他的口吻里似懂非懂地摸出点潜台词的意味，她问："那你？"

"我不挂电话。"顾瑾年叹口气，叹息声后的语气带着无奈和纵容，"我跟月亮一起，守着某个小朋友睡。"

不知道是不是因为顾瑾年的话，寂夏那一晚的梦里，除了洒满了月色白茫茫的荒野，还有顾瑾年刻意压低的呼吸声。

她实在是睡得太好了，以至于她睁开眼睛的几分钟后，都没能从一室亮光中意识到问题所在。

寂夏把脸往枕头里埋了埋，习惯性地去摸放在一旁的手机，想看一眼时间，却在按下开机键后看见了全黑的屏幕。

她的手机关机了。

昨晚那通语音通话不知何时夺走了手机的最后一点电量，而被顾瑾年最后那句话轰炸得晕头转向的寂夏，根本忘记了给手机连上充电器这回事。

月初的第一个工作日因为这场意外变得手忙脚乱。

而远在国外的顾瑾年显然对眼下的情况早有预料，不然她也不会在开机后的第一时间，就看到他发来的两条消息。一条留在电话被中断后的凌晨，一条发在她每个工作日的闹钟时间。

顾瑾年：晚安。

顾瑾年：不想请假？

每到这种时刻，寂夏都觉得顾瑾年在气人这件事上格外天赋异禀。

她匆匆忙忙地跑进办公室的时候，已经整整迟到了一个多小时。寂夏一边走向自己的工位，一边跟身边的同事打了声招呼。

可不知怎么的，大家这会儿似乎都没什么心思分神搭理她，哪怕是问一句她迟到的原因。办公室的氛围似乎不同以往。

寂夏环视了一圈，在部门同事的脸上找到了相似的凝重表情，忍不住问道："怎么了？"

一时间没有人回答她，连往常看起来吊儿郎当的肖扬此刻都是一副丧气模样，他抬起头看了寂夏一眼，临开口前又变得沉默了。

寂夏看见肖扬这副欲言又止的模样，忧心忡忡地猜测道："我们部门要重组？公司要裁员？"

"还是我来说吧。"见话题的方向越来越偏，楚薪主动接过话茬，她端着刚接好的咖啡叹了口气，"你早上没来的时候，高层已经批示了关于《千金》的投决结果。"

寂夏觉得心里陡然一紧："我们没过？"

"不，我们过了。"出乎意料地，楚薪否认了寂夏的不妙预感，但她看起来并不好看的脸色明显和这个尽如人意的结果格格不入。

楚薪伸手把杯子放在桌上，没让这个悬念持续太久："但据说是出于题材风险性的顾虑，通过决议的项目预算还不足五千万。"

这个数字就离谱。

影视项目的相关报价都是以万为单位的。以现在业内的行情，就算是十一二集的网剧，要做出精品来，五千万的成本可能也不够。且不说《千金》这种量级的 IP，读者根本不可能接受它被做成一个小成本的网剧，更何况《千金》的题材特殊，这种末世软科幻题材作品，后期特效都是按帧收费，费用可想而知。

这个投决结果简直像是个笑话。

可能是这个结果实在超乎她的预料，寂夏没忍住将心里的第一个念头直接问出了口："这件事顾总知情吗？"

楚薪摇了摇头："这我就不知道了。"

"真假不保证，但我倒是听说，"作为常年走在八卦第一线的公司员工，宋明冉从电脑屏幕前移开视线，道，"按说这次投决会顾总也要出席的，但不知道是谁说顾总出差太忙，在国外也不方便，就临时调整了参会人。"

"不方便？"寂夏忍了又忍，到底还是没咽下这口气，"他们是哪里来的'土著人'，学不会通视频电话吗？"

已经是二十一世纪了，找借口能不能用点心。

大概是没想到她敢在公司就这样直抒胸臆，宋明冉吓了一跳。投决会的参会人都是九州举足轻重的人物，最低级别也要是工龄十年以上的总监级，这句话要是不小心被传了出去，指不定会有什么后果。

谁愿意拿自己的前途作代价来出口气。

宋明冉下意识地往门口的方向看了一眼，好心地朝寂夏比了个噤声的动作。

楚薪明显也是一样的想法。

"寂夏，我理解你的感受。"她从抽屉里摸出一包宁神茶，递给寂夏，"但事情到这个层面，已经不是我们能解决的事了。"

"是啊！顾总那么厉害。"肖扬也在一旁劝道，"说不定我们气得要命，最后都是杞人忧天。"

像是响应肖扬的猜想一样，办公室里同时响起几声消息提示音。

她下意识地看了一眼自己的手机，他们那个"社会主义接班人"的工作群里多了几条消息。

来自顾瑾年：

事情我知道了，不用担心。

你们做得很好。

我很快回来。

肖扬快速读完那几条消息，在抬起头时神色明显与之前大不相同，他对寂夏一扬眉："你看我说什么来着。"

楚薪明显也松了口气："估计顾总回来就会有转机了。"

宋明冉在楚薪的话里点点头，她宽慰般地拍了拍寂夏："我们就安心等顾总回来吧。"

办公室里的氛围突然变了个样。

楚薪捧着刚冲好的咖啡坐回了电脑前，很快重新进入了工作状态。肖扬也按惯例戴上了播着摇滚的耳机。宋明冉颇为嫌弃地朝肖扬撇了撇嘴，在一边偷偷伸手去调整他手机的音量。

仿佛是一条走到了尽头的死胡同，忽然被人凿开了新路，刚才还被困在原地的人拾掇了心情重新上路，他们步履轻盈，神色放松，跟同行的人开着玩笑。

仿佛顾瑾年是定海神针一般。

人们惯常期待强者的表现。平心而论，这些想法也并非全无道理。

无论是他们的力微，还是顾瑾年有目共睹的能力。他总是站在给予和承担那个位置上的人。

寂夏知道顾瑾年并不需要别人的担心，可她就是没办法管理好这些因他而起的情绪。

她心不在焉地把楚薪送的那包安神茶倒进杯子里，在蒸腾的热气里垂了下眼睛。从顾瑾年那里听来的关于九州新旧两派转型之争，一字字划过她的脑海。

这如同玩笑一般的项目预算，应该就是保守派被逼到死角后的反击。

寂夏心想：他们想架上赌桌的，不仅仅是《千金》的成败，还有一个顾瑾年。

恐怕顾瑾年之所以被十万火急地调离国内，也是为了削弱顾瑾年在中高层的影响力，让今天这出戏唱得万无一失。

等顾瑾年回来，投决会的结果已成定局，他们只需要隔岸观火，看他如何处理这个烂摊子，再时不时地设下点绊子，就足够先发制人了。

寂夏将敌军的思路细细地想了一遍，她望着屏幕上顾瑾年的那几条留言吸了口气，忽然出声："九州之前，"她迎着四面八方疑惑的目光，抬头问，"有通过个人进行项目融资的先例吗？"

寂夏的想法其实很简单。

影视行业有不少项目方和投资方交流的平台，就像新程对外融资的方式一样，向外投递项目策划，接受外部参投，共享收益。投资方也需要能够接触和参与好项目的机会，这个行业没有永远的甲方，资本也不是时时都能立于不败之地。

创作永远都是内容为王。

但普遍来说，项目交流基本是以公司为单位，尤其是《千金》这种量级的 IP 作品。但巧合的是，正因为《千金》是九州尝试的第一部作品，大部分高层虽然没有明确反对，却依然抱着观望的态度，谁也不想承担这个责任。

顾瑾年也是在这样的局面下，向九州高层提出的权益分割。

让策划部作为内容承制的重要参与人，与公司平摊项目成本，以此共享一半的决策权益。以项目播出结束为期限结算盈亏，如果项目收效甚微，那么亏空部分会直接核算成顾瑾年的业绩。

当初顾瑾年就这个提案征询他们意见的时候，包括寂夏在内的所有人都觉得这个想法太过匪夷所思。这相当于让他们部门以独立工作室的形式与公司签了对赌，需要支付代价的却只有顾瑾年。

他们当然没有意见，他们甚至摸不透这种做法对顾瑾年来说意义是什么。

倒是寂夏忍不住多嘴问了一句，顾瑾年坐在会议室的长桌后朝她望来，狭长的眉眼带着笑，模糊了他凌厉的五官："反客为主，有备无患。"

寂夏当时听得实在是一知半解。

现在想想，顾瑾年这预谋的一步棋倒是为他们部门独立融资留下了很大的施展空间。

乘隙插足，扼其主机，此渐进之谋也。

寂夏真的不愿意去思考，顾瑾年是不是从那个时候就算到了会有今天这种局面。

"倒是没有这种先例。"在九州年头儿待得最久的楚薪回答了她的问题，迟疑了一下，道，"但九州确实也没有禁止或是打压过这种做法。"

公司当然不会明令禁止这件事。

在能够保证保密性的基础上，谁会拒绝一份送钱的生意？而顾瑾年的提案里包含保密协议，恰恰能够让九州的决策者相信，在共同利益的基础上，策划部不会做什么自毁前途的事。

"规定是这样的没错。"肖扬摘了耳机，接在楚薪的话后，"但《千金》这种级别的 IP，按投决会的预算，融资的数额必不会少，你去哪里找这么财大气粗的投资方？"

"我觉得肖扬说得对。"楚薪也抱着同样的看法，劝道，"我们也认识不少投资人，但都是微小型创业，两三百万的盘子还玩得起。《千金》差的成本十倍都不止，你得找多少人？费多少口舌？太不值当了。"

宋明冉本身对投资圈的事不太了解，这会儿听了楚薪和肖扬的话，倒是听出这事有多麻烦了。

"而且《千金》这个项目，之前被新程拿出去溜了一圈，恐怕现在业界那些大佬多少都有点抵触情绪。"她从另外一种角度跟寂夏衡量了一下利弊，"如果不是合作过的项目方，就凭我们贸然上门说服，可能性真的不大。"

寂夏在这些苦劝声中点了点头，轻轻"嗯"了一声。

他们说得很客观。

《千金》的题材特殊，内容厚重，决定了它制作的成本下限。

为了补上资金的漏洞，新程也必然拿《千金》在投资圈拉过不少资金，现在事情不了了之，对项目必然也会造成负面影响。何况她在投资这一块，既没有人脉，也没有任何经验。无论从哪个角度看，独立融资的念头都是异想天开。

可她还是想试试。

要想解决眼下《千金》资金链的问题，关键还是在于如何找一位财力雄厚，又能联系得上的投资人。

寂夏下意识地摩挲了一下鼠标上的滚轮，心里冷不丁划过某个名字。

她无数次地从业内的人口中听说过有关于他的评价。

传奇、神秘，眼光独到。他的名字上关联着所有跟成功有关的形容词。

以至于寂夏想到这个名字的时候，未免升起了"她高攀不起"的惶恐感。

可论条件，确实没有比他更合适的人。而她偏巧，可能知道联系到这个人的途径。

寂夏在工作上倒不是个投鼠忌器的性子,在决定了要做一件事后,剩下的就是如何最大限度地做好准备。她默默地敲下几种方案,忽然想起什么似的,先给顾瑾年发了条消息:**之前听你说,在来九州之前和朋友一起做过投资。**

既然是同行业,寂夏觉得要是能从顾瑾年那里打听到,肯定比自己在网上查媒体八卦靠谱得多,她干脆直接问道:**那你知道 K&J 的那位幕后投资人 Jin 吗?**

寂夏收到顾瑾年的回信大概是一个多小时后。正赶上九州午休,他直接打了个电话过来。

"刚才在开会,没看手机。"顾瑾年先解释了一句,才回答她,"听过。怎么了?"

寂夏避开吃饭的人群走进公司的窄道的楼梯间。

在事情没有着落之前,她也不想让顾瑾年知道自己在为资金的事情操心,只得含糊其辞地道:"我朋友想让我帮忙打听一下。"

无中生"友"。

顾瑾年"嗯"了一声,不紧不慢地重复了她话里的几个字:"你朋友。"

"对,我朋友。她做项目的,最近在研究投资的事。"寂夏不知道怎么的,从他的语气里听出一点压迫感,她硬着头皮顺着自己编的戏往下演,"那你有没有听说过,Jin 本人怎么样?"

"本人?"顾瑾年的声音听起来显得漫不经心,"平平无奇。"

在问顾瑾年之前,寂夏自己也在网上查了一下。

她看到不少关于这位大佬的评价:"投资圈不二神话""毫无人性""从不做失败的投资""最难拿下的投资界铁公鸡"。想着业内人相互看待的角度和需要营造噱头的八卦媒体肯定不同,寂夏还挺期待从顾瑾年那里听到更实用的回答。

可她怎么也没想到,等来的是"平平无奇"四个大字。

一时间,寂夏也不知道自己该怀疑的是顾瑾年的评价,还是自己对"平平无奇"这四个字的理解。

她沉默了一会儿,点进顾瑾年的头像,一言不发地修改了备注:顾·凡尔赛·瑾年。

是她不懂大佬的世界了。

看着改过的几个字,寂夏倒觉得释然了不少,她坚定地强调了一下自己的问题的核心:"我是问习惯、喜好之类的。比如,他选项目的时候看中什么？"

"然后你打……你朋友打算怎么做？"顾瑾年的话里有可疑的停顿，"投其所好？"

"要是能一击必中自然是最好的。"寂夏把自己的意图讲得很直白，"投资这个圈子，不是更讲求高回报高效率吗？"

"你理解得还挺透彻。"顾瑾年似乎对她的想法还挺赞同，给出的答案却很模糊，"选项目，大概看人吧。至于喜好，"不知道是被她话里的哪个点戳中，顾瑾年笑了一声，"我不太了解，你可以让你朋友自己探索一下。"

"看来也只能这样了。"

寂夏对获得少得可怜的信息量并不意外，毕竟 K&J 横空出世以来，神秘的标签就跟铁铸的一样，焊在了这位创始人身上。无孔不入的媒体记者，硬是连照片也没能成功发出来一个，何况喜好、习惯这种需要深入挖掘的东西。

看顾瑾年含糊其辞的样子，恐怕和这个人的接触，应该真的只局限在"听说"。

"辛苦顾总抽时间答疑解惑。"虽然获得的信息少，但该有的感谢不能少，寂夏道，"我替我朋友谢谢您。"

"不客气。"顾瑾年心安理得地收下这句客套，他颇有预见性地问，"你是不是还要帮你朋友要个联系方式？"

"您真是料事如神。"寂夏毫不吝惜对顾瑾年的赞美，她站累了，此刻倚在楼梯间的墙壁上，道，"我正想去问一下，那我先挂了？"

"等会儿。"或许是这句挂断说得太不留情，顾瑾年上扬的语气里有诘问的意思，"你想找谁要？"

"我猜闻先生那里可能会有。"寂夏从电话界面退出来，开始一心两用地翻找自己的通讯录，"闻先生，就是电影圈的那位三金影帝，上次听他聊起 K&J 的口气，好像是认识的。"

顾瑾年一字一句说得挺慢："你还认识闻商连？"

寂夏倒是没隐瞒："你记不记得上次送我去会所的那次，我就是在闻先生那儿看了个本子。"

"你怎么管谁都叫先生？"一向很擅长抓重点的顾瑾年，这会儿突然偏离了方向，"你之前也总喜欢这么叫我。"

"那会儿我们还不太熟，不叫先生，还有什么其他更礼貌的称呼吗？"

可能是因为分神的缘故，她一时还感到有些纳闷，想了想问，"大爷？你要是喜欢……"

她倒也不在意被占这点辈分上的便宜。

电话那头的顾大爷深吸了口气。

"但是我那天真的是在认真看本子，我也没有闻……影帝的联系方式。"似乎终于从顾瑾年的吸气声里明白过来什么，寂夏连忙解释了一句，"是他的经纪人唐清，说是以后有机会多聊聊，就加了个微信。我可以拜托他帮我问一下闻影帝。"

"兜这么大一圈，"不知道是不是她改口了的缘故，顾瑾年终于不再执着于这个话题，只是道，"你也不嫌麻烦。"

寂夏反问他："可你不是只听说过这个人吗？"

要是能从男朋友那里要到，谁会想去绕远路呢？

她说完这句话，顾瑾年似乎沉默了好一会儿。

"其实也不麻烦的。"寂夏当场就改了口，她信誓旦旦地保证，"我就问他一下，绝对不会有多余的交流的。"

"你胡思乱想什么？"顾瑾年听到她的话，像是完全忘了自己之前的行为，"我有那么封建？你还要给我守个三从四德？"

寂夏依旧忧心忡忡："可你一会儿吸气一会叹气的。"

"我那是……"顾瑾年的话说到一半，自己倒是先笑了一声，也不知道是被气笑的还是被逗笑的，他停顿了一下，末了才懒洋洋地开口道，"我牙疼。"

寂夏不清楚年满三十岁的男人还会不会有虫牙和智齿的烦恼，她很体贴地没有追问顾瑾年的病因，挂了电话，默默地叫了个国际邮单，给顾瑾年寄了止痛药和消炎药。

巧合的是，接单的还是上次的 UPS 小哥。他还戴着那顶灰扑扑的帽子，看见她，还兴致勃勃地问后续："对方收到了？"

"收到了收到了。"寂夏不好意思地摸了摸耳朵，"辛苦小哥了。"

"嗨，咱吃的不就是这口饭？"小哥挺豪爽地一挥手，他看了一眼订单，还"哟"了一声，"还是上次那个名字？"

寂夏没想到他还有这么好的记忆力，她欲盖弥彰地指摘道："就是这个人！跑那么远还不让人省心！"

"等他回来可得好好说说。"快递小哥配合地点了点头，走之前还很有眼色地说了一句，"那我祝你们百年合好！"

全国通用祝福。

可和顾瑾年有关的祝福听起来都令她脸热。

唐清回复消息的速度挺快，和她猜想的一样，闻商连和 Jin 果真是认识的，但唐清在结束对话时和她说了一句：但可能保证不了结果，寂小姐。老板这边倒是没什么问题，但那位先生是个不爱和人打交道的人，还得看他愿不愿意松口。

唐清在这种非工作场合的措辞也很官方。

寂夏对这个回答并不失望，她回复道：您和闻影帝愿意帮我问一声，我已经很感激了。

她这句话也不是客套，有一个能和这位圈内大佬搭上线的方式，对她来说已经是意外之喜了。寂夏本来也没有抱多大的期待，Jin 是她能想到的条件最适配的人，要是不行她就问问慕阮阮，能拉来多少是多少。

杯水车薪，也好过什么都不做。

唐清的回复很快，连跟在文字后的表情都让人挑不出错：您别客气。老板托我在您这儿给慕小姐带声好，期待之后的合作。

寂夏又道了声谢。

对话结束前她将最后那条消息又看了一遍，总觉得自己似乎不知不觉中沾了慕阮阮的光。也不知道自己的名字在这位闻影帝心中是不是备注了代号信鸽，指定有点儿猫腻。

寂夏这么想着。但她还没来得及转达闻影帝对慕阮阮的问候，慕阮阮那边倒先出了事。这场横祸充满意外，来得太过猝不及防，以至于网络上的消息要比慕阮阮本人的倾诉先一步传到了寂夏的耳朵里。

起因是慕阮阮在微博上失手点赞了一篇造谣闻商连的八卦新闻。

这篇新闻稿写的内容也很有想法。它不学同行写闻商连在片场误工耍大牌，也不学那些娱乐记者，捕风捉影地写影帝与当红女明星的爱恨情仇，更是一字没提整容、隐婚、私生子这些老生常谈的话题。全篇内容都在结合闻商连的早年经历，逻辑自洽地暗示他是个不太正常的人。

这篇稿子甚至称不上一个负面新闻。

所以在慕阮阮点赞前，这篇稿子的阅读量少得可怜。寂夏在事发后读过全文，也只觉得这是一篇编者为了满足自己口味的精神食粮。

可慕阮阮手滑之后，事态就完全变了个样子，相当于变相地确认这条消息的可信性。而且这件事发酵的时机也很不凑巧。

闻商连和慕阮阮刚参加过一档恋爱综艺，因为是二度合作，两人组的搭档热度很高。慕阮阮这个时候点赞闻商连的八卦新闻，简直是引爆战争的一把火。

再加上慕阮阮的长相，漂亮得太有攻击性，手滑这种低级失误一旦发生在慕阮阮身上，网友的接受度会变得奇差。

寂夏给慕阮阮打电话的时候，还能从她筋疲力尽的声音里听出惊奇感："所以按她这个分析，闻商连真的有问题。"

寂夏挺佩服慕阮阮这种苦中作乐的精神："你们团队的公关有对策了吗？事情平息得下来吗？"

"还能怎么办？"慕阮阮说得很轻松，"按头道歉，躺平任嘲呗。圈子里都这样，哪个明星不挨骂？何况这次本来就是我自己不小心。"

"微博点赞那个功能本来就很容易手滑啊。"寂夏忍不住替她打抱不平，"你也第一时间就出来道歉了，这有什么不可相信的。"

"不奇怪。毕竟是闻商连。"慕阮阮倒是看得开，叫出那个人的名字，语气说不上是喟叹还是怀念，"那是多少人动不得的男神啊。"

"你要不……"寂夏沉默了一会儿，试探着问，"让闻商连的团队配合澄清一下？"

慕阮阮回复得斩钉截铁："我宁愿淹死在唾骂声里。"

寂夏还没来得及说什么，就听刚才还准备英勇就义的慕女侠那头传来一声压不住的惊呼，她连忙问："怎么了？"

"没什么。"慕阮阮再开口的时候声音还有点抖，"就是私信里收到了一些照片，有点瘆人。"

"这也太……"寂夏深吸了口气，她干脆地道，"你最近别翻私信了，要是放不下影迷的消息就把账号给我，我帮你看。"

"没事，让我工作室的人提前帮我筛一下就可以了。"慕阮阮很快就镇定了下来。

她们挂断电话前，慕阮阮以在到处飞着跑商务为由，拒绝了寂夏过去陪她的建议。

寂夏想着慕阮阮遭遇的那些事，怎么也没法踏实下来睡觉。她思来想去，干脆半夜爬起来，用失语蝉的账号在手滑事件的关联词下发了一条微博：没必要事事都贴上阴谋论的标签，生活也不是宫心计。据我所知，慕阮阮是位乐观善良敬业的圈内人。她比任何人都热爱这份工作，绝不会想以哗众取宠的方式牺牲自己的梦想。我相信她。

寂夏临睡前把这条状态发了上去。她没什么扭转局势的想法，只是觉得哪怕多一个人出来替慕阮阮说句话也好，至少不会让她在这种时候觉得孤单。

况且失语蝉多少也算是个小有名气的账号，稍微有些影响，那也是好的。

可她没等来期望的效果。被卷在这件事里的人倒是多了一个。

"失语蝉不当发言"这个关键词，第二天中午就以乘着火箭的速度冲上了热搜，热度紧挨在"慕阮阮手滑"下面，像两个相濡以沫的落难者。

网友们的手速远胜过她这个专业码字的人，成百上千条私信迅速攻占了她的微博，倒让寂夏也真实地体验了一次千夫所指的感受。

她在不断上涨的未读私信数量里退出了博客界面，忽然接到了一个国际长途电话。

寂夏刚刚接通，顾瑾年的声音就传了过来，像是终于松了口气，他的语气似乎没有往日的从容："怎么不回微信？"

寂夏这才看到自己的微信收到好几条消息提示，还有两通没接听的语音电话，连忙解释道："我刚才在忙，没看手机。"

顾瑾年"嗯"了一声，他沉默了一会儿，电话那头的呼吸声听起来很沉稳又遥远。寂夏没来得及拿耳机，她的耳朵贴着听筒，不知道为什么，忽然觉得眼底发酸。

明明之前看到那些留言的时候，她还觉得不是什么大事，这会儿倒是后知后觉地委屈起来。

寂夏在心里吐槽自己，又不是被同学欺负了看见家长的小孩子，幼不幼稚？

她在沉默声中等了一会儿，没等到顾瑾年开口，有些疑惑地问："你怎么不说话？"

"我在等你说。"顾瑾年叹了口气，像连声量都被仔细斟酌过，他放轻了声音，慢慢问她，"你呢？你有没有什么想和我说的？"

"有的。"寂夏在顾瑾年的声音里闭上眼睛，心头那点委屈像是归海的川流，本能般地朝声源处涌去，她握着手机紧贴着耳朵，也放轻了声音说，"班客西伯明天好像有雨，你要记得带伞。"

Chapter 09
购买余生

生活里鲜少有能让顾瑾年感到急躁的时刻。

认识他的人会时不时地调侃，他遇事冷静得像个机器人，顾瑾年对此供认不讳。

或许因为是天生的性情，又或许是因为父母很早就把他当作家庭决策成员之一的教育方式。

从他记事起，家里每个月就固定召开一次家庭会议。圆桌的配椅稍低，为了保持公平性，他一个人坐高脚凳，三个人一本正经地围在平时用作置物架的桌子周围，像是中世纪的骑士议会。讨论的议题大到家里接下来投资哪一套房产，小到什么阶段报什么兴趣班，他的意见都会被充分地倾听和采纳。

议会成员少不了他家那只不太老实的博美。每次都要被顾母抱在怀里，它才肯安静一会儿。

或许是这个原因，在同龄的孩子习惯用哭闹宣泄情绪的时候，他就已经学着分析问题并试着给出解决方案了。

顾瑾年感知过情绪失控的次数，屈指可数。

一次是他上课的时候接到医院的电话，电话那头的医护人员声音平静地告诉他，他的父亲遭遇了意外车祸，撞到了头，进了重症监护室，需要家属过来签字，记得带好钱。

一次是他的母亲在葬礼上忽然晕倒，被查出了肺病，医生指着胸片上的那一片阴影对他说，要注意病人的情绪。

还有一次，是久别重逢，她坐在灯影里显得神色温和，眉眼干净。

次数不多，却都刻骨铭心。

而这一次，顾瑾年知道整件事情，还是因为傅博宇给他打了通电话过来，犹犹豫豫地问他："你这两天上网了吗？"

"没有。"

顾瑾年这两天确实没什么时间，迪可尼的高层刚刚在他的诱导下松了口，正是确认合作前的当口，实在没什么精力分神。

凭着多年的熟识，他从傅博宇的口气中听出点言外之意，便直接问他："怎么了？"

"你上次让我查的那个作家，"傅博宇的半句话就让他觉得心头一紧，"最近可能不是特别好。"

"说清楚。"和她有关的事情容不得含糊其辞，顾瑾年不由得换上了平时审标书的语气，"什么可能？怎么不好？"

"这件事说起来也是个无妄之灾。"傅博宇平时散漫惯了，该正经的时候却没掉过链子，他三言两语就把事情清清楚楚地讲了一遍，最后道，"现在正是网友们怒火最盛的时候，恨不得有十个慕阮阮给她们骂，你看圈里那些平时阮阮姐长阮阮姐短的人，有哪个站出来了？就她这么不管不顾地往枪口上撞，能不引火上身吗？"

顾瑾年从听到第一个字开始，眉头就跟上了锁一样，这会儿听傅博宇这么说，一时没压住心里那点烦躁："这件事你怎么现在才说？"

"你跟我发什么脾气。"傅博宇也不是在言语上会甘拜落下风的人，他直击顾瑾年痛点，"况且要不是我，你指不定什么时候才能知道这事呢。"

"我不是发脾气，你……"顾瑾年下意识地反驳了一句，话说到一半，忽然又改了口，"对，我是在发脾气，不是对师兄。别介意。"

他是气他自己。

顾瑾年点开微信，去翻这两天和寂夏的聊天记录。最近的一条，是寂夏给他发的关于京市暮色的照片，是他们一起去过的那家胡同里的四合院小馆儿，越过爬满藤蔓的屋顶，有一大片烧成瑰金色的火烧云。

她跟他说：晓看天色暮看云。

顾瑾年回她：我也是。

晓看天色暮看云，行也思君，坐也思君。

话题的结尾是寂夏发来的太阳笑脸表情包，还没忘叮嘱他注意多休息，少喝咖啡。几乎是同一时间，她在充斥着谩骂评论的博文里，跟自己的读者们道歉，说很抱歉，影响了她们的阅读体验，还连累她们一起被围攻。

她在博文的最后这样写：动态我是不会撤的。我说的都是基于我个人理智判断下的事实。我不能改变他人对我的认知，但我不会改变我的态度。如果对我的行为和发言不满，骂我可以，但别骂我的读者。

她一个人面对着铺天盖地的谩骂和嘲讽，却在发给他的消息里，只提想念，只道关心，只说着美食、好天气和路上偶遇的小美好，却对自己孤勇的战斗，只字未提。

"不介意不介意。"傅博宇其实也没真的在意顾瑾年突如其来的一股火气，他更多的是好奇，"这还真是天下奇闻。自打认识你以来，我就从没听到过你用这种语气。上次那个不知道你身份、当众批评你的观点是班门弄斧的那位财报主编，也没骗到你皱个眉头。还有公司刚成立那会儿，临时毁约的那些客户经理，你都处理得云淡风轻。亏我还和老闻打赌。为了看谁能先让你发次火，故意搞砸了北城的那个项目，早知道……"

他叽叽喳喳地回忆了半天往事，顾瑾年那边却连个语气词都没赏给他。傅博宇看了一眼手机屏幕，确定电话没挂断后，疑惑地"喂"了好几声。

"没聋。"顾瑾年敷衍地回答了一句，他看着时间给寂夏发了几条消息，问她方不方便打电话，在等回信的间隙里问傅博宇，"闻商连呢？"

"他闭关去了。贺导的规矩你也知道，进组要关闭手机，助理都只让跟一个。半个多月才能从山里放出来一回。"傅博宇回复他，"要是拍好了，估计又是一部冲击金狮奖的片子。"

"他得出来，不然师兄帮我带部手机过去。"顾瑾年这会儿可不管是金狮奖还是金熊奖，他的话里没留余地，"我很快回国。"

"不是，我好歹也是身价上亿的人，你就这么给我派活……"傅博宇反驳的话说到一半，突然反应过来什么似的，转了个弯问，"这是弟妹？"

顾瑾年"嗯"了一声，也没隐瞒，他语气里有请求的意思："这件事闻商连必须出面，越快越好。麻烦师兄了。"

"这可真是。"傅博宇感慨了一句，又问，"既然是你的人，怎么你从我这儿才知道的这件事？"

顾瑾年沉默了一会儿："她没有跟我说。"

她不说，他连安慰的立场都没有。

寂夏有意隐瞒，就是不想让他担心，顾瑾年更没办法逼问她，尤其在这种境遇下，他舍不得她再多操一份心。

"这么大的事儿还能自己扛着的？"傅博宇莫名从顾瑾年的语气里，听出点难得的挫败感，他忍不住点开微博里的那些留言，看了两眼，"现在的网友骂人的花样可不少，什么亲戚什么动作都能套用不说，还会专门挑你最看重的东西来开刀。这篇文章写得这么好……"他"啧"了一声，"没想到弟妹还是位女中豪杰。"

"她一直都很坚强。"顾瑾年看着迟迟没收到回信的对话框，声音很轻，像叹息一般，"有时候我也希望她可以学着软弱一点。"

学着更依赖他一点。

无所顾忌，无忧无虑。

他看着博客上那些又刻薄又恶毒的字句，甚至不敢想寂夏看到这些时候会觉得有多委屈，他现在不在她的身边，连一个拥抱都没法给她。

那两个字的名字成了一道咒语，一念就疼。

顾瑾年也没少听过关于自己的各式各样的风评。他原本觉得，选择站在公众视线下的人总要经受这些空穴来风的揣测和恶意。那些声音如附骨之疽般缠在权力的背面，既然要担负远超常人的影响力，总要自己学着不去理会和在意这些事情。

可他现在只想让这些恶语相加的人，跟他的女孩道歉。

他的标准和原则到了寂夏这里，好像不止一次地就毫无逻辑地让了步。日子过得多了的长辈，喜欢把这种心情叫作偏心。

可他现在，清楚地知道这种心情有另一个名字。

顾瑾年挂了傅博宇的电话，在给寂夏打电话之前，给这边的助理发了信息：*后两天的会议都帮我推掉，理由随意。另外，帮我订一趟最近的回国的航班。*

不说也没有关系，故作坚强也可以。

这些都可以依她，可他不能不在她的身边。

紧跟在顾瑾年电话之后的是慕阮阮打来的电话。

电话被接通的时候，她那边明显正忙着，背景音里什么声音都有。摄影机布置机位的争吵，来来回回的脚步声，还有化妆师追着她说"慕老师，眼线刚上了半边"的叫喊。

吵吵嚷嚷，寂夏都听得一清二楚。

可慕阮阮这会儿什么也顾不上，她带着半边的妆，一头钻进了房车，上车前还记得跟场上的工作人员道了声歉："不好意思，各位，我要先打个电话。"

等四周变得安静下来后，她没给寂夏开口的余地，直接问："你拿失语蝉的账号帮我说话了？"

"托互联网的福，现在的消息传播得太快。"寂夏故意开玩笑道，"想背地里做点好事太难了，这让雷锋怎么办。"

"托互联网的福，"慕阮阮像是咬牙切齿地道，"我还知道那些骂我的人现在还跑到你的账号下集体攻击你去了。"

"嗯，也正常。"寂夏的语气似乎还挺骄傲，"毕竟失语蝉也算是个小有名气的作者，能被这些网友攻击，说明我还是挺有影响力的。"

"你不该卷到这件事里来的。"慕阮阮沉默了一会儿，"你不知道粉圈的人撕起来有多可怕。他们才不管你说的是不是事实，有没有道理。他们只管怎么样骂最难听，怎么样骂起来最能伤害到你。"

"你热爱写东西，他们就会来骂你的文章。"她渐渐提高了音量，像是急不可耐地要跟一个无知者讲清楚，这件事的后果到底有多严重，"别人还可能不知道，可我知道这个对你有多重要。要是你以后每次发点东西，就有人阴阳怪气地说你的故事里有一股铜臭味，乱蹭热度，哗众取宠，那时候你要怎么办？"

慕阮阮太清楚写作这件事对寂夏来说意味着什么。

寂夏刚动笔是刚上大学的时候，她的生活像刚淋过一场大雨。跟在父母离婚的消息之后，是一场无疾而终的初恋。

她在最需要陪伴和支持的时候，裴越一声不吭地离开了，她用能想到的所有办法，却没能要来一个答案。

那时候慕阮阮跟着闻商连上了另一座城市的大学，对寂夏的事也爱莫能助。

唯一能做的就是周末偷偷地跑到寂夏的宿舍陪她。那时候她经常窝在寂夏的床上，看着她坐在小书桌前码一天的字，还打趣地说过她是不是要跟电脑谈恋爱。

她这句话才让寂夏从屏幕前抬起头，一本正经地跟她辩驳道："我的读者可比男朋友可爱多了。"

后来她一点点地积攒了一点名气，人气涨得也很快。刚好闻商连在那个时候接了戏，慕阮阮就和她讲了一些听来的八卦，比如影视创作中，因为派系争斗而产生的多方意见，如何把原著的剧情改得支离破碎。

寂夏听后若有所思地道："那我还是不考虑卖影视版权的事了。"

慕阮阮不明所以地接了句："但现在的版权费可不少。"

"那也算了。"寂夏没改变她的决定，"感觉舍不得笔下的那些人生被改来改去。"

人在自己看重的事物上总是格外慎重，又顾虑很多。

"你可太小瞧你闺密的心理素质了。"可能是因为慕阮阮的语气，听起来比她自己遭遇这些事的时候还要糟糕得多，寂夏连忙安慰她，"之前我看过的一个短篇故事，男主角在爱上女主角之前和初恋爱情长跑了很多年。我写到这段回忆的时候，底下负面的评论也不少，但我不也是照着原来的思路写完了？这些影响不到我的，你放心。"

"那不一样。这不是你心理素质的问题。"慕阮阮没理会房车外的敲门声，她很固执，"是你压根儿不用沾染上这些糟心事的。"

是连坐，是池鱼之殃。

"怎么不一样？"寂夏笑了一声，"我的树洞重要，你也重要，所以没事的，阮阮。"她字字说得很轻，"我的闺密在挨骂，就算我做不了太多，至少可以跟你一起站在骂声里吧。"

寂夏并不后悔自己的决定，却也不是真的可以完全忽视受伤的心情。

比如看到还在不断增加的私信；比如看到评论区里一直陪伴她的读者因为替她说话被围攻；再比如，一个催过她"填坑"的老读者突然给她发来一条消息。

读者：大大，看你的文挺久的，一直很喜欢你写的故事。但我不太懂你为什么要参与娱乐圈的事。我觉得作者还是应该在世俗中保持清高，才能写出不落俗套的文字。而且我是闻商连的影迷，这次的事情实在让我很讨厌慕阮阮。决定退坑了，提前跟大大说抱歉了。

她的措辞没什么戾气，也很客观。

可是那条留言，寂夏还是看了十多分钟。那些字她每一个都认识，可连在一起的含义却让她思考了半天。

寂夏忍不住点开对面的头像，看她在自己博客上活跃过的记录。她曾在深夜里守过更新，也在她要开新"坑"的那条状态下，难掩开心地敲了一长串"太好了"，在她文章的每一章更新下留评，乐此不疲地讨论剧情，分享自己的感想。

这个读者陪伴了她很久。

现在她发消息说她要离开了，那个在评论区里卖萌打滚的读者账号再也不会出现了。

寂夏有片刻的失神，她想了想，在已经灰掉的头像的对话框里这样回道：谢谢你在这里鼓励了我这么久，你的存在对我来说意义非凡。现在换我来支持你的选择，希望你总能看到喜欢的故事，也祝闻影帝星途顺遂。

寂夏回复完那条消息，也没什么心情再做别的事了。闻商连还没有回信，她就部就班地审读好了手上的剧本，按时下了班，登上了办公楼前公交站停下的第一辆公交车。

这并不是她回家的路线。

寂夏有个习惯，心情不好的时候，喜欢一个人坐到公交车的终点站。目的地是未知的，沿途的事物是陌生的，她在不熟识的景色里发呆，像是在流浪。

京市的公交不比奉阳，半个小时就能横跨一座城市。等那辆晃晃悠悠的公交车驶到终点站，天色已经全黑了。

公交车司机从驾驶位走出来，提醒了她一句："已经到终点了哟。"

寂夏远远地应了一声，她从后门下了车。这趟公交车的终点站是一座古寺，邻着荒郊掩在野地里，前不着村后不着店，自然香火也没多旺盛。

古寺这会儿早就关了门，寂夏只能隔着虚掩的寺门踮着脚朝里面看了一眼，隐约能听见僧人的诵读声。

约莫是她这一眼惊动了在门口摆摊儿的大爷，他用一根木簪盘着头发，手里捏着一把扇子，抬头问她："姑娘，求个签？"

寂夏哭笑不得地指了指寺门，问："这都关门了，您还没收摊儿呢？"

大爷懒洋洋地回答她："我佛不管加班。"

寂夏被逗笑了，她本来就是随缘地走走，便从善如流地在摊前坐了下来，问："怎么求？"

大爷递给她一个签筒："想着你要问的事，摇到出签就行了。"

寂夏依言接过签筒，心里的念头却杂得像线团。最近发生的事情太多，她一时拿不准要问哪一件。一会儿想的是慕阮阮的事什么时候可以平息；一会儿想的是《千金》之后的进度会不会顺利；甚至还想到要问她妈妈的新恋情，能不能白头到老？

签筒晃动的声音听起来像小时候晃动装在玻璃罐里的糖。

她在哗啦哗啦的声响里，摇了很久的签。那些纷乱的思绪信马由缰，到底还是拐着几个弯地想到了顾瑾年。

像拨云见日，那个名字在她的脑海中攻城略地，她的思念在主动选择。

还没等寂夏确定好到底要问什么，一支木签就不偏不倚地从签筒里飞了出来。啪嗒一声掉在桌子上，尘埃落定。

摆摊大爷眼疾手快地从桌子上把那支签捡了起来，问她："问的什么？"

寂夏想了想："那就问……归期吧。"

大爷拿她取笑："给男娃娃问的？"

寂夏不太好意思地笑了两声。

"是个上上签啊。"他把扇面一开，取了对应的签文给她，解释道，"这签叫国舅为仙。金乌西坠兔东升，日夜循环至古今。签文暗合阴阳消长之象，自是姻缘合，行人至，放心吧！姑娘，你的心上人啊，不会让你等太久的。"

那纸签文寂夏看得似懂非懂，她对神佛一事不怎么虔诚，知道顾瑾年在国外忙项目回不了，却也因为求了个好签实打实地开心了一下。

她将签文认认真真地叠在掌心，对大爷道："承您吉言。"

寂夏用手机的最后一点电量，在大爷那付了喜钱，又换了点零钱，就坐上了回程的公交。离家还有两三站的时候，京市忽然飘起了小雨。

夜里的秋雨即使不大，也透着凉意。寂夏将外套拉过头顶，急匆匆地往家的方向走，却在离家门口十几米远的位置，没来由地停下了脚步。

单元楼前那盏年久失修的路灯下面站了个人。

形单影只的身影她很熟悉。

忽明忽灭的路灯映照着他的五官，他朝寂夏的方向望过来，狭长的眉眼一刹那就变得柔和起来。

寂夏听见他在叫自己的名字。

这次他们没有隔着手机屏幕，也不用换算十五个小时的时差。顾瑾年就站在她的眼前，他们甚至淋着同一场雨。

明明那么近，却让寂夏忽然有种近乡情怯的感觉。

她不知道顾瑾年是不是察觉到了她的情绪，但她知道顾瑾年在朝她走来，踩过她的迟疑和犹豫，停在她半步之外的位置。

他身上有潮湿的烟草味，和浅淡的松香。那些气味和雨夜的泥土气一起席卷了她。

这是一个太过小心的怀抱。

他臂弯和她脊背的空隙，给寂夏一种自己好像稍有动作，就能推开他的错觉。

顾瑾年的声音里有藏不住的担忧："手机怎么关机了？"

"我下班前忘记给它充电了。"寂夏似乎在他的怀抱里才终于找回自己的声音，她伸手绕到顾瑾年的身后，一点点加深了这个拥抱，直到两人之间不留一点空隙，"你怎么回来了？班客西伯的项目忙完了。"

"还没有。"

"那你怎么……"

"我做了一个梦。"她的头顶落下一声叹息，"梦里的你很难过，让我醒了也放不下心。"

顾瑾年找的借口堪称拙劣，听来却让人心头一颤。从班客西伯到京市二十多个小时的航班。他不管不顾地放下工作，千里迢迢地赶回来，就为了给她一个拥抱。

他们在细雨里相拥，寂夏攥着手里滚烫的签文，心想：他怎么能回来得这么巧？

她这个不虔诚的信徒，这下无论如何都要去还愿了。

下次带上顾瑾年一起，他们再去求个姻缘。

谁也没有主动松开对方。

最后还是因为有路过的行人偶然做了他们的观众。

雨本来就不大，穿着小黄鸭雨衣的男孩一蹦一跳地踩过地上积起的水洼，走过他们身边的时候特意停下来看了他们好几眼，像发现了什么新大陆一样，转身朝身后跟着的女人大喊道："妈妈，他们下雨不打伞，是坏孩子！"

举着同款雨伞的年轻妈妈看起来显得比他们还要不好意思，她一边匆匆赶上来道了声歉，一边拉着自家孩子离开道："哥哥姐姐已经成年了，不需要打伞的。"

小男孩被妈妈拉着走出去好几步，还不忘回头奶声奶气地叮嘱他们："哥哥姐姐这样不好喔，会感冒的！"

被七八岁的小孩教育了一番的寂夏，把头埋在顾瑾年的肩膀上不肯起来，倒是顾瑾年丝毫不受影响地摸了摸她的头发，伸手给她遮着雨丝："是容易感冒，怎么没带伞？"

寂夏的声音闷在他的胸膛里："忘记看天气预报了。"

顾瑾年笑了一声："倒是每天都不忘提醒我。"

"那你不也没带伞吗？"寂夏抬起头瞪他一眼，终于想起来秋后算账，"你回来怎么没跟我说？"

"想给你一个惊喜。"顾瑾年另一只手虚拢着她的腰，低头看她微微泛红的眼睛，叹息着问她，"怎么哭了？"

被顾瑾年问了这么一句，寂夏后知后觉地眨了眨眼睛，这才发现眼底酸涩。

怎么哭了？她也不知道。

明明顾瑾年回来之前，她还挺坚强的。可现在她能亲耳听到他的声音，亲手触碰到他的温度。

站在他因为担忧而显得格外温柔的目光里，所有的委屈突然有了流向，像被掀了锅盖的奶油汤。

"这不都要怪你。"寂夏故意把抱怨说得一本正经，"你做了那种梦，我不把它实现一下，你的预言不就不准了吗？"

"是怪我。"顾瑾年"嗯"了一声，"那我接着在雨里站着，你先上车吹会儿暖风。"

寂夏这才越过他的肩膀看见停在不远处的路口，有一辆熄了火的车，她愣了一下问："你开车来的，怎么不在车上等？"

还非要淋雨，活该被小孩子数落。

顾瑾年见寂夏根本没有要动的意思，干脆自己动手牵着她往车的方向走，他一边走一边笑着回答她："我想一眼就被你看见。"

在车上终归还是太远，欢喜都要延迟。

寂夏像个没头脑的小孩，一牵就跟着走，却还没放过这个问题："那你等了多久？"

顾瑾年想都没想："没多久。"

寂夏非常机智地去摸他的大衣，沾了一手的凉意，当场控诉他："骗子！"

顾瑾年倒没想到这句指责会先落在自己头上，他垂着眼睛想了一下寂夏发给他的那几句，"都挺好的""我当然开心啊""顾先生这个操心的方式，就有点像我初中班主任了"，然后说："回来得比较急，没给你准备礼物。"

寂夏因为他这没头没尾的一句话怔了怔，下意识地攥着他的衣角道："当然是你人回来最重要，你不知道我见到你的时候有多……"

他们这会儿已经走到了车后，顾瑾年侧耳听她说话，目光里带着笑意。

"开心吗？"他接过她没说完的半句话，把车钥匙放在寂夏的手里道，"把后备厢打开看看。"

寂夏不明所以地按下了遥控键。

黑色的铝板盖在她的眼前缓缓抬起，后备厢里两边都挂了灯，暖黄色的光映着枝茎上新鲜的露水，像长夜里的碎钻，落了一车的璀璨。

后备厢被放满了风铃草，纯白的颜色吸引了她的注意。

寂夏喜欢这种花，是因为它的花形不似玫瑰的鲜艳，也不像芍药之类的繁复，像酒盏，让人遐想着神明们以此餐风饮露的样子，简单又朴素。可此刻它们簇拥在一起，白色的花盏蓬勃地向她延伸，居然也有同等的热烈。又或许她之所以觉得热烈，是因为有人会在仓促的行程里，依然记得按照她的喜好备上一份惊喜。

仪式感常被指摘为世俗，他们觉得被重复过一千次的事情毫无意义。

可他们生活在这里。

情人节收一束花，天冷的时候紧握着手，亲吻的时候说我爱你。

谁不希望被俗气地爱着。意义绝不该被用来质询浪漫。

雨夜里盈着花香。

寂夏觉得心里像是塌下去一块，情绪像风一样灌进来。她吸了吸鼻子，从那些心绪里挑挑拣拣，最后却只干巴巴地说了一句："你刚才怎么说没有礼物？"

"我这不是……"顾瑾年笑了一声，语气里像是有些旖旎的谴责，"这不是落实一下女朋友给的罪名吗？"

女朋友。

寂夏将那三个字在心里重复了一遍，看起来神色冷静地问了一句："你说班客西伯那边的项目还没结束，那你还回去吗？"

顾瑾年不是个会在工作上当甩手掌柜的人，他点头道："明天中午的航班。"

"走得这么急啊！"寂夏抬头望着他，"那你今天打算在哪儿休息呢？"

"我打算——"顾瑾年说到一半忽然收了声，他一抬眉毛，落在她身上的目光忽然就深了两分。

"时间好像也不早了，还下着雨，你要是没什么计划的话……"寂夏停顿了一下，声音越来越微弱，却还是坚持把这句话说了出来，"要是没什么计划的话，我家里好像有两床被子。"

寂夏的想法其实很简单。顾瑾年这么忙，想待在一起的时间变长一点，她只能把他夜里的时间也夺过来。

挺好的一招缓兵之计。可当顾瑾年真的走进她的家门时，寂夏才真切地意识到自己究竟做了一个什么样的邀请。

平时寂夏踮着脚才能碰到的顶柜，才堪堪到顾瑾年的头顶。这种视觉上陌生的反差，让她这个不足二十平方米的小房间像是被光临的小人国，突然就变得狭窄起来。

寂夏给顾瑾年指了指放鞋的位置，转身给他拿了一双明显不太合脚的拖鞋。

相比于寂夏，顾瑾年这个客人倒是显得不那么拘束。进门前还能游刃有余地，看着她家门前不太好用的声控灯，问了一句她家里有没有多余的灯泡。

在她给出否定的答案之后，顾瑾年的表情倒也没有多遗憾，只回头多看了两眼黑漆漆的楼道。

进门以后的顾瑾年其实称得上规矩，既没有四处打量，也没有在她的房间里随意走动，脱掉外套前还特意问了她一句"可不可以"，在寂夏点头后才抬手松了领带。

那点微妙的压迫感来得简直毫无道理。

寂夏努力忽略滚烫的耳根，试图在这种情况下占据主导地位，她给顾瑾年指了洗手间的方向："要不你先冲个澡？"

顾瑾年伸手摸了摸她湿漉漉的头发："你先。"

寂夏摇了摇头，接过他的长外套道："我先帮你把衣服烘干一下吧，不然你明天带不走了。"

顾瑾年接得极自然："带不走就放在你这里。"

寂夏有时实在佩服顾瑾年这种反客为主的功力。

好在浴室使用的过程算得上平静。寂夏换好了睡衣就跑到厨房里煎蛋。顾瑾年原本说刚下飞机没什么胃口，但是等寂夏把那个卖相不算特别好的煎蛋摆在他面前的时候，顾瑾年到底还是拿起了筷子。

长夜的尽头，寂夏点亮了床边的小夜灯。顾瑾年坐在床边的小桌前，刚翻了两页她放在枕头旁的那本《窄门》，见她一骨碌就滚进被子里，笑了一声问："能不能借用你的桌子？"

寂夏侧躺在床上看顾瑾年，见惯了他平时西装革履的打扮，这副穿着松松垮垮的睡衣的模样实在算得上新鲜。借着夜灯的光亮，他锋利的眉眼落了点阴影，发梢看起来还潮湿着，骨节分明的手握在鼠标上。

寂夏忍不住小声问了一句："总理也没忙成这样的，这个时间了还要工作？"

不知道是不是她话里的不满暴露得太明显，顾瑾年从屏幕前抬了头，似笑非笑地看了她一眼："你觉得我真的忙不完？"

她家里确实有两床被子，可这里处处都在平添妄念。

寂夏慢慢地往被子里缩了缩，过了一会儿又自己钻了出来，她捏着被子，只露了个脑袋："你要是……"

"别老这么纵容我。"顾瑾年没让她把这句话说完，他在微弱的光晕里俯身过来，幽暗里的目光显得又缱绻又温柔，"我知道你最近很累。"

寂夏望他的眼睛，觉得他的眼神里有洞察人心的力量，她欲言又止了半天，"我没事"这几个字忽然怎么也说不出口。

她其实也不是非要瞒着顾瑾年。她只是觉得两个人在一起，要是总把对方当作倾诉负面情绪的树洞，天长地久，再强大的人也是会疲倦的。

那些情绪不是被消化了，而是经由语言，像感冒一样传染给了另外一个人。

她是亲眼看着寂明许是如何在于晴那些关于鸡毛蒜皮的小事的唠叨里，消磨掉自己的耐心的。

她想和顾瑾年走得长远一些，所以忍不住做什么都是小心翼翼的。

或许是她沉默的时间有些久，顾瑾年笑了一声，在这些方面他从不追问。

"没关系，我也很擅长等待。"他伸手按灭了夜灯，朝寂夏低了头，靠近的过程很缓慢，寂夏在半途就闭了眼，黑暗里，他浅浅地吻了一下她的额头，像一句承诺，"都会好的，晚安！"

顾瑾年大概是有什么隐藏的锦鲤属性，以他回来为节点，好运确实接踵而至。

首当其冲的，就是那场年度网络大戏忽然哑了火。闹剧平息的方式比它的起因还要戏剧化，不过短短一夜的工夫，舆论风向就被转了个弯儿。

能有这么大影响力的，除了事件的另一位当事人闻商连，再没有其他人选。

这位消失好几天的影帝，回归的第一天，就破例在凌晨发了条微博。他先是转了那篇文章，又毫不避讳地在微博上写出了慕阮阮的微博账号的名字，在众目睽睽下问她：阮阮吃不胖，我喜欢谁，你难道不清楚？

寂夏看到这个消息的时候，这条微博已经在网上被讨论得热火朝天了。

她从刻意压低的英语交谈声中睁开眼睛，一时间有种重回高考英语听力考场的错觉。

窗帘外熹微晨光，身边的被子是叠好的，方方正正地压在枕头上，颇有几分军训作风。寂夏侧脸埋在枕头里怔了一会儿，忍不住伸手抚了抚床单上的褶皱，还有余温。这床单印证过他们的同眠，在她独自睡着之后。

周末的清晨忽然让人觉得昏聩。

大抵是因为不想吵到她，顾瑾年是站在门外打的电话。寂夏知道他是项目未完结就赶了回来，一开始还试图用自己裸考四六级的英语水平去分辩他话里的内容，却实在没跟上顾瑾年的语速。再加上有不少项目相关的专业名词，寂夏没坚持两分钟就放弃了，只得悻悻地拿起手机去刷微博。

她就是这个时候看到的那条闻商连回应的热搜。

也不知道是有什么十万火急的事，能让被八方媒体认证"养生不是人设"的闻影帝凌晨现身说法，这才让她错过了第一时间吃瓜的乐趣。

作为闻商连和慕阮阮那段秘史为数不多的知情者，寂夏也没想到闻商连会用这样的方式澄清这件事。

且不说依闻商连平时的风格，微博根本就是个工作通知号，私人的事说两个字都嫌多。连影视合作过的女明星都没能在他微博下短暂地拥有过一席之地。这个为慕阮阮破例的第一次，居然还是用这种引人遐想的措辞，这哪里是澄清，分明就是想昭告天下。

是，我们的关系匪浅。

她想手滑就手滑。

闻影帝当真是娱乐圈套路粉碎机，从头到脚都写着"刚"。

寂夏有合理的理由怀疑，从她上次给慕阮阮看剧本到现在，两个人之间肯定有什么不足为外人道也的新发展。

恶意炒作陷害的行为变成了你情我愿的玩笑，因为闻商连的这句表态，原本还在慕阮阮微博底下指控、嘲讽的网友们忽然间销声匿迹。吃瓜群众从这句话里摸出了"瓜苗"的新方向，不甘寂寞地把闻商连和慕阮阮相爱过的证据一一列出。

寂夏一边为慕阮阮终于从"全网黑"里脱身感到开心，一边读着网友们趣味十足的评论。

顾瑾年打完电话从门外进来，看她举着手机一副乐不可支的样子问："在看什么？一醒来就这么高兴？"

"在看闻影帝的热搜。"寂夏实事求是地道,"他的热搜话题下的评论可太有趣了。"

第二次了。

顾瑾年望着寂夏笑得眼睛都快要看不见的样子,心想:这是寂夏第二次在他这里提闻商连的名字。

他沉默了片刻,忽然走近两步,侧身占据了床沿,床铺微微塌陷。

"你确定要在这种情境下,"顾瑾年的声音很低,落在她的耳边,呢喃声里有危险的温柔,"提其他男人的名字?"

空气里有柠檬海盐的气味,这味道寂夏太熟悉,是她两天前刚换的新牙膏。顾瑾年的发梢上还沾着水,应该是起床后洗过澡。

不知道是顾瑾年的视线意味深长,还是因为缩短的距离里那双深邃的眉眼,压迫感太强,心跳在朝她预警。寂夏当场就给手机锁了屏,同手同脚地下了床,结结巴巴地说了一句:"我、我、我先去刷牙。"

顾瑾年在她落荒而逃的背影里笑了一声。

顾瑾年的航班在午后,他们的时间还有余裕。寂夏洗漱后问顾瑾年早餐想吃什么,得到了一句挺没有新意的反问:"你想吃什么?"

寂夏想了想,带他去了两条街外的蟹黄汤包店。

这家的蟹黄汤包是远近出名地正宗,面皮是前一天手工赶制的,用筷子稍稍挑开外皮,就能看到塞得饱满的蟹黄内馅儿,还有鲜香的汤汁。

开店的老板是位海市人,因为儿子在这边成家立业,就跟着来了京市,现在的主业是照顾八岁的孙女,副业才是经营这家小饭馆。

所以就算是生意火爆,这家店也只开到早上十点,且售完为止。这也是她唯一愿意在周末起早的动力。

只有这次不一样。

他们进店的时候人满为患,寂夏领了张手写的号码牌,叫顾瑾年在原地等一会儿。

顾瑾年握着被她塞进掌心的号码牌,见她转身要走的样子,抬了下眉梢:"去哪儿?一起。"

"就去对面的超市买两瓶饮料,不远。"寂夏给他指了指方向,又专门解释了一下让他留下的原因,"这家店不留号的,万一过号了还得重新排,你可能就要吃不到了。"

这么好吃的蟹黄汤包,吃不到很可惜。

顾瑾年往店内望了一眼，问："店里没有？"

"有倒是有。"寂夏犹豫了一下，"可是因为这家店很火，所以老板在饮料上加了价，一瓶要五块钱。"

她瞅准了老板的位置，确定自己和他隔着一定的安全距离，才小声地补充了一句："那家超市里明明才卖两块五。"

寂夏平时在外面是被大家公认的随性，一件事情要是问她的意见，不是"都行"就是"随便"。顾瑾年这会儿看她一脸认真地计算着价格，每根眉毛都写着精打细算的样子，像是在为一张收藏了许久的拼图添上了新的碎片，这感觉格外令人欣喜。

寂夏见顾瑾年半天没说话，停下来问他怎么了。

"也没怎么。"

不同于平时身穿职业装的装扮，寂夏今天挑了一件娃娃领的雪纺衬衫，领口用黑色缎带漂漂亮亮地打了一个蝴蝶结，头发用格子发带束成马尾，露出光洁的额头，微微仰头的样子像是一个高中生。

顾瑾年伸手遮了一下她的眼睛，笑着道："就是在想用哪种方式让你看一下男朋友账户里的余额，才显得不那么刻意。"

"这不是两块多钱的问题。"寂夏知道他是在开玩笑，却还是据理力争地反驳道，"节约是中华民族的传统美德。"

顾瑾年若有所思地叹口气，问她："你当年的政治课是不是听得最认真？"

寂夏笑得岔气前问了他一句想喝什么饮料。

等她提着两瓶饮料回来的时候，远远地就看见顾瑾年的身边站了两个穿着制服的年轻女孩。大概是附近哪家店铺的推广人员，手上拿了一摞传单、问卷之类的东西，一边比画着作简单的介绍，一边想递一张给顾瑾年。

顾瑾年朝那两个姑娘扬了扬她给的那张号码牌，客客气气地说了一句"不方便"。

寂夏走近了一点，正巧听见站在左边瘦一些的姑娘被拒绝后，小声问了一句："不填表的话，那加个微信可以吗？"

几乎是她走近的刹那，顾瑾年的目光就落在了她的身上，他朝她的方向侧了侧头，笑了笑，回道："这得问问家里领导的意思。"

他们在店里落座的时候，因为那句称呼，寂夏还忍不住想了一下，顾瑾年平日里在公司里是怎么否定她的改编思路的，或许她也可以偶尔行使一下相关权利，比如让顾瑾年给她做个述职什么的。

他们最后点了一屉灌汤包，一屉蟹黄汤包，得益于顾瑾年毫无空隙的投喂方式，那些包子大半都进了寂夏的肚子。被撑得消化不良的寂夏干脆拉着顾瑾年去坐地铁，还顺手帮他在手机里下了个地铁软件。

日常的意义在于能从琐碎中遥望两个人一起生活的样子。

你选择白首的那个人，应该是让你在平淡的生活里也觉得幸福的人。

送顾瑾年进安检口前，寂夏看着大厅屏幕上滚动的班客西伯的城市名，忍不住问他："班客西伯是什么样的啊？"

顾瑾年看她一眼："你喜欢旅游？"

寂夏想了想，道："之前好像也没有。"

她是一个懒得做计划的人，窝在熟悉的地方也更让她觉得有安全感。

可顾瑾年途经过的山海，对她格外有吸引力。

"班客西伯不是很大。"顾瑾年的评价很中立，"作为世界媒体之都，它所履行的经济职能远大于它作为旅行城市的意义。"

寂夏有些失望地"哦"了一声。

"但我知道有一条自驾游的路线应该不错。大概一千多公里的路程。"似乎是看穿了她的失望，顾瑾年伸手摆正了她歪掉的发带，"这条公路的沿途一半是山野一半是海岸。只要开车的人不迷路，这趟旅途就会经过最古老的葡萄酒之乡，落在湖边的城堡。冬天的话可以试试滑雪，那边的滑雪道很特别。"

"听起来就是一趟绝不后悔的旅程。"寂夏要为顾瑾年描述的这段波澜壮阔的公路之旅惊呆了，"真想现在立刻就飞过去。"

"会有机会的。"顾瑾年的语气很笃定，"今年的春节也快到了。"

"今年的春节……"听到顾瑾年的这句话，寂夏倒是迟疑了一下，她翻了下手机上的日历，望着那个右上角写着"休"的日子想了想，忽然道，"要不还是把这个机会留到下一次吧。"

顾瑾年懒洋洋地"嗯"了一声。

"比起公路之旅，今年的春节……"寂夏故意拉长了沉默的间隔，她在顾瑾年的目光下眨了下眼睛，"我想先看看顾先生的玫瑰园。"

顾瑾年笑了一声，他这次没有遮寂夏的眼睛，而是低头落了一个吻在上面。那双眼睛曾在冬夜里做过他的月光，睫毛上沾着雪，又清澈又明亮，他说："好，今年就去。"

他会让人在那个院子里种下风铃草。等他们去的时候，两种花要一起开。

他在院子里浇花，她可以坐在院子里的藤椅上晒太阳，然后他们牵着手一起去看日落。

这场千里迢迢的相会看起来显得又仓促又短暂。似乎除了他们自己，谁都没办法真正理解它的意义。

恋人间的心事像座孤岛。

这世界被网络和资本裹挟着显得越发匆忙。生活在被侵占。邮局里再难看到手写的长信，院落里邻里间的闲聊越来越少。梦想是易碎品，思念变得轻浮。

可依然有人翻山越岭观星，有人不远万里赴约。庆幸坚定不移的人依然存在。

大概还是因为，人们衡量一件事情做与不做的原因，从来都不是有多困难，是重要不重要。

理由千古未曾改变。

寂夏走出国际航站楼的时候，忽然接到了慕阮阮的电话。她刚接起电话，还没来得及问一句有关那条撼动全网的微博后续，倒是先迎头被慕阮阮问了一句："寂小夏，你可以呀！"她的语气里带着大战落幕后的轻快，"你和K&J那位投资大佬有关系这种好事，我怎么现在才知情？"

寂夏一脸茫然地反问："谁和谁有关系？"

"你。"慕阮阮斩钉截铁地重复了一遍，"和K&J的投资大佬。"

"我在你的心里还能跟这种神话级别的人物扯上关系？"

寂夏被这毫无源头的想象力逗笑了，她把这位大佬的传闻轶事和圈内圈外的各种名号想了一遍，郑重其事地道："阮阮，我们也算相识相知这么多年。我第一次知道你这么看得起我。"

为了这句话，她可以等两分钟再打探她和闻商连现在的进度。

"你真的和Jin不认识？"慕阮阮从她话里听出否认的意思，却仍狐疑着问，"你要是因为特殊原因不方便说，我也是可以理解的。毕竟这个圈子确实人多嘴杂的，大佬的身份不好公开。"

"当然不是，跟你还有什么不方便的。"寂夏哭笑不得地解释道，"这次《千金》的事且先不说。我的朋友圈里要是早有这么一号人物，之前你因为拒绝潜规则，被那个制片人坑得接不到戏的时候，我说什么也会去求他帮忙的。"

寂夏自己的事几乎从不开口寻求别人的帮助，但慕阮阮这边但凡有什么困难，寂夏倒是没少帮她四处奔走，有点关系的人都被她问了个遍，这点慕阮阮当然比谁都清楚。

况且因为《千金》资金链的问题，寂夏找闻商连要联系方式之前，特意跟她打了声招呼。慕阮阮当时还硬着头皮，背地里偷偷给闻商连发了条消息，希望他无论如何都要帮这个忙。

大概是被骂了几天，又焦头烂额地跟公关部讨论了太久的应对方案，慕阮阮这才记起来这回事。

"那大概是巧合吧。"她想了想自己刚才看到的消息，却怎么也压不住直觉上奇怪的感觉，只得感叹了一句，"没想到这位大佬还挺仗义执言的，做到这个位置上，真性情的人也是少有。"

"什么巧合？"从慕阮阮问她第一句话开始，寂夏就没跟上这个节奏，这会儿好不容易解释清楚，她忍不住问，"什么仗义执言？"

慕阮阮也没想到她的消息闭塞到这种程度："你都没看微博吗？"

"我当然看了。"寂夏回答得很有信心，"闻影帝凌晨为我的闺密发声力挺，这么热闹的新闻，我怎么可能错过？"

"他有什么好看的？不过是哗众取宠。"慕阮阮这句话说得很没底气，她那边传来几声敲击屏幕的声音，转手就发了一个链接到她的微信上，"现在微博上可不能仅仅说是热闹了，系统直接崩溃了，现在还没修复好呢。我发你的链接，都是吃瓜群众辛辛苦苦截下来的图，你凑合看吧。"

"崩溃了？"寂夏不知道自己和顾瑾年吃个早饭的工夫，舆论正经历这种轩然大波，她当场就来了兴致，"怎么？是你和闻影帝终于官宣了吗？"

"你在想什么？当然不是因为我们。"慕阮阮当机立断打断了她的猜想，大概是因为寂夏不小心说出了真心话，她沉默了一会儿，忽然幸灾乐祸地笑了一声，"是和你有关的。"

"我？"寂夏只当慕阮阮在开玩笑，还分外清醒地跟她打趣，"我还有这么大的影响力？我看我也不用编故事了，不如现在就去动笔写人物自传。"

"倒不是不行，你现在也算是声名鹊起，一般人的经历都没有这么精彩。"慕阮阮还真把这句玩笑接了下来，之后才在寂夏疑惑的沉默中给了她答案，"你看没看我刚才发给你的链接？一个八百年不用社交平台的大佬，这次居然特意出来发了声。"

寂夏刚在一头雾水中点开那个链接，慕阮阮下一句话刚好从电话那头轻飘飘地传过来，成了这场舆论哗变的绝佳注脚："……为了你。"

在被命名为"原来大佬也用 8G 冲浪吗"的主题帖下，一张无比醒目的截图被放在一楼中间，用红笔在旁边备注了三个感叹号。

不知道是有意还是无意，他专门挑了一条评价寂夏文字矫揉造作，文章狗血堆砌、毫无亮点，完全是想靠蹭热点，来增加文章曝光度的评论转发，并在后面回道：新文看了，在追，有购买意向。失语蝉，给个机会？

寂夏还没从这条信息量巨大的微博里醒过神来，微信里突然弹出新的消息提示，她切回微信主页，一条新的聊天框被推了上来。

消息来自闻商连的助理，唐清。

唐清：寂小姐，Jin 先生已经同意给您联系方式了。我稍后把他的微信名片转发给您，您方便的时候加一下？

唐清向您推荐了 Jin。

结合手机上接踵而至的两条消息，寂夏此刻再想想那条横空出世的微博，忽然就打通了她堵塞许久的思绪。

她沉默了好一会儿，才在慕阮阮疑惑的语气词后开口："Jin 为什么会站出来为我说话？真相只有一个。"寂夏从自己的口吻里找出来一些当年看名侦探柯南的心情，"他是我的忠实读者。"

寂夏看了一眼名片上过分眼熟的名字，虽然现在互联网网名的重复率很高，但既然是她的读者，又处处透着富有，还顶着同一个名字，几种因素加在一起，巧合未免太多了。

寂夏不相信这世上会有这么多巧合，所以她要大胆猜测，这位投资圈神话，和她读者打赏榜的榜首 Jin · May，应该就是同一人。

"这不是重点吧？"慕阮阮觉得寂夏没意识到问题的关键，"就算是你的读者，这种在业内举足轻重的人物，能在公共平台站出来为你说话，也是非一般的交情了。"

是她落伍了吗？现在读者和作者之间的情谊已经亲厚到这种程度了吗？

慕阮阮心想：且不说 Jin 在舆论面前公然回护寂夏。他的身份特殊，作为几年内创下过亿收益回报的人物，业内将他的眼光奉为圭臬。他这样言之凿凿地肯定寂夏的价值，还表现出极度的合作意向，必将她的作品推至万众瞩目下，价格相应地也会水涨船高。

对一个需要计算收益和成本回报率的投资人来说，这无异于亲手奉上自己的利益，就为了给自己追的作者站个场？这倒真是肝胆相照。

但寂夏显然对慕阮阮复杂的推理过程毫无察觉，她试着解释道："可能是因为他本人的道德标准比较高吧？"

寂夏看着链接里的微博截图。她因为力挺慕阮阮陷入那场风波的时候，评论底下有骂她丧失作者底线蹭热度的，也有说她肯定是拿了营销费、昧着良心说话的，也有不少直接说她的文章写得索然无味，东拼西凑，与其到处乱蹭，不如多花点时间练笔。

但截图中转发的一条，就是评论区里说她的文章不行，被点赞次最多的一条。

慕阮阮事件风平浪静之后，那些污蔑她洽烂钱、蹭热度的评价都会随风而散，但对她的文章的质量的质疑，可能会一直存在。

毕竟文章质量是实打实的口碑，被泼上脏水之后，就算泼脏水的人不在了，其他人第一眼看到的也还是污点。

她已经做好了之后很长一段时间内面对非议的准备，却没想到会迎来这样的转机。

权势对于舆论的引导力不容置疑，评论的风向几乎完全颠倒过来。寂夏浏览着评论区下对她文章清一色的好评。从各种意义上来说，Jin 的这句表态，对她而言确实是意义非凡。

"无论他出于什么原因，帮了我这点都是事实。"寂夏心里这么想着，轻声说，"我应该亲口对他说声谢谢的。"

"那我让闻商连帮你引荐一下？"慕阮阮也觉得这话在理，她想了想，忽然又道，"话说，你现在不是已经以九州策划的身份加了他的微信了吗？你可以直接说你就是失语蝉，正好他也想买你的版权，你想拉他的投资，这不是一拍即合吗？"

多好的事啊！

"卖版权就算了。"寂夏倒没想过用另一个身份去谈判，"我也不会跟他说我是失语蝉这件事的。"

"你还要坚持不卖版权的原则吗？"慕阮阮的语气颇为惋惜，"这可是 Jin 啊，且不说他开出来的价格一般高了行价三倍不止。而且有他盯着的项目必然是预定的爆款啊。这简直是你通向知名大作家的光明之路啊。"

"那也算了。"寂夏被慕阮阮的畅想逗笑了，却还是坚持道，"我还是不太喜欢别人来改编我的文章。"

"行吧。"慕阮阮深知寂夏的脾气，她遗憾地叹口气，忍不住又问，"说起来我也挺好奇的，会有你同意卖版权的情况发生吗？"

"应该不……"寂夏习惯性地刚想否认，却猛然收了声，她沉默着想了一会儿，"现在或许有了。如果……"

她畅想着某种可能，忽然动摇起来："如果顾瑾年有一天变成穷光蛋，还欠了很多钱，我大概会考虑卖版权吧！"

去帮一个穷光蛋还债，顺便买下他的余生。

Chapter 10

一生一世

　　寂夏成功加上 Jin 的微信，是在二十多个小时之后。算算时间，顾瑾年应该也刚下飞机。

　　她刚刚看到航班状态更新，还没来得及问一句，顾瑾年的消息就发到了她的手机上：*已经落地了，别担心。*

　　好像在任何事上，顾瑾年总是能先人一步。

　　寂夏在书上读到过这样的句子：*假如你遇到一个人，你所有的话题他都能侃侃而谈，你所有的情绪他都可以理解，他好像比任何人都要了解你，那你无非遇到了两种人。要么是与你灵魂契合的伴侣，要么是阅历、思考和知识都明显优于你的人，在向下兼容。*

　　寂夏不太能确定她对于顾瑾年来说，更偏向于哪种答案，但她知道，自己想成为哪一种答案。

　　她看了一下电脑上班客西伯的天气预报和时间，在对话框里敲：*早点休息，明天是个好天气。*

　　顾瑾年回复她：*好。*

　　抱着让顾瑾年早点工作完早点休息的打算，寂夏没再说什么，她退出和顾瑾年的聊天界面，点开了新的聊天框，想了想，中规中矩地发了句"您好"过去。

　　等待的这段时间，她专门动手在网上搜索了一下 Jin 这个名字，查得到的资料寥寥无几。

这位在投资圈和影视界享誉盛名的男人，行踪神秘，无人可知。与之相关的照片和信息全被镇压在他的铁血手腕下，连为数不多的几个他愿意接下的财经纸媒的采访，都是以纯文字稿的形式发布。

连声音出镜都被悉数否决，十分低调。

寂夏在只言片语中大海捞针，最终能筛选出有效的信息只有两个。

一个是被认证过的大佬好友傅博宇，这位年纪轻轻就将全国最大媒体平台的舆论权掌握在手里的无冕王，在一次采访中，偶然被问到了关于Jin的问题。

在被采访者面前问其他人本就是忌讳，何况因为Jin的习惯，傅博宇遇到这种旁敲侧击打探消息的问题都是要冷脸的。但不知道是因为那天傅博宇的心情不错，还是因为提问题的新人小姐姐貌美声甜，刚好撞在了傅博宇的审美点上，他一反常态地改了态度。

"业内常用不近人情、吹毛求疵，或是目中无人这样的词汇来形容老……来形容Jin。但在我们这些熟识Jin的人眼中，他跟这种贬义词完全背道而驰。"傅博宇那双桃花眼带了点儿笑意，眉眼间天生就是一副风流相，"K&J刚成立那会儿，因为各业务模块还不够独立。所以大型投资决策都是开内部讨论会，再由三位元老共商共审。公司里的人都是在这个圈子摸爬滚打多年的精英，审项目的眼光比找对象还要挑剔，到头来，Jin反而成了公司内部公认的最好骗的突破口。你们或许会觉得我在开玩笑。可事实就是任何人只要谈起梦想，就有极大可能在Jin那里得到一个机会。拜这种情况所赐，K&J初期收获了不少不了了之的项目。"

难得傅博宇愿意主动提起他这位好友，视频里的媒体默契地保持着高度的沉默，傅博宇说到这里笑了笑："为这事，我们私底下没少取笑他是'梦想投资人'，他都没什么脾气地照单全收。后来K&J越做越大，我忍不住去问他原因，你猜他怎么说？"

"他说，担心风险还做什么投资。十个人里就算九个都是半途而废的人，他也愿意，为那唯一一个坚持下来的人赌一次。"不知道傅博宇是不是刻意模仿Jin云淡风轻的语气，他收敛了点笑意，目光说不清楚是在看镜头，还是在看镜头前问问题的姑娘，"所以，那些只敢在暗地里阴阳怪气讽刺Jin的，不过是搞到几个臭钱，就忘了自己是谁的人。在暴露自己浅薄的想法前，不如先想想自己够不够格和他站在同一个高度上。"

寂夏在傅博宇笑容满面地问那个记者名字的时候视频结束了。她查到的另外一条消息倒是和傅博宇的采访也有关系。也就是半个月后，Jin在接受一家财经杂志专访时，被问到了投资理念以及对傅博宇这段发言的看法。

抱着这种想法进入投资圈的同行不在少数，我做的不过是一件寻常事，只是有幸得到更多关注而已。

投资是一件付出优先于回报的过程，越有价值的东西越是高风险。认定的事情就不能太计较得失。

人也一样。

文字往往没有影像有力量。这句话似乎在 Jin 身上并不适用。

寂夏凭着对文字独一份的感知力，从那言简意赅的回答里听出一点隐晦的浪漫。

这位业界举足轻重的大佬大概是一位崇高的理想主义者。寂夏心想：不管是他自己的话里，还是在朋友的目光里，这个人总是对这个世界怀着温柔的期待。

他选择相信，并愿意奉行始终。

在这个功利主义至上的年代，这当真是高贵的品性。

可惜以他这种低调避世的处事风格，恐怕除了至交好友，知者甚少。

也难免会遭受各种误解和那些完全背道而驰的评价。

可那些评价和误解，构不成千分之一的他。

微信界面里弹出红色的提醒，寂夏看到对话框里收到了一条新的消息，仅是简单的两个字，就让她觉得很紧张。

Jin：你好。

寂夏：非常感谢您愿意给我这个机会。

Jin：不客气。

对话的字里行间，寂夏一边默默地提醒自己不要暴露失语蝉的身份，一边慎重地措辞。

寂夏：我是九州的策划，寂夏。这次贸然联系您，是想为我司新项目《千金》争取您的投资。

Jin：项目我知道。它的版权还不在九州的时候，新程就向我递过它的策划案。

寂夏：那太好了。那您算是对项目已经有了基础的了解，就不用我再做过多的介绍了。

Jin：了解是有，但这个项目已经被我否决了。

寂夏：……

虽然换了个身份，但这断人后路的功力真是分毫未变。

寂夏在险恶的环境中艰难求生。

寂夏：能……问您一句是因为什么吗？

Jin：方案太差，改编思路异想天开。只有投资预算是认真的，各个环节都参考了市场的最高价。

寂夏：请您放心！我们策划案的质量绝对是新程望尘莫及的，这点我可以保证。

寂夏发送了一份文件。

Jin：方案考虑得很周全。

寂夏：谢谢您的肯定。

Jin：但还不够。

对话结尾那斩钉截铁的四个字，让寂夏愣了会儿神。她之前在网上看到这位大佬审项目极严的风评，却怎么也没想到否定的句式会出现在短短两句话的交流里。

她不由得吸了一口气。

寂夏：您说的不够是指？是策划方案中有什么您不满意的地方吗？

Jin：就一个方案来说，这种程度就可以了。

寂夏：那您……

Jin：但你现在面对的是一个投资人。除了创意，我需要看到切实的收益保障。

寂夏望着"收益保障"那四个字，思索了一会儿。

寂夏：《千金》原著本身读者数量就很庞大，从源头上保障了它的观众基数。故事本身的题材和立意也是近期市场空缺的末世题材，在甜宠剧饱和度过高的市场现状下更容易打出亮点。

寂夏：在此基础上，我们充分保留了《千金》软科幻的核心，并强化爱国立场，规避政策风险。

Jin：你的回答里有误区。你其实并不需要向我证明《千金》是一个好故事。

寂夏：可故事才是一个影视项目的核心。您作为文化投资的领军人物，难道并非以故事价值来衡量项目的潜力吗？

大概是接二连三地被否定的原因，寂夏的语气难免显得有些急躁。她把这句话发送出去才意识到，在甲方面前使用这样的反问句不太合适，可这会儿再想撤回也来不及了。

寂夏：我的意思是……

Jin：你的想法没有错。

和她预想的不同，Jin并没有计较她略显失礼的语气，不知道是不是感受到她的情绪，甚至还颇有容人之量地肯定了她一句。

Jin：《千金》的潜力无疑是优越的。但影视项目的周期很长，短则两三年，长则五六年。每个环节都有可能发生变故，投资方不得不站在全局上权衡作品。据我所知，《千金》在九州内部遇到壁垒，是因为题材风险。

寂夏：这您也知道吗？

Jin：……听说。九州的顾虑不是没有道理的，但在我这儿，你不需要考虑这些。一味地在内容上妥协没有意义。你要考虑的是，如果风险始终存在，那就在别的地方保障它的价值。

寂夏在对话里读出点儿被引导的感觉，Jin的话简练，但逻辑十分清楚，这让寂夏并没有多吃力地就跟上了他的思路。

寂夏：我大概明白您的意思了……增值。但其他环节我说了不算，决策权在我的领导那里。如果我提想法……

Jin：方案就可以。还是说你准备以一己之力完成所有项目流程？想法不错。

寂夏：我谢谢您……的夸奖。

Jin：七天。

寂夏：啊？

Jin：我给你七天时间，带着你的新方案来说服我。

不知怎的，寂夏在他们对话的字里行间里找到了初中时被老师辅导作业的感觉。

凭着某种说不上来的直觉，她觉得Jin在有意让她了解更多跟项目投资流程有关联的事情。

寂夏所任职的策划评估岗在影视行业比较特殊。它的岗位性质比较综合，在公司会被归类为专业职能岗。因为大多数在岗者都是文学专业出身，缺乏管理经验，所以在公司体制内，很难晋升总监、经理一类的管理岗。

虽然项目成功后的奖金不少，但人在职场，谁不想谋求更高的发展空间。

而策划评估的发展方向有两种。

一种是往编剧的方向发展。发挥文学特长，幸运的话，和一个薪酬优渥、资源雄厚的甲方签约，定期开发项目，积累名气。一部电视剧三十集的体量，一集的报酬按编剧的量级，六万到十五万不等，按一年接两个项目算，绝对算得上高薪职位。

另一种是往制片人的方向发展。凭借在策划岗上积累的编剧、导演人脉，由项目的参与者变成项目的发起者。寂夏的前领导向婉就是现成的例子。哪怕不算项目奖金，一个公司挂名的制片人，稳定的年收入也是百万级。

这两个方向就是策划岗发展的天花板。但无论哪一种，都少不了人脉和机遇。

Jin 给她的就是一个再好不过的机会。

一个跳离策划思维的机会，一个接触更高维人脉圈的机会，一个站在投资视角审视项目的机会。

这些，对她在九州的未来发展绝对称得上好事。

高位者能赋予的价值绝不仅仅局限于金钱。

九州倒是对员工的个人行为没什么要求，但寂夏还是把事情大致地跟顾瑾年讲了讲。

顾瑾年的回复是一贯简洁的风格，甚至都没有细问她具体的打算，只是回复她："按你的想法来。"

寂夏对他这毫无缘由的信任抱有迟疑。

"你确定要授权给我？"她忍不住和顾瑾年说这些不好的预测，"万一我不小心搞砸了，我们部门可能就要和巨额投资失之交臂了。公司高层的态度本来就是隔岸观火，要是有人趁着这次失败落井下石……"

"搞砸就搞砸。"顾瑾年笑了一声，似乎结果的成败根本不足以挂在他心上，"不是还有我嘛，你这么早担心什么？"他说得很笃定，"尽管放手去做。"

在认识顾瑾年之前，寂夏倒是不知道，原来一两句话也能给人这么多底气。

但做事一向四平八稳的顾瑾年不是没有失手的时候，比如说他抵达班客西伯之后，发现把笔记本落在寂夏的家里了。

寂夏实在是很难把丢三落四的习惯和顾瑾年联系在一起。但她接到顾瑾年的电话，真的在床边的桌上看到颜色不熟悉的电脑时，还是没能忍住心里那点伺机报复的坏心眼儿。

"你怎么……不把自己也落在我家里。"

这句挑衅不仅没有达到她预想的效果，顾瑾年回复她的话连句尾的语调都是上扬的。

"我都不知道你还有这种想法，下次一定满足。"他在寂夏拼命的否认声里笑了笑，刻意压低了声音道，"况且我会落东西，还不是因为有人在我收拾行李的时候非要试我的衬衫。这才多久，忘了？"

寂夏自己做出来的蠢事自己当然记得。

顾瑾年回来得急，根本没带多少行李，衬衫倒是有三四件。

那天出门前，寂夏坐在床边主动帮他叠衣服，不知道是因为顾瑾年衣服材质看起来格外与众不同，还是因为离别前的不舍在助长她的贪念，她总觉得该留下点什么东西来——有关于他的。

寂夏最终还是按照自己的喜好，从他的行李里选中了白色的那一件，还自作聪明地跟顾瑾年解释自己的衣柜里好像缺一件"男友衬衫"。

实不相瞒，当时她认为自己的这个理由找得还挺不错的。

顾瑾年闻言也没什么异议，就是意味深长地看了她一眼，有理有据地建议道："总要先试试合不合身。"

寂夏信了顾瑾年的鬼话。

她原先没觉得男女的身量会有这么大的差距的，这件顾瑾年穿起来合适的衬衫，穿在她身上的时候，肩线直接落到了小臂的位置，她两只手都被埋在袖子里，衬衫的下摆松松垮垮地垂在腿上，长度比超短裙要好上一些。

似乎……除了宽松一点，倒也是件风格独特的衣服。

寂夏的想法，在她换好衣服从洗浴间走出来之后就完全变了个样，当时她挺努力地把半截手掌从袖口伸出来，朝顾瑾年招了招，问他好不好看。

她没能听到那个问题的答案，滚烫的呼吸瞬息间淹没了她。

她被抱离了地面，惊呼还没来得及出口，就被封缄在了热吻里。

床边这张桌子的高度，顾瑾年俯身下来刚好。

寂夏坐在上面，他一手锢着她的腰线，一手压在她的后颈上，轻而易举地就阻断了她逃离的路线，让他们之间只容得下缠绵的距离，被他碰触的地方都像着了火。

顾瑾年实在是个过分克制又从容的人，在这份缠绵变得更失控前，还能哑着嗓子在她耳边说上一句："不喜欢就躲开。"

她哪里会不喜欢。

类似真丝质感的面料从她身上摩挲而过的时候，寂夏不甚明晰地想：青柠海盐，是不是太甜了。

庆幸她饥肠辘辘的胃见缝插针地发出抗议，不然寂夏还真不太确定，说好的蟹黄汤包还能不能吃得上。

这会儿顾瑾年在电话里旧事重提，倒是叫她将那天溺水般的眩晕感找了回来，寂夏气急败坏地叫了一声他的名字："我试穿那还不是你建议的？"

现在想想，顾瑾年简直是在钓鱼执法，偏偏她还愿者上钩。

"那确实是。"顾瑾年承认得倒是很快，"毕竟那种情境下，心无杂念还挺难的。"

她真的不该觉得自己在斗嘴上能赢过顾瑾年。

寂夏沉默了一会儿，干脆地结束了这个话题。

"你的电脑确实在我这儿。"她伸手在电脑上使劲敲了敲，想象着那是顾瑾年的脊梁骨，"你是需要里面什么资料吗？"

顾瑾年"嗯"了一声："桌面上有份名字是英文缩写的资料，我一会儿可能会用到。"

"那我现在发给你。"寂夏闻言打开电脑，问，"你电脑的密码是？"

"四位，你的生日。"

寂夏准备按键盘的手停了一下，片刻之后才敲下那串熟悉的数字，桌面亮起的声像是应和她的心情："你怎么知道我生日的？"

顾瑾年回答得理所当然："你的简历上有。"

寂夏的声音渐渐变得微弱："那你的记性还挺好。"

顾瑾年顺杆就上："也不是对谁都这样。"

"你可谨言慎行着些。"寂夏威胁他，"你的电脑在我手上，密码我也知道，万一我翻出什么不见天光的情史来……"

那说不定就是什么，总裁忘不掉的白月光，阴差阳错，替身文学之类的剧本素材。

顾瑾年在她故意拉长的语调里显得异常坦荡："请便。"

寂夏也没真的翻看顾瑾年电脑里的文件，她觉得每个人的过去都需要被尊重。

赤裸的灵魂并不能成为爱情的催化剂。

但她找到文件转给顾瑾年后，倒是在他过分干净的桌面上看到了别的东西——一份被命名为"辞呈"的文件。

寂夏望着那个文件名发了会儿呆，还是没忍住问道："顾总，你要辞职吗？"

顾瑾年显然是忘了自己的电脑桌面上还有这么一份东西，他有瞬间的愣怔，却也没想过瞒："是有这样的打算。"

"我能问问理由吗？"寂夏没点开那份文件，她无意识地垂了下眼睛，心中盘绕着某种荒谬的直觉，"你可以选择不告诉我，但你要是开了口……"她稍微停顿了一下，吸了口气才道，"我就要听实话。"

寂夏的声音一向温柔，一开口就能让人想到江南春色，为此有不少人猜错她的故乡。顾瑾年难得听她用上一回这么强硬的语气，倒还有些新奇感。

这细小的差异令远隔重洋的女孩在他的心头异常鲜活，平白讨人喜欢。

关心则乱的道理，人人都清楚。

"只要你想听，我这里就只有实话。"顾瑾年在须臾的沉默后笑了一声，"是因为公司规章不准许办公室恋情。"

办公室恋情几乎在所有公司里都是不被允许的，但同事之间喜结良缘的事其实并不少。

寂夏猜到顾瑾年辞职的原因和自己有关，却没有理解这个问题的必要性。

"我们可以先偷偷进行啊。"她皱着眉追问了一句，"我觉得自己不会因为这件事影响工作。"

"我当然知道你不会。"房门外传来两声带着催促意味的叩门，顾瑾年回了一句"稍等"，却并没有急着出门，他站在原地，放缓语速跟她解释道，"着急的是我，是我更想拥有任何环境都可以被你承认的身份，是我更希望任何情况下和你的关系都不需要避讳，而且，"顾瑾年停顿了两秒钟，"有些合法的关系进度，我确实有点儿等不及了。"

他叫了一声她的名字里，他的声音在夜里显得很温柔。

"就当是我的年纪大了，你让让我。"

自打认识顾瑾年以来，寂夏有不少次机会见证过何为语言的高级艺术。

明明这些做法都源于以她为出发点的考量，可从顾瑾年嘴里说出来，就变成了一句温柔的请求。

寂夏望着屏幕上，那份唯一被他放在桌面的文件，无比深刻地意识到，在所有看得见，或看不见的时刻，她都在顾瑾年规划的未来里。他有关人生的每一个决定，都与她有关。

再没有比这更独一无二的归属感。有些人好像天生就懂得如何去爱一个人。

这并不容易。想要给别人什么东西，首先要自己拥有。谁能从干涸的池子里找到水源呢？

爱是易碎品，是珍稀的宝藏，是顶级的嘉奖。只颁给愿意不计成本为其奔赴的勇士。

它绝非贪念、绝非索取、绝非歇斯底里的算计。

那或许也并不能称作为爱。

所以，即使她没办法做得比他更好，也仍要学着去爱。

来世间一趟，就算是荒漠，也总要为了谁开出花来吧。

那之后顾瑾年还有别的行程，他在助理的提醒后轻声跟她说了句"晚安"。挂断电话后的寂夏一头陷进柔软的枕头里，脑海里挥之不去的都是他压低声音的那一句"你让让我"。字句里旖旎的深意滚烫地划过她心上，寂夏在闭上眼睛陷入沉睡前，模模糊糊地想：好，都让着你。

顾瑾年忙里偷闲地为她折返了一次京市，单程二十多个小时的飞机，还和她共享了长夜和早餐，工作进度倒是一点也没落下，回来的日期仍是之前跟她定好的。

寂夏在电话里听到那没有改变的归期，深感这种高效率实在违反人类天性。她忍不住怀着一颗求知心，虚心地求教道："顾总，您有什么根治拖延症的秘诀吗？"

"秘诀？你不是不到死线之前就看不见自己欠着多少工作吗。"明明鲜少有一起工作的时候，顾瑾年却对她的状态了如指掌，他笑了一声，"你这种心态要是生在战争年代，估计也是位视死如归的壮士。"

寂夏在顾瑾年的回答里生动体验了一次什么叫作哑口无言。

她在沉默中怅然若失地想：或许她的下一本书的主题可以定下来了，"论高情商如何体面地不说人话"。

偏偏她还无力反驳。

好在《千金》的新项目策划案，赶在约定的期限前完成了。到底是大佬的积威远压常人，寂夏比平日里更谨慎地将每个环节的流程和数据检查了很多遍。

可她还没来得及将文件发送出去，倒是先一步收到了 K&J 的内部投决会审议通知。

接到电话的前两分钟，寂夏一直怀着迟疑的语气追问对方："您确定这个会议需要我本人出席？"

"是的。"秉持着良好的职业素养，电话那头的男生第四次将回答重复了一遍，"不仅是出席，您还需要在会议上阐述您的改编，预算分配以及项目拟邀班底。"

"好吧。"寂夏终于在对方的坚持下接受了现实，一想到自己的项目方案即将在不少陌生的投资精英面前被评估，她忍不住叹口气问，"每个申请 K&J 投资的项目都需要这样过一遍贵司的投决会吗？"

那这家公司的员工每天得有多大的任务量啊。

"不不不，您误解了。"男生似乎是被她突如其来的猜测逗笑了，他咳了一声，"需不需要过会，是跟投资预算关联的。而您这个项目的投资预算，目前被定在了两亿。"

远超计划的数字让挂断电话的寂夏头脑空白了好一会儿。

两亿这个金额，足够包揽下《千金》前、后期所有成本，还绰绰有余。

一个影视项目的预算以亿为单位并不稀奇，稀奇的是，K&J 要以外部融资的方式对一个不共享版权的作品进行近乎全部份额的投资。

这相当于一个投资方并没有需要收回的沉没成本，却愿意为一个毫不相干的项目承担全部风险。

寂夏对投资没有深入的了解，却也清楚地知道，这种行为无异于豪赌。孤注一掷，赌《千金》的成功。

她点进和 Jin 的聊天框，想说的话敲了又删，半天也拿不准是应该表达自己的感谢，还是问他这么做的原因。也不知道是不是对她的慌乱有所预见，在她万分纠结地苦思措辞的时候，Jin 倒是先发来了信息。

Jin：接到过会通知了？

寂夏在细微的振动声中差点没拿稳手机，她望着那个云淡风轻的问题想了想，然后回复。

寂夏：收到了。我不仅收到了通知，还从您手下工作人员的口中听说，您给《千金》批复的项目预算有两个亿。

Jin：怎么，觉得少？

寂夏：我平时虽然异想天开，但应该也不至于不知好歹。这样的投资额，就算《千金》以电影的水准拍摄制作也是有底气的。您定下这样的预算数目，是基于项目的潜力和价值？

Jin：不然你觉得是基于私情？

什么私情价值两亿？还是和这位投资圈大佬。

寂夏自然不会有这种痴心妄想，只是这个金额实在远超预期，再加上某些细枝末节的用词和语气所带来的熟悉感，她这才忍不住问出口。这会儿看到 Jin 的这句反问，她也觉得自己确实多此一举。

寂夏：当然不是的。非常感谢您对《千金》这样的信任。

Jin：现在说谢谢恐怕早了点儿。如果你的项目书过不了投决会，想从 K&J 拿两块钱都难。

论说话的气人程度，除了顾瑾年，寂夏真的想不到还有谁能和这位 Jin 相提并论。怼人难不成是成为大佬的必修课吗？

寂夏：感谢您在百忙之中为我担心。我感觉自己准备得还算充分。毕竟我之前一直以为汇报的对象是您。

Jin：是我。但因为预算的额度，要先通过投决会。

寂夏：我明白了。高阶的 Boss 一般都在副本的最后出现。

Jin：希望你的项目书能和你的形容一样生动。

寂夏：如果我通过了后天的投决会，您什么时候比较方便？

Jin：当天晚上。期待你能履约来说服我。

Jin：当面。

Jin 挑的时机实在是不太凑巧。

顾瑾年刚好也是那一天晚上回国。

寂夏迫不得已只得给顾瑾年发语音："我后天可能没办法去接机了。"

"知道了，"顾瑾年回复她，"你忙你的。"

寂夏犹豫了一下，意有所指地道："可你的车还在我家楼下停着。"

出国前还是她拉着顾瑾年坐的地铁。

"你是担心我不会打车，"顾瑾年阅读理解的能力一向在线，"还是对我回国的第一个目的地有建议？"

"这不是……没有亲自接到人，"寂夏不由自主地摸了摸耳朵，"想着怎么补偿一下。"

"就算你不这么说。"顾瑾年闻言笑了一声，"我也会去见你的。"

挨过漫长思念的，可不仅仅是她一个人。

他原先没想过会有哪种情感真的完全不被理智压制。

可是在异国的街道上，哪怕只是一个读音相近的名字，都会吸引他的侧目，即使清楚地知道，她没有在这里。

"那我把备用钥匙放在门外的电表箱里。"寂夏的语气里带着小小的雀跃，"我回家的时间可能会有点晚，到时候你直接进来就行。"

"好。"顾瑾年答应了她一声，声音听起来有缱绻的意味，"多晚我都等你。"

虽然她之前信誓旦旦地说自己准备得很充分，但是等寂夏真正踏进这个别人口中年收益过亿的精英公司时，还是不由得紧张起来。

K&J 的办公楼一点儿也不商务化。

不知道是迎合哪一位创始人的喜好，K&J 的办公地址选在一处近郊的别墅区。

一栋三层的小洋房，出门走五分钟就是森林公园。室内装修也不是常见的现代工业风，樱桃木的办公桌和墙上极尽写意的山水画，处处透着古意。

桌上摆着绿植，洋房的砖瓦上攀着爬山虎，颇有几分隐世的意味。

这一点倒是和选址在市中心最繁华地区的九州，大相径庭。

寂夏猜测 K&J 整体是扁平化管理制，因为从她进门到现在二十多分钟，还没有见到公司的前台。倒是时不时有精英打扮的白领打着电话从她的身边经过，男性仪表整洁，女性妆容精致，他们口中偶尔蹦出来的英文她还能听懂一点，但那些内容她全都一知半解。

寂夏在摆着博古架的大厅里站了好半天，公司的自动门处才传来一声响动，随着开门的声音，穿着香槟色西装的男人从门外走进来，他极具辨识度的桃花眼环视了一圈，很快便落在她的身上。

"寂夏寂小姐，是吧？"像是从她短暂的表情变化里确认了什么事一样，男人径直走到她的面前，彬彬有礼地伸出手，自我介绍道，"您好您好！我是傅博宇。"

寂夏当然知道他是傅博宇，且不说傅博宇作为微博公关领域的负责人，本来就经常活跃在媒体前，更何况她前几天才看过这个人的采访。

但寂夏不知道的是，他为什么会堂而皇之地出现在 K&J，还一副自来熟的样子跟她打招呼。她迷茫地伸出手跟傅博宇轻轻握了握："傅先生，您好。我是寂夏。"

"没想到寂小姐来这么早。"傅博宇笑容满面地道，"久仰久仰。"

寂夏觉得傅博宇对这个词的语义多半有什么误解，她自认没什么值得大佬久仰的地方，只得跟着笑了两声问："您来这里是？"

傅博宇言简意赅地回答她："参会。"

寂夏感到有些意外："您也参与这次项目的评估？"

"Jin 没跟你提过？"傅博宇闻言眯起眼睛，看起来显得也很意外，他指了指厅内横着的公司 Logo，"我是创始人之一。"

"这种涉及 K&J 的机要信息，Jin 先生肯定不会跟我提的。"寂夏解释道，"我们也是刚认识，只是偶尔交流两句项目上的事。"

"刚认识？"

傅博宇意味深长地把她话里的几个字重复了一遍，他刚开口想要说点什么，拿着的手机忽然亮起来，他看着来电提示挑了下眉，跟寂夏说了句"不好意思"。

等寂夏摇头说了没事之后，傅博宇这才走到门外，电话那头的人还没来得及开口，他倒是先笑了一声追问道："你行啊，老顾，深藏不露。把小女朋友瞒成这样。"想到寂夏刚才的话，傅博宇当真是觉得新鲜了，"还刚认识？"

顾瑾年压根儿不想理会傅博宇的调侃，倒是听他提到寂夏，问："她人到了？"

"这么大了丢不了，你放心吧。"傅博宇不太理解顾瑾年操心的理由，"倒是你，到哪儿了？"

"转机。"顾瑾年那边有外语广播的背景音，"快要登机了。"

"那晚上出来吃饭？"傅博宇算了下时间，问，"正好我今天也约了电视台领导，一起见见？"

顾瑾年想都没想："没空。"

"这么念家啊。"傅博宇"啧"了一声，他隔着玻璃门朝厅里望了一眼。寂夏正踮着脚去看博古架上的展品介绍，神色显得分外认真。大概是因为工作场合的原因，她穿了一身米色的西装裙，长发像空姐一样盘了起来，倒是看得出她在很用心地往职业化打扮，却怎么也掩不住身上的学生气。

"那你瞒着她做什么？"傅博宇这下是真的被勾起了好奇心，"还把我们搞来，陪你假模假式地走一次项目投决会？"

做人是不是不要太丧良心。

"本来没想着瞒，但被问到的时机不是很好。"顾瑾年知道自己大概是躲不过这个问题了，倒也没闭口不谈，"因为九州的高层不太希望我辞职，所以故意授意保守派压低了项目预算。本来就是因我而起的事，但她却上了心，费尽心力地想在我回公司前解决资金的事。"

从来都是别人把他当作退路，就这么一个人想当他的退路。

顾瑾年朝登机口的方向看了一眼，不知道是不是因为快见面的缘故，他总觉得回程的时间要快上那么一点，他笑了一声："这样的想法，我舍不得不成全。"

索性让她放开手脚去做，她也从不是需要他养护在温室里的花。

或早或晚，她都会凭着自己的力量走到他面前来。他比任何人都要深信这一点，并做好了迎接她的准备，然后亲口告诉她，她有多优秀。

"你说话就说话。"傅博宇开始后悔问这个问题了，他牙酸般地吸了口气，"杀狗做什么？"

顾瑾年杀人诛心："你自己非要问的。"

"可别怪我没提醒你。"可能是被他字里行间的幸福感戳了心窝，傅博宇凭着远胜于顾瑾年的经验，试图说服他，"女孩的情绪都是很敏感的。不管你心里是什么想法，骗她的举动都已经是事实了。不好好发顿脾气，这事可过不去。"

"那还能怎么办？"顾瑾年似乎也不是对这个后果全无考量，他的声音里全是明晃晃的妥协，"大不了她发脾气，我哄着就是了，左右有一辈子的时间。"

来日方长。

他心上就放了这么一个人。只要她不跑，总会有哄好的那么一天。

顾瑾年这话说得实在是一点原则都没有。

傅博宇听在耳朵里，感觉那字里行间的缝隙里，搁左边写了纵容，右边重新提笔，写的还是纵容。他就从没听过顾瑾年对谁用过这种语气。

傅博宇切断了电话，不自觉地想起那么两件年深日久的往事来。

第一件事是他大学某次在一家新开的酒吧玩到后半夜，回宿舍的路上，却在隔壁的咖啡店看见了他这位平日里接触不少，却哪哪都看不顺眼的师弟。

傅博宇隔着咖啡店外贴着圣诞祝福的玻璃窗，为店内顾瑾年穿着店内制服，低头专注地给咖啡上拉花的画面，驻足了半天。

可能是留意到他好一会儿都没跟上来，身边的朋友回过头来问他："看什么呢？"

傅博宇没回答，那个朋友倒是顺着他的目光看到了店里的顾瑾年。

"这不是咱奉大的风云人物吗？"他轻飘飘地"哟"了一声，语气里带了点嘲弄的意思，"这个点儿还在外面打工，看来传闻是真的了。"

傅博宇在他的语气里皱了皱眉："什么传闻？"

"你还不知道啊？"男生晃着腿踢了踢脚下的雪，眼睛里全然都是醉态，"咱学校的这位校草，平时一副眼睛长在头顶上的样子。其实家里刚出了事，没了爹，还欠着债，听说要债的人还到学校里撒泼，闹得警察都来了。"他说完还自顾自地评价了一句，"真惨。"

那是傅博宇第一次听说顾瑾年家里的事。从行为能力、谈吐气质，任谁也不会将"落魄"这两个字和顾瑾年联系在一起。给他送情书的女孩一向都比给傅博宇的要多，连团委老师都更喜欢把事情交给他去办。好像偏心顾瑾年的人永远都那么多。

傅博宇当天回到宿舍的第一件事就是拉黑了这个朋友。

那之后他借着和顾瑾年一起组织学生会活动的机会，有意无意地提起自己家里公司缺人手，自己的表妹正在奋战高考，特别想找成绩优秀的家庭教师，要么就是自己的朋友刚开的酒吧，急需帮忙看店的人，活儿少钱多。傅博宇每次说得激动，可顾瑾年每次安静地听完，只是目光冷淡地看他一眼，再云淡风轻地将话题转回学生会内的工作上，像是根本没听到他在说什么。傅博宇气得半夜睡不着觉，他在床铺上翻来覆去的时候，心想：我操哪门子的心？

可下次再见，自己还是忍不住。这样子的状态大概持续了一个多月。

直到某一次活动场地的策划现场，顾瑾年在他的侃侃而谈后叫了他一声。

"傅师兄。"年少时的顾瑾年不如现在这般擅长收敛锋芒，他锐利的眉眼里像藏着剑光，声音冷静地拒绝道，"心意我领了，但不用。"

顾瑾年说完，低头去绑手上充好的气球，丝带绕在他的手指间，柔软得不可思议。他把处理完的气球挂在活动横幅上，才抬起头来望着傅博宇，咬字很轻地说了一句："谢谢师兄！"

傅博宇在那句郑重的道谢里愣了一下，心想：这遭逢巨变的命运也没能折损他半点傲骨。

他对善意心怀感激，却不让自己无故接受旁人怜悯般的馈赠。

另外一件事是 K&J 刚在国内成立的时候。

投资圈的沉疴由来已久。

因为顾瑾年刚在投资圈崭露头角就拿下了不少优质项目，不乏眼红的同行仗着背景找上门来要求他让项目，还在酒桌上有意无意地透露自己的背后有多少关系，动动手指就能让圈内变个天。对方又看顾瑾年年轻，刻薄地劝他别太狂，可不会有人因为他是初生牛犊，就容忍他的莽撞。

顾瑾年在觥筹交错的光影里连酒杯都没抬，他对着那些资历和背景都远胜于他的中年人，语气笃定地道："项目我是不会让的，各位尽管凭本事来拿。我拭目以待。"

那些随之而来的明枪或暗箭，都没能赢得顾瑾年半分退让，如今他却在电话里百般妥协地说"我哄着就是了"。

像被人温柔地夺走了骄傲。他心甘情愿，为一枝玫瑰俯身。

寂夏跟在傅博宇的身后走进会客室的时候，长桌的两边已经坐好了十几位商务装扮的参会人，比上次在刺桐商议《千金》版权归属的场面还要大。

"寂小姐。"坐在最前面的男人最先开了口，他翻了两页寂夏提前交上来的项目书，开门见山地道，"我们已经认真读过您的项目书，不如您先从阐述项目思路开始。随后我们可能会问您一些相关问题，您看可以吗？"

真的是分秒必争的投资精英，一句多余的废话都没有。

寂夏感叹了一句，点了点头："可以的。"

她在脑海中将准备好的思路顺了一遍，很快进入状态。

"各位投资人都是业内翘楚，想必对《千金》的名字并不陌生。作为拥有百万级读者基数的网络巨作，它无疑具备成功的资本。在九州买下《千金》的版权后，我们的团队对它进行了深度的故事解析，基于一定的读者数据分析，我们将主线中讨论度高的故事点摘取保留，并决定在最大程度保留其故事内核的基础上，配合审查政策进行一定的改编预想。"

她在前文中极力强调了原著的优势，并将之前的工作做了一个简单的概述。

"可以说，以一个影视项目的前期筹备来说，《千金》的准备工作是充分的。在如今甜宠剧当道的市场坏境下，一个以废土文学为主题的科幻作品，必然会成为划破陈旧暗夜的孤光。我们会在这个故事中，以有深度的视角，讨论人类与文明，讨论无序的世界里对道德的坚守，在废墟与毁灭中谋取爱，守一信而立万国。"

不得不说，《千金》的故事主题着实宏大，这种含有悲剧色彩的末世文学很容易给人带来震撼感。何况寂夏能在三言两语中将主题升华凝练，这无疑是一次完美的阐述。

傅博宇单手支着下巴，看着女孩站在会议室的中央，有条不紊地讲述项目周期和目标，以及资金的具体落实方案时，倒也确实体会到了顾瑾年的感受。

她有底气成为别人的退路。她的喜欢也足够勇敢。

所以，给她山海的方向，胜于护她于精致的樊笼。

"……有关投资预算的部分，我们计划将更多资金投入在取景和特效上，毕竟科幻题材，给观众视觉上的真实感很重要，至少要让画面看上去精良可信。也是基于《千金》本身不缺人气基础的考量，所以我们减少了一部分宣传成本。"寂夏稍微停顿了两秒钟，在众人的环视下笑道，"以上，就是有关《千金》的项目思路以及各流程规划。"

"很精彩。"有人毫不吝惜地夸赞了她的演说，他接着寂夏最后一段的内容，直截了当地问，"所以寂小姐是否有预想的取景地呢？国内的科幻剧不是主流，在拍摄地上缺乏经验。据我所知，之前几部号称巨作的科幻电视剧，实际拍摄效果很一般。"

"拍摄地拟定在江城。"寂夏在这个问题上没有犹豫，"江城群山环绕，地势高低错落的城市特征能极好地迎合末世的后工业风格，穿楼的轻轨和空中索道都是绝佳的取景素材。我们也和美术指导讨论了废墟后重建的平民城市，江城的洞穴类景点非常合适。"

"确实是个不错的选择。"侧首的女性点点头，算是肯定了她的回答，"投资预算这样分配我没有异议，我更担心的还是内容上的过审风险。这种政治化的主线剧情，到底还是太敏感了。"

"非常理解您的顾虑。"这个问题当然也在寂夏的预想内，"我们调整了相关的主线，在方案中削弱了政权的斗争，把剧情矛盾更多地放在了爱国情怀上，传达的是，只要民族信仰不灭，无论经历何等磨难，都会在废墟中重建的主题。"

"主题不错，但根本问题是不是没有解决？"会议室里有人对方案中的改编方向不太认可，"在盛世里去写一个国家的覆灭，难道不会给观众一个毁灭主义的倾向吗？我一直以为方案中会直接去掉这段剧情。"

"如果不是面临国家遭难的局面，男女主角如何会成立人民自卫队，又如何以重建国土为目标行动呢？"寂夏没在问题里退步，"去掉这段剧情，才是从根本上脱离了原故事的逻辑和主题。更何况，我并不认为这段剧情是一种毁灭主义倾向。"她迎着质疑者的目光，"难道就因为我们现下安逸的生存环境，所以危难就不能被提及？"

傅博宇在寂夏的发问里笑了一声。

会上提问题的人不少，寂夏都对答如流，倒是之前被寂夏驳回了问题的男人沉默了一会儿，忽然又问："刚才在方案里听你提到在剧本改编过程中会让原作者参与？"

寂夏倒没想到会被问到这个，她愣了一下，点了点头："是的。"

"之前有不少先例，因为原作者强势介入，跟编剧的意见冲突，导致双方罢笔，项目搁置。"他一连串地说了几个项目名字，"在网文作者普遍缺乏行业素养的现象下，我觉得贸然让作者介入是一种风险。"

"无论从哪种角度，都是原作者对故事的理解和主题有更好的把握。"寂夏不由得蹙了下眉，"我觉得您所说的，网文作者缺乏行业素养的观点有失偏颇。况且在此之前，我已经争取过编剧老师的同意了。"

提问者不以为然："大概率是还没出名的编剧吧。"

"是周斐老师。"寂夏朝他笑道，"听说之前贵司还接触过老师手上的版权。"

这个三年打造出两个影视爆款的名字，恐怕谁都不陌生。作为曾经的网文作者出身，周斐对偷瓜的猹的介入完全不排斥，甚至对和大神作家的灵感碰撞表示了期待。

这也是寂夏受到 Jin 的提示后，想到的增值项目价值的方式。她故意将悬念保留在被提问的环节，就是为了打出一个出其不意。

大神作家加上金牌编剧，这组合本身就是王炸。

两次问题都被驳回的男人不甘心地沉默了片刻，再度开口："可是……"

"差不多行了。"他半句话还没说完，傅博宇就开口打断了他，他作为公司创始人，话语权很重，之前一直没说话，这会儿眼睛里带着笑，语气却不容置疑，"人家编剧都没有意见，你倒是操心。这还是一个合理的投资视角吗？"

男人悻悻地低了头。

傅博宇都发了话，明眼人都看得出来，项目通过基本上已是定局。坐在右侧桌尾的投资人犹豫了一下，还是把自己最后的疑虑问了出来。

"可是按照现在的班底配置，周斐的费用偏高，拍摄和特效又是大制作，恐怕在演员部分的成本会被压缩得很厉害，恐怕没有哪个有名气的演员愿意接这个本子。但如果大制作的电视剧没有名气演员来挑大梁……"

"谁说没有哪个名气演员愿意接？"声音从门外传来。

身穿黑风衣的男人走进会议室，他戴着一顶黑色的鸭舌帽，半张脸也用黑色口罩遮得严严实实，是一副经典的明星街头装扮。

但在场所有人都认出了他，那双冷淡的眉眼太有辨识度。

他在傅博宇的身边落了座，朝寂夏的方向微微颔首，这才不紧不慢地开口接上一句，声音清冷地道："我算不上有名气？"

那场会议在闻商连的出现后结束得很快。

每个走出会议室的参会者，出门的时候脸上仿佛都写满了：有内鬼，终止交易。

两个创始人为这个项目保驾护航，这还开哪门子的项目投决会。

散了散了。

寂夏看着带着一脸复杂表情，有序撤离的参会人员，心情也同样复杂。

眼看着会议室里只剩下他们三个人，她叹口气认命地走到两个大佬面前。

"闻先生，实在不好意思。"寂夏硬着头皮解释道，"上次跟您介绍我是慕阮阮工作室的顾问，其实是骗您的。"

闻商连一点也不意外地点了点头，言简意赅地道："知道。"

倒是一旁的傅博宇目光在他们俩之前来回扫了一圈，笑着问："这还有什么我不知道的故事呢？"

闻商连看都没看他一眼："不是你想象的那种剧情。"

寂夏觉得这谈话的走向不大对，连忙解释道："是因为帮我朋友的忙，涉及保密条款，所以才在职位上说了谎。"她又低头道了声歉，"不好意思。"

"别在意别在意。"闻商连还没说什么，傅博宇倒先替他开了口，"老闻心大着呢，这点小事压根儿就不会放心上。"

寂夏干笑两声，心头不期然地闪过慕阮阮形容闻商连的那些成语。

但闻商连明显没有再进行这个话题的打算。寂夏倒也自觉地换了个话题："闻先生怎么会在这里？"

"他也是 K&J 的创始人。"傅博宇像是闻商连的发言人，他伸手指了指公司 Logo 上的字母 K，"老闻的英文名是 Vic，谐音为 K，公司的名字就是他俩英文名字的缩写。"

这个英文名，寂夏倒好像在慕阮阮那听到过，但当时她根本不会把这个名字和 K&J 联系在一起。

怪不得 K&J 的创始人一个比一个低调。

寂夏这么想着，她没再追问更详细的起源史，想了想问："那《千金》

的投决会现在算通过了吗？"

"通过了。"闻商连抬眼看了她一眼，他伸手在手机屏幕上敲了敲，传了张照片到寂夏的手机上，"这里。你去见他吧。"

闻商连发给她的是一家餐厅的名字和地址。

这个地方寂夏倒不陌生，她和顾瑾年第一次相亲就是在这家餐厅。

当时她怀着满心敷衍走进来，连餐厅名字都不记得，却因为这里高得离谱的价位给它起了个"1499"的代号。

原以为这不过是一次无疾而终的相亲，结局重复过很多次，却没想到成了所有浪漫的开始。

她再次被礼仪小姐领着，穿过栽种着竹林的前院，裙摆掠过缭绕的雾气，每一处情景都隐隐向她传递着熟悉感。

寂夏绕过堂前的屏风走进室内，预约好的座位上已经坐了一个人。

身侧的落地窗映着暮色，浅浅照着男人狭长又锐利的眉目。他循声望来的神色显得很温柔。

这隔世般的场景让寂夏站在原地晃了神，却又模模糊糊地觉得自己应该尽快走过去。

因为他看起来像是独自等了她很久。

那是顾瑾年，在看清楚来人是她之后便站起迎接，像第一次见面那样称呼她。

"寂小姐。"浅淡的笑意划过那双眼睛，他牵着她走到座位上，在她的目光里轻声控诉，"你迟到了。"

有些隐晦许久的真相在此刻昭然若揭。

她早该发现的。

像是草灰蛇线的伏笔，无论是先前对话里的熟悉感，还是傅博宇和闻商连毫无动机的援手，过分巧合的餐厅，无一不带着早有预谋的暗示。

还是一样的座位，还是一样望着他们这边窃窃私语的漂亮服务生，还有昏暗的烛影里，以及耀眼夺目的顾瑾年。

好像她一晃神，就可以回到他们见面的那一天。

寂夏在顾瑾年帮她拉好的椅子上坐下来，认真地回忆了一遍这段时间发生的事情，终于忍不住吸了口气。

"平平无奇？按我的想法来？不然是基于私情？"她重复着顾瑾年之前对她说过的话，声音里不乏咬牙切齿的意味，"没想到顾先生在演戏方面也同样天赋异禀。"

"话虽然并不假，"也不知道是从她恼羞成怒的嘲讽里收获了什么乐趣，顾瑾年一连闷笑了好几声，道歉的速度却极快，"但都是我的错。"

"您有什么错啊？"寂夏在他带着笑意的目光里气呼呼地转过了头，"您还握着我的项目书的生死大权，我哪儿有立场声讨您啊？"

寂夏平日里是公认的脾气好，又因为文职工作的原因，什么场合适合说什么话，措辞从来都很妥帖。偶尔在工作中有和对方意见相悖的时候，也能在阐明自己的观点外，兼顾到对方的情绪，好像从没见过她这么阴阳怪气噎人的时候，倒是别有一番味道。

"你在我这什么立场没有？"顾瑾年收藏着她不同于平常的神色，伸手把菜单递了过来，"我的错你可以慢慢数落，先点菜，别饿着。"

明明负荆请罪的是顾瑾年，寂夏却仍然被他安排得明明白白。

她下意识地翻了两页菜单，突然想起之前慕阮阮那件事里，Jin突如其来的声援，某些迟来的敏锐忽然划过脑海。

"顾瑾年。"寂夏连名带姓地叫他，故作严肃地问，"你是不是还有什么事没告诉我？"

待审的犯人面对质询半点儿也不慌，甚至还能游刃有余地问她一句"鱼是清蒸还是红烧"，然后才回答她："你指的是我知道你就是失语蝉这件事？"

寂夏也不是想把自己是个网络作者的事藏着掖着。可她和顾瑾年在一起之后，相处的时间永远太短，想说的话一直有那么多。

值得分享的瞬间实在太多，她网上的另一种身份、另一种生活，好像也没有那么急于言明。

以后的时间还很长，总有很多机会。

某次她挂断顾瑾年的电话，在深夜里码字的时候，模模糊糊地想着：可即使是那些时刻，她也是被陪伴着的。

以读者和倾诉者的身份。

原来真的有一个人将她的人生挤占得如此严丝合缝，还不露声色。

一念至此，寂夏那点本来就没有多强烈的小脾气，跟泄了气的皮球一样瘪了下去，她叹口气道："算了。"

她跟顾瑾年计较些什么呢。

寂夏这么快就把事情翻篇过去的态度，顾瑾年着实是没想到，他挑了下眉，问："不生气了？"

"觉得没结果，还不如省点力气。"寂夏想得很透彻，她道，"况且我不是也没跟你说过自己有个笔名，一比一，扯平了。"

"你只是没主动告诉我，但我用语言诱导你往错误的方向想。"顾瑾年倒是对自己的行为有更深刻的认知，他颇为领情地笑了一声，"说扯平的话，是你让着我了。"

"好像我没有张牙舞爪地指着你的鼻子骂两句，"寂夏从他的神态里琢磨出点遗憾的意思，她不可思议地问，"你还挺遗憾的？"

顾瑾年还真没否认："确实还有点期待。"

"那你大概没什么机会了。"寂夏真是被顾瑾年气笑了，她觉得自己有时候真的跟不上自己男朋友的思路，干脆低下头去认真地点菜，"我生气的时候一般也不会大吵大闹。"

顾瑾年在这种问题上似乎有些过分好奇："那你生气的时候是什么样？"

"大概会……冷战吧。"

寂夏这方面的经验大部分来自于她和于晴的相处，她知道自己身上的有些事有时候处理得不够好。她的父母，除了有作为她的父母这个身份外，也是拥有喜怒哀乐的普通人，在自己的生活过得一团糟的情况下，他们有优先照顾自己的权利。

这其实无可厚非。他们有自己的人生，不应当单单只是自己子女的前传。

可她的成长过程确实无人关注，她生气时就算说话很大声，也不能换来和音量对等的关注和理解。所以寂夏在情绪到达临界点之后，反而会加倍压抑自己的情绪。

寂夏结合之前的发生的事想了想："就是好几天都不说话，离家出走，在闺密家里待上几天。"

直到情绪慢慢平复下来，再像个没事人一样自己回去。

顾瑾年闻言，沉默了一下。

他伸手往寂夏的杯子里添热水。京市的天气在转凉，可能因为是她手冷的缘故，顾瑾年牵她的手的时候皱了下眉，问过店里没有暖手宝一类的东西后，他干脆要了热水倒进茶杯里让她捧着。

不知道在想些什么，他放水壶的时候没拿稳，壶底磕在桌面上，发出一声清脆的声响。

晚餐寂夏一向吃得不多，顾瑾年点了道海鲜，她就加了道美人米炒笋尖，主食加了糖酥饼，然后在竹笙菌汤和山药排骨汤之间纠结了半天。

顾瑾年见她为了两款汤愁眉不展的样子，干脆把两个汤都点了，跟她说："不喜欢哪个就把哪个给我。"

　　餐厅里有流水般的古筝声，演奏的姑娘坐在屏风后，专心致志地弹着一首《女儿情》。

　　寂夏的注意力刚被她身上的汉服吸引去了，却听见顾瑾年又问她："真的不生气了？"

　　"又不是小孩子。"寂夏被问得哭笑不得，"还故意说反话的。"

　　"那打个商量。"顾瑾年望着她的眼睛，"要是下次我惹你生气了，不冷战行不行？吵架都可以。"他说得郑重其事，"跟我发脾气。"

　　"你……这次的事还没过去就开始想下次了？"寂夏的语气有些不可思议，"况且谈恋爱不是应该尽量理智客观，收敛自己的坏脾气吗？男生好像都希望自己的女朋友懂事一点？"

　　"大道理人人都讲得出来。"顾瑾年对这种观点似乎颇有微辞，"可真喜欢一个人，哪里有理智客观？偏心、贪婪、占有欲，不都是因爱而生的情绪。那些希望爱人完全摒弃情绪的人，他们或许不是在爱一个人，他们只是希望被爱。"

　　寂夏微微一愣。

　　"就算我再怎么注意，两个人在一起，总有互相不太舒服的地方，哪怕是跟我大吵大闹也好，我都希望你说出来，而不是一个人消化。"

　　因为挨得近的缘故，寂夏能从顾瑾年的眼睛里看到自己小小的倒影，她独自占着那一小方天地。

　　"有问题的地方会一直在，我可能还让你伤心，第二次、第三次，甚至无数次。没有任何一种亲密关系可以建立在一方不断忍让的基础上。而所谓的消化、理智、懂事，都是在我毫无察觉的情况下，消磨掉你对我的感情，将我越推越远。"

　　"你交予我的，那就是我的东西了。"让寂夏纠结半天的两个汤盅被端了上来，顾瑾年都先推给她，一字一句说得很认真，"无论是感情还是承诺，就算是你，也不能不告而取。"

　　那两碗汤的味道平分秋色。

　　为了雨露均沾，寂夏两种汤都只喝了一半。眼见着顾瑾年看着两碗汤盅挑了下眉，寂夏悻悻地重新拿起勺子："其实我还可以……"

　　她的话还没说完，顾瑾年就伸手把汤接了过去。寂夏看着他自然而然的动作，心想：这才多久，她就要认不得"恃宠而骄"这四个字了。

酒足饭饱之后，寂夏拉着顾瑾年往自己家里走。

餐厅离她租的房子很近，想到两个人第一次见面顾瑾年就挑了这么一个地方。寂夏忍不住问："我们相亲的那一次，你是特意挑了我家附近的餐厅吗？"

"当时有人不愿意加微信，"顾瑾年承认道，"我还是从介绍人口中问到你大致的位置。"

这句话的语气就很有分寸。

介于秋后算账和负屈含冤之间，让寂夏进退两难，她当场就地悔悟道："如果早知道顾先生这么优秀，别说加微信了，我直接八百里加急杀到您面前。"

如果早知道她现在会这么喜欢这个人，她多一刻也不会让他等。

顾瑾年一连闷笑了好几声。

夜色里的长街总是特别安静，城市错落的灯光，老街区窗户里偶然飘出的钢琴声，被月色关照的胡同小道，瓦檐上一蹿而过的猫。

寂夏的手被顾瑾年牵着揣在大衣兜里，他们不急不缓地走过这些城市里烟火气。

寂夏摩挲了一下他滚烫的掌心问："顾瑾年。你还记得《麦琪的礼物》这个故事吗？"

顾瑾年低头看她一眼："外国的短篇小说。"

女人为了丈夫卖掉了自己引以为傲的头发，男人为了妻子卖掉了珍藏的金表，为了给对方一个难忘的圣诞礼物。

寂夏点点头问："你当时读这篇文章的时候有什么感想吗？"

"当时想的是，"那已经是不知道是多少年前的事，但顾瑾年还是仔细回忆道，"如果我有一个这样深爱的妻子，一定不让她这么委曲求全。"

"上学的时候，顾先生应该也有不少追求者。"寂夏狠狠地截了下他的腰，想了想道，"我当时读这篇文章的时候，只觉得浪漫。"

那大概是天底下最浪漫的一对恋人。

作者在文章的最后评价他们是最聪明的人，寂夏也这样觉得。他们懂得如何用真心让充满苦涩的日子变得无比幸福。

爱本身就是最好的礼物。

顾瑾年笑了一声："你这么想也很浪漫。"

"其实看到你的辞呈的时候我就在想了，"胡同里，她的声音带着回响，"如果是为了名正言顺地在一起，我们之间一定要有一个人辞掉现在的工作，我觉得那个人应该是我。"

顾瑾年因为她这句话停住了脚步。

"《千金》初步的改编方案已经落实，对于后续的项目展开，比起一个策划，它更需要的是一位有力量的领导者。九州的转型工作才刚刚起步，《千金》如果成功，平台参与进制作的那一天，必然是影视网络剧和内容创作的大繁荣，我知道你其实是想亲自见证这一天的。"

他们落在地上的影子贴得很近。

"就算是得知你就是 Jin 之后，这种想法也没有改变。"

顾瑾年侧过身来听她说话，寂夏仰头望着他，他的手揽在她的腰后。

"就算你不说，我也知道。你的理想，你的抱负，你就该在这样的位置上做一些事。"

没有什么位置比入局者更能引导局势。想让九州变成制作的参与者，必要从它内部着手。

"所以你不能辞职，但我就不一样了。"寂夏置身在他沉默的目光里，说得很笃定，"策划这个岗位，就算辞职，我也依然可以以外聘的形式参与项目。无论是和原作者的交情，还是以周斐老师对我的信任，我更具备正当的理由。而且我喜欢做的事情，只要和文字有关就可以，我有这个能力为自己谋求到一份新的职业。"

她用没被顾瑾年牵着的那只手拍了拍自己的胸膛。

"听傅先生说您最近有投资创作者的打算。"寂夏信心十足地毛遂自荐，"今年的圣诞节也快到了，您看我这位坑品不大好，名不见经传的小作家，够不够资格跟您签约呢？"

寂夏等着顾瑾年的回答，忽然想起慕阮阮之前问她在什么情况下会同意卖版权。她笑着回答说："如果顾瑾年变成穷光蛋。"

答案显而易见。最笨拙的答题者也听得懂。

能让她退让原则的，只有一个顾瑾年。

只不过她想要签署的不仅仅是她的文字和版权，还有她自己。

寂夏不知道顾瑾年有没有听懂她的言外之意，但她感觉到放在自己腰上的手收得越来越紧，直到他们之间再也容不下任何空隙。

夜雾四起。

有纱幕般的云遮住了月亮。

黑暗里的光变得朦胧起来，这种昏聩让人萌生旖旎的念头。

侵占感极强的姿势，危险的信号，顾瑾年的视线在往下垂。

顾瑾年的身上总带着一种不知名的木质香调，会让寂夏想到小房子里的旧家具，是沉睡在她久远的记忆里，没有吵架声的家的味道。

他一开口，温热的气息就落在她脸上，有点痒。

"要签的话，就做好准备。"黑暗中，顾瑾年的目光沉沉的，他们的额头相抵，从寂夏的角度望过去，能看见他利落的下颌线和凸起的喉结，"普通的签约条款在你这里不适用。"

寂夏早被温暖的怀抱里夺走了思考的能力，这会儿听到顾瑾年的声音，只能迷迷糊糊地"啊"了一声。

她的声音被吞在了吻里，连同着呼吸被一起掠夺。寂夏像被抽走了力气的俘虏，在他的怀里失控地往下掉，靠着顾瑾年的力气才能站稳。

这个吻实在太过漫长。在不熟识的巷弄里，显得过分肆无忌惮。

短暂的间隔里，她听见顾瑾年的声音里夹杂着与她一样错乱的呼吸，他说："要签，就签一生一世。"

我们。

我们是终有一天会与死亡和解的普通人。

我们站在人生的尽头，手里握着要交付于神明的答案——我这一生的意义，在于与你相遇。

Extra 01
人生投资

出于项目融资进度的相关事项，寂夏辞职的事一直拖到了春节后。

在那之前，公司发生了不小的变动。

从《千金》拿下 K&J 两个亿的投资为转折点，九州高层开始丧失在这个项目上的话语权。影视项目本来就是谁占高投资额谁就是甲方，在内部投决会定下的预算金额，与外来融资严重失衡的情况下，九州作为共同出品人的决策权不得不一退再退。

毕竟为了保证投资回报率，K&J 对投入资金使用的透明度和制作规划要求很高，而凭着网站运营起家的九州在制作层面堪称毫无经验。可要是拒绝，就相当于割舍掉两个亿的投资，唯利是图的九州哪里舍得。况且在版权已经是沉没成本的基础上，有人愿意以高额的投资比分摊风险，那可真是百利而无一害。何况那还是 K&J。

这个名字不仅仅是一纸空头支票，它后面跟着的是业内最顶尖的资源，多少导演和演员愿意为这个名字投身项目。

谁不知道树大才好乘凉的道理。

利益导向下，董事会让权已经是必然结果，策划评估部也必然是主导《千金》的不二选择。但顾瑾年似乎并不想止步于此。他以项目最终收益增比两倍及以上为条件，提出让部门在公司内部独立的想法。

复刻《千金》此次的项目运行模式，让策划部在未来也可以独立采买版权。在改编方案通过内部投决会后，视预算情况选择对外融资或不融资，同步搭建班底推行制作，收益按投资比例与公司共享。这相当于，让策划部在九州从单纯的职能部门变成了一个小型工作室，独立核算，自负盈亏。

在职场拥有自由度是一件极难得的事。

企业需要员工对岗位的忠诚度，以保证每颗螺丝钉都在该在的位置上严丝合缝，它不需要员工有想法。

但顾瑾年以这种方式给了每个人发挥所长的空间。

这个提案在董事会内部足足审了半个多月，最终还是通过了。

寂夏从邮件里看到红字标头的决策通知时，没忍住发了条消息问顾瑾年。

寂夏：顾总，请问您让策划部独立的计划是从什么时候开始有的？

能在回国后这么短的时间内，向董事会交一份逻辑缜密，让人挑不出漏洞的试行议案，她有足够的理由怀疑顾瑾年是早有预谋的。

顾瑾年的消息一向回得很快。

顾瑾年：差不多在跟新程争版权的时候。

寂夏：不是，顾总，您是那个时候就知道投决会上《千金》的预算会被打压吗？

顾瑾年：关于改制公司本来就有正反两种声音。难道不该优先按最坏的结果做预案？

寂夏发了一个"猫猫投地"的表情包。

顾瑾年：……工作时间。

寂夏发了一个问号过去。

顾瑾年：禁止卖萌。

寂夏：……不打扰您工作了。

顾瑾年：如果你不辞职。策划部未来的制片人的位置原本是给你留的。现在改主意还来得及。

寂夏望着对话框里的最后几句话发了会儿呆，她不是第一次领教顾瑾年运筹帷幄的本事，却没想到他在自己的职场上都铺好了路。

寂夏握着手机眨了下眼睛，过了半晌才回复：就算你这么说，我也不会上当的。

顾瑾年发了一个问号。

寂夏：我可是即将要跟世界上最优质的甲方签约的人了。难道还有比这更光明的未来吗？

发生变动的不仅仅只有他们部门。

采购部的负责人何总很快也被爆出利用职务之便，拿了乙方公司不少好处。每家公司里都有那么几个灰色收入高的职务，手握着作品买卖生杀大权的采购部，出现这种事并不稀奇。原则上只要不是做得太过，高层对这种事还是有容忍度的。

水至清则无鱼。

但不知怎么，一些陈年的聊天记录似乎被秘密发送到了董事会的邮箱里。

具体的对话内容无从知晓，但这些东西明显触碰了高层的底线，会议室里的骂声大得外面的人也听得清楚，这位在九州稳扎稳打地干了九年多的何总，第二天就悄无声息地离了职。取代他的位置的，毫无意外的是与寂夏有过几面之缘的何超。

何超长袖善舞的本领一向是炉火纯青，待人处事面面俱到。人事调令发布的当天，他就以升职这件喜事为由，请了顾瑾年吃饭。

自认和这位小何总没打过几次交道的寂夏，不知道什么原因也接到了邀请。

她也是在这种情形下才得知，原来采购部总裁落水的事件里，还有顾瑾年的推波助澜。

"没想到我找了这么久的把柄，居然一早就在顾总手上。"何超坐在他们的座位对面，他让服务员开了两瓶白酒，往顾瑾年的杯子里斟了半杯，"这次升职的机会，还要多谢顾总了。"

顾瑾年道了声谢："举手之劳。"

"要是何总之前能清楚自己得罪的是什么人，"何超感慨了一句，"也不至于非要在投决会上跟《千金》这个项目过不去。"

在投决会上，带头以风险太高为理由压低《千金》预算的人也正是这位前采购部的负责人。

寂夏望了一眼顾瑾年似笑非笑的侧脸，忍不住心想：职场生存法则，果然还是要慎重地选择自己的对手。

"九州如果投入制作，第一个利益受损的就是采购这条线。他站出来反对《千金》这个项目无可厚非。"可能是对职场里明争暗斗接受度高的缘故，顾瑾年陈述动机的语气很客观，他抬头看了何超一眼，"只是，为了九州改制后更优质的内容引进，或许不该留这样的人在采购的位置上。"

九州越来越差的排播成片质量，背后是采购部负责人出于利益关系，对制作标准的一次次让步。

事情刚开始的时候，大家都以为自己能见好就收。

"这次改制后，采购这部分职能在九州内部的权重必然大不如前。关于部门变动后的新出路，我思来想去，怎么想都还是在顾总这儿。"何超知道顾瑾年这句话里也有对自己的敲打，他举着酒杯毛遂自荐地道，"不瞒您说，业内的 IP 版权我也算熟。如果未来的策划部在这方面有忙不过来的时候，我一定帮得上忙。"

顾瑾年闻言笑了一声，他没再说什么，只浅浅地跟何超碰了下杯。

都说男人一半的职场都在酒桌上。寂夏坐在一旁听了个全程，心里除了对何超这个人八面玲珑的本事满怀赞叹，还隐约能窥见九州改制后发展方向的雏形。

在公司架构体系中实际掌握项目流程的两个部门即将联手了。

或许是见她一直没开口，何超重新给自己倒满酒后，又抬杯跟寂夏示意道："也要感谢寂小姐。"他话里未见得是全部的真心，措辞却显得十分诚恳，"九州能在多年保守后走出改制的第一步，是因为寂小姐能拿下《千金》这么好的项目。"

他这样一番言辞，寂夏自然得举杯，可她还没来得及往自己的杯子里添上酒，就见顾瑾年伸手过来，不由分说地把她的酒杯倒扣在了桌子上。

寂夏愣了一下，见对面的何超也明显晃了下神的表情，她忙轻声道："顾总，我的酒量还可以的。"

"没说你不可以。"顾瑾年"嗯"了一声，在这种局面下显得有些答非所问，他朝何超指了指自己的杯子，声音不大，语气里却没什么余地，"你随便敬，她的我喝。"

寂夏很难找到一个合适的词语来形容何超当时的表情。

反正这也不是寂夏第一次认识到顾瑾年在这些奇奇怪怪地方上的强势，在生活中尤甚。

寂夏这么一个爱睡懒觉的人，现在硬是被顾瑾年每天叫起来吃早饭。寂夏习惯在深夜赶稿，也被调整到了早上。季节性贪凉变成了每月限定，每到夏天，他们之间的常用语就会自动变成——

"你偷偷打听部门会议的时间就是为了背着我点这个？"

"顾瑾年，你把我的奶茶放下再说话。"

寂夏一直觉得这么多年的生活习惯不可能说改掉就改掉，可偏偏顾瑾年总是有很多办法。

奋起反抗的寂夏仗着自己辞职后工作时间自由,逼着顾瑾年也每天工作不能超过十二点,还约法三章,谁违反的次数多就无条件地满足对方的要求,按月清算。

寂夏原以为,以资本家趋利避害的本性,顾瑾年必然不可能签下这种不平等条约,她也可以借此讨价还价。没想到顾瑾年听她说完,毫不迟疑地就点了头。

"你确定要答应我吗?"倒是寂夏觉得不可思议,问他,"你要是有没完成的工作怎么办?"

"与其担心我的效率,不如优先担心一下自己的信誉。"顾瑾年在电脑上看她还没发布的稿子,他的指尖搭在键盘上轻轻叩了两下,"你在我这儿欠了不少信用度。"

寂夏张了张嘴,想反驳,最终却只能哑火,强撑着转移话题道:"挺好的,这样说不定还能一次性解决你失眠的问题。"

自从知道顾瑾年就是她的读者榜首的 Jin 之后,寂夏就一直惦记着,这个人三四点还在她博客上活跃的事,好在顾瑾年失眠的频率不高。

两人刚在一起的时候,寂夏从各种渠道搜集了不少治疗失眠的方法,从中药到音乐,从按摩到熏香,每天变着花样地在顾瑾年身上做实验,最后发现造成失眠的原因果然多数都是因为工作。

寂夏的任务目标从探索哪种方法能够帮助入睡,变成了如何将顾瑾年的注意力从工作上转移。

"你难道没有发现,"顾瑾年闻言抬头,眼睛里的笑意挺明显,"我在你这里已经很久没有失眠了?"

"怎么样?"见之前的努力得到了肯定,寂夏心满意足地朝自己比画了一下,"寂氏特效药,疗效不错吧。"

"是挺不错的。"顾瑾年合上笔记本,在桌后朝她望过来,"可以申请永久治疗吗?"

"正好这个月底这套房子的租期就到了,"他在寂夏疑惑的神色里笑了一声,慢悠悠地补了一句,"下个月的租期续在我这里吧。"

人类情侣的显性特征是:房子很大,但他们时刻都会黏在一起。

顾瑾年的房子是市中心一栋公寓的跃层,二百多平方米的面积。寂夏还能时不时转身就能撞见顾瑾年,足以印证这句话的真实性和准确性。

虽然面积大,但房间里的东西不多。或者说,除了一些必需品,几乎什么都没有,显得怪冷清的。

寂夏忍了一段时间桌子上除了电脑什么都没有的视觉体验后，然后养成了逛街时随手给家里增添装饰品的习惯。

歪头的财神老爷爷被摆在了书架上，复活岛的摩艾石被安置在了玄关，顾瑾年常坐的那张椅子放上了一个奇怪的茄子靠垫，连家里的拖鞋也在不知不觉中被换成了张嘴的小鳄鱼。

终于，在她要对商场里的毛绒连体睡衣下手时，陪她一起逛街的慕阮阮忍不住道："怎么自从你谈恋爱之后，整个人变了不少？"

寂夏正对睡衣尾巴的手感爱不释手，闻言反问道："哪里变了？"

"就是……"慕阮阮看着她那副毫无所觉的神色，努力地找了下形容词，"就好像这会儿才在你身上看到了别人十多岁时的样子。"

没有人比慕阮阮更清楚地知道读中学时的寂夏是什么样子。

连她的父母都常常夸寂夏懂事，学习又好，从来不让人操心，简直是所有家长口中"别人家的孩子"。

如果不是她和寂夏一起听过黑夜里的那些争吵，如果不是她多次看过下雨下雪的日子里，寂夏望着窗外打着伞的家长发呆，慕阮阮恐怕真的会以为有人天生就懂事。

她只不过是努力地不想给任何人添麻烦。

慕阮阮不知道顾瑾年到底给了寂夏多大的安全感，才会成功地让她变得像现在这样。但她看着寂夏拿着那件睡衣，边结账边带着笑意发微信的神色，心想：真好。

寂夏和顾瑾年的婚礼定在了六月，是她从九州离职后的第二年。

家长是春节回奉阳过年的时候见的。顾瑾年拎着大包小包的礼物从车上下来之前，还侧头问了她一句："你觉得伯母大概喜欢什么样的类型？"

"你不是昨天晚上刚问过我一遍？"寂夏反问了一句，不过她很快从顾瑾年笔直的脊背上找到了答案，"顾瑾年，你是……紧张吗？"

"不紧张。"顾瑾年否认得很快，却在寂夏藏不住笑意的眼睛里改了口，他叹口气："是有点。"

寂夏毫不留情地当场掏出手机，她点开语音备忘录，目光炯炯地望着顾瑾年道："顾总，刚才的话能麻烦您再说一遍吗？"

那场有特殊意义的年夜饭一直到最后气氛都很融洽。顾瑾年从各个方面来说，都让人无可挑剔。

投资圈的事比较复杂，寂夏只跟于晴说了顾瑾年是她在九州的上司，相亲后在职场碰到又觉得投缘，慢慢就在一起了。

倒是赵叔叔盯着顾瑾年看了一会儿，趁着两个人在厨房洗碗，于晴和寂夏在客厅看电视的工夫，问了他一句："我们之前是不是见过？"

顾瑾年仔细回忆了几秒钟，倒也没瞒着："之前您作为导师，带着学生参与的那届创投赛，我是主投资人。"

寂夏是在回京市后，才知道顾瑾年和她的继父之间还有这么两句对话。于晴在微信里把顾瑾年从头到尾夸了一遍，顺口转达了赵叔叔的话："你赵叔叔也说了，之前有幸接触过，小顾人还不错。"

寂夏指那条语音盘问顾瑾年："小顾。有幸接触过？"

顾瑾年当时正在盥洗室刮胡子，寂夏进来的时候不小心滑了一下。顾瑾年伸手去扶她，寂夏撞在他的下巴上，蹭了一脑袋泡沫。

顾瑾年看着她花白的头发闷笑了两声，才回答道："之前的一次创投，他带的大学生小组提了民宿加盟产业链的议题，想法很有趣，我当时提了意见，回去之后给投过资。"

"不愧是顾总。"寂夏主动拿过他手上的剃刀，中肯地评价了一句，"有钱。"

"家长都已经同意了。"顾瑾年配合地俯下身，笑着问她，"不考虑换个称呼吗？顾太太。"

婚期是城郊古寺的那位解签老人算的。

彼时顾瑾年刚下了班。寂夏一边念念不忘地跟他提起，这个人之前说的话有多准，一边有些感慨他们相识刚好也是在夏天。

顾瑾年伸手把她惦记了一个礼拜的草莓递给她，闻言稍微停顿了一下道："真要说初见的话，那应该不是在夏天。"

寂夏以为的那次初见，于他来说只能算是重逢。

"可是……"寂夏听他这么说，迟疑着皱了下眉，"我记得很清楚，我们相亲是在六月。"

寂夏抱着草莓在原地思索了两秒钟，似乎是想通了什么似的抬头看他。

"虽然我不是很介意你的过去，"她的语气难得严肃上一次，话尾带了点难以置信的委屈，"可你要是把这种日子和别的人记混，那是不是有点过分。"

在一起的时间长了，寂夏总能有些奇奇怪怪的思路超乎他的预料。

顾瑾年看她那副委屈巴巴的表情，颇觉不可思议地吸口气，问她：

"我在你心里的形象就蠢成这样?"

　　他们没在这个话题上讨论几句,寂夏似乎全然不记得自己拾金不昧的往事,她的注意力很快偏离了航道,先把自己翻墙去听他毕业演讲的事坦白得一干二净,末了,道:"初中的时候,我其实还想过要考去奉大的。"

　　那时候她父母的矛盾还没有激化到那种地步,寂夏对国内大学的优劣也知之甚少,但在她的同学学长的口中听到过"你要是能考上奉大,什么愿望爸妈都可以满足你"之类的话。

　　她对着奉大往年的录取线算了算自己各科的分数,觉得或许自己也有能力让家里少些争吵。

　　高三下半学期的某一天,她的班主任把她叫到办公室,说她这个成绩争取奉大的保送名额应该十拿九稳,同省的大学有优先名额。

　　寂夏看着那张空白的推荐表,垂着眼睛沉默了一会儿,才道:"老师,这个名额我就不考虑了。"

　　那个时候她已经足够清楚,对于某些事情的结果,个人的努力何等徒劳。

　　比起守着从一开始就异想天开的希望,她要清醒地策划自己的逃离计划。

　　顾瑾年听后倒是若有所思地安静了一会儿。寂夏也察觉到这忽然的沉默,她把刚洗好的草莓递到顾瑾年的手边,问:"怎么了?"她这样问,咬了一口草莓,惊喜地眯了下眼睛道,"好甜。"

　　"在设想某些错失的可能性。"顾瑾年的视线慢慢朝下落了两寸,回答她,"感觉那也不乏让人期待。"

　　顾瑾年说完,忽然就俯下身来凑近了她,眨眼之间便咬走了她嘴里的那半颗草莓。

　　寂夏低头看了一眼手里满当当的一碗草莓,又抬眼望了望顾瑾年,觉得自己此刻的表情应该正非常生动地传达着她的疑惑:碗里这么多草莓,你怎么就非要跟我抢这一颗?

　　顾瑾年迎着她略显不满的目光,似乎是正儿八经地评价了一句:"是挺甜的。"

　　他们本就肩并着肩地坐着,寂夏的耳畔拂过他带着笑意的声音,被温柔的力道推倒在床上的时候,在徒然逼近的呼吸里下意识地闭上了眼睛。

　　黑暗里,她听见顾瑾年在自己的耳边叫了一声:"学妹。"

大抵每个女孩都幻想过婚礼，牵系两个人一生的仪式。

前期准备工作比想象中还要烦琐一些。虽然大方向的策划委托给了团队，但从主题到选址，总有大大小小的细节需要当事人来敲定。

收到自己亲手设计的婚礼请柬的那天，寂夏对照着宾客名单发了会儿呆，顾瑾年看她好半天没说话，走过来问她："在想什么？"

寂夏在他的声音里回了神。

"没什么。"她指了指邮寄过来的请柬样本，对顾瑾年道，"就是觉得设计出来的图案还挺好看的。"

确实挺好看的。

素白的手撕边棉纸被装在柔软的信封里，他们两个的名字被写在一起，离得很近。

信封上的火漆徽按顾瑾年的提议，绘了风铃草和知更鸟。图案定稿的时候，她才知道顾瑾年还写得一手漂亮的花体英文。

那支带着金属质感的钢笔斜在他修长的指间，寂夏看着笔尖在纸上簌簌而过，一笔一画地在图案的周边添上"Kismet"几个字母。

这个陌生的英文单词明显不在寂夏的词库范畴，她当场虚心求教："这个单词是什么意思啊？"

顾瑾年给她念了一遍单词的读音，他发音偏向于英式发音，有一种古典的感觉，总是让寂夏想起当初窝在宿舍里看英剧的日子。

"词义的话，是天命的意思。"

天命。

寂夏看着顾瑾年望过来就会变得柔软的神色，觉得他想说的，或许不仅仅是这两个字。

婚礼的场地定在了 Vaux le Vicomte，是一座被法式古典园林簇拥着的庄园古堡。

地点是顾瑾年定的，他们为此有过短暂的分歧。寂夏看着策划的团队发来的场地报价表，犹豫了一下，问顾瑾年："租赁国内用于举办婚礼的城堡好像也有不少选择，是不是没有必要跑去国外？"

"这种一生只有一次的事，我大概比你更希望让你难忘一些。"在大部分相关问题上的回答都是"都行""怎么都好""看你喜欢"的顾瑾年，倒是一反常态地在这件事上比较执着。

他的指尖拨着她没梳上去的碎发，低声劝道："而且我父母的婚礼也

280

是在外国办的。"

"那我们就定在这里吧。"寂夏愣了一下，很快道，"那我把机票也放在请柬里寄出去，就订提前一个礼拜的航班，你觉得怎么样？"

她似乎就没怎么在顾瑾年这儿听到过否定的答案。

比起宾客，他们提前一个月就到了国外。从蔚蓝海岸边的小镇开始，一路走走停停。如同文学殿堂里的作品，永恒追溯着爱情的意义一般，这里的人似乎天性里就带着浪漫。

他们会在人潮拥挤的街头旁若无人地热吻，会在夜晚发着光的海滩上求婚，露台酒吧里醉酒的老人会对着月亮放声高歌。无论是商业区的名牌店，还是街边装修随意的杂货店。只要看到来宾是女士，不管离得多远，店里的男性都会走过来拉开门，再笑容满面地为你弯下腰，然后说一句欢迎。

像是奉行着古老礼仪的骑士，"女士"这个单词的发音，似乎都要显得更彬彬有礼一些，寂夏第一次听到之后，忍不住缠着顾瑾年让他念了一遍又一遍。

寂夏写故事的时候鲜少用性感来形容谁的声音。她现在想想，觉得还是自己的想象力太过匮乏。

真正踏足过这片土地后，寂夏不免会联想到顾瑾年身上的一些特质，应该有一部分是属于这里的，来源于他和父母在这个国家生活过的时光。

你看，有些人即使不在了，但依然有很多痕迹，印证着他们的存在。

这趟旅途本身是出于记录婚前影像的目的，倒没有特意设计的摆拍，策划团队的摄影师跟了他们全程，抓拍了一些他们自然相处的日常，还跟他们说这些录像会被完好地封存十年，十年之后才会寄给他们。

"他们要给十年后人老珠黄的我看自己二十多岁的样子。"寂夏听完这句当场就转过头去跟顾瑾年控诉，"这不是杀人诛心是什么？"

站在一旁喝水的摄影师被呛得半天都没接上话。

"那也没关系。"顾瑾年如今应对她这些胡言乱语已然熟能生巧，他们并肩在七扭八歪的小巷里徒步。他们入住的民宿隔壁的老人家委托他们帮忙带回去一束蓝色鸢尾。

这样的日子像是被神明拨弄过的指针，每一分钟都被拉得无限长。顾瑾年牵着她的手，慢悠悠地说道："我和你一起变老。"

岁月漫长，唯有爱情，让人平白生出太多期待。

这趟旅途的终点就是他们婚礼举办的地点，顾瑾年选的地方确实是万里挑一。

他们坐着马车驶进城堡的时候，慕阮阮已经先一步在大门的石阶上等她了。

寂夏一下车就扔下顾瑾年，朝慕阮阮奔过去，站到她身前问："新剧杀青了？"

慕阮阮摘了墨镜，没有经纪人，她也懒得带伞，只抬手遮在眼眉处："这么重要的事，我就算请假也得来啊。"

"我这样是不是有点自私？"寂夏把自己埋进她的怀抱里，"我先做新娘的话，以后就没办法做你的伴娘了。"

"胡思乱想什么呢？"慕阮阮轻轻拍了两下她的后背，"我们俩之间还用在意这种形式主义的东西吗？况且，明星这个圈子，基本上是结婚即退圈。"她的语气里大有种豪气干云的气魄，"我可是立志终身奉献给艺术的人。"

寂夏没搭腔，她在扬言要终身献给艺术的人的身后，看到了闻商连。

闻商连站在傅博宇身边，傅博宇似乎正喋喋不休地跟他说着什么，闻商连偶尔应上一两句，冷淡的目光却追着慕阮阮。见寂夏望过来，也不藏着掖着，还朝她微微点头示意了一下。

寂夏嘴上没说，心里却觉得，慕阮阮的远大志向是没机会实现了。

她婚礼捧花的接力者，应当是毫无悬念了。

大概是察觉到寂夏的视线，傅博宇端了两杯香槟朝这边走过来道："恭喜结婚啊，准新娘子。"他把两杯香槟递给她们，桃花眼带着笑，"婚前蜜月的感觉如何？"

寂夏应了一句"挺好的"，却在接过高脚杯的时候，下意识地望向傅博宇身后的顾瑾年。

"不是吧？老顾，你连这个都要管。"她这个小动作自然瞒不过资深媒体人的眼睛，傅博宇也不会错过这种送到眼前的调侃机会，他义正词严地对寂夏道，"真不怪我说，弟妹，这换我我肯定忍不了。自己的生活就要自己做主！"

寂夏在他新鲜的称谓里除了干笑，还真不知道作何反应。倒是顾瑾年，在傅博宇看热闹不嫌事大的起哄声里连眼皮都没掀一下："指望一个连女朋友都还没有的人理解，确实有些强人所难。"

闻商连在旁边一副司空见惯的样子。

真是打蛇打七寸，傅博宇当场气得跳脚，扬言要把顾瑾年的陈年"黑历史"全都公之于众。顾瑾年连话都懒得接,只走到她身边俯身道:"喝一点没关系,别贪杯。"他指了指寂夏手里的香槟,"这种场合,我怕醉了照顾不到你。"

寂夏点点头,像是突然受了某种启发似地问:"那你和闻影帝谁年长啊?"

"细算的话,我出生的月份大一些。"顾瑾年看她一眼,心照不宣地看破了她想的是什么,失笑道,"但你想听的称呼,估计是很难从他的口中听到了。"

寂夏往走过去拿甜点的慕阮阮的方向扬了下眉,转头朝顾瑾年眨了下眼睛:"那可未必,要不我们赌一下?"

寂夏的婚纱都是慕阮阮陪她去挑的。

婚纱是 The Atelier 的玫瑰物语,缎面材质,腰缠得很紧。腰部以下用层层叠叠的裙摆掐出了玫瑰的造型,远远望去,像月色下一簇盛开的花。

寂夏自己买下了这件婚纱,一部分出于隐瞒的目的,更多的是因为她觉得身为女性,人生中有些浪漫完全可以自我赠予。

走向爱人的这条路。她的每一个部分,每一份想要靠近的决意,都完完整整地属于她自己。这条路的尽头,是她心甘情愿交付的真心。

婚礼的形式很自由,红毯旁的人群站得很随意,掌声零零落落,祝福倒是很齐。礼堂里放着流水般的轻音乐,不像是婚礼,倒像是马上要开场的舞会。

她在祝福声里走到顾瑾年身边,却在人群里看到了寂明许。

可她明明记得自己没有把他写进最终的邀请名单里。

"是我自作主张。"大概是收到了寂夏疑惑的目光,顾瑾年低头跟她解释道,"那天我看你对着名单发呆,觉得你应该是想邀请伯父的。"

寂夏沉默了片刻,小声反驳了一句:"我可没这样说过。"

"如果理解错了,我道歉。"顾瑾年把她攥紧的手拢进自己的掌心,"最多你生我几天气,那总好过你留一辈子的遗憾。"

毕竟别的女孩都是被父亲牵着走进婚礼殿堂的。

没有谁会在这种时刻,对父母的祝福毫无期待。何况他了解寂夏的性格,哪会真的怨恨谁一辈子。

"那你完了。"寂夏低了下头,她避开顾瑾年的视线,"你猜错了,大错特错。"

"我准备好接受惩罚了。"顾瑾年闻言笑了一声,他伸手帮她拎着沉甸甸的裙摆，低声在她耳边道，"就今天晚上吧。"

　　台下起哄让他们接吻的声音像是一波波热浪，谁也听不清凑得这么近的两个人到底在说着些什么。

　　顾瑾年像个灵巧的魔术师，须臾的工夫，就把准备好的戒指套在寂夏的无名指上。他抬起她的手，吻了吻那枚戒指，用只有他们才能听到的声音开口："我一直认为，我所做的投资这件事，就是以最小的成本博取最大的利益。这是我人生中最重要的一次投资。赌上顾瑾年的一生，我要给你幸福。"

Extra 02

爱是例外

事情的起因是慕阮阮的一则电话。

接到电话的时候，隔着冷冰冰的手机屏幕，寂夏也能听出慕阮阮语气里那种仿佛扼住命运喉咙的兴奋。

"我说出来你简直不敢相信。"慕阮阮战术性地停顿了两秒钟，和寂夏写文章藏悬念的手笔颇有些异曲同工之妙，"闻商连这么一个大男人，居然还会怕虫子，哈哈哈。"

跟在她放肆的笑声后，是慕阮阮毫无保留地还原了自己破案的全过程。

自打这两位大明星同居后，这不是寂夏第一次从自家闺密的口中听到闻商连极端洁癖的案例。比如穿出去半个小时的衣服也会直接丢进洗衣机，寄到家里的快递要用酒精消毒，擦碗和擦桌子的抹布需要分类，连进卧室的拖鞋和客厅里的拖鞋穿得都不是同一双。

平心而论，就以寂夏听到的影帝先生的洁癖程度，和她偶尔去阮阮家里做客看到的事实，她觉得闻商连的生活习惯是有在为慕阮阮让步的。毕竟能让一个有重度洁癖的人忍受着客厅里随处可见的首饰和化妆品，还是难度极高的。

昨天慕阮阮有场夜间棚景商务拍摄，闻商连去片场接了慕阮阮回家，慕阮阮一进门就甩了高跟鞋瘫倒在沙发上。闻商连倒也没说什么，只是拿了她的外套走向阳台的洗衣机。

慕阮阮抱着沙发的靠枕刷微博，没过多一会儿，就看见闻商连又走了回来。

大概半个小时后，拎着工具的保洁阿姨按响了他们家的门铃。

他们到家的时间已经很晚了，以闻商连的性子，很少在晚上麻烦工作人员，偶尔夜里加戏的时候都会让司机先送助理回家。

这大概也是虽然工作室的员工在闻商连面前一副噤若寒蝉的样子，但工作室的人员流动却不大的原因。

深觉此事不同寻常的慕阮阮当场就放下手机到阳台上看了一眼，果不其然，在窗沿上看到一只已经死于杀虫剂的钱串子。

慕阮阮的语气中颇有些遗憾："可惜没能亲眼见证他当时的反应。"

毕竟闻商连平时老顶着一张高冷的脸，寂夏倒也能理解慕阮阮的心情。她刚想说点什么，就听慕阮阮那边话音一转："但我是那种会轻易放弃的人吗？"她兴致勃勃地道，"我昨天下单的仿真虫类标本，今天就要到了呀！"

寂夏一时不知道自己是该劝慕阮阮"人生苦短，不要作死"，还是该先为她的勇敢点个赞，她想了想，小心地问了一句："你打算今天就落实你的计划？"

"正好他今天在家，我一会儿就叫他帮忙拆快递——"慕阮阮充满信心的声音忽然戛然而止。

"仿生虫类标本？你现在可真是……"闻商连似笑非笑的声音在话筒里听起来既轻又近，以堪称危险的语气说，"谁给你的胆子？"

"怎么？"慕阮阮被当场捉了个现行，却依然能做到理直气壮，她毫不客气地反问，"胆子是什么高贵的东西？我不能有？"

寂夏在自家闺密的惊呼声中，很有自觉地挂断了电话，随后不由自主地把目光落在了屋里另一个人的身上。

正值午后。

顾瑾年坐在卧室的沙发椅上，拿着一本寂夏不怎么看得懂的财经周刊读，指尖有一搭没一搭地敲着木质的扶手，阳光穿过窗帘的缝隙半洒在他的侧脸上，看上去显得又慵懒又随意。

在京市市中心的地段，他们家也称得上空间优越。

可每每两个人在家的时候，寂夏惯常喜欢坐的位置都会被顾瑾年霸占。她平时码字的书房飘窗，她习惯看书的小沙发椅，她边吃零食边躺平追剧的地毯。

后来，有一次寂夏眼见着顾瑾年一伸手顺走了自己怀里的企鹅公仔，实在没忍住问他："顾瑾年，你是什么占山为王的小动物吗？"

当时顾瑾年怎么回答的来着。

似乎比起答案，留在寂夏记忆里更深刻的是徒然凑近的呼吸，箍在她腰上渐渐加重的力道，和顾瑾年丝毫不以为耻的态度。

黑暗模糊了隐秘的耳语。寂夏警惕地察觉出顾瑾年拥着她的姿势，似乎和她刚才抱着玩偶的动作没什么区别，他低声说得理直气壮："我就占这一个山头。"

不是雨夜，空气莫名有些潮湿。

她在黎明前反复被夺去了力气，寂夏心想：刚才的那个问题，她用来类比的名词着实有些不太严谨。

或许是察觉到寂夏的目光，顾瑾年忽然就从读物里抬起了头，在她看过来的视线里挑了下眉，而后是一声近乎低不可闻的气音："嗯？"

怎么说呢？寂夏觉得自己这件敞领的睡衣挑着实好。从这个角度看过去，刚好可以看到他说话时微微颤动的喉结。

寂夏欲盖弥彰地用平板遮住了自己的视线，想起电话里慕阮阮兴致勃勃的语气，她心里忽然升起点儿微妙的念头来。说起来，在一起这么久，她好像也没发现顾瑾年有什么弱点。

无论是正事还是情事，他永远都是游刃有余的那一个。

心动不如行动。

她得承认自己对顾瑾年的任何一面都抱有好奇心，所以在挖掘他害怕的东西上，寂夏展现出了极强的行动力，当天晚上就制定好了计划一、二、三。

当然，虫子这个选项是寂夏第一个排除出局的。

原因无他。

因为寂夏自己就是各种虫类恐惧症患者，虽然想找顾瑾年的弱点，但是也不至于弄到同归于尽的地步。

没过几天，两张欢乐谷的门票就被秘密地放在了顾瑾年绝对不会漏看的位置上。

寂夏在家里接到电话的时候，正试图制作爱心煎蛋，听见私人订制的铃声后想也没想地开了扬声器。

"解释一下。"顾瑾年的声音从电话里传了过来，"我电脑里夹着的这两张门票是什么意思？"

"它们还完好吗？"寂夏没急着回答问题，倒是先关心了一下门票的安危，"早晨我塞得好像太急了，不知道有没有撕坏。"

"挺好的。我开会的时候打开电脑，它们就花花绿绿地躺在我的键盘上。"这个描述太过形象，寂夏没忍住笑出了声。顾瑾年听见她的笑声，再开口的语气已然带上了点威胁的意思，"还笑？你要再不考虑解释清楚原因，它们就只能躺在垃圾桶里了。"

今时不同往日，这种话对早摸清了顾瑾年纵容自己程度的寂夏，简直是毫无威慑力。

"就是突然想起来，我们之前约会的时候都没去过游乐场。"她连笑声都没有收敛，边笑边说着自己准备好的说辞，"最近在网上看到欢乐谷最近有夜场灯光节，想着怎么也得让顾先生弥补一下之前的遗憾。"

顾瑾年似乎对谎言有天生的鉴别力，他没怎么停顿地反问道："真话？"

"不能再真了。"寂夏回应得信誓旦旦，还企图恶人先告状，"你怎么能不相信我？"

"没不相信。"顾瑾年果不其然是拉锯战中率先退让的那一个，他很快便答应了下来，"你想去就去。"

"那就这么说定了！"寂夏在顾瑾年看不见的地方偷偷比了个胜利的手势，"挑一个你不忙的周末吧，反正欢乐谷的门票好像有效期是比较长的，只分淡旺季。"

"不用周末。"顾瑾年回复她，"这周的工作日就可以。"

寂夏半开玩笑地问道："总裁旷工？"

"我有年假。"顾瑾年声音里夹着两分无奈，"不是有人说想看晚上的灯光秀，周末的人多，我怕你挤不过别的小朋友。"

"你的想法多少有些片面了。"寂夏严肃地道，"我抢不到好位置，我不能用身高碾压吗？"

"身高？"顾瑾年闻言，笑了一声，"客观上说，有点困难。"

寂夏带着一腔悲愤，气愤地挂断了电话。

关系合法化了，了解变得多了，亲密度也越来越深，恒定不变的唯有顾瑾年气人的本事。

去欢乐谷的时候，寂夏还拎上了一直在家里"颐养天年"的野餐包。她平时消费还算理智，但也有不少头脑发热的时候，尤其是对那些听起来很又诱惑力的产品缺乏抵抗力，为此给家里添了不少"一次性商品"。

顾瑾年在这些事情上一直由着她胡来，只是偶尔对她买的东西点评上一两句。比如她三个月前试图效仿顾瑾年长跑的习惯，又嫌出门冬天太冷，夏天太热，就问他要不要给家里添一台跑步机，没多久就看见顾瑾年在那条消息下回复。

顾瑾年：可以，买个杆长的。

寂夏：好。但为什么一定要买杆长的。是杆长的跑步机功效更好吗？

顾瑾年：确实更好一些。至少放着落灰的时候，还可以充当晾衣架。

事实证明，在对事态的预判上，顾瑾年一向是有远见的。

为了力证自己买回来的东西，不仅仅是放在家里落灰，寂夏出门的时候，特意拿着野餐包在顾瑾年面前晃悠了两圈。

顾瑾年不负所望地看了把胳膊举得老高的寂夏两眼，问："带了便当？"

"没错——有煎蛋和蔬菜肉松三明治。"寂夏点点头，"攻略上说园区里的餐品又贵又不好吃。"

顾瑾年把野餐包从她的手上接过来，顺便帮她挡了下地下车库的电梯门："这倒是比灯光秀更值得期待。"

寂夏心怀鬼胎地笑了两声。

到达欢乐谷之后，寂夏按照计划直奔太阳神车，可当她真的站在攻略地图上被标了三个感叹号的巨型钟摆下时，还是忍不住在回荡在半空中的尖叫声里后退了两步。

顾瑾年站在她身边挑了下眉："想坐这个？"

寂夏闭了下眼睛，违心地应了一声："想。"

不入虎穴，焉得虎子。

放声尖叫的人群里多了一个寂夏。

离心力让心跳和声音瞬间失控，重新回到地面的感觉像是踩着棉花。腿软的是她，心有余悸的是她，抱着围栏半天走不了路的人还是她。反观她的攻略对象，倒是上去、下来都是一副气定神闲的样子，还能在机器荡到最高的时候，精准地握住她紧攥成拳头的手。

在呼啸而过的风声里，成了唯一令她心安的温度。

寂夏在顾瑾年"还要再来吗"的提问中拼命地摇了摇头，默默地在心里画了两个巨大的叉。

计划一宣告失败，准备启动计划二。

出于顾瑾年对她早睡这件事的管控力度，计划二的实施被推到了半个月后的春节。

可怜她一个二十多岁的自由职业者，偶尔想熬个夜，还要偷偷摸摸地挑顾瑾年出差的日子。

寂夏的父母一个礼拜前就去了海岛度假。长假的第二天，顾瑾年就带着寂夏回了奉阳老家，顾爷爷和顾母都在，倒是省了两边折腾。

顾爷爷在奉阳有一套自己住惯了的老房子，或许是老来恋旧，又或许是离不开牌友，那套房子夏天热、冬天冷，上楼还要走楼梯，顾爷爷却一直没有搬。

最开始的时候，寂夏还为此问了顾瑾年好几次，要不要给爷爷换一套条件舒适一点的房子，如果是惦记着打牌，她也特意在牌社附近考察过几个环境幽静的小区。

顾瑾年听了之后沉默地侧头看了寂夏一阵，直到她挨不住他的目光，问了一句"怎么了"，顾瑾年才回了她一句："这件事上，就随他去吧。"

寂夏费解了好长一段时间，直到有次顾爷爷不小心丢了钥匙，半天没能进去家门。她就趁机问顾爷爷要不要换到指纹锁，顺便也给家里改装一下，电话里的顾爷爷笑了两声："不用啦，闺女，心意我领了。"老人用怀念的口吻，在电话里长长地叹了口气，"年轻的时候说好要一直在一起，可她比我走得早太多了，我怕她来接我那一天找不见回家的路。她本来记性就不怎么好。"

最后那句话他说得很轻，像耳语般的喃喃自语。寂夏忽然就明白了顾瑾年之前意味深长的沉默。

寂夏不知道这是不是顾家人的遗传基因，让他们每每谈及自己的爱人，都如此一往情深。

她平日里去拜道观求的都是家人平平安安，长长久久，后来倒是希望自己可以比顾瑾年活得长一点。

一天也好。她不想让顾瑾年一个人回家。

时间总是偏爱惩罚念旧的人。

大年夜的晚上，一家人按惯例吃过饺子，长辈们都休息得早，只留下顾瑾年和寂夏在卧室里守岁。

远处的黑暗里有爆竹声传来。

寂夏等的就是这一刻。她神神秘秘地从行李箱里摸出两张光盘，转头问顾瑾年道："顾瑾年，要不要看场紧张、刺激的电影。"

顾瑾年不紧不慢地朝她投来一瞥，眉头轻轻向下压了两分。

"反正也不能睡觉，"寂夏理直气壮地道，"我还不能找点事情来做吗？"

"我可还什么都没说。"顾瑾年见她那副"谁要说不行我就咬谁"的神色，放下书笑了，"想看什么电影？"

寂夏"嘿嘿"了两声：《午夜凶铃》。

经典永不过时。

话是这样说没错，但寂夏千不该万不该这样高估自己。

你听说过那卷录像带吗？看过它的人都会死。

我看过那卷录像，今天刚好是第七天。

电影里预示诅咒的电话音效忽然响起的时候，寂夏不由自主地颤抖了一下。这显然瞒不过就挨在她身边的顾瑾年，黑暗里他伸手拢了一下她的肩膀问："害怕？"

寂夏回答得无比坚强："一点也不。"

她刚说完这句话，电影剧情刚好推进到录像带的内容上。

女子对着镜子缓慢地梳着她的长发，阁楼上偷窥的男人，穿透指尖的钉子和满屏刺耳的雪花声。

寂夏忍不住再一次抖了抖。

梅开二度。

这次顾瑾年连确认都不用了。黑暗的室内，他的笑声隐在电影的对白里，拢在寂夏肩上的手倒是收紧了些，低声道："那你离我近点？"他抬手遮了下寂夏的眼睛，"我好像有点怕。"

寂夏把头挨在他的胸膛上，能很清晰地听见他沉稳的心跳，哪里是害怕的样子。她当场郁闷地控诉道："骗子。"

顾瑾年笑了一声："这难道不是你想要的吗？"

寂夏的心里隐隐有种不妙的预感，为了计划的延续性，她不得不硬着头皮反问："我想要什么？"

"你问我？"背景音里时不时就冒出一声尖叫，顾瑾年干脆起身关了投影，他尾音微微上挑，"你最近都在鬼鬼祟祟地谋划些什么？"

这下不仅是计划二彻底失败，连着她想要试探顾瑾年的想法都已经被看穿了。

寂夏心有不甘地辩解："我在为我的新小说积累素材。"

顾瑾年"嗯"了一声，好像是接受了她的说法："想知道什么，直接问我不是最快的办法？"

没了投影，窗外的烟火就是唯一的光，她的眼睛渐渐适应了黑暗。他们被笼罩在同一片夜色里，顾瑾年的目光似乎较之平日幽深。

"提前看了攻略，游戏还有什么意思？"寂夏这么说着，却很快就问道，"所以你有什么害怕的东西吗？比如说投资失败什么的。"

"这世上没什么不会失败的事情。"顾瑾年低声回答她，"输赢都不过是一种结果，不足为惧。"

这话听起来太过自信，可寂夏想到K&J成立以来少有败绩，也觉得这个问题确实没什么必要。她想了想又问："那深海恐惧？"

"没有。"

"巨物呢？巨物恐惧？"

"应该也没有。"

寂夏不知道自己问了多少种可能性，却没能从顾瑾年那儿得到一个肯定的答案。屋子里烧着地暖，顾瑾年的怀抱总是滚烫的，那些暖意让她在冬夜里感到昏昏沉沉的。

"算了，我认输。"她打了个长长的哈欠，妥协道，"顾先生果然没什么弱点。"

"要说弱点的话，"顾瑾年想了想，"应该还是有的，其实……"

寂夏在他怀里迷迷糊糊地答应了一声。

怀抱里的寂夏呼吸渐渐变得绵长，顾瑾年看她那副困得睁不开眼睛的样子，终究还是没说出那个答案。他吻了吻她的额头："晚安。"

这是他们结婚后的第二年，是不知多少次相拥而眠的夜晚。他们在一起之后，顾瑾年就几乎没再失眠过了。

但不知道为何，那天晚上顾瑾年睡得很浅。

或许是他们讨论了太长时间的缘故，那一夜的梦境代替他说出了答案。

梦境开始在几年前的某一天。

顾瑾年回京市拜访闻家老爷子的那一天，茶席上，闻老有意向他提起了九州。作为国内最大的互联网平台，外人看来风头无两，但这个行业的人都知道，近期的那场决策失误，给这家互联网巨头造成了不小的打击。

作为身处这个行业的投资者，被问到对九州的看法时，顾瑾年想了想回答道："九州树大根深，一时的亏损倒不是问题。"他往闻老的茶盏了添了新茶，茶台上水声正沸。虽然是猜测，但顾瑾年说得很笃定，"但就我听说的九州近期的动向里，他们似乎还想在翻拍剧上投入大量成本。在政策管控这么严格的趋势下，市场风向很快会变。这样抱令守律，恐怕不是明智之举。"

"毕竟是资本出身，政策解读的能力弱一些。"闻商连在一旁附和了他的观点，"我这边也听说不少资历深的演员手里拖着和九州的影视合约不想签。"

顾瑾年笑了一声："千里之堤。希望九州不会因小失大。"

"这就是我担心的问题。九州有几个老家伙之前我没少接触，又保守又顽固，总喜欢在失败过的地方钻牛角尖。"闻老叹了口气，"我的一个老同学是九州的董事，想借这次风口推行改制，却被架空了实权。前天他打电话来，还想托我帮帮忙。"

"想法不错。"闻商连在手机上回了条消息，没抬头，"但九州这种体量的公司，改制不从内部自下而上推行，就是异想天开。"

"到底是自己看着发展起来的公司，再怎么说也是有感情的吧。可惜了。"闻老端起杯子沉默了一会儿，突然看了顾瑾年一眼，"瑾年啊，你的能力一直是有目共睹的，如今K&J也算稳定，要是让你去九州内部，你觉得改制的事可行吗？"

"可别答应。"闻商连神色戏谑地望向顾瑾年，"老爷子肯定是已经答应了人家，就等着在这给你挖坑呢。"

顾瑾年沉默了一会儿。

事情有难度不是决定他答复的必要因素，但要满足推进改制的预期成果，他至少需要一个团队。可目前，K&J里没有他心目中合适的人选。

他权衡了须臾，最后拒绝了闻老的提议。

闻老对这个答复倒没有多执着，很快聊起了其他事。毕竟也没有哪个公司能够长盛不衰。但不知怎的，顾瑾年说出那个答复后，倒有些怅然若失的感觉。

就好像……他正在与某些既定的轨迹失之交臂。

临近端午的晚上，他加完班回家，隔着一道虚掩的房门，听见母亲在房间内打电话。他在门外停步，却怎么也听不清对话的内容。

顾瑾年去厨房端了杯热牛奶，敲门进屋的时候，顾母已经挂了电话，见他进来解释了一句："奉阳的老同学，在给朋友家的孩子介绍对象。"

顾瑾年没有追问的打算，只道："是吗？"

顾母听他兴致不高的语气，忍不住叹口气："这种事也不见你着急。"

顾瑾年笑笑："这也不是着急就会有结果的事。"

他这么说着，脑海中却不期然划过某个雪夜和某双在雪夜中黑白分明的眼睛。

在记忆中被封存得格外清澈。

"微博上最近有个值得关注的项目。"隔着球网跟他对望的男人将棒球帽调转了个方向，做了个收球的动作，"最近这半个月，已经有两次快冲上热门，一般出现这种情况就是要火的架势。"

"就是那个文名是标点符号的那一篇？"半场刚过，见傅博宇点了点头，顾瑾年站在球场边的遮阳伞下道，"有人推荐过，但这个作者似乎没有出售版权的意向。"

傅博宇扬了下眉头："知难而退可不像你的风格。"

"我什么风格？"顾瑾年懒洋洋地反问了一句，"我听说早几年前，就有人联系过这位作者，开的价格不低，但对方没有同意。"他递了瓶水给傅博宇，想了想道，"这些方面，我还是更倾向于尊重创作者的意愿。"

梦境里的场景像电影被人按下了快进键，那些数年如一日的生活，如同统一刻度上的流水线，精细又严谨，时间的概念被模糊。顾瑾年在那些重复的画面里度过，隐隐有缺失的错觉。像首未完的诗，被人偷走了最关键的那个字。

似乎是一年盛夏，他回奉阳探望自己大学主课的教授，姓郑。这位教授已经到了退休的年龄，却没有接受奉大反聘的邀请，今年一过就准备退休。

他敲开教授办公室的门之前，办公室里似乎已经有了位客人。

"这次真的多谢您了，帮了我很大的忙。"

女人的声音很特别。封闭空间的回响里，语速并不急促，尾音有无意识的延长。随着顾瑾年推门而入的动作，办公室里的客人循声回了头，他听见郑教授介绍道："瑾年，你来了。这位是我同事家的孩子，寂夏。"他转头又跟寂夏招呼道，"这是我以前的学生，顾瑾年。"

"您好。"寂夏站起身朝他点了点头，"顾先生。"

"你好。"顾瑾年记忆里的雪夜在对上她的目光后复苏，像是拼图即将补上最后一处空缺，顾瑾年开口，某种熟悉感伴随着他的心跳，"寂小姐。"

郑教授的语气里不乏几分自豪："这些年来我教了这么多届的学生，瑾年大概是其中最有出息的一个了。"

寂夏笑笑："已经提前在奉大的光荣榜上领教过了。"

顾瑾年半开玩笑道："郑教授介绍每个学生都是这一句话。"

"其他学生可都收下了我的夸奖。"郑教授也笑了，"说起来你和寂夏也算得上同行，她现在可是网上炙手可热的作家。最近还打算去国外进修。"

"只是有幸被一些读者喜欢，实在说不上炙手可热。"寂夏抬起手机看了眼时间，"那我就不打扰二位叙旧了，再晚恐怕就赶不上飞机了。"

"这个时间不好叫车。"那句道别莫名令他不安，顾瑾年几乎是立刻道，"我送送你？"

"谢谢，不麻烦了。"寂夏摇摇头，拒绝道，"我已经提前预约了。"

"那提前祝你进修顺利。"顾瑾年下意识地在延长这场对话，"寂小姐进修结束后，是回奉阳吗？"

"应该不回了。"像是想到了什么，寂夏苦笑了一声，"因为家里的一些原因，我之后应该……再也不回来了。"

窗外的蝉鸣声忽然变得聒噪。

顾瑾年一时没听清寂夏最后说了些什么，她说完那句话就转身朝门口走去，缓慢地与他擦肩而过，临走时还为他们关上了门。

咔哒一声。

她说了再见，却再也没打算回来。

可那本该是他一生最不想错过的人。

"……顾瑾年？"

在梦中和梦醒的边界，那个声音一开始显得有些遥远。

"做噩梦了吗？"他在晨光里睁开眼睛，寂夏叫了一声他的名字，用指尖戳了一下他的眉心，"我看你睡着的时候一直在皱眉，就……"

她的后半句话没能说出口。

顾瑾年一言不发地吻了过来，动作似乎较之平时失控。寂夏不知道发生了什么，却鲜少在他身上感知到如此强烈的情绪。他近乎是蛮不讲理地掠夺着她，像是被放逐的领主，在夺回他失而复得的领地。

寂夏想到隔壁房间就住着家人，下意识地推了推顾瑾年，却还是在他一意孤行的意图下松了力。

吻落得毫无章法。

寂夏最后实在起不来。顾瑾年换好了衣服走过来问她早上想吃什么。

寂夏筋疲力尽地发脾气，质问他："你还问我早上吃什么？"

她一会儿要怎么跟家长们解释自己一上午没出门的事啊……

顾瑾年的态度很坦然："昨天守岁，起晚一点也正常。"

寂夏气得拿起枕头砸他。

顾瑾年倒也不躲，等她终于觉得解了气，这才想起来昨天晚上因为困意而错过的答案，连忙问："所以你昨天说你会觉得害怕的事情到底是什么？"

顾瑾年的动作稍微停顿一下，回答她："秘密。"

寂夏不免有些费解："可你昨天还打算跟我说来着？"

"本来是这样的。"顾瑾年的手指穿过寂夏微湿的头发，寂夏歪着头，蹭了蹭他的掌心。某一个刹那，他觉得格外餍足，像是梦境里缺失的那一环被他不遗余力地找了回来，他说得慎重，"你听过言之命至吗？我怕说出来，它们就成了真。"

人的情绪说来奇怪。

顾瑾年时常觉得，人生中不存在某一个特殊的分隔符，划分了遇见她之前和遇见她之后。和他之前无法预料与寂夏的重逢一般，遇见她之后，顾瑾年也再也没有办法想象，某种没有她参与的人生。

如果他没有去九州，如果他没有去相亲，如果……

他真的错过了所有与她重逢的机会。那些错过的可能性，便只是稍微起念，就平白让人觉得心有余悸。他拒不承认存在那样的宿命。

寂夏奇怪地道："我还以为顾先生是坚定的唯物主义者。"

顾瑾年笑了一声："这与信仰并不冲突。"

唯有爱是一切的例外。

Extra 03
寻常一天

早上七点，闹钟准时响了。

一只手不情不愿地从被窝里伸了出来，摸索着关掉了闹钟。

我再躺五分钟就起。寂夏迷迷糊糊地想。

一阵极轻的脚步声由远及近："醒了？"

和顾瑾年的声音一道落下来的，还有落在额头上的吻。寂夏闭着眼睛胡乱回应了一下，指尖却不小心戳到了他的眼睛。

顾瑾年似乎笑了一声："多睡一会儿也没关系。"

"这可不行。"深知人在纵容下的劣根性，原本还跟睡意作斗争的寂夏立刻睁开了眼睛，"今天可是约定好的重要日子。"

顾瑾年见状也不拦着，只道："早餐是土豆培根三明治和北非蛋。咖啡怕凉，你可以起来自己弄。"

听到某个关键词的寂夏叹了口气："妈邮过来的土豆还没吃完吗？"

"毕竟她听信的那篇帖子，是预估了未来三年的粮食短缺。"顾瑾年以一种学术探讨的语气说，"等这些土豆发芽，我们可以把它们埋进院子里。只要方法正确，应该足够打消她的忧虑。"

"而我们的土豆也可以吃到地老天荒了，末世里争取给它穿上盔甲抵挡僵尸。"寂夏中肯地做了总结，她慢吞吞地起身，这才察觉到身边的位置空空荡荡的，她愣了一下，"冬冬呢？"

这是她和顾瑾年婚后的第九年。

他们的儿子顾晏禾今年已经六岁了，他降生在十一月初雪的晚上，所以小名叫冬冬。

寂夏口中重要的日子就是他小学一年级的趣味运动会。为了增进家长之间的相互了解，每个小朋友需要带一名家长参加。寂夏知道顾瑾年这段时间比较忙，便自告奋勇地认领了这项任务。

听到她问，顾瑾年微妙地停顿了一下道："他踹被子。被我抱出去了。"

寂夏也没多想。她收拾好从卧室里走出来的时候，顾晏禾小朋友已经坐在他的专属座位上吃早餐了。都说儿子肖母，可顾晏禾从长相到性格，都酷似顾瑾年，尤其是那双眼睛。他穿着学校统一发的英式制服，头发带了点自来卷。

面对家长起的比小孩子还晚这件事，他毫不惊讶地打了声招呼："早上好，妈妈。"

寂夏没忍住，冲上去抱了抱他："早上好啊，冬冬。"

顾晏禾的手在空中无措地挥舞了两下："我的手上有蛋黄酱。"

顾瑾年顺手帮她拉开椅子："再不吃三明治就要凉了。"

寂夏心安理得地坐了下来，两边是一大一小两位顾姓人士。

他们家请的家政服务人员是短工。自从她怀孕之后，早餐的工作就被顾瑾年包揽了下来。寂夏亲眼见证了短短几个月的时间，顾瑾年就从"炒锅杀手"，摇身一变成了中西合璧的大厨，水平甚至远远超越她这个半路出家的"师傅"。

对此她难免有些愤愤不平："不是经常说理工男的头脑和生活技能存在不兼容性。这样下去，我就要对上天的公平性提出质疑了。"

顾瑾年倒是好脾气地笑笑："说这话的人应该没有把迫切性划入考量因素。"

寂夏孕后反应不算大，唯一的后遗症就是嗜睡。和顾瑾年睡四五个小时就精神焕发的状态截然相反，她属于天生的长睡眠群体，再加上觉浅多梦，八九个小时都睡不够。

她在早餐桌上打了第三个哈欠的时候，顾瑾年从财报上抬起头："不然运动会我去参加？"

"我想请教一下，股东缺席的投决会一般要怎么开？"寂夏对上顾瑾年的目光，不由自主地笑了笑，"一杯咖啡就能解决的事，顾先生也不用什么都抢着做。"她抬手在顾瑾年面前晃了晃，"再不运动，我摘婚戒都要费劲了。"

"你还要摘婚戒？"顾瑾年先是难以置信地反问了一句，而后才道，"京市最近降温了，应该有热胀冷缩的原因。"

他一副学术探讨的架势，寂夏看见顾晏禾满脸写着"学到了一个新知识点"的表情，忙出声抗议："不要随便给小孩子灌输这种乱七八糟的知识！"

"把童话故事讲成小美人鱼成为深海的新女巫，给城堡里受继母欺负的灰姑娘送去了水晶鞋，告诉她'战胜苦难的方法从来不止有王子'的人，"顾瑾年不紧不慢地抬了下眉，"有资格说我？"

听到这句话的顾晏禾抬起头，一脸不解地问："所以这不是小美人鱼的结局吗？"

寂夏多少有些绷不住了，但她仍据理力争："我这是提前给冬冬传授新时代女性价值观。"

顾瑾年给她递了张纸巾："希望你因为顾晏禾气哭别的小朋友而被请去学校后，还能这么想。"

顾晏禾的成绩一直很好，被请家长的次数寥寥无几，寂夏当然对这件事也记忆犹新。不过没什么大事，她当时也没细问，这会儿才欲盖弥彰地咳了一声："那次老师还说什么了？"

"老师还说，"顾瑾年似笑非笑地看她一眼，"让你别再帮他写语文作业了。"

寂夏心虚地别开目光："我什么时候帮他写语文作业了？"

"在'今天雨下得好大，落在地上哗啦哗啦的'后面，"顾瑾年惟妙惟肖地模仿了一下班主任老师的语气，"加上一句'城市被倒置，天空是影子，伞是拥簇的云'。没有比这更像马桶镶金边的日记了。"

眼见事情到了无可辩驳的地步，寂夏偷偷朝顾晏禾眨了两下眼睛，不约而同地低下了头。

好在顾瑾年只是提醒，并没有真的要追究的意思。

吃完早餐，顾瑾年开车把他们送到学校。

临近校门前，顾瑾年帮顾晏禾理了理领结，朝寂夏道："预祝旗开得胜。"

寂夏弯了弯眼睛："你也是。"

小学生的运动会自然不会多难。主要还是以亲子交流，增进家长之间的相互了解为目的。

大概是知道寂夏在运动这方面水平有限，顾晏禾报名的是猜词障碍跑和瞎子问路这两个项目。

瞎子问路就是蒙住家长的眼睛，跟着孩子的言语指导摸到终点。寂夏不算慢，但奈何报名参加这个项目的家长中男性占了一半，她勉强拿了个第四名，和能拿到奖品的名次失之交臂，只能寄希望于猜词障碍跑。

这个项目规定是翻越指定的障碍物前，要双人合作猜出八个词，得益于顾晏禾出色的表达能力，前七个词都称得上顺利。到最后一题的时候，或许因为是成语，顾晏禾形容得比较模糊，寂夏答了几个都不对，顾晏禾大概是有些着急，他在近在咫尺的障碍物前，朝十米外的寂夏超大声地说了一句："就是每次你对爸爸提过分的要求的时候，他都会说的那句话！"

一时间，身旁老师和家长的目光可以用"毒辣"来形容了。

寂夏不知道做了多少心理建设，才在众目睽睽之下说出那个答案："得寸进尺。"

顾晏禾的年纪无法共情她此时此刻的心情，一答对题，他就转身头也不回地朝终点跑了过去。留寂夏站在原地独自凌乱，心里颇有些怨念地想：她早说过不要给小孩子灌输乱七八糟的知识！

顾晏禾小朋友不负众望地在这个游戏里拿了第二。寂夏几乎是抱着视死如归的心情和他一起上台领奖，被问及获胜感言的时候，她由衷地说了句："贵校的比赛试题很有前瞻性。"让她深刻明白了以身作则的重要性，极有教育意义。

运动会结束后，她牵着顾晏禾走出学校。

顾瑾年的车已经停在了门口，得益于良好的习惯，顾瑾年半依在车前，挺拔修长一如初见，除了几道细纹，岁月似乎没在他身上留下什么痕迹。

看见寂夏走过来，他伸手把一小袋东西放进她掌心，道："路上吃。"

糖炒栗子的温度从掌心蔓延上来。

顾瑾年时常会给她带一些小礼物，有时候是花，有时候是商场里抓娃娃机的战利品，也有时候是不再流通的纪念币。

他像一个任意索取的圣诞老人，养成了她期待的习惯。

上车前，寂夏看到有个双马尾的小姑娘朝他们的方向跑过来，远远地叫了一声顾晏禾的名字。她和顾瑾年对视了一眼，颇自觉地先坐进了车里，给两个小朋友留下私人空间。

寂夏隔着车窗看了一眼外面的情况，颇有些忧虑地道："我们应该不用这么早就要面对青少年情感启蒙这个课题吧。"

跑过来的女孩看起来活波可爱，她马尾上的草莓头绳跟着一蹦一跳的，她一脸期待地问顾晏禾："班长，那个第二名的奖品你可以送给我吗？我很喜欢那个毛绒玩具！"

顾晏禾似乎有些不解地看了她一眼："你喜欢，我为什么就要送给你？"

隔着车窗，寂夏和顾瑾年眼睁睁地看着刚才还满怀期待的小姑娘在顾晏禾掷地有声的质问中抽动了两下鼻子，"哇"的一声哭了出来，然后跑掉了。

几秒钟的沉默后，驾驶位上的顾瑾年不由得失笑："现在来看是不用担心这个问题了。"

"是不用了。"寂夏叹了一口气，"但我现在更担心他以后找不到女朋友。"

很快，顾晏禾便上了车。跟往常一样，顾瑾年边开车边听他分享今天的趣事，讲完运动会上的发生的事。

顾晏禾沉默了一会儿，忽然皱着眉问了一句："我刚才那样拒绝一个女生，是不是不大好？"

顾瑾年没有出声。

寂夏想了想："我认为分享这个行为的意义是把你富裕的那部分东西分给其他人，而不是把你本就需要的东西无条件地赠予出去。将来有一天，你可能会遇到那个你愿意把所拥有的一切都给出去的人。但在此之前，你的所有东西都只有你自己拥有决定权，连我们也不能干涉。"她戳了戳顾晏禾的眉心，皱眉的表情放在小孩子身上并不适配，"不过下次，我们可以再想想有没有更好的拒绝方式。"

顾晏禾若有所思地点了点头，他忽然伸手把那只毛茸茸的熊猫玩偶放进寂夏的怀里。

"是因为我已经有了想送的人，所以就不能再分享给别人了。"顾晏禾的语气一本正经，他似乎感到有些懊恼，"原本我是想送第一名的奖品的，我知道妈妈你最喜欢风铃了。"

寂夏和玩偶圆滚滚的眼睛对视了一眼。

"你说得不对。"她解开安全带，没忍住，转头吧唧一下亲了顾晏禾一口，"妈妈最喜欢的永远是我们冬冬啦。"

晚上九点。顾晏禾听着寂夏讲的童话故事睡着了。

寂夏轻手轻脚地走出房间，到还在工作的顾瑾年身边坐了下来。

他这会儿刚洗过澡，鼻梁上架着一副黑边半框的眼镜，正神色专注地在电脑上敲敲打打。见寂夏出来，顾瑾年抬头问了句："他睡着了?"

寂夏点点头，她趴进沙发里，轻车熟路地枕到顾瑾年的腿上，听他又问了句："那你呢?"

"我也想洗漱一下去睡了。"一下午的体力劳动和眼下的舒适感勾起了寂夏的拖延症，她闭了下眼睛，理由充分地陈述道，"今天运动量超标，而且起得实在太早了。我请假一天，顾总应该不会介意吧?"

身兼她的甲方和丈夫的顾瑾年笑了一声："你这是有事钟无艳，无事夏迎春。"

寂夏调整了一个更舒服的姿势："我是在认真谈工作，你是在认真演小品。"

屋子里安静了一会儿，顾瑾年忽然问她："你还记得刚得知怀孕的时候，自己说得那句话吗?"

"顾总。"寂夏打心底里是服气的，"一般人的大脑结构最多一年就清理缓存了。"

六年前说过的话，她怎么可能还记得。

"我记得你当时问我，"顾瑾年伸手摆弄了一下她的头发，寂夏觉得痒，缩了缩脖子，"自己会不会做不好母亲这个角色。"

寂夏愣住了。她不曾拥有幸福温馨的童年，也未曾享受过父母毫无保留的爱与偏袒，所以当她看到那意料之外的两道杠时候，恐慌是远远超过惊喜的。

她怕自己面对这个崭新的生命，没有办法担任好他人生中最重要的职责。

可当时她问出口的时候，顾瑾年除了轻声安慰了她两句，并没有回答这个问题。

"事实证明，冬冬很喜欢你这个母亲。你远比自己想象中做得更好。"顾瑾年声音里有温情的意味，"在所有我需要你的地方，你一向如此。"

时隔六年，这个答案才被交到她手上，在一个风平浪静的夜晚。如同当初那句"我需要你"一样，话语简短，却需要很久来读。

寂夏的心口像被人妥帖的熨烫了一下，她轻声开口："我……"

她的后半句话被吞没了，顾瑾年俯身探了过来，轻轻吻在她的唇角。这次索取似乎过分漫长，寂夏觉得自己近乎要眩晕的瞬间，顾瑾年才地放过了她。

寂夏深深地吸了口气。

"你的问题我已经给出了答案。"顾瑾年干燥的指腹不轻不重地碾了下她的耳垂，"作为交换，告诉我你最喜欢谁。"

客厅里的灯熄灭下来。

补眠的计划宣告搁浅，在黑暗里叫出顾瑾年名字的那一刻，寂夏忍不住想，这一天她醒了三次。

一次是闹钟响了，一次是咖啡因刺激了她困倦的神经，还有一次，是他像故事的开端那般向她走来。

而这不过是他们人生百年里，再寻常不过的一天。

Extra 04
最后一个夏天

寂夏是在一片读书声中睁开的眼睛。

她坐在统一配色的书桌前，手臂下压着的语文课本，被翻到《赤壁赋》这一页。

逝者如斯，而未尝往也；盈虚者如彼，而卒莫消长也。

窗外传来蝉鸣声不知疲倦。扎着高马尾的慕阮阮坐在她身边，她一边偶尔哼两声敷衍早读，一边翻着不知道是谁塞过来的小纸条，转过头对寂夏说了一句："他说要约我去看电影啊。那部《盗梦空间》据说很不错来着。"

寂夏记得自己刚刚还在给顾瑾年选衬衫。场景的瞬间变迁令她愣了好一会儿，以至于眼前的慕阮阮疑惑地叫了两声她的名字，寂夏才回过神来，伸出手在慕阮阮那张素面朝天的脸上重重地捏了一下。

并不真切的触感。

原来是梦，寂夏心下了然。

虽然是梦，但是慕阮阮的反应却夸张得真实，她皱着眉头往后缩了一下，揉了揉被她捏过的地方，却碍于早读，只能压着声音问她："你干吗？"

"没什么。"寂夏低头笑了笑，"就是冷不丁地看到你现在的样子，还有点怀念。"

"我不是每天都这个样子。"慕阮阮显然没听懂她在说什么，但这并不妨碍她的声讨，"怎么？现在才发现你的闺密是大美女，是不是晚了点？"

"我就算再有眼无珠，至少也能数清你书桌里小纸条的数量。"

寂夏顺着她的话往下说，很快发现了其他可以印证这是梦境的细节。比如本应坐在她身后的裴越变成了不知名的路人甲；再比如装午饭的便当盒子上贴的字条不是寂明许写的，而是她继父赵叔叔的笔迹。连记忆中一直遮挡她视线的前排同学，此时都莫名其妙地矮了一截，让黑板在她的目光中一览无遗。

梦境似乎在以某种超越她记忆的逻辑被构造出来。

当然，弊端也很明显。少了一层本该存在的保护伞，她和慕阮阮交头接耳的动作很快也被班主任老高锁定。年近半百的男人像是讲台上伫立的探测器，和他锐利的目光一起扫过来的还有精准命中慕阮阮额头的半截粉笔。

"慕阮阮！寂夏！别人都在读书，你们俩在干什么？一日之计在于晨，找不到学习状态，就给我出去吹吹冷风清醒一下！"

瞬间成为众矢之的的寂夏和捂着额头的慕阮阮对视了一眼，慢吞吞地站起身往外走。走廊上空无一人，凉爽的穿堂风扑面而来。寂夏吸了吸鼻子，不知怎的，从满操场的槐花香中，隐约闻到了点消毒水的味道。

学校的保洁阿姨好像没有用消毒水的习惯。寂夏正想开口问慕阮阮，就见她一脸气愤地吐槽道："不就是说了两句话，老高至于这么上纲上线吗？寂夏，你说他是不是更年期提前了？"

相比于慕阮阮的不服气，寂夏倒是适应得很，她眯着眼睛看窗外操场上晨跑的体育生，道："是吗？我还觉得有点怀念呢。"

她有多少年没听过班主任的训话了，十年……或者二十年吗？

"寂小夏，你不对劲。"慕阮阮露出疑惑的神色，"怀念这个词你今天已经说了两遍了，作为年级最多满分作文的拥有者，你不觉得这个用词和青春期美少女显得格格不入吗？"

她若有所思去探寂夏的额头："不是发烧了吧？"

没等寂夏说什么，身后教室的门就被重重拉开，紧随其后的是班主任老高的声音："罚站还聊天？真以为我让你们来吹风的？还想写检讨，是吧？"

寂夏不合时宜地笑了一声。

窗外传来体育生晨练零落的口哨，走廊上几个班级传出的早读声交织在一起，身边是垂头丧气却念念有词的慕阮阮。她从玻璃的倒影中看清了自己的眉眼，鲜活、青涩，对不确定的未来充满犹疑和懵懂。

这个梦比她设想中还要真实、漫长。

寂夏跟在顾瑾年身边耳濡目染这么多年，她带着近乎敏锐的直觉想：对她来说，这或许是个千载难逢的机会。

这个念头刚闪过脑海，寂夏就拍了拍慕阮阮的肩膀道："如果一会儿老高出来没看见我，你就说我中暑去医务室了。"

"中……"慕阮阮不可思议地看了寂夏一眼，似乎是没想通平时认真听讲，第一个交作业的三好学生，怎么能把逃课说得如此理直气壮。

见寂夏说完真的准备往外溜，她忍不住问："你这是要干什么去？你不怕老高发起火来，罚你跑圈写检讨请家长了吗？"

"不怕。"寂夏像只灵巧的猫一般摸到了楼梯边，转身对目瞪口呆的慕阮阮做了个口型，"我啊，要去干一件人生大事。"

现实中不具备的技能点，在这场梦境中也没有变得无师自通。

学生时代从来没有爬过墙的寂夏，在那棵歪脖子树下束手无策的时候，忍不住心想：既然都是假的，就没有必要这么遵循逻辑了吧？

她觉得她不行，只是因为没做过，说不定上去了会发现自己很行。

寂夏一边说服自己，一边搓了搓掌心，一脚蹬在了树干上。粗糙的树干和鞋底发出细微的摩擦上，她颤颤巍巍地爬到了与墙顶差不多的高度，却发现墙的另一头空空荡荡的。

怎么回事？

不是说好后门倒数第三堵墙两边都有可以攀爬的树吗？

寂夏像是没等到接应的谍战人员，挂在树上待了两秒钟，这才后知后觉地发现自己爬错了墙。就当她准备从树上下来，换到正确的位置上时，忽然听见一声呵斥："那边爬树的同学，我已经看见你了！哪个班级的？还不快点下来！"

隔着很远的距离，寂夏依然能看清教导主任愤怒的脸。

都说了一个梦而已，干吗还要这么多逼真的细节！

寂夏心里拉出一长串的感叹号，危机感让她爆发出惊人的运动细胞。好在隔开两所学校的围墙不高，她秉着摔不死的信念奋力一跃，果然安全着陆。可从高处跳下的反震力，却让她不由自主地趔趄了一步，手撑在塑胶跑道上才没有摔得很难看。

成功了……

她还没来及活动一下发麻的脚踝，头顶上忽然落下一个熟悉的声音，尾音上扬，显得些许轻佻。

"哟，天下掉下个林妹妹？"

寂夏抬起头，果不其然看到傅博宇那双标志性的桃花眼。他似笑非笑地对身边的人扬了下眉头，却没能换来对方的只言片语。那人的轮廓映着微光，在寂夏的视线中渐渐变得清晰。

顾瑾年。

得知自己在学生时代就遇见过顾瑾年后，寂夏十分认真地回忆过他年少时的样子。她像个不知满足的收藏家，对顾瑾年的每一面都怀着无尽的探索欲，在她缺席或并未缺席的时光里。

可惜的是，无论如何回想，记忆留给她的始终只有一个模糊的剪影。

她曾经觉得遗憾，如今……

蝉鸣一声接着一声，不知疲倦，带来盛夏的闷热和鼓噪。

顾瑾年站在她的对面，那双狭长的眉眼，少了经年后凌厉，疏离的意味更加明显。他神色极淡，身上那件水洗的白 T 恤似乎被阳光晒得发烫，风扬起他的袖口，沉默的目光让寂夏不自觉地屏息。

她的爱人年轻时候的样子。

或许是她的视线过于直白，傅博宇眯着眼睛在他们两个身上扫了两圈，再开口时，语气中已经带了几分了然："跋山涉水地来我们学校，这位学妹肯定是有什么重要的事吧？"

确实重要。

寂夏点了点头，她整理了一下因为"跋山涉水"弄乱的衣服，缓缓开口。

"顾瑾年学长你好，我是隔壁高二一班的寂夏，仰慕你很久了。"在隔壁教导主任的威胁声中，寂夏朝顾瑾年伸出手，以一种破釜沉舟般的语气道，"请问顾学长现在有打算一起共度余生的人选了吗？"

随着这句话一道浮现在她心里的是陈年里的某些字句，尾音重叠，压着她的真心。

"如果早知道顾先生这么优秀，别说加微信了，我直接八百里加急杀到您面前。"

她来履约了。

傅博宇似乎被她这副旁若无人的架势唬住了，他沉默了两秒钟，转头对顾瑾年道："跟你告白的人我撞见过不少，能说出这种豪言壮语的也是绝无仅有。"他惊叹般的"啧"了一声，"要不你就从了？"

这件事怎么可能还有第二种答案。

两人携手生活了这么久，寂夏对顾瑾年的爱意有迷之笃信。迎着顾瑾年的视线，她无比灿烂朝他扬起一个笑容。

"抱歉。"

寂夏的笑容很快僵在了脸上。顾瑾年表情没什么变化，那个再熟悉不过的声音云淡风轻地落下一句："你太小了。"

直到寂夏被顾瑾年交到了教导主任的手上，她都没能从这句话里回过神来。

是谁大半夜连哄带骗地让她叫了好几声学长？是谁说的某种错失的可能性让人不乏期待？说好的无论哪种形式的相遇，她都是他第一眼就会喜欢的人呢？

你太小了。

听听，这说的是人话吗？

在班主任和教导主任强强联合的批评教育下，寂夏感觉自己不单单是被顾瑾年拒绝的事实冲击到了，而是她至今为止的人生都受到了挑战。

且不说梦醒了之后她要怎么找顾瑾年算账，就梦境里出现这种行为和逻辑，她也绝不允许。

三好学生寂夏，光荣地接到了周一在升旗台上念检讨的处罚，她死不悔改地在心里想：准备好接受狂风暴雨吧，顾瑾年。

寂夏没想到，抓大学时期的顾瑾年是一件难度系数极高的事。

他太忙了。

比起在九州当总裁的时候，甚至有过之而无不及。寂夏不是没听顾瑾年讲起这段时间的经历，但真正亲眼见证，她才发现和实际情况相比，自己的想象力还是太匮乏了。

他兼修金融管理和经济两个学位，忙着学生会的差事，课余时间，他每个月至少有两份不同的兼职，甚至还在为研究生留学备考托福，攻读GMAT（管理学研究生入学考试）。

寂夏光是看着都觉得累，可顾瑾年连累的时间都没有。他像是一个停不下来的精密仪器，一天辗转好几个地方。好在寂夏凭着之后和他打交道的经验，与爱凑热闹积极吃瓜的傅博宇一拍即合，也算是找到了预知顾瑾年行动路线的不二法门。

于是，自习室里，历来成绩名列前茅的寂夏，一脸苦恼地递上自己的练习册："顾学长，这道数学题我不会。可以麻烦你教我一下吗？"

顾瑾年不咸不淡地看过来一眼："极坐标系不属于高考考点。"

"我钻研数学题，一向是出于对这门学科的热爱。"寂夏振振有词地道，"高考不是终点，我成为数学家的梦想才是。"

"有这种决心，还认不出笛卡尔的心形线？"顾瑾年毫不留情地指出，"看来你的热爱很有水分。"

寂夏："……"

快餐店里。

寂夏终于从漫长的队伍走到收银台前，造成这场室内排队的罪魁祸首，对她的出现似乎并不怎么意外。那身用料廉价的店员制服穿在顾瑾年身上倒像是量身定做，他习惯性翻折两道的袖口和露出的腕骨，让寂夏不由自主地想起，在书房的电脑前批改文件的顾总。

顾瑾年抬头看了她一眼，例行公事地问："欢迎光临。请问您要点什么？"

"请给我一份奥尔良汉堡套餐。"寂夏眨着眼睛，笑眯眯地道，"另外，我还想购买这位店员的下班时间，请问可以一起支付吗？"

"那是非卖品，概不出售。"顾瑾年把收银机吐出来的收据递给她，"另外，我想我有必要提醒你一句。任何干扰他人正常工作和生活的行为都构成骚扰。"他的视线略过寂夏猛然垮下来的嘴角，像是笑了一声，开口说的却是，"谢谢，下一位。"

总之，不管她用什么样的表达方式，顾瑾年都像一块油盐不进的顽石，要不是那张经常令人火冒三丈的嘴和现实高度重叠，寂夏真的要怀疑梦境里的这个顾瑾年到底是不是货真价实的。

日子一天天过去，攻略顾瑾年的计划却依然毫无进展。寂夏倒也不心急，反正梦醒了之后，她有的是和顾瑾年算账的时间。

梦境中时间的流逝有某种虚妄的错觉，寂夏等的这一天来得很快。

在奉大的门卫亭看到那个晃晃悠悠、探头探脑的人影时，寂夏立刻主动迎了上去："您是顾瑾年学长的舅舅吧？您来学校是找他有什么事吗？"

方圆脸、中等身量的男人先是奇怪地打量了她一眼，在听到熟悉的名字后立刻眼睛一亮："是，我就是要找他。"

他转头得意扬扬地对不肯放行的门卫道："你看，我都说了我是学生的家长吧。"

门卫面无表情地递了支笔给他："那也得登记。"

寂夏跟顾瑾年这位名义上的小舅舅只打过两次交道。

一次是因为好赌的恶习，毕庆周进了监狱。寂夏和顾瑾年一起去探视的时候，他穿着囚服被关在铁制的牢笼，还在用低俗的字句骂顾瑾年没有良心，威胁他出保释金，不然就等着一辈子都带着他这个污点；还有一次，是毕庆周出狱后被顾瑾年强制送出了国，那之后他过着怎样的生活，寂夏无从得知。但他不知道从哪里获悉了家里的电话，那句恶毒的诅咒从扬声器里跑出来的时候，寂夏差点没拿稳手上的杯子。

"你们一家人早晚会遭报应的！我就等着那一天。"

万幸的是当时顾母没在家，接电话的是顾瑾年。他听见对面传来的声音，也只是面不改色地回敬了一句："您是不是忘了，您自己也在一家人的词义范畴内？"

寂夏知道有毕庆周这么个人的时候，顾瑾年早已具备了足够的能力和手段，可以妥善、游刃有余地解决这个人所带来的一切问题。可在偶然听到傅博宇提起大学里这段往事时，她仍忍不住去想，顾瑾年当时也不过就是一个大学生，在既无六亲可靠，也无经济支撑的情况下，是怎么一个人面对这种胡搅蛮缠的亲戚的。

如果她能来得更早一点就好了，他该一生顺遂。

寂夏的思绪飘得越来越远，身后的毕庆周察觉出不对来，他停了脚步，不怎么客气地质问她："这不是去教学楼的方向吧？"

寂夏也停下来，转过身有些惊讶地反问："我有说过要带你去教学楼？"

她当然不会带毕庆周去他想去的地方，而是带他到了奉大后操场的小树林。不仅跟教学楼隔了十万八千里，而且人烟罕至，就算毕庆周闹起来，被人听到的概率也很小。

她清楚顾瑾年不在意他人的目光，可是她在意。

"你敢耍我？"毕庆周紧盯着寂夏的脸，又像是想通什么一般，斜着嘴笑了笑，"是那个混小子派你来的？你让他出来，只会躲在女人身后还算男人吗？他不是一向很清高吗？"

带着侮辱性的语句让寂夏直皱眉，她的声音冷了下来："是我自己要来的，跟顾瑾年没关系。"

毕庆周嗤笑了一声："不是他，那你怎么知道我和他的关系？"

"我不仅知道你们的关系，你来学校是为了管他要钱。我还知道，之前你赌博，管顾家借的那些钱都是立过字据的。来学校之前，你还特意去顾家把字据偷了出来。"寂夏的语气不急不缓，她捏着兜里的手机，"辛苦你把证据一起带过来，我已经报警了。"

等警察过来，这种非法赌博和借钱不还的行为，应该足够毕庆周消停一阵了。

"你从哪知道的这些？"听到"报警"两个字，毕庆周的神色立刻凶狠起来，他看着寂夏的动作，显然也注意到了她兜里的手机，立刻作势要抢，"把手机给我。"

寂夏躲过他的手："你不会想在赌博和借钱不还上，再加上一条寻衅滋事的罪名吧？"

"你少在那儿装腔作势地吓唬人。说我赌博的证据你没有，至于借钱，清官难断家务事，警察才懒得管。"大概是被逼得急了，毕庆周干脆耍起了无赖，他谨慎地四下扫了两眼，"差点就被你唬住了，这些话也是瑾年那小子教你的吧。他惯是个会骗人的，口口声声说没钱，倒是有这个闲情逸致来泡妞。"

"叔叔劝你一句，少学小说的情节在这充英雄。"毕庆周不怀好意地笑了两声，"真要是动起手来，看你这么盘条靓顺的，到时候吃亏的是你。"

寂夏发现自己失策了。

报警电话是看到毕庆周之后才打的，没有把出警时间和速度算得很精准，也没有想过自保的问题。因为知道是梦境，她在这件事上处理得太松懈了。

寂夏仔细衡量一下，毕庆周作为一个成年男子的武力值，觉得自己应该能周旋四五分钟，就算警察来得再迟，自己顶多挂点彩，那也不是多大的问题。

她的沉默让毕庆周变得不耐烦起来，他提高声音朝寂夏逼近了两步："趁我还好好说话，还不赶紧打电话叫你男朋友出来见我？"

寂夏的态度硬气得很："谁要……"

"我在这儿。"

熟悉的、冷冽的声音，与寂夏记忆中那些或从容、或果断的语气重叠。她侧目，顾长的身影划过她的视线。

他在她人生里的每一次出场，似乎都如此恰到好处。

"我在这儿，您有什么话都可以对我说。"他站到寂夏的面前，抬眼时似乎笑了一声，尾音连着一声清晰的警笛，"当然，我想马上会有更适合您发挥的场合。"

事情结束后，寂夏被顾瑾年请到了他打工所在的咖啡店。

一件突如其来的糟心事远不会打乱顾瑾年的节奏。他把骂骂咧咧的毕庆周送到了警局，又作为当事人做了笔录，甚至还回学校上完了最后一堂课，这会儿正有条不紊地在吧台后送走了最后一位客人，记录食材的日期，清理咖啡机和店面。

他像有一道钢铁般的轴心。

寂夏捧着杯咖啡，缩在正对吧台的小沙发里，心不在焉地看着顾瑾年发呆。等他终于忙完了店里的事，在玻璃门外挂了"休息中"的牌子，才在寂夏对面的位置坐了下来。

室内的小射灯映着他利落的轮廓，他的指尖在沙发扶手上敲了两下，认出这种习惯让寂夏平白觉得心安。顾瑾年似笑非笑地看了她一眼，言简意赅地道："说说？"

寂夏的大脑在顾瑾年面前大经常宕机，她自己管这叫省电模式，还为行为的合理性和顾瑾年争辩过好几次。所以顾瑾年说完这句话后，她反应了好一阵才道："说什么？你是问我为什么认识你舅舅的事吗？"寂夏故意停顿了一下，换上一种深沉的声音，"虽然你听起来会有点匪夷所思，但我一直都有这种未卜先知的能力，六岁那年……"

"不。"看她一副准备从盘古开天辟地说起的架势，顾瑾年颇有预见性地打断她，"我问的是，你行侠仗义的具体计划和自保措施。"

寂夏觉得头皮一麻，这种口吻她也熟悉得很，这是每次工作述职和秋后算账的时候，顾瑾年惯用的语气。

"计划我当然是有的，你舅舅虽然人品不太过得去，但肯定也不会做什么出格的事。"寂夏像一个娴熟的打太极高手，两三句过后，立刻开始有预谋地转移话题，"我这不是看你平时太忙，想着帮你分担一点烦恼，其实你可以不用这么辛苦的。"

她盯着顾瑾年疲惫的神色，放轻了声音道："你可能不知道，别看我现在这个样子。但我马上就会成为超级大作者，稿费、版权费双丰收，可以坐在床上数一天的钱。"

养个人什么的都是绰绰有余。所以……所以他也不用非要成为无所不能的顾瑾年，不用马不停蹄，不用一个人面对既定的苦难，他可以什么都不做，只做她的顾瑾年。在梦境织造的世界里，他可以选择一种完全不同、无忧无虑的人生。

顾瑾年安静地听她说完，暖色的光调衬得那双眉目幽深。他望着她的眼睛，突然笑了一声："我知道。"

寂夏愣住了。

她听见一声闷雷般的巨响从梦境深处传来，眼前的景象忽然摇晃起来。这个她一度以为永无止境的梦，正以不可逆转的方式消逝，在她握住了某个模糊的念头后，摇摇欲坠的世界中，顾瑾年仍安安稳稳地坐在她的对面，那双黑眸里映着她的影子，他近乎笃定的语气里透着温柔的意味。

"我怎么会不知道？"

寂夏用力地眨了下眼睛，可雾气还是模糊了视线，她听见自己的声音像是风浪之上的泡沫："你是……"

"所以你去读你的书，我也有我要走的路。我并未觉得辛苦，因为我知道，我们会在最好的未来相遇。"

星火般的笑意划过他的眼睛，成了这场梦境里她最后的记忆。

"我这一生没有任何遗憾，无论重来多少次。我希望你也是这么想的。我在未来等你。"

寂夏醒了。

房间里弥漫着消毒水的味道，视线所及之处都被白色占据，墙面，床单，矮柜上新鲜的百合。她有些茫然地坐起来，身体却像是年久失修的齿轮，异常迟缓。

床上的书顺着她起身的动作滑落下去，露出她入睡前刚刚读过的那一页。

正是抱着与你相见的愿望，我才始终相信，最崎岖的路就是最好的路。

似乎是听到门内的声响，病房的门被人推开，走进来的男子有一双和顾瑾年极相似的眼睛，他轻车熟路地把抱枕放在她的身后，轻声开口道："您醒了。"

是顾宴禾。

寂夏下意识地问了他一句："顾瑾年呢？"

顾宴禾没有说话。寂夏却先一步从他欲言又止的眼睛里看到了自己的倒影和苍白的头发。

她想起来了。

"瞧我，又睡糊涂了。"寂夏若无其事地跳过之前的问题，"这个梦实在是太长了。"

顾宴禾在她的身边坐了下来："您梦见什么了？"

"我梦见……"寂夏笑了笑，"我梦见他来接我了。"

某个瞬间，她的眼睛里迸发出极明亮的神采，像是长夜的回光。顾宴禾想起医生这几天的叮嘱，不由得沉默下来。

寂夏像是察觉到他低落的情绪，伸手戳了戳他的眉心。

"皱眉这个坏习惯肯定不是随我。"说完这句话，她像是没了力气似的，疲惫地打了个哈欠，挥了挥手道，"你忙你的去吧，我又有点困了。最近好像怎么睡都睡不够。"

顾宴禾依言站起身，走出房间前，他犹豫了一下，回头问了她一句："您还有什么特别想做的事吗？"

"没有。"寂夏摇了摇头，她望向窗外的方向，晴空万里无云，一个更炙热、更短暂的夏天开始了，"大概是神明的眷顾吧，我许下的所有愿望都已经实现了。"

也包括她要比顾瑾年晚一点走这件事。

正如梦里那句话一样，她这一生了无遗憾。

门关上后，寂夏慢慢地滑落到枕头里，闭上眼睛，任由自己陷入黑暗，她心想：她不遗憾，她只是……有点想顾瑾年了。

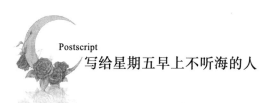

Postscript

写给星期五早上不听海的人

　　落笔《盛夏》的那一阵，是我非常迷茫的阶段。

　　彼时我的境遇，与寂夏有相似之处。我清楚追求公平并不现实，却仍没办法说服自己随波逐流。这或许也是我的矛盾之处，过分敏感，一两句对话都会反复回味很久，时常感到懊悔，明明平庸，却依然希望某些非常遥远、非常理想的意义，如星辰般照着我的前路。

　　我大概平静而麻木地过了一段时日。

　　惊醒是突然的，降临在某个无比寻常的晚上。

　　我不知道我的敌人是谁，或是什么，却依然觉得自己或许在战胜些什么。创造寂夏的初衷异常简单，对着飘窗外的夜色，我希望这个女孩幸福，想告诉她，无论世界看起来多么糟糕，无论她处于何种境遇，总有一个人会无条件地相信她、理解她、爱她，无关乎血缘，绝不会错过。

　　不是我创造了他们，是他们的故事救赎了我。

　　他们在故事中圆满的那一刻，我也从许多惶惶不安的日夜里，握住了某种虚妄的意义。

　　或许之后我还会写很多故事，但应该再没有哪一本能胜过《盛夏》给我的触动。

　　盛夏的篇幅并不算长，却前后占据了我两年多的时间。整整两年我几乎没有出门，每天下班就守在电脑前，苦思到凌晨。几个小时的时间，只够我战战兢兢地码出两千字。过程中辛苦有之，心酸有之，却远远不及我所收获的幸福。

不仅仅是因为寂夏和顾瑾年本身就是两个温暖的人，也因为那段时间里，读者们的评论、分享和陪伴，赋予了我无数欣喜的瞬间。

说来惭愧，我经常对我的读者感到歉疚。因为我有时匮乏表达，对自己的想法和故事不够自信，废稿很多，加上工作的原因，没办法很快创作出新的故事。明明受到很多支持，却不能给出更好的回馈。有时候莫名其妙地消失，也是因为觉得自己没写出作品来，不知道怎么面对我的读者们。

虽然我天赋有限，没能更好地平衡创作和工作，但写作是我永远也不会放弃的事情。给我一些时间。请相信我下一次会带着更好的故事，更好的人物来和你们见面。

笨嘴拙舌地不知道说些什么，千言万语，唯有感谢。

图书在版编目（CIP）数据

盛夏光年 / 时蛟蛟著. -- 南京：江苏凤凰文艺出
版社，2025.4. -- ISBN 978-7-5594-8024-8

Ⅰ. I247.5

中国国家版本馆CIP数据核字第2024R53T32号

盛夏光年

时蛟蛟 著

责任编辑　　白　涵

策划编辑　　宅　宅

特约编辑　　宅

封面设计　　光学单位

责任印制　　杨　丹

出版发行　　江苏凤凰文艺出版社

　　　　　　南京市中央路 165 号，邮编：210009

网　　址　　http://www.jswenyi.com

印　　刷　　天津中印联印务有限公司

开　　本　　880 毫米 × 1230 毫米　1/32

印　　张　　10

字　　数　　355 千字

版　　次　　2025 年 4 月第 1 版

印　　次　　2025 年 4 月第 1 次印刷

标准书号　　ISBN 978-7-5594-8024-8

定　　价　　49.80 元

江苏凤凰文艺版图书凡印刷、装订错误，可向出版社调换，联系电话 025-83280257